त्रिलोक नाथ पांडेय

उत्तर प्रदेश के वाराणसी (अब चन्दौली) ज़िले के नेकनामपुर गाँव में 1 जुलाई, 1958 को जन्मे त्रिलोक नाथ पांडेय की आरम्भिक शिक्षा गाँव के विद्यालय में हुई। उसके बाद, इन्होंने काशी हिन्दू विश्विद्यालय एवं इलाहाबाद विश्वविद्यालय से उच्च शिक्षा प्राप्त की। भारत सरकार के गृह मंत्रालय में वरिष्ठ अधिकारी के रूप में देश के विभिन्न स्थानों पर पदस्थापित रहे। सराहनीय सेवाओं के लिए भारतीय पुलिस पदक (2010) एवं विशिष्ट सेवाओं के लिए राष्ट्रपति द्वारा पुलिस पदक (2017) से अलंकृत किये जा चुके हैं। अंग्रेज़ी और हिन्दी दोनों भाषाओं में लिखते हैं।

आपकी प्रकाशित कृतियाँ हैं—‘प्रेम लहरी’, ‘चाणक्य के जासूस’, ‘महाब्राह्मण’ (उपन्यास); ‘खुफ़ियागीरी युगे-युगे’, ‘काशीकथा’ (कहानी-संग्रह)।

ई-मेल : triloknathpandeytnp@gmail.com

त्रिलोक नाथ पांडेय

महाब्राह्मण

जातियों में जकड़े भारतीय समाज का अनदेखा सच

राजकमल पेपरबैक्स में
पहला संस्करण : 2023
दूसरा संस्करण : 2025

राजकमल पेपरबैक्स : उत्कृष्ट साहित्य के जनसुलभ संस्करण

राजकमल प्रकाशन प्रा.लि.
1-बी, नेताजी सुभाष मार्ग, दरियागंज
नई दिल्ली-110 002

शाखाएँ : अशोक राजपथ, साइंस कॉलेज के सामने, पटना-800 006
पहली मंजिल, दरबारी बिल्डिंग, महात्मा गांधी मार्ग, प्रयागराज-211 001
1, अनमोल सोराबजी संतुक लेन, धोबी तलाव, मरीन लाइंस, मुम्बई-400 002
वेबसाइट : www.rajkamalprakashan.com
ई-मेल : info@rajkamalprakashan.com

बी.के. ऑफसेट
नवीन शाहदरा, दिल्ली-110 002
द्वारा मुद्रित

मूल्य : ₹299

MAHABRAHMAN
Novel by Trilok Nath Pandey

ISBN : 978-81-19028-28-3

माई जोसना (ज्योत्सना)
की पुण्य स्मृति को

महाब्राह्मण

जब तक मेरी यह 'नोटबुक' आप तक पहुँचेगी मैं दूर जा चुका होऊँगा—बहुत दूर, इतनी दूर जहाँ से कोई लौटकर नहीं आता। उस दुनिया में पहुँच चुका होऊँगा, जहाँ मुझे किसी खास खाँचे में जड़े होने की न जरूरत होगी, न मजबूरी; जहाँ मैं बेहिचक कह सकूँगा कि मैं कौन हूँ—असल में कौन; जहाँ मैं मैं न रहूँगा—वह मैं जो दूसरे चाहे-अनचाहे मुझ पर थोपते रहे हैं।

ऐसा खतरा कौन मोल लेना चाहेगा! कौन अपनी खाल खुद अपने हाथों उतारना चाहेगा—ऐसी खाल जिससे लोग जनम भर बड़े जतन से चिपके रहते हैं! दुनिया के सतरंगे रंगमंच से उतरकर कौन नेपथ्य के स्याह बियाबान में गुम होना चाहेगा! लोग अपनी पहचान को काल के कपाल पर ऐसी मजबूती से मढ़ देना चाहते हैं कि वह अनन्त काल तक चमकता रहे। लेकिन मैं अपनी पहचान खुद मिटाना चाहता हूँ, क्योंकि मुझे डर है कि अगर मैं पहचान लिया गया कि असल में मैं कौन हूँ तो मैं हमेशा के लिए मर जाऊँगा—कम-से-कम उनके लिए जो मुझे कुछ और ही समझ बैठे हैं।

हो सकता है मेरी यह 'नोटबुक' किसी के हाथ न लगे, आपके के भी न। तब भी तो मैं जा चुका होऊँगा—अपनी अनन्त यात्रा पर।

पीछे छूट जाएगी मेरी कहानी। कहानी—जिसके एक-दो धागे मैंने अनजान में उठा लिये थे और फिर दूसरों ने कई धागे लपककर अपने हाथों में ले लिया और फिर सब कुछ उलझता चला गया और बुन गई एक ऐसी कहानी जिसमें करुणा और क्रूरता की चहलकदमी बराबर बनी रही। कहानी—जिसका अन्त बहुत सारे सवाल खड़ा करेगा, लेकिन जवाब गायब होगा। हो सकता है लोग उन सवालों को नजरअन्दाज कर दें क्योंकि वे खुद अपने सवालों के घेरे में अक्सर घिरे रहते हैं। फिर भी, मैंने देखा है, लोग दूसरों के बारे में खूब सवाल करते हैं और खूब धड़ल्ले से करते हैं। लोगों के मन में सवाल तो उठेगा ही कि आखिर कैसे कोई इंसान अपनी नीची जमीन से इतना ऊपर उठ गया! लोगों को हैरत तो होगी ही कि क्यों किसी ने इतनी सारी उपलब्धियाँ अर्जित कर उन सबसे अचानक मुँह मोड़ लिया! कैसे एक बहादुर समझा जाने वाला आईपीएस अधिकारी अपनी ही कहानी के गुंजलक में ऐसा कस गया कि दम तोड़ बैठा।

यह 'नोटबुक' अगर कहीं दब न गई तो हो सकता है कि यह मृणालिनी तक भी पहुँचेगी। जरूर ही पहुँचेगी। क्यों न पहुँचेगी आखिर वह मेरी बीवी जो ठहरी! तब उसे उन सारे सवालों के जवाब जरूर मिल जाएँगे, जिनको जीते-जी उसने न जानने की कोशिश की और न मैंने देने की हिम्मत। बहुत सारे सवालों के जवाब तो खुद-ब-खुद उसके पास थे, लेकिन कोई क्या करे जब जानकर भी वह अनजान बनी रहती थी।

यह 'नोटबुक' अगर आपके हाथ में अभी है, तो पलटिये इसके पन्ने। आप पाएँगे कि वहाँ से मैं ही झाँक रहा हूँ—अपनी एक जुगुप्सा-भरी कहानी लिये। हो सकता है वह आपको मनगढ़न्त लगे, लेकिन वह असलियत है—मेरी अपनी असलियत, जो कहानी जैसी लगती है।

दिसम्बर का आखिरी सप्ताह। पत्थर की इमारतों से घिरे आर्ट्स फैकल्टी के बड़े से आँगन में कुनमुनी धूप पसरी पड़ी थी और हरी घास धूप सेंक रही थी। सर्दियों में यह आँगन मेरा सबसे प्रिय स्थान था। संकाय के विशाल कक्षों में जब कक्षाएँ लगती थीं तो सर्दी के दिनों में ठंड मुझे प्राय: असह्य हो जाती थी। मैं मन-ही-मन प्राध्यापक को कोसने लगता था कि कब इसकी कक्षा खत्म हो और मैं बाहर धूप में पहुँचूँ गर्माने के लिए। यह व्यग्रता कभी-कभी मैं अपने निकट बैठे सहपाठियों से छुपा न पाता, तो उनमें से कोई-कोई मुझे गरियाने लगता कि इसको हमेशा धूप में जाने की पड़ी रहती है। क्यों नहीं स्वेटर वगैरह कुछ पहनकर आता?

मैंने उन्हें कभी समझाने की कोशिश नहीं की कि स्वेटर पहनने की विलासिता का बोझ मैं नहीं उठा सकता। खाते-पीते या धनाढ्य परिवारों से आने वाले इन मित्रों के सामने मैं अपनी विवशता नहीं प्रकट होने देता था, यद्यपि उनमें से कुछ को मेरी स्थिति का आभास था, क्योंकि प्रवेश के समय सर्वाधिक अंक की योग्यता के बावजूद मैं होस्टल में रहने के बजाय निकटवर्ती छित्तूपुर गाँव में कुछ अन्य साथियों के साथ रहता था, जिन्हें कम अंकों के कारण होस्टल नहीं मिला था। कम अंक उनकी विवशता थी, गरीबी मेरी बेचारगी। परस्पर सहयोग की यह अनूठी मिसाल थी। दो-तीन लड़के एक कमरे को शेयर करते थे। मुझे किराया न देने की सुविधा प्राप्त थी। बदले में मैं अपने रूममेट्स के खाना बनाने में सक्रिय सहयोग करता था।

छित्तूपुर में माहौल अच्छा ही था—शहरी-ग्रामीण मिश्रित माहौल—मेरे लिए काफी अनुकूल। विद्यार्थियों की रेल-पेल हमेशा मची रहती थी उस एरिया में। वे प्राय: औसत योग्यता वाले लोग थे जिन्हें विश्वविद्यालय में प्रवेश तो मिला था, किन्तु होस्टल की सुविधा नहीं मिली थी।

कक्षाएँ कब की खत्म हो चुकी थीं। परीक्षाएँ भी हो चुकी थीं। बस बाकी था रिजल्ट आना। परीक्षा देने के बाद अधिकांश विद्यार्थी अपने-अपने घर चले गए थे। लेकिन, जब परीक्षाफल का दिन आ गया तो सभी आ जुटे। फैकल्टी के प्रांगण में रंग-बिरंगे स्वेटर, जैकेट, कोट से लैस मित्रों के बीच मैं सर्वदा की भाँति अपने इकलौते पैंट-शर्ट में ही मौजूद था। किन्तु, मुझे उस दिन ठंड लगने की चिन्ता नहीं थी। हम कक्षा में नहीं, प्रांगण में थे जहाँ धूप-ही-धूप थी। मित्रों के साथ गप्पें हाँकने का मजा अलग से। चर्चा घूम-फिर कर एक ही विषय पर केन्द्रित हो रही थी—एम. ए. के लिए कौन-सा विषय चुना जाए। बड़ी बारीक विवेचना हो रही थी विभिन्न विषयों की। साथ ही, बीच-बीच में आशंका के स्वर भी उभर रहे थे कि पता नहीं इच्छित विषय कम प्राप्तांक के कारण मिल पाए या न मिल पाए। मैं निश्चिन्त था। बी. ए. प्रथम वर्ष में संकाय में सर्वाधिक अंक रहा था मेरा। इस बार भी, बी. ए. फाइनल में, सर्वोपरि रहने की मुझे आशा थी।

फैकल्टी के ऑफिस की ओर से 'मोछू' दो चपरासियों के साथ नोटिस बोर्ड की ओर जाता दिखा। मोछू हम लोग फैकल्टी के उस क्लर्क को कहते थे, जो नाटा-सा गठीला देह का था, लेकिन मूँछें उसकी खूब बड़ी-बड़ी थीं। वैसे उसका नाम गणेश सिंह था और उसके सामने हम लोग उसे 'गणेश सिंह सर' कहते थे, लेकिन हमारे 'सर' कहने के लहजे से वह समझ जाता था कि हम लोग ऐसा कहकर मजे लेते थे। वह यह भी जानता था कि पीठ पीछे ये लोग उसे मोछू कहते हैं, लेकिन वह हमेशा हँसमुख रहता था। वह हमें अपने बच्चे मानता था, जो कुछ वर्षों के लिए ही यहाँ आए हैं।

हम लोगों को अनुमान लग गया कि मोछू नोटिस बोर्ड पर रिजल्ट चिपकवाने जा रहा है। दौड़ पड़े हम सब उधर। रिजल्ट चिपकते-चिपकते हम मक्खियों की

तरह वहाँ छा गए। सबसे आगे वाला मित्र खुशी से चिल्लाया—"साले मिसिरवा ने इस बार भी बाजी मार लिया। अरे...रे...रे, साला संस्कृत, दर्शन और अंग्रेजी तीनों में सबसे ऊपर है।"

अपना-अपना रिजल्ट देखने के साथ ही, वे सब मुझे नोचने-चोथने लगे (बधाई का यह उनका आत्मीय तरीका था) और घसीटने लगे शोर करते हुए कि "ले चलो साले कंजूस को 'सन्धि' में मिठाई खिलाए।"

उल्लास के इस अवसर पर भी मैं बहुत परेशान हो उठा कि पैसे के अभाव में मेरी अकिंचनता का एक बार फिर प्रदर्शन होगा 'सन्धि' कैंटीन में। एक बार फिर मुझे जलील होकर बगलें झाँकना पड़ेगा। कोई-कोई तो समझता है हमारी हालत, लेकिन ज्यादातर समझते हैं कि मैं कंजूस हूँ।

इसी बीच, चमत्कार हो गया। द्रौपदी को शील-भंग से बचाने वाले कृष्ण की तरह तेजी से आ उपस्थित हुआ संस्कृत विभाग का चपरासी मुझे खोजते हुए। मुझे देखकर उसने फरमान सुनाया, "प्रोफेसर शुक्ला तुरन्त तुम्हें अपने कमरे में बुला रहे हैं।"

फिर क्या, फिर तो मैं बच गया 'सन्धि' में जाने और अपनी बेइज्जती कराने से।

प्रोफेसर शुक्ला अपने कमरे में ही थे। शायद मेरा इन्तजार कर रहे थे। ज्योंही मैं झुका उनका चरण-स्पर्श करने, बाँहों में उठा लिया उन्होंने मुझे और बधाई दी।

श्यामल रंगत वाले प्रोफेसर शुक्ला विशाल शरीर के स्वामी थे। उन्नत उदर उनकी विशिष्ट पहचान थी। मैं लघुकाय उनके उदर-घट पर अटक गया। उनके अतिशय स्नेह से मैं झेंप गया, सो अलग। एक प्रोफेसर का एक स्नातक-वर्गीय विद्यार्थी के लिए इतना स्नेह-प्रदर्शन कुछ अटपटा-सा लगा मुझे। मैं समझ नहीं पा रहा था कि इस स्नेह का कारण क्या है—मेरा उत्कृष्ट परीक्षाफल (लेकिन ऐसा तो प्रथम वर्ष में भी था और एक शिक्षा संस्थान में यह कोई नई बात न थी। हर साल कोई-न-कोई किसी-न-किसी कक्षा में टॉप करता ही है।) या सजातीयता (जिसका कमोबेश प्रदर्शन मेरे लिए वे पहले भी किया करते थे) या फिर दोनों या फिर कुछ और।

विचारों के इस भँवरजाल से उबारा प्रोफेसर के इस सवाल ने—"किस विषय में एम.ए. करोगे?" मेरे उत्तर पर कि "सर, अभी कुछ सोचा नहीं है," प्रोफेसर

खिलखिलाकर हँस पड़े—"अरे, इसमें सोचने जैसी क्या बात है! तुमने संस्कृत में सर्वाधिक अंक पाए हैं और पिछले कई वर्षों का रिकार्ड तोड़ा है, तो निश्चित ही संस्कृत में एम. ए. करो। हम हैं तुम्हारे गाइडेंस के लिए। एम.ए. में टाप करके मेरे अंडर रिसर्च करना। भविष्य तुम्हारा सुरक्षित और उज्ज्वल है।" प्रोफेसर का स्वर सुझाव से आदेश की ओर बढ़ता गया और इस प्रकार तय हुआ मेरा संस्कृत में एम.ए. करना।

संस्कृत विभाग में दो प्रोफेसर थे—राजीव रंजन वर्मा और श्याम सुन्दर शुक्ला। एक हेड थे दूसरे उसकी प्रतीक्षा में थे। दोनों ही दो ध्रुव थे। वर्मा सन्तुलित व्यक्तित्व के स्वामी थे—प्रगतिशीलता की ओर उन्मुख। शुक्ला जातीय दम्भ से ग्रस्त पुरातनपंथी थे। वर्मा साहित्य पढ़ाते थे, शुक्ला व्याकरण के पंडित थे। वर्मा सभी विद्यार्थियों पर समान स्नेह रखते थे। शुक्ला अपना स्नेह-कोष अन्तरंग रूप से सजातीय छात्रों के लिए सुरक्षित रखते थे। शुक्ला संस्कृत को ब्राह्मणों की सम्पत्ति समझते थे। संस्कृत संस्कार वालों के लिए है और ऐसे संस्कार सिर्फ ब्राह्मणों के होते हैं—ऐसा आग्रह प्रोफेसर शुक्ला के अन्तर्मन में गहरा बैठा हुआ था। प्रोफेसर वर्मा ऐसे दुराग्रहों से मुक्त थे, उदार थे। शुक्ला जोड़-तोड़, लाबिंग, भाग-दौड़ एवं जुगाड़ के माहिर थे, फिर भी वर्मा अपनी विद्वत्ता एवं वरिष्ठता के कारण विभागाध्यक्ष पद पर आसीन थे। शुक्ला देखते ही रह गए। शुक्ला एक जाति-विशेष के विद्यार्थियों में प्रिय थे, वर्मा सबके चहेते।

एम.ए. प्रथम वर्ष की कक्षा में मैं शुक्ला सर की नजरों में चढ़ा हुआ था। अन्तरंग रूप से वात्सल्य उड़ेलने के अलावा वे कभी-कभी भरी कक्षा में अत्यन्त अस्वाभाविक रूप से मेरी प्रशंसा करने लगते थे। उनकी दृष्टि में मैं संस्कृत के पुनर्जीवन का वाहक बनूँगा। कहते बहुत अरसे बाद संस्कृत विभाग को एक उच्च प्रतिभा प्राप्त हुई है (शायद इससे पहले की प्रतिभा वह स्वयं को मानते थे)। उनके असहज स्नेह ने मुझे उनके निजी जीवन में झाँकने को उकसाया।

शुक्ला जी अपने समय में संस्कृत में एम.ए. टॉपर रहे और विभाग के तत्कालीन हेड प्रोफेसर त्रिपाठी के कृपापात्र। प्रोफेसर त्रिपाठी की कृपा से शुक्ला जी न केवल

विभाग में प्राध्यापक नियुक्त हो गए, बल्कि उनकी पाँच कन्याओं में से एक के पति होने का अवसर भी प्राप्त किया। शिष्य, दामाद एवं अपने बेटे-जैसी सेवाओं के बदले प्रोफेसर त्रिपाठी ने शुक्ला जी को हर तरह से सम्पन्न करने में कोई कसर नहीं छोड़ी।

उन्नाव जिले के एक सुदूर गाँव के निर्धन परिवार से आकर अकिंचन औकात वाले शुक्ला न केवल विश्वविद्यालय में जम गए बल्कि अपने हेड की पुत्री के पति होने के साथ ही, समय आने पर प्रोफेसर त्रिपाठी के महलनुमा भवन के स्वामी भी बने। यद्यपि इसकी एक अलग कहानी है कि किस प्रकार प्रोफेसर त्रिपाठी ने अपने चार अन्य दामादों की दावेदारी को दर-किनार करते हुए सिर्फ शुक्ला जी को अपना उत्तराधिकारी बनाया। घरजमाई बन शुक्ला जी अन्त तक प्रोफेसर त्रिपाठी की सेवा-शुश्रूषा बड़ी निष्ठा से करते रहे। और इस प्रकार शुक्ला जी अपनी अकिंचनता की चादर उतारकर सम्पन्नता, सुरुचि एवं विद्वत्ता का आवरण ओढ़ने में सफल रहे।

शुक्ला सर ने एक दिन फिर मुझे अपने कमरे में बुलाया और बड़े स्नेह से बैठने को कहा। उनके स्नेह की अधिकता ने मुझे असहज बना दिया और मारे संकोच और घबराहट के मैं बिना धन्यवाद दिए ही सिर झुकाकर बैठ गया। बिना किसी भूमिका के जब उन्होंने मेरा गोत्र पूछा तो मैं चौंक गया।

"भारद्वाज, सर।"

"वाराणसी जिले के रहने वाले हो न?"

"हाँ सर, चन्दौली तहसील में, गंगा तट के निकट।"

"खेती-बारी?"

"नहीं के बराबर।"

"कौन-कौन हैं परिवार में?"

"मैं, मेरी माँ और कक्का।"

"पिता?"

"मेरे जन्म से कुछ दिनों पहले ही गुजर गए।"

"ओह!"

"घर का खर्च कैसे चलता है?"

"सर, थोड़ी-सी जजमानी है।"

"हूँ, सूना है तुम छित्तूपुर में रहते हो, होस्टल क्यों नहीं अलाट कराया?"

"सर, होस्टल की फीस और मेस का खर्च मेरे लिए भारी पड़ता। छित्तूपुर में कुछ साथियों का खाना बना देता हूँ और बदले में मेरा खाना और रहना फ्री हो जाता है।"

"अरे, ये क्या बात हुई! तुम दूसरों का खाना बनाते हो? और, वह भी औसत दर्जे के विद्यार्थियों के लिए!! छित्तूपुर में तो जाहिलों का जमघट रहता है। वहाँ रहकर तुम अपना विकास बाधित कर रहे हो।"

"कोई और उपाय नहीं है, सर।"

"क्यों नहीं? हमारे यहाँ आकर रहो।"

"आपके यहाँ? आपके घर, सर?"

"हाँ, हाँ, क्यों नहीं? शिवपुरी में घर है मेरा। मैं, मेरी पत्नी और पुत्री तीन ही रहते हैं। घर में जगह की कमी नहीं है। तुम्हें अच्छा लगेगा। आराम से पढ़-लिख सकोगे। मेरे निजी पुस्तकालय का भी उपयोग कर सकोगे तुम।"

"सर, किराया...?"

"अरे पागल, किराया तुमसे कौन माँगता है! बल्कि, तुम भोजन भी हमारे यहाँ ही किया करना। इस प्रकार, अध्ययन में ज्यादा समय और ध्यान लगा सकोगे तुम।"

"लेकिन, सर..."

"कुछ नहीं, कुछ नहीं, तुम्हारा संकोच मैं समझ सकता हूँ।..., अच्छा, तो यदि यह तुम्हारे स्वाभिमान को स्वीकार न हो, तो तुम मेरी बेटी अंजलि को थोड़ी अंग्रेजी पढ़ा दिया करना। बस, यह पर्याप्त होगा।"

यह लुभावना प्रस्ताव मुझे सपने जैसा लगा—अच्छा रहना-खाना, लाइब्रेरी, अंजलि नाम की लड़की—सब कुछ स्वप्नलोक-सा। कहाँ छित्तूपुर में एक छोटे से कमरे में चार लोगों का रहना, जहाँ मैं भोजन पाने के लिए नौकर की तरह अपने साथियों का भोजन बनाता था और कहाँ बड़े मकान में रहना और फ्री भोजन का न्योता! ऊपर से एक-पूरी-की पूरी लाइब्रेरी। किताबें पढ़ना हमेशा से मेरी कमजोरी रही और किताबें बड़ी मुश्किल से मुझे मिल पाती थीं। मुझे लगा मेरी तकदीर अचानक जग गई हो। मुझे विश्वास ही नहीं हो रहा था। मैं बड़े ऊहापोह में था।

मुझे इस तरह विचारमग्न देख शुक्ला जी बोल पड़े, "सोच क्या रहे हो? आज शाम ही हमारे यहाँ आ जाओ।"

मैं चुप, निरुत्तर, निर्विरोध।

उसी दिन शाम को शुक्ला जी का ड्राइवर मुझे मेरे थोड़े से सामान के साथ छित्तूपुर से उठा लिया और पहुँचा दिया पंचवटी।

पंचवटी प्रोफेसर शुक्ला के मकान का नाम था। यह नाम उनके ससुर प्रोफेसर त्रिपाठी ने रखा था। भवन-परिसर दो हिस्सों में विभक्त था। पिछला हिस्सा काफी बड़ा था जिसमें वास्तविक पंचवटी थी—पीपल, बरगद, बेल, अशोक और आँवला—इन पाँच पेड़ों का एक विशिष्ट विन्यासपूर्ण घेरा, जिसके बीच थी श्वेत संगमरमर की एक छोटी-सी चौकी। कहते हैं प्रोफेसर त्रिपाठी इसी चौकी पर ध्यान किया करते थे। वे मानते थे कि ये पाँचों पेड़ एक अद्‌भुत आध्यात्मिक परिवेश पैदा करते हैं। यह प्रेरणा उन्हें कहाँ से मिली थी पता नहीं—शायद रामायण में वर्णित पंचवटी से या फिर रामकृष्ण परमहंस की पंचवटी से जिसमें वह ध्यान करते थे।

एक ऐसी ही मिनी पंचवटी, भवन के सामने वाले अपेक्षाकृत छोटे लॉन में भी थी जहाँ पाँचों वृक्षों का लघुरूप बोंसाई के रूप में गमलों में उसी विन्यास में रखा हुआ था—बीच में एक लघु वेदिका थी बैठने के लिए। यह लॉन सभी आगन्तुकों के लिए खुला था, जबकि पीछे वाला लॉन एक ऊँची चहारदीवारी से अलग किया हुआ था, जिसमें प्रवेश के लिए एक द्वार था। इस क्षेत्र में घर के प्राणियों, कुछ अत्यन्त विशिष्ट अतिथियों और माली के अलावा और कोई नहीं प्रवेश कर सकता था। कहा जाता है कि यह नियम प्रोफेसर त्रिपाठी ने बनाया था यह मानते हुए कि बेरोक-टोक प्रवेश से पंचवटी का आध्यात्मिक परिवेश प्रभावित होगा।

वहाँ रहने के दौरान माली के अलावा और किसी को मकान के पिछले हिस्से में जाते नहीं देखा। यहाँ तक कि घर के प्राणियों को भी नहीं। वैसे, शुक्ला सर एकाध बार मुझे लेकर उस क्षेत्र में गए थे, लेकिन संगमरमर की चौकी पर नहीं बैठते थे। उसे वह अपने गुरु के आसन का सम्मान देते थे।

इस हिस्से के एक कोने में एक छोटी-सी पहाड़ी का निर्माण किया गया था जिसके ऊपर शिव की एक छोटी किन्तु अत्यन्त सुन्दर संगमरमर की प्रतिमा स्थापित थी। ऊपर पहुँचने के लिए छोटे-छोटे स्टेप वाली एक पतली घुमावदार सीढी बनाई

गई थी जो अत्यन्त आकर्षक दिखती थी। इस पहाड़ी का भीतरी हिस्सा खोखला था जो गुफानुमा कमरे के रूप में उपयोग करने के लिए बनाया गया था। शुक्ला सर ने बताया कि इस गुफा का प्रयोग प्रोफेसर त्रिपाठी अपनी साधना के लिए करते थे और नवरात्र—शारदीय और वासन्तिक—दोनों की अवधि में इसी में निवास करते थे, चौबीस घंटे में सिर्फ एक बार फलाहार करते थे और उन दिनों किसी से नहीं मिलते थे।

प्रोफेसर त्रिपाठी ने एक सुप्रसिद्ध पुस्तक लिखी थी—'वास्तुशास्त्र : सिद्धान्त एवं व्यवहार।' यह पुस्तक उनके निजी लाइब्रेरी में रखी हुई थी। इस पुस्तक को मैंने एक दिन जिज्ञासावश उठा लिया और पढ़ने लगा। पुस्तक मुझे रोचक लगी, यद्यपि गहन शोध और विद्वत्तापूर्ण टिप्पणियों के कारण यह कहीं-कहीं मुझे कठिन भी लगी थी। पुस्तक में मानसार, मायामतम् और विश्वकर्मा वास्तुशास्त्र के उल्लेखों के अलावा उत्तर भारतीय शैली को विशेष रूप से अभिव्यंजित करने वाले राजा भोज के ग्रन्थ 'समरांगण सूत्रधार' एवं भुवनदेवाचार्य के 'अपराजितपृच्छा' की विस्तृत चर्चा थी। अग्निपुराण, जो कि भारतीय वास्तुशास्त्र को एक व्यापक आयाम प्रदान करता है, से विशेष सहायता ली गई थी इस पुस्तक में।

वास्तुशास्त्र के क्षेत्र में प्रोफेसर त्रिपाठी की पुस्तक ने अत्यन्त विशिष्ट स्थान बना लिया था क्योंकि भारतीय संस्कृति, परम्पराओं एवं भौगोलिक परिस्थितियों का उन्होंने इसमें विशेष ध्यान रखा था। यही नहीं, आधुनिक काल के तनावों-दबावों, संकुचित स्थानों एवं टेढ़े-मेढ़े प्लाटों को ध्यान में रखकर प्रोफेसर त्रिपाठी ने कई व्यावहारिक मॉडल भी प्रस्तुत किए थे अपनी पुस्तक में। पूरी पुस्तक में उन्होंने मनुष्य एवं उसके प्राकृतिक परिवेश के बीच सामंजस्य बनाए रखने पर बहुत जोर दिया था और इसे ही उन्होंने वास्तु का केन्द्रीय भाव माना था। प्रकृति के पाँचों तत्त्व—पृथ्वी, जल, अग्नि, वायु एवं आकाश—जब एक विशेष संयोजन में प्रयुक्त होते हैं तो ये मनुष्य की भौतिक एवं आध्यात्मिक उन्नति में अत्यन्त सहायक होते हैं। इस तथ्य की चर्चा प्रोफेसर त्रिपाठी ने अपनी पुस्तक में विस्तृत ढंग से की थी।

कहा जाता था कि पंचवटी का मुख्य भवन प्रोफेसर त्रिपाठी के वास्तु सिद्धान्तों का मूर्त रूप है। पंचवटी की महत्ता को प्रोफेसर त्रिपाठी ने अपनी पुस्तक में विशेष स्थान दिया था। उनका मानना था कि सभी घरों में एक पंचवटी होना चाहिए, अगर

स्थान का अभाव हो तो लघुरूप में इसे बोंसाई पौधों द्वारा स्थापित करना चाहिए, क्योंकि आधुनिक युग की नकारात्मकता, प्रदूषण एवं विद्वेष को समाप्त करने में पंचवटी सूक्ष्मरूप से विशेष सहायता प्रदान कर सकती है। यहीं पर प्रोफेसर त्रिपाठी ने उन लोगों की आलोचनाओं का भी खंडन किया था, जो यह मानते हैं कि पीपल को अपने घर के पास नहीं पनपने देना चाहिए क्योंकि यह एक वीतरागी वृक्ष है जो गृहस्थ की मनोवृत्ति के प्रतिकूल है। इसका जोरदार खंडन करते हुए प्रोफेसर त्रिपाठी ने लिखा था कि पीपल अपने शीतल प्राणवायु के द्वारा मानसिक शान्ति एवं आध्यात्मिक उन्नति प्रदान करता है। वास्तुशास्त्र की गूढ़ बातों को जिन्हें पंडितजन अपनी निजी सम्पत्ति समझते थे—प्रोफेसर त्रिपाठी ने विश्लेषणों, स्पष्टीकरणों एवं कारणसहित व्याख्याओं के द्वारा जनसामान्य को सरल एवं प्रवाहमय भाषा में उपलब्ध करा दिया। यह उनकी बड़ी विशिष्टता मानी जाती थी। इसी कारण उनकी पुस्तक बहुत प्रसिद्ध हुई।

पंचवटी का मुख्य भवन दोमंजिला था। दोहराने की आवश्यकता नहीं कि यह भवन प्रोफेसर त्रिपाठी के वास्तु-सिद्धान्तों की प्रयोगस्थली थी। बाहर से देखने में यह हिन्दू भवन-निर्माण शैली का उत्कृष्ट नमूना था, जबकि भीतर पाश्चात्य शैली की सरलता एवं सुविधाएँ। इस भवन की पहली मंजिल पर लाइब्रेरी के बगल में मुझे कमरा दिया गया। पहले ही दिन जब मैं भवन के ड्राइंग रूम में आकर बैठा, तो उनकी सम्पन्न एवं सुरुचिपूर्ण सजावट को देखकर हैरत में पड़ गया। कीमती लकड़ियों के पुरानी शैली के फर्नीचर, पुस्तकों की एक छोटी-सी अलमारी, दो-तीन पेंटिंग जिनमें से एक थी राजा रविवर्मा की 'शकुन्तला'। एक बड़े से तैलचित्र पर फूलों की माला लटक रही थी। मैं पहचान गया कि यह प्रोफेसर त्रिपाठी का चित्र है। मैंने उनका चित्र संस्कृत-विभाग के सेमिनार हॉल में लगा देखा था। किन्तु इस चित्र पर ओज, करुणा एवं चिन्तन-गाम्भीर्य का एक मिश्रित भाव अतिरिक्त रूप से झलक रहा था।

मैं यह सब देखने एवं उनसे उत्पन्न विचारों में खोया हुआ था कि पता नहीं कब शुक्ला सर एक महिला के साथ उस कक्ष में पधार गए। पता तब चला जब उन्होंने मेरे प्रथम नाम से पुकारते हुए परिचय कराया। करुणा और ममता की देवी-सी दिखने वाली उस महिला के चरणों में मैं अनायास ही झुक गया। प्रोफेसर

शुक्ला के व्यक्तित्व के एकदम विपरीत यह महिला कृशकाय एवं शुभ्र-उज्ज्वला थी। शुक्ला शब्द शायद ऐसी ही महिला के लिए रचा गया होगा। बाद में मुझे मालूम हुआ कि इनका नाम ज्योत्स्ना है, ज्योत्स्ना शुक्ला। महिला एक क्षण मुझे घूरती रही, लेकिन कुछ ही देर बाद मेरे सिर पर हाथ रखते हुए बोली, "बेटा, मैं माँ हूँ। तुम्हें इस घर में कोई तकलीफ नहीं होगी।" भीतर की ओर आने का इशारा करते हुए वह पुकारने लगीं, "अंजलि, अंजलि"। बगल के कमरे से एक लड़की निकली हड़बड़ाई हुई-सी, कुछ अस्त-व्यस्त-सी। मुझे अनुमान लगाने में देर नहीं लगा कि यही अंजलि है।

अंजलि बिलकुल अपनी माँ की प्रतिकृति लग रही थी। वैसी जैसे कभी उसकी उम्र में वह दिखती रही होंगी। वैसी ही शुभ्र-ज्योत्स्ना रंगत, औसत से थोड़ी कम कद-काठी और चेहरे की बनावट भी बिलकुल वैसी ही। हाँ, उसने आँखों पर चश्मा लगा रखा था। वह मुझे आश्चर्य और कुछ घबराहट से देखने लगी, तो महिला बोली, "बेटी, यही है त्रिभुवन नारायण मिश्र जिसके बारे में तुम्हारे पापा चर्चा कर रहे थे। अब यह यहीं रहेगा। देखना, भगतू ने इसका सामान ऊपर लाइब्रेरी के बगल वाले कमरे में लगा दिया होगा। जाओ, इसे इसका कमरा दिखा दो।"

अंजलि आगे, मैं पीछे—सीढ़ियाँ चढ़कर उस कमरे में पहुँचे जो मेरे लिए नियत किया गया था। शान्त-सी दिखने वाली अंजलि अब तक बिलकुल चुप थी, लेकिन कमरे में पहुँचते ही एकदम मुखर हो उठी, "यह आपका कमरा है, भगतू ने आपका सामान लगा दिया है।" फिर कुछ रुककर बोली, "भगतू हमारा घरेलू नौकर है, नाना के समय से। आप निःसंकोच उससे काम लीजिएगा। कोई परेशानी हो तो मुझे बताइएगा—माँ ने ऐसा कहा है।" बिना रुके वह लड़की बोलते ही जा रही थी—"पापा आपकी बड़ी प्रशंसा करते हैं, मैं वहीं महिला महाविद्यालय में पढ़ती हूँ। बी.ए. फाइनल है इस वर्ष। संस्कृत, दर्शन और प्राचीन भारतीय इतिहास के साथ अंग्रेजी अनिवार्य भाषा के रूप में लिया है। लेकिन, मेरी अंग्रेजी ठीक नहीं है। आप मुझे अंग्रेजी में मदद करेंगे—ऐसा पापा ने कहा है। कहते हैं कि आपकी अंग्रेजी भी बहुत अच्छी है।"

मैं चुपचाप एकटक उसकी ओर देख रहा था। मुझे ऐसे देखते देख सहमती-सी वह चुप हो गई। फिर, धीरे से बोली, "मैं कुछ ज्यादा ही बोलती हूँ—मम्मी-पापा

ऐसा कहते हैं।" और जल्दी से कमरे से बाहर निकल गई। उसका झेंपना, शरमाना और बात-बात में मम्मी-पापा की ओट लेने वाला बचपना मुझे बड़ा मोहकल लगा।

शुक्ला परिवार में रहना मेरे लिए बहुत आरामदेह और फायदेमन्द था। सुस्वादु भोजन, सहज-उपलब्ध पुस्तकें, पत्र-पत्रिकाएँ और सबसे बढ़कर शुक्ला दम्पती का स्नेह। अंजलि से मेल-जोल पर शुक्ला-दम्पती की ओर से कोई रोक-टोक नहीं थी। जानबूझकर वे लोग इस मामले में उदासीन थे या फिर अपरोक्ष अनुमति थी, मैं नहीं जानता। फिर भी, मैं अपनी सीमाओं को जानता था और उनके भीतर ही रहने में अपनी भलाई समझता था।

मैं प्राय: अंजलि के साथ विश्वविद्यालय जाता था। वह अपने महाविद्यालय रुक जाती थी जो कि विश्वविद्यालय के सिंहद्वार के निकट ही था। मैं आगे संस्कृत विभाग चला जाता था। कभी-कभार हम प्रोफेसर शुक्ला के साथ ही उनकी कार में जाते।

सुविधाओं का एक अच्छा लाभ यह रहा कि मैं अध्ययन में अधिकाधिक प्रवृत्त रहने लगा। प्रोफेसर साहब की निजी लाइब्रेरी हमारे कमरे के बगल में ही थी। लाइब्रेरी का रख-रखाव बहुत सुव्यवस्थित तो नहीं था, किन्तु यह छोटी-सी लाइब्रेरी दुर्लभ पुस्तकों का खजाना थी। साहित्य, व्याकरण, दर्शन, ज्योतिष, वास्तु, तंत्र, भक्ति आदि विषयों की पुस्तकों के अलावा वेद, सूत्र, ब्राह्मण, उपनिषद्, महाकाव्य एवं पुराण भी उपलब्ध थे, टीकाओं और मीमांसाओं सहित। बाद में प्रोफेसर शुक्ला ने पुस्तकों में मेरी गहरी अभिरुचि देखकर इस लाइब्रेरी के देखरेख की जिम्मेदारी मुझे दे दी।

साहित्य में मेरी गहरी रुचि रही है। साहित्य की पुस्तकों को उलटते-पलटते एक दिन मेरे हाथ 'गीतगोविन्द' लग गया। इस पुस्तक का नाम तो मैंने बहुत सुना था। संस्कृत साहित्य के इतिहास में मैंने कहीं पढ़ा था कि 12वीं शताब्दी के बंगाल के कवि जयदेव ने इसकी रचना की है और राधा-कृष्ण के अभिसार के माध्यम से उद्दाम काम एवं ललित मानवीय भावनाओं का जैसा उत्कृष्ट चित्रण किया है वैसा संस्कृत साहित्य तो क्या पूरे विश्व-साहित्य में नहीं मिलता।

गीतगोविन्द लेकर मैं अपने कमरे में आ गया और बिस्तर पर लेटकर पढ़ने लगा। मेरी आदत रही है कि पुस्तकों के कवर पर दिये हुए परिचयात्मक-प्रशंसात्मक टिप्पणी से होते हुए प्रस्तावना पढ़ने के बाद ही मुख्य पुस्तक को पढ़ता हूँ। ब्लर्ब

में पुस्तक के केन्द्रीय भाव को इस प्रकार व्यक्त किया गया था :

> "गोपियों के साथ कृष्ण का रास-विलास राधा नहीं पसन्द करती है और अपनी सखी के माध्यम से कृष्ण के पास उलाहना भेजती है। प्रणय-व्यथा से अधीर राधा अपने उद्दीप्त अनुराग पर नियंत्रण नहीं रख पाती है। फिर भी, कृष्ण के समक्ष अति मान करते हुए रोष प्रकट करती है। कृष्ण राधा के सौन्दर्य की प्रशंसा कर उसका दिल जीत लेते हैं और शुरू हो जाती है उन्मुक्त क्रीड़ा।"

टीकाकार कोई जयशंकर मिश्र थे, बलिया के किसी कॉलेज में संस्कृत के प्राध्यापक। मिश्र संस्कृत के विद्वान होने के साथ बहुत सरस व्यक्ति लगते थे। तभी तो बहुत रसमय टीका करने के साथ-ही-साथ उन्होंने हर अष्टपदी का हिन्दी में बड़ा रसात्मक पद्यानुवाद भी किया था। गेयता और लयात्मकता तो ऐसी जैसे गीतगोविन्द की आत्मा देववाणी से उतरकर लोकवाणी में झंकृत हो रही हो।

मैं कई दिनों तक गीतगोविन्द के रसमय प्रवाह में डूबता रहा। जब फुरसत मिलती मैं इस पुस्तक को लेटकर पढ़ने लगता, पढ़ते-पढ़ते विचारों में डूब जाता। पुस्तक मेरे सीने पर गिर जाती और मैं स्वप्नलोक में खो जाता। साक्षात् दृश्य चलचित्र की भाँति चलने लगता। यमुना-तट के मोहक कुंज सजीव हो जाते, गोपियाँ मुखर हो जातीं, उनका हास-विलास, उनके नूपुरों की रुनझुन, उनके कामाकुल मुखमंडल एवं उठते-गिरते वक्षस्थल सजीव हो उठते। कृष्ण-प्रिया राधा एवं रसराज कृष्ण की काम-क्रीड़ाएँ मेरे मन को मथने लगतीं। ऐसी स्थिति में मैं कभी हनुमान चालीसा का पाठ करने लगता, कभी खुद को धिक्कारता कि इस उच्चकोटि के भक्ति साहित्य में मुझे सिर्फ काम-क्रीड़ाएँ ही दिखती हैं। लेकिन, मैं क्या करता, ज्योंही गीतगोविन्द के शब्द मेरे मन में झंकृत होते, त्योंही रति-क्रीड़ा का दृश्य सामने उभरने लगता।

एक दिन ऐसे ही मैं अपने कमरे में इन्हीं दृश्यों में खोया हुआ लेटा था कि पता ही नहीं चला अंजलि कब भीतर आ गई और मेरे पास आकर "त्रि! त्रि!" कहकर मुझे पुकारने लगी। मुझे अनमना-सा देखकर पूछने लगी, "सो गए थे क्या या तबीयत ठीक नहीं है?" झुककर मेरे ललाट पर अपना हाथ रखकर उसने जाँचना चाहा कि मुझे कहीं बुखार तो नहीं है। किन्तु, सामान्य ताप देखकर उसने

अजीब-सा मुँह बना लिया। फिर झुककर मेरे सीने से उसने उस पुस्तक को उठा लिया और पूछने लगी, "यह कौन-सी पुस्तक है जिसे पढ़कर आप मानो समाधि में चले गए थे।" मैं सिर्फ इतना ही बोल पाया, "तुम खुद इसे पढ़कर देखना।" वह किताब लेकर बाहर चली गई।

अंजलि मुझे 'त्रि' कहकर बुलाती थी। 'त्रि' मेरे नाम का पहला अक्षर। पता नहीं वह ऐसा क्यों करती थी। मेरा पूरा नाम नहीं लेना चाहती या फिर मेरा नाम बड़ा होने की वजह से उसने 'त्रि' शार्टकट अपना लिया था। जो भी हो उसके मुँह से मुझे यह नाम अच्छा लगता था, कानों में घंटियाँ-सी बज उठती थीं। वैसे, अपने मूल नाम से मिलता-जुलता मैंने अपना एक कवि-नाम भी रखा था—'त्रिगुणायत' और इस नाम से कभी कुछ छिटपुट कविताएँ भी लिखता था।

दो दिन बाद अंजलि मेरे कमरे में फिर हाजिर थी और उसके हाथ में था वही गीतगोविन्द। कहने लगी, "इस किताब में ऐसा क्या है कि जैसे समाधि में चले गए थे उस दिन आप। राधा-कृष्ण की लीलाओं को तो सभी जानते हैं, नया क्या है? हाँ, इसमें जगह-जगह कुछ अश्लीलता जरूर है।" मैं चुप। कुछ बोलना मुझे अच्छा नहीं लगा। मुझे चुप देखकर वह कुछ खिसियाई हुई सी किताब रखकर चली गई।

गीतगोविन्द मेरे दिलो-दिमाग पर छाया हुआ था। उसके शब्द मेरे कानों में बजते रहते थे। कुछ तो कुछ ज्यादा ही जोर से बजते थे—

चन्दन-चर्चित-नील-कलेवर पीतवसन-वनमाली
केलिचलन्मणि-कुंडल-मंडित-गंडयुग-स्मितशाली
हरिरिह-मुग्ध-वधुनिकरे
विलासिनी विलसति केलिपरे॥

(नील कान्ति चन्दन तन लेपित पीताम्बर-धारी बनवारी
केलि करत हीलत मणि कुंडल दोनों गाल मुस्कात मुरारी।
काम-मोहिता रूप-गर्विता गोपियों के साथे
हर्षित होत विलसत हैं हरि, देख, विलासिनि राधे!)

उन्हीं दिनों एक दिन मैं विश्वविद्यालय के केन्द्रीय पुस्तकालय में ऐसे ही घूम रहा था कि अचानक मन में इच्छा हुई कि गीतगोविन्द पर कोई और पुस्तक क्यों न देखी जाए। जो पुस्तक मेरे हाथ लगी वह किसी अमेरिकन महिला ने लिखी थी, नाम था—'सान्स ऑफ ब्लू गॉड : जयदेव'स गीतगोविन्द'। पुस्तक में गीतगोविन्द के देवनागरी में मूल पाठ के साथ-साथ रोमन लिप्यान्तरण भी दिया हुआ था। साथ ही उनका अंग्रेजी पद्यानुवाद भी किया हुआ था। मैं तुरन्त ही अपनी प्रिय अष्टपदियों में से दो-एक का अनुवाद पढ़ने लगा—उनकी रसमयता का तुरन्त आनन्द लेने के लिए या फिर अनुवाद का ढंग सीखने के लिए, कह नहीं सकता। अहा! अनुवाद अत्यन्त उत्कृष्ट है। वही रसमय-प्रवाह, अभिव्यक्ति की वही त्वरा उपस्थित है। हाँ, भावों का आवेश बढ़ाने वाले काँगड़ा शैली के चित्र भी सामने के पन्ने पर दिये हुए हैं। पूरे पन्ने के बड़े-बड़े चित्र। राधा-कृष्ण के प्रणय की विविध दशाओं—आशा, निराशा, उत्कंठा, ईर्ष्या, कोप, मान, आक्रोश, मिलनोत्सुकता, सन्देश तथा मिलन—के भावों को अभिव्यंजित करते बड़े ही मनमोहक चित्र। पद्यों को पढ़ना छोड़ भी दें तो भी ये चित्र बहुत कुछ बोलते थे। बड़े-बड़े चमकीले पन्नों पर प्रकाशित यह पुस्तक मैं घर लाया।

अपने कमरे में इस पुस्तक के चित्रों को देखने में मैं मग्न था कि अंजलि आ गई। आते ही बोलने लगी, "जब देखो तब किताबों में डूबे रहते हो। अब यह कौन-सी किताब है?" मैंने बिना कुछ बोले किताब उसकी ओर बढ़ा दिया। अंग्रेजी में लिखा देखकर पहले तो वह कुछ मुँह बिचकाई, लेकिन चित्रों की रम्यता ने लगता है उसको तुरन्त आकर्षित किया। मैं यह किताब ले जा रही हूँ कहते हुए, मेरी मर्जी की परवाह किये बिना, पुस्तक लेकर वह वहाँ से जल्दी से चली गई।

दो दिन अंजलि दिखी नहीं। ऐसा अक्सर नहीं होता था। बिजली की तेजी से वह मेरे कमरे में आया करती थी और बड़-बड़ करके निकल जाती थी। लेकिन दो दिन से उसका कुछ पता नहीं था। कहीं गीतगोविन्द के रस में वह भी तो नहीं बह रही है।

मेरा अनुमान सही निकला। गीतगोविन्द ने उस पर भरपूर प्रभाव डाला। पदों ने नहीं, पद्यानुवादों ने नहीं, बल्कि चित्रों ने। चौथे दिन, बहुत धीर-गम्भीर बनी वह किताब लौटाने आई। बोली, "यह किताब अपनी लाइब्रेरी में होनी चाहिए।" मैं पूछा,

"क्यों? किताब तो तुमने पढ़ लिया है अब इसकी क्या जरूरत है?" "ऐसी किताबें सिर्फ पढ़ी नहीं जातीं अनुभव की जाती हैं" कहने के साथ ही वह किताब रखकर धीरे-से वापस जाने लगी। मैं कुछ कह न सका, उसे रोक न सका।

अंजलि गुमसुम-सी रहने लगी। बोलने में अब वैसा चरपरापन नहीं, स्वभाव में चंचलता नहीं। उसके देखने का अन्दाज भी बदला-बदला-सा लगता। शान्त-निर्भाव दिखने वाली उसकी आँखों से लगता उसके दिलो-दिमाग में कुछ चल रहा है। मेरी ओर देखने का अब उसका अन्दाज भी बदला-बदला सा लगता। मेरे कमरे में उसका आना अब बढ़ गया था। पहले किसी-न-किसी काम से आती थी, अब अक्सर बिना काम के ही आ जाती और वहीं मेरे पास बैठ भी जाती। कभी कुछ पूछती, कभी कुछ। कभी किसी शब्द का अर्थ, किसी वाक्य का अर्थ, कभी अंग्रेजी सुधारने का उपाय। अब पहले-जैसी भागने की उसे जल्दी नहीं। अब वह रुकना चाहती थी कोई-न-कोई बहाना बनाकर या प्रश्न पूछकर। उसके पूछने के पीछे कोई गम्भीरता नहीं लगती, फिर भी वह गम्भीरता दिखाती। विश्वविद्यालय जाते समय भी वह कुछ ज्यादा ही सटकर बैठती और अपनी कुछ सहेलियों के बारे में बातें करती रहती। बातें ज्यादातर उनके प्रेम-प्रसंगों और प्रेमाकांक्षाओं पर केन्द्रित होतीं। मैं हाँ, हूँ करता हुआ प्रायः चुप रहता। हाँ, अंजलि में आने वाले इन परिवर्तनों से मैं हैरत में जरूर था, पर मुझे समझ में नहीं आता कि मैं क्या प्रतिक्रिया करूँ।

ऐसा कुछ एक हफ्ते चला होगा कि एक दिन अंजलि 'आज' अखबार लिये हुए मेरे कमरे में आई। अखबार के खुले पन्ने की ओर इशारा करते हुए बोली, "देखा है आपने इसको?"

अखबार पढ़ने में मैं प्रायः ढीला था। मुझे रुचिकर नहीं लगतीं उलटी-सीधी चोरी-बदमाशी या राजनीति की सनसनीखेज बातें। अंजलि अखबार के जिस अंश की ओर इशारा कर रही थी वह समाचार नहीं प्रचार था, जिसे अंजलि ने पढ़कर सुनाया। इस सूचनात्मक प्रचार का सारांश यह था कि गीतगोविन्द पर आधारित ओडिसी नृत्य का एक कार्यक्रम आगामी शुक्रवार को नागरी नाटक मंडली के प्रेक्षागृह में होना था। गीतगोविन्द पर नृत्य-कार्यक्रम देखने की कल्पना से मेरा मन झूम उठा, लेकिन अगले ही पल अंजलि ने टिकट के मूल्यों को पढ़ना शुरू किया तो मेरा चेहरा उतर गया। अंजलि ने तुरन्त इसे भाँप लिया। हँसते हुए बोली, "आप

पैसे की चिन्ता क्यों करते हैं? मैं हूँ ना।" फिर भी, मैं अपनी दरिद्रता की चुभन महसूस करता रहा भीतर ही भीतर।

नृत्य-कार्यक्रम सायं सात बजे प्रारम्भ होना था। हम लोग लगभग दस मिनट पहले ही पहुँच गए थे नागरी नाटक मंडली। प्रेक्षागृह के द्वार खुले हुए थे और लोग अपनी सीटों पर बैठ रहे थे। हम दोनों की सीट एक कतार के किनारे वाली थी।

ठीक सात बजे कार्यक्रम प्रारम्भ हुआ। सुप्रसिद्ध ओडिसी नर्तक रामचरण महापात्र प्रकट हुए मंच पर। अपना एवं अपने दल का संक्षिप्त परिचय दिया। गीतगोविन्द एवं उनके रचयिता जयदेव के बारे में थोड़ी-सी परिचयात्मक बातें कहीं और 'दशावतार' को प्रस्तुत करने की घोषणा की। कृष्ण की भूमिका में एक नर्तक भगवान विष्णु के विभिन्न अवतारों को अभिव्यंजित करने वाली भाव-भंगिमाओं के साथ नृत्य करने लगा। उसका साथ निभा रही थीं दो सुन्दर नर्तकियाँ जो मुख्य नर्तक के सापेक्ष नृत्य कर रही थीं। अंजलि नृत्य देखने में पूरी तरह डूबी हुई थी। किन्तु मेरा मन कहीं और भटक रहा था। नृत्य-दल के गुरु ने अपने नाम के साथ महापात्र उपनाम क्यों जोड़ रखा है? क्या ये हम लोगों के क्षेत्र के महापात्र जैसे हैं? किन्तु हम लोगों के क्षेत्र के महापात्र तो अत्यन्त दीन-हीन, अशिक्षित और अशुभ समझे जाने वाले लोग हैं। उनसे इनका तो कोई साम्य नहीं दिखता। ये तो अत्यन्त सुशिक्षित, सौम्य और शुभ प्रतीत हो रहे हैं।

मैं इन्हीं विचारों में डूबा रहा। सचेत तब हुआ जब अंजलि ने अपना दाहिना हाथ मेरे बाएँ हाथ पर रखकर धीरे से दबाया। मेरे पूरे शरीर में सनसनी-सी दौड़ गई। मैं समझ न सका कि अनजाने में मेरा हाथ दब गया या अंजलि ने जानबूझकर मेरा हाथ दबाया। किन्तु, यह क्या उसका दाहिना हाथ तो अभी भी मेरे हाथ पर था। शायद उसने जानबूझकर ऐसा किया हो। मंच पर नृत्य बदल चुका था, अब कोई दूसरा नर्तक कृष्ण के अभिनय में चार नर्तकियों के संग नाच रहा था।

अत्यन्त मोहक और लास्यपूर्ण नृत्य चल रहा था। नर्तकियाँ कृष्ण को घेरकर नाच रही थीं कामोत्तेजित-सी होकर। अंजलि ने फिर मेरा हाथ दबाया। इस बार दबाव कुछ अधिक था। अब सन्देह न रहा कि संयोगवश ऐसा हो रहा था। लेकिन, अंजलि ऐसा क्यों कर रही है मैं समझ न पा रहा था यद्यपि इसमें मुझे भी आनन्द आ रहा था। उतना आनन्द मैं नृत्य में नहीं ले पा रहा था। अंजलि को लेकर मेरा

मन बार-बार इधर-उधर भटक जा रहा था।

अगला नृत्य एकल था किसी शुभांगी दास नामक कलाकार द्वारा 'चन्दनचर्चित नीलकलेवर' अष्टपदी पर। इसके बाद पुनः एक युगल नृत्य था 'रतिसुखसारे गतमभिसारे मदनमनोहरवेशम्...' अष्टपदी पर, जिसमें सुप्रसिद्ध ओडिसी नृत्यांगना ऋजुता पटनायक मानिनी राधा का अभिनय करते हुए अपने उन्नत नितम्बों को मटकाते हुए मंथर गति से नाच रही थी। उसके साथ ताल मिलाती शुभांगी दास अपने हाथों को अति ललित ढंग से लचकाकर उसे मंच के एक कोने की ओर जाने को प्रोत्साहित कर रही थी यह इंगित करते हुए कि श्रीकृष्ण उधर तुम्हारा इन्तजार कर रहे हैं। गायन गुरु रामचरण महापात्र का था और गीत के भावों को दोनों नर्तकियाँ अपने ललित नृत्य से बड़े सुन्दर ढंग से अभिव्यक्त कर रही थीं।

हर नृत्य की समाप्ति पर दर्शकगण जोरदार तालियाँ बजाते थे। दर्शकगण या तो नृत्य का बहुत आनन्द ले रहे थे या फिर औपचारिकतावश तालियाँ बजा रहे थे या फिर आगे की सीटों पर बैठे कुछ माननीयों द्वारा तालियाँ बजाने से प्रेरित होकर तालियाँ बजा रहे थे। मुझे कुछ समझ में नहीं आया। हाँ, मैं इन नृत्यों का उतना आनन्द नहीं ले पाया जितना मैंने सोचा था।

रिक्शे से जब हम लोग घर लौट रहे थे तो अंजलि कुछ देर तो चुप गुमसुम बैठी रही, मुझसे एकदम सटकर। कुछ देर बाद उसने मेरे कान में धीरे से फुसफुसाया "तुम मेरे कृष्ण हो।" मैं चौंककर उसकी ओर देखने लगा बिना कुछ बोले। झेंपते हुए वह मुस्कराई और बोली धीरे से "बुद्धू हो।" फिर पूरे रास्ते हम दोनों मौन रहे।

उस रात की ही बात है। कोई दस बज रहे होंगे। मैं अपने कमरे में जीरो वाट का एक नीला बल्ब जलाकर सो रहा था। सोते समय दरवाजा-खिड़कियाँ खुला रखना मुझे अच्छा लगता है। मेरी ऐसे ही सोने की आदत है। अँधेरे बन्द कमरे में मुझे डर लगता है।

अभी पहली ही झपकी लगी थी कि मैं चौंककर जग गया। देखा कोई दरवाजा भीतर से बन्द कर रहा है। डर के मारे मेरी घिग्घी बँध गई। आँखें मलते हुए मैं देखने की कोशिश करने लगा—अरे, यह तो अंजलि है!

अंजलि जल्दी से मेरे बिस्तर के पास आ गई, होंठों पर अँगुली रखे हुए। पास आकर फुसफुसाई, "शोर न करो।" फिर भी, मैं हड़बड़ी में बोल पड़ा, "क्या बात

है? यहाँ इस समय क्यों आई हो?" लगभग घुड़कते हुए धीरे-से उसने मुझे डाँटा, "चुप," और मैं सचमुच चुप हो गया, लेकिन हैरत के भाव मेरे चेहरे पर ज्यों के त्यों लटके रहे। मेरी प्रश्नवाची मुद्रा को दरकिनार करते हुए अंजलि धीरे-से मेरी चारपाई पर बैठ गई और बोली, "मैं राधा हूँ।"

"क्या?"

"हाँ, क्योंकि तुम कृष्ण हो।"

"यहाँ क्या करने आई हो?"

"तुम्हारे साथ रासलीला।"

इसके साथ ही अंजलि ने उठकर जीरो वाट के बल्ब को बुझा दिया। मैं कहता ही रह गया, "अरे, अरे, लाइट क्यों बन्द कर दिया।" जवाब की परवाह किये बिना अंजलि ने जल्दी से मुझे आलिंगन में भर लिया। उसके मादक आमंत्रण ने मेरी बेवकूफी-भरी हैरानी को हराते हुए मेरे पौरुष को ललकारा। पौरुष ने भी मोर्चा सँभाला और पूरी हुई रासलीला।

अगले दिन अंजलि दिखाई नहीं पड़ी, मेरे साथ विश्वविद्यालय भी नहीं गई। पिछली रात की घटना से मेरा भी मन उद्विग्न था। परम सुखदायी अनुभूति के बावजूद मैं अपने मन को समझा नहीं पा रहा था। मेरा आचरण मुझे अनुचित लग रहा था। कक्षाओं में मेरा मन नहीं लग रहा था। कक्षाएँ भी बासी, घिसी-पिटी-सी। पहली ही कक्षा व्याकरण की थी जिसमें महाबोरिंग, कभी न हँसने के लिए बदनाम अभिजित चक्रवर्ती महोदय 'सिद्धान्त कौमुदी' का सन्धिप्रकरणम् पढ़ा रहे थे। हमेशा की भाँति उनकी कक्षा में उपस्थिति बहुत कम थी। यह अलग बात थी कि मैं उनकी कक्षा, या यों कहें कोई कक्षा, नहीं छोड़ता था। दूसरी कक्षा रामबोध यादव सर की थी जो 'काव्यप्रकाश' से अलंकार पढ़ा रहे थे। आज की सारी कक्षाएँ बहुत बोर और मनहूस लगीं। आनन्द शंकर मिश्र की कक्षाएँ मेरी पसन्द की होती थीं क्योंकि काव्य में मेरी गहरी रुचि थी।

पढ़ाते-पढ़ाते मिश्र जी आनन्द-प्रवाह में बहने लगते थे, विशेषकर कक्षा की कन्याओं की ओर देखकर। हमारी कक्षा में कुल पैंतालीस छात्र थे, जिसमें से पन्द्रह छात्राएँ थीं। एक बार में पचीस-तीस से ज्यादा उपस्थिति नहीं होती थी कक्षाओं में। छात्राओं की उपस्थिति का अनुपात हमेशा ही अच्छा होता था।

आनन्द शंकर मिश्र अपने रंगीन मिजाज के लिए मशहूर थे। उनके व्यक्तित्व से हम लोग परिचित थे, क्योंकि हमारी स्नातक कक्षाओं में भी वह साहित्य पढ़ाते थे। एक मजेदार घटना मुझे भूलती नहीं। मिश्र जी कालिदास के 'कुमारसम्भवम्' का प्रथम सर्ग पढ़ा रहे थे। प्रथम सर्ग में महाकवि ने पार्वती के वर्णन में अपनी कला और कल्पना का विशेष प्रयोग किया था, अन्यथा किसी सामान्य कवि की प्रतिभा तपस्विनी नायिका के नाभिदर्शन में इतनी गहराई तक न उतरती। उससे भी ज्यादा गहराई में उतरकर आनन्द शंकर मिश्र आनन्द ले रहे थे। बीच-बीच में कन्याओं की ओर देखकर, विशेषकर लक्ष्मी गुप्ता को इंगित कर, अपनी बातों पर सहमति पाने का प्रयत्न कर रहे थे। पूरी कक्षा आनन्द ले रही थी, लेकिन हद तो तब हो गई जब उन्होंने लक्ष्मी को पार्वती की अनुकृति के रूप में इंगित किया। कक्षा में हँसी का फव्वारा छूटने लगा, लेकिन छात्राओं का दल इस हँसी में सम्मिलित नहीं हुआ, बल्कि गम्भीर मुख-मुद्रा बनाकर अपनी नाराजगी का इजहार किया। लक्ष्मी का चेहरा शर्म के मारे लाल। आग में घी का काम किया एक अन्य छात्र की टिप्पणी ने, "सर, आप तो स्वयं शिव हैं, अब पार्वती भी इस कक्षा में आपको मिल गई।" इस टिप्पणी ने छात्राओं को भड़का दिया, आरोप-प्रत्यारोप शुरू हो गए और कक्षा में हंगामा खड़ा हो गया।

मिश्र जी को कक्षा छोड़कर जाना पड़ा। बाद में, लक्ष्मी ने उनके विरुद्ध शिकायत की विभागाध्यक्ष से, पता नहीं स्वयं प्रेरित होकर या अपनी सहेलियों के कहने पर या फिर जातिगत आधार पर बँटे विद्यार्थियों के किसी गुट के उकसाने पर।

यों तो लगभग पूरा विश्वविद्यालय ही जातिगत आधार पर बँटा हुआ था, लेकिन संस्कृत विभाग में इसकी विभीषिका कुछ ज्यादा ही विकट थी। कारण, यहाँ दो ही गुट प्रभावी थे। सबसे प्रभावी गुट ब्राह्मणों का था जिसमें अन्य सवर्ण जातियों के विद्यार्थी, जिनकी संख्या अलग गुट बनाने के लिए पर्याप्त नहीं थी, भी शामिल थे। दूसरा गुट यादवों का था, जो सभी पिछड़ी जातियों एवं अनुसूचित जातियों के छात्रों को अपने झंडे तले इकट्ठा किये रहते थे और प्रतिद्वंद्वी ब्राह्मण गुट का हर हाल में विरोध करना ही अपना उद्देश्य मानते थे। ऐसे ही, विभाग के अध्यापक भी बँटे हुए थे और अपने-अपने गुट को संरक्षण एवं समर्थन देते थे। ब्राह्मणों के गुट के

मुखिया थे श्यामसुन्दर शुक्ला। पिछड़ी जातियों के गुट के संरक्षक थे रामबोध यादव।

कुछ थे जो किसी गुट में नहीं थे—निर्गुट। निगुर्टियों में दो प्रमुख थे अभिजित चक्रवर्ती और विभागाध्यक्ष राजीव रंजन वर्मा। चक्रवर्ती मोशाय रुक्षता की हद तक असामाजिक थे, जबकि वर्मा सर गुटबाजी की ओछी हरकतों से अपने को हमेशा दूर रखते थे। आनन्द शंकर मिश्र के पार्वती-प्रकरण पर यादव गुट ने काफी हो-हल्ला मचाया, लेकिन विभागाध्यक्ष ने मिश्र जी को एकान्त में समझाने के अलावा और कोई कार्रवाई नहीं की जिससे गुटीय प्रतिद्वंद्विता को हवा मिले। यादव गुट भी बाद में चुप लगा गया, क्योंकि पीड़ित लड़की उनके गुट की नहीं थी। वैश्य होने के कारण उसे वह लोग ब्राह्मण गुट का मानते थे।

ब्राह्मण गुट के भीतर भी जब-तब कलह का वातावरण पैदा होता रहता था। एक प्रमुख घटना इस सम्बन्ध में उल्लेखनीय है। राजकिशोर सिंह, जो कि क्षत्रिय जाति के अध्यापक होने के नाते, स्वयं को ब्राह्मण गुट में गिनते थे और अपने को श्यामसुन्दर शुक्ला का कृपापात्र मानते थे। उन्होंने बड़ी मेहनत से संस्कृत साहित्य के इतिहास पर एक पुस्तक लिखी और पांडुलिपि श्यामसुन्दर शुक्ला को सौंपी—संशोधन, सम्पादन, सम्मति एवं आशीर्वाद के लिए। कुछ समय बीतने पर उन्होंने जब शुक्ला सर को अपनी पांडुलिपि की याद दिलाते हुए लौटाने की याचना की तो श्यामसुन्दर शुक्ला पूछ बैठे, "कौन-सी पांडुलिपि?"

"संस्कृत साहित्य के इतिहास पर, सर, जो मैंने आपको सौंपी थी सम्मति के लिए।"

"इस विषय पर तो मेरी भी पुस्तक अभी हाल में ही प्रकाशित हुई है। तुमने देखा नहीं क्या?" शुक्ला सर का उत्तर था।

उस समय तो राजकिशोर सिंह चुप लगा गए, लेकिन बाद में जब उन्होंने शुक्ला सर के नाम प्रकाशित पुस्तक में शुरू से अन्त तक अपनी ही सामग्री देखी तो आगबबूला हो गए। विभाग में खूब हंगामा हुआ। राजकिशोर यादव गुट की शरण में गए, शुक्ला जी को खूब खरी-खोटी सुनाई और फिर कई जगहों पर शिकायत की। अन्ततः, उन्होंने न्यायालय की शरण ली। वहाँ से भी उन्हें अनुतोष नहीं मिला, क्योंकि मामले में साक्ष्य का एकदम अभाव था। न्यायाधीश की तल्ख टिप्पणी ऊपर से एक अलग तमाचा था—"विद्या के मन्दिर में कैसे-कैसे लोग हैं

जो संस्कृत को देववाणी मानते हैं और स्वयं को उसके बड़े विद्वान और हरकतें इन लोगों की चोरों जैसी।"

दो दिन बाद अंजलि दिखी तब जब हम साथ विश्वविद्यालय जाने के लिए चले। अंजलि एकदम गुमसुम चुप बैठी रही मेरे साथ रिक्शे में। विश्वविद्यालय में महिला महाविद्यालय के सामने उतरने के बजाय उसने कहा, "चलो तुम्हारे साथ चलते हैं एम.एम.।" एम.एम. विश्वविद्यालय के बीचोंबीच बना हुआ महादेव मन्दिर था, जहाँ पर्यटकों और विद्यार्थियों का मेला लगा रहता था, फिर भी मन्दिर परिसर इतना विस्तृत था कि एकान्त स्थान का वहाँ अभाव नहीं था। उस मन्दिर में मेरा अक्सर जाना होता था, लेकिन इस बार अंजलि ने जिस प्रकार एम.एम. चलने की बात कही उससे मैं भीतर-ही-भीतर डर गया। उस रात की घटना के बाद कोई प्रतिक्रिया नहीं मिली थी और अब अचानक उसके एम.एम. चलने के प्रस्ताव ने मुझे डरा दिया।

एम.एम. में अंजलि आगे-आगे मैं पीछे-पीछे शिवलिंग तक गए जहाँ अंजलि की देखा-देखी मैं भी हाथ जोड़कर खड़ा हुआ। अंजलि आँखें बन्द किये हुए कुछ बुदबुदा रही थी शायद प्रार्थना या कोई मन्नत। बुदबुदाना बन्द कर उसने अपने दोनों हाथ जोड़े और फिर धीरे से मेरा हाथ पकड़ लिया और बहुत भाव-भरी आँखों से मेरी ओर देखकर बोली, "चलो बाहर चलकर बैठते हैं।"

उसकी आज्ञा का जैसे पालन करता हुआ मैं उसके साथ चल पड़ा और बाहर लॉन के कोने में पड़ी एक चौकी पर हम दोनों बैठ गए। मैं भयभीत भी था और प्रतीक्षा में भी—उस रात की घटना पर अंजलि की प्रतिक्रिया के लिए। लेकिन बैठने के साथ ही, मेरा हाथ पकड़कर अंजलि बोली, "अब तुम मेरे हो।" इसका अर्थ न समझकर मैं अचकचाया हुआ-सा उससे पूछ बैठा, "क्या मतलब?" "इसका मतलब तुम बाद में जानोगे," कहते हुए अंजलि चुप हो गई।

कुछ देर उसके बोलने का इन्तजार करने के बाद मैंने उससे पूछ लिया, "उस रात की बात किसी को पता तो नहीं चली?" उसने थोड़ा मुस्कराते हुए जवाब दिया, "ऐसी बातें कहीं छिप पाती हैं?" उसकी मुस्कान से तो मुझे तसल्ली हुई कि कोई

भय की बात नहीं है, लेकिन उसका यह कहना कि 'ऐसी बातें कहीं छिप पाती हैं' ने मुझे हैरत में डाल दिया। सब कुछ साफ-साफ कहने का अनुनय करने पर उसने बताया, "उस रात तुम्हारे कमरे से निकलते समय मुझे भगतू ने देख लिया था। तुम्हारे कमरे का हमेशा खुला रहने वाला दरवाजा उस दिन बन्द रहने से शायद भगतू को कुछ सन्देह हुआ था। भगतू मेरे सामने नहीं पड़ा और न ही मुझे कुछ बोला। लेकिन, सुबह मैं उसको माँ से बात करते हुए सुनी चुपके से। माँ उसको डाँट लगा रही थीं कि वह अपने काम से मतलब रखे और परिवार के लोगों के बारे में ऐसी बातें न करे। उसी दिन शाम को माँ ने मुझे अपने पास बुलाया और कहा कि बेटी अपनी पढ़ाई पर ध्यान दो। बस और कुछ नहीं कहा।"

इधर, संस्कृत विभाग में मेरे सहपाठी मुझे देखकर मुस्कराते और फुसफुसाकर इशारा करते कि आखिर प्रोफेसर शुक्ला ने घरजमाई खोज ही लिया। प्रोफेसर शुक्ला के घर में भी अचानक मेरे लिए प्यार-दुलार बढ़ गया। यद्यपि यह सब मुझे बड़ा सुखद लगता था, लेकिन अपने हीनताबोध के कारण मैं हमेशा आशंकाओं से बोझिल रहता था।

एक दिन अचानक बाबूनन्दन उर्फ बाबू यादव कुछ छात्रों के साथ संस्कृत विभाग की ओर आता हुआ दिखाई पड़ा। मुझे देखकर बड़ी कुटिल मुस्कान के साथ बोला, "गुरु, सुना है तुम्हारी बड़ी मौज हो रही है।" उसकी बातों ने मुझे एकदम आतंकित कर दिया। बाबू हमारे गाँव का था। शुरू से हमारे साथ पढ़ा था। बहुत मनबढ़ और शरारती। पढ़ने-लिखने में गदहा नम्बर एक, लेकिन खुराफातों में अव्वल। उसके बड़े भाई की बड़ी तमन्ना थी कि वह बनारस में पढ़े, लेकिन इंटर में उसके अंक इतने कम थे कि वह विश्वविद्यालय में प्रवेश न पा सका और शहर के एक महाविद्यालय में किसी तरह एडमिशन हो सका उसका।

उस दिन शाम को विश्वविद्यालय से घर लौटने पर मैंने देखा कि बाबू बैठक में शुक्ला सर से कुछ बातें कर रहा था। उसको इस तरह बैठक में आकर बैठने और शुक्ला सर से बातें करते हुए देखकर मैं बहुत आश्चर्य में पड़ गया। बाबू के सामने पड़ने के बजाय मैं दबे पाँव चुपचाप ऊपर अपने कमरे में चला गया। मैं बाबू के स्वभाव से परिचित था। मुझे तंग करनें और नुकसान पहुँचाने के लिए वह किसी भी हद तक जा सकता था। मैं चुपचाप सहमा हुआ अपने कमरे में ही था।

शुक्ला सर और उनकी पत्नी में कुछ झगड़ा-सा चल रहा था। उनकी बातें मुझे साफ सुनाई नहीं पड़ीं, लेकिन लगा कि कुछ असामान्य बात हुई थी अन्यथा इनके परिवार में मैं इतने दिनों तक रहा कभी झगड़ा जैसी कोई बात न दिखी। मुझे अनुमान हो रहा था कि इसका सम्बन्ध शायद बाबू के आने और शुक्ला सर से बातें करने से था। यह सोचकर मेरा दिल बैठने-सा लगा। रात भी ठीक से नींद नहीं आई और जो कुछ भी थोड़ी देर के लिए सोया भी तो अजीबोगरीब सपने देखता रहा।

अगले दिन एकदम सुबह शुक्ला सर मेरे कमरे में आ धमके। इतने दिनों में ऐसा पहली बार हुआ था कि वह हमारे कमरे में आए और इतने दिन में ऐसा भी पहली बार ही हुआ कि मैं देर तक सोया रहा। रात को शायद ठीक से नींद नहीं आने की वजह से सुबह देर तक सोता रहा। नींद तब खुली जब शुक्ला सर ने अपने पाँव से मेरे बिस्तर को ठोंका। मैं अचकचाकर उठ बैठा और सामने यमराज की तरह उन्हें देखकर मेरी घिग्घी बँध गई। मारे भय और घबराहट के मैं उन्हें प्रणाम भी न कर सका और अपने कपड़ों को सँभालते हुए चुपचाप एक ओर खड़ा हो गया। गम्भीर स्वर में उन्होंने पूछा—

"बाबूनन्दन यादव को जानते हो?"

"हाँ, सर, वह मेरे गाँव का है।" मेरे मुँह से किसी तरह जवाब निकला।

"वह बता रहा था कि तुम महाब्राह्मण हो," शुक्ला सर की ध्वनि और भी गम्भीर हो गई।

"हाँ, सर," मैं इतना ही बोल पाया।

"तुमने मुझे पहले बताया क्यों नही?"

"सर, आपने कभी पूछा नहीं," मैंने स्पष्टीकरण देना चाहा।

"तुम्हें खुद बताना चाहिए था कि तुम ब्राह्मण नहीं, महाब्राह्मण हो।"

"सर, आपने बताने का मौका ही नहीं दिया। सारे निर्णय आप अपनी ओर से मेरे ऊपर थोपते गए और मैं चुपचाप पालन करता रहा।" मैंने अपना बचाव करने का प्रयास किया।

मेरी इस बात पर शुक्ला सर का क्रोध एकदम भड़क गया और वह गाली देते हुए बोले, "नीच, कंटहा, तुमने छल किया। छल से तुम मेरे नजदीकी बने और छल से तुम मेरे घर में रहे।"

सहमते हुए मैंने फिर अपना बचाव किया, "सर, आपने खुद ही मुझे अपने नजदीक बुलाया और मेरे न चाहते हुए भी आपने जोर देकर अपने घर पर रखा।"

मेरे उत्तर से कुछ खीजते हुए शुक्ला सर ने अपना कठोर आदेश सुनाया, "तुरन्त इस घर से निकल जाओ।"

शुक्ला सर के जाने के कुछ देर बाद, मैं अपने नित्य कार्यों से निवृत्त भी नहीं हुआ था कि श्रीमती शुक्ला आ धमकीं। उनके सौम्य स्वभाव और मातृत्वपूर्ण स्नेह को सोचकर मुझे लगा कि वह मुझे मनाने आई हैं। लेकिन, एकदम विपरीत, उनका रूप तो बदला हुआ था, वह क्रोध से आगबबूला हो रही थीं। हमेशा की तरह मैं उनका चरण-स्पर्श करने आगे झुका, लेकिन वह पीछे हटते हुए बोलीं, "दूर हटो, मुझे छूना मत। तुम महाब्राह्मण हो। मेरा घर भ्रष्ट कर दिया। मेरी बेटी को..." कहते हुए वह सिसकने लगीं। उनके क्रोध और फिर बेटी का नाम लेकर सिसकने के कारण मैं बहुत आतंकित हो गया। "तुम अभी घर से निकल जाओ," कहते हुए वह मुँह फेरकर बाहर निकल गईं।

तुरन्त वहाँ से हटने में ही मेरी भलाई थी। मैं बाहर निकल आया, पर इतना सुबह मैं कहाँ जाऊँ, किसके पास? आदतवश मेरे कदम विश्वविद्यालय की ओर चल पड़े—बिना सोचे-समझे कि इस समय न कक्षाएँ चल रही होंगी और न ही होस्टल में कोई मित्र है जो आश्रय देगा। अपमान और दुत्कार से मेरा मन अत्यन्त उद्विग्न हो रहा था। आज मुझे ठीक से मालूम हुआ कि जाति-अपमान कितना दुखद होता है। कल तक मैं जिनकी आँखों का दुलारा था, आज उन्हीं के लिए नीच, कंटहा और अछूत हो गया। मेरे रहने से उनका घर भ्रष्ट हो गया, मेरे छूने से उनका धर्म नष्ट हो गया और मेरे संसर्ग से उनकी कन्या अपवित्र हो गई। सिर्फ इसलिए कि स्वजातीयता की उनकी मान्यताओं के अनुकूल नहीं हूँ—क्या उनकी करुणा और स्नेह सब सतही और थोथी थीं!

मैं मन-ही-मन दुखी होता हुआ एम.एम. चला गया और मन्दिर के बाहरी हिस्से में ही एक कोने में बैठ गया। विभिन्न पहलुओं पर विचार करता, फिर खारिज करता, परन्तु समस्या ज्यों-की-त्यों रहती कि अब कहाँ जाएँ, कहाँ रहें? छित्तूपूर में अपने पुराने मित्रों के यहाँ जाकर पहले की तरह रहने का विचार बार-बार जोर मार रहा था, लेकिन दूसरे ही क्षण याद आता था कि क्या बाबू मेरी उपजाति बताकर

उन्हें भड़काने में पीछे रहेगा? क्या वे मेरी उपजाति जानकर भी अपने साथ रखने की उदारता दिखाएँगे? शुक्ला-परिवार से प्राप्त तिरस्कार से मेरा मन इतना उद्विग्न था कि मैंने इस विकल्प को सिरे से खारिज कर दिया। मैं जानता था कि जातिवाद न सिर्फ विश्वविद्यालय परिसर में ही प्रबल है, बल्कि बाहर भी लोगों के निजी सम्बन्धों में इसकी अटूट पकड़ है। फिर, बाबू जैसा घिनौना चित्र प्रस्तुत करता है इस उपजाति का, वैसी हालत में तो मुझे शायद ही कोई अपने यहाँ रहने देगा। होस्टल में रहने वाले दो-एक मित्रों का विकल्प भी इसी आधार पर मैंने खारिज कर दिया।

सोच-सोचकर मैं थक गया था। थककर मैं वहाँ से चल पड़ा—संस्कृत विभाग की ओर। आज की कक्षाओं में मेरा मन बिलकुल नहीं लग रहा था। चार बजे से शुक्ला सर का एक क्लास था, जिसे मैंने बंक कर दिया और विभाग से बाहर निकल आया। मुझे समझ में नहीं आ रहा था कहाँ जाऊँ। इस बीच मैं अंजलि से एक बार भी नहीं मिला था। मेरे मन में आया कि क्यों न उससे मिला जाए। आखिर, वह मुझे कितना चाहती है! वह जरूर मेरे लिए कोई रास्ता निकालेगी। हो सकता है अपने मम्मी-पापा के सामने हठ ठान ले घर में मुझे रखने के लिए अपने प्रेम का वास्ता देकर। यही सोचता मैं चल पड़ा महिला महाविद्यालय की ओर। महाविद्यालय परिसर में किसी छात्र का प्रवेश वर्जित है। अतः मैं मुख्य द्वार पर ही प्रतीक्षा करता रहा। मुझे अधिक देर प्रतीक्षा नहीं करनी पड़ी। कोई आधे धंटे में ही अंजलि आती दिखी।

मुझे प्रतीक्षा करते देख वह मेरे पास आ गई और बहुत उदास स्वर में पूछने लगी, "क्या बात है, त्रि, मम्मी-पापा तुमसे एकदम नाराज क्यों हो गए? क्या किया तुमने?"

"क्या किया मैंने, यही तो मैं समझ नहीं पा रहा हूँ।" मैंने उस रात की घटना की ओर इशारा करना चाहा। लेकिन, अंजलि शुष्क स्वर में बोली, "कह रहे थे कि तुम ब्राह्मण नहीं, महाब्राह्मण हो।"

"लेकिन" मैंने अपना पक्ष रखना चाहा पर उसका अवसर दिए बिना वह बहुत उदास आँखों से देखते हुए धीरे-से बोली, "तुमसे दूर रहने के लिए मुझे कहा गया है।"

मैं एकदम सन्न रह गया। हम दोनों के बीच एक लम्बी चुप्पी पसर गई। इस बीच, हम लोग धीरे-धीरे चलते हुए बाहर बाजार की चौमुहानी तक पहुँच गए। मेरा

हाथ पकड़कर वह पास के ही एक रेस्त्राँ में ले गई जहाँ वह खुद कुछ न खाकर मेरे लिए खाने की चीजें ऑर्डर कर दी। बाद में झिड़कते हुए बोली, "खाना क्यों नहीं खाये?" प्रश्नवाची दृष्टि से उसने जब मेरी ओर देखा, तो मुझे स्पष्ट करना पड़ा, "मेरे पास पैसे नहीं।"

रेस्त्राँ में बिल चुकाने के साथ ही उसने सौ रुपये का नोट मेरी पॉकेट में रख दिया मेरे बहुत मना करने के बावजूद।

हम दोनों साथ-साथ घर लौटे। श्रीमती शुक्ला मुख्य द्वार के पास ही मिल गईं। मुझे देखते ही आगबबूला हो गईं और लगभग चिल्लाते हुए बोलीं, "तुम फिर आ गए। वहीं रुको, घर के भीतर न घुसना।" फिर भगतू को जोर से पुकारते हुए बोलीं, "भगतू, इसका सामान बाहर फेंको।" अंजलि ने जब प्रतिरोध करना चाहा, तो उन्होंने जोर से डाँट दिया, "अब कभी इसके साथ न दिखाई देना।" मजबूर अंजलि मुँह लटकाए घर के भीतर चली गई। शायद उसकी आँखों से आँसू टपक रहे थे।

पंचवटी के मुख्य द्वार पर फेंके हुए अपने सामान की बगल में मैं चुपचाप खड़ा था। समझ में नहीं आ रहा था कि कहाँ जाऊँ। लेकिन, इस तरह वहाँ खड़े रहने के बजाय वहाँ से हटना जरूरी समझकर मैं अपना सामान समेटने लगा। सामान इतना ज्यादा न था कि मैं खुद उसे न ले जा सकूँ और न ही इतना कम था कि उसे लेकर मैं बहुत दूर तक पैदल चला जाऊँ। सामान उठाकर मैं सामने वाले पार्क में बेंच पर जाकर बैठ गया।

किंकर्तव्यविमूढ़-सा मैं बहुत देर तक पार्क में बैठा रहा, कहाँ जाऊँ, क्या करूँ? इस अनजान-से शहर में मुझ अकिंचन को कौन आश्रय देगा और क्यों आश्रय देगा और अगर कोई आश्रय देगा भी तो क्या बाबू यादव जैसे लोग वहाँ नहीं पहुँच जाएँगे—अपने महान सत्य का उद्घाटन करने के लिए। क्या मैं इतना अधम हूँ, इतना अछूत हूँ—सिर्फ इस कारण कि मैं एक जाति-विशेष की विशेष उपजाति में पैदा हुआ? क्या मैं अपना प्यार सिर्फ इसलिए खो बैठा कि मैं उपजाति का हूँ? अब तक न जाने कितने प्रशंसाओं का केन्द्र बना रहने वाला मैं अब सिर्फ इसलिए अयोग्य हो गया कि अपने ही प्रशंसकों की नजरों में गिर गया। वह भी सिर्फ इसलिए कि उनकी जातिगत मिथ्या मर्यादाओं में मैं फिट नहीं बैठता। विचारों के भँवरजाल में मैं न जाने कब तक डूबता रहा।

यूँ ही मैं न जाने कब तक सोचता रहा कि अचानक किसी ने पीछे से आकर मेरे कन्धे पर हाथ रख दिया। अरे, यह तो कॉलोनी का चौकीदार, बहादुर है जो पार्क के एक किनारे बने एक कमरे में रहता था। मुझे चुपचाप अपनी ओर एकटक ताकता देख बहादुर ने टोका कि मैं ऐसे चुपचाप क्यों बैठा हूँ और ये सामान क्यों साथ लिये हूँ? मैं क्या जवाब देता और बहादुर क्या समझता? हाँ, मेरी आँखों में उमड़ती पीड़ा को उसने शायद पढ़ लिया था और साग्रह मेरा सामान अपनी कोठरी में ले जाकर रखने लगा। लेकिन, मैं उसको कैसे समझाऊँ कि मुझे आश्रय देने की सामर्थ्य उसमें नहीं है। प्रोफेसर शुक्ल को पता लगेगा तो क्या बहादुर मेरी तरह तिरस्कृत होकर नौकरी से नहीं निकाल दिया जाएगा; और नेपाल में अपने सुदूर गाँव वापस लौटने के लिए बाध्य नहीं कर दिया जाएगा?

गाँव? अपना गाँव! अपना गाँव जहाँ मैं अपनी पूरी सच्चाई के साथ रह सकता हूँ!! मुझे अपने गाँव की बहुत याद आने लगी। गाँव की याद आते ही, गाँववालों की याद भी आने लगी और तभी मुझे सूझा कि अपने गाँव के घुरहू भी बनारस में रहते हैं।

घुरहू यादव सीधे-सादे लगभग अनपढ़-से मजदूर आदमी थे बेचारे, पर गाँव में हमारे परिवार के बड़े हितैषी। हमारी पढ़ाई को लेकर बहुत उत्साह बढ़ाने वाले। गाँव में नहीं रहते, सिर्फ उनके बीवी-बच्चे रहते थे। रोजी-मजूरी के चक्कर में बेचारे बनारस में पड़े रहते थे। सिर्फ होली-दीवाली, तीज-त्योहार पर पहुँचते गाँव। परदेश में रहकर अपनी रोजी कमाने वाले ज्यादातर लोगों का यही हाल था।

पिछली होली पर जब घुरहू गाँव आए थे तो बहुत देर तक मुझसे बात करते रहे। मेरी पढ़ाई को लेकर बड़ा हौसला बढ़ाया था उन्होंने और बनारस में मदद की पेशकश की थी। उस समय तो मैं उनकी सदाशयता की सराहना के साथ-साथ मन-ही-मन यह सोचकर हैरत में था कि जिसे खुद के लाले पड़े हों वह दूसरे की मदद क्या करेगा! लेकिन, आज उनकी याद आते ही मेरे मन में आशा की एक किरण कौंध गई—क्यों न उनके यहाँ आश्रय लिया जाए!

उनके यहाँ किसी के शिकायत करने का भी भय नहीं है। वे तो हमारे गाँव के ही हैं। हमारी उपजाति तो जानते ही हैं। लेकिन, अब मुश्किल यह थी कि उनके बताए हुए पते में मुझे सिर्फ बिसेसरगंज और प्रहलादघाट नाम याद आ रहे थे। न उस दुकान का नाम याद आ रहा था जहाँ वह पल्लेदारी करते थे और न उस

मकान का पता था जहाँ प्रहलादघाट में वह रहते थे।

बहादुर के यहाँ अपना सामान रखकर और यह कहकर कि मैं जल्द ही अपना सामान लेने आऊँगा, मैं चल पड़ा पैदल ही बिसेसरगंज की ओर। मैं लोगों से पूछते चल रहा था, क्योंकि पहले कभी मैं उस क्षेत्र में गया नहीं था। पैर लड़खड़ाते चल रहे थे और मन दुकान का नाम याद करने की कोशिश में मशगूल था। इस प्रयास में मुझे इतनी सफलता जरूर मिली कि मैं मनोहरलाल नाम याद कर पाया।

बिसेसरगंज बाजार में पहुँचते ही मनोहरलाल, जिनकी गल्ले की आढ़त थी, के बारे में बड़ी आसानी से पता लग गया कि वहाँ मनोहरलाल घनश्यामदास फर्म है जो गल्ले के बड़े आढ़तिया हैं। वहाँ पहुँचने पर मैंने जब घुरहू यादव को खड़े देखा तो जैसे मेरे शरीर में प्राण आ गए। मैं अत्यन्त भाव-विह्वल होकर उनसे जा लिपटा जैसे बछड़े को उसकी बिछुड़ी हुई माँ मिल गई हो। घुरहू आश्चर्य से मुझे अँकवार में भर लिये और कुशल-क्षेम पूछने लगे।

संक्षेप में अपनी स्थिति स्पष्ट कर मैंने आश्रय माँगा, जिसके लिए वह सहर्ष तैयार हो गए। पास ही के एक चाय की दुकान पर मुझे नाश्ता कराकर उन्होंने मुझे बगल में नागरी प्रचारिणी सभा के पुस्तकालय पहुँचा दिया और बोले कि मैं कुछ देर वहाँ रुकूँ और वह अपनी नौकरी से फुरसत निकालकर थोड़ी देर में आएँगे।

थोड़ी देर के लिए मैं अपनी दयनीय स्थिति को भूलकर पुस्तकों को देखने में तल्लीन हो गया। पुस्तकें मेरी कमजोरी हैं। मुझे बड़ी खुशी हुई कि मुझे किताबें पढ़ने के एक और ठिकाने का पता लग गया।

लगभग दो घंटे के बाद घुरहू भैया आए और मुझे बाहर लिवा गए जहाँ उन्होंने एक रिक्शा खड़ा कर रखा था। मुझे रिक्शा में बैठाकर चल पड़े वह शिवपुरी कॉलोनी की ओर जहाँ से अपना सामान लेकर हम लोग फिर वापस लौट आए बिसेसरगंज। वहाँ से हम लोग प्रह्लादघाट मुहल्ला पहुँचे और पत्थर की बनी एक इमारत में दाखिल हुए।

पत्थर की वह पुरानी इमारत दरअसल सीताराम मठ था। मठ के बड़े से लकड़ी के दरवाजे से प्रवेश करते ही सामने दिखाई पड़ता था सीता-राम की मूर्तियों वाला एक छोटा-सा मन्दिर। छोटी-मोटी नौकरियाँ करने वाले बिहार या पूर्वी उत्तर प्रदेश के लोग मठ के निवासीगण थे। मठ में प्रवेश करने के बाद ये लोग अपने हाथ में

लिया हुआ सामान आदि एक तरफ रखते और मन्दिर में भगवान का दर्शन करने जाते तब अपनी कोठरी में जाते।

कहते हैं, इस मठ के महन्त महाराज जी थे जो बिहार के किसी गाँव के रहने वाले थे। बचपन में ही इस मठ में आ गए थे। तत्कालीन मठाधीश उन्हें बहुत चाहते थे, नाम रखा था रामबालक। यही रामबालक बाद में मठाधीश बने और महाराज जी कहलाए। महाराज जी की चेलाई प्रमुखतः पश्चिमी बिहार, विशेषकर आरा जिले के कुर्मियों में थी। स्वभाव से परिश्रमी कुर्मी किसान अत्यन्त धर्मभीरु होते हैं और प्रायः अयोध्या या बनारस प्रवास के दौरान ये कुरमी तीर्थयात्री इन्हीं मठों में ठहरते थे।

ग्यारह साल की एक बाल-विधवा को एक कुर्मी परिवार एक बार महाराज जी के पास छोड़कर चुपके से चला गया था। महाराज जी ने उस बालिका को आश्रय दिया और नाम दिया—रामरती। रामरती ज्यों-ज्यों बड़ी होती गई महाराज जी की मालकिन बनती गई। दोनों एक-दूसरे के पूरक थे। महाराज जी ने काशी में नहीं, बल्कि अयोध्या में देहत्याग किया था। उनके मरने के साथ ही रामरती, जो अब उम्र की ढलान पर थी, बनारस वाले मठ पर काबिज हो गई। किरायेदारों ने रामरती को मठ की मालकिन मान लिया और सम्मान के तौर पर उन्हें माईजी कहने लगे।

मठ में बीस कोठरियाँ थीं। उनमें से तीन आरक्षित थीं—आने-जाने वाले चेलों के ठहरने के लिए। दो में माईजी खुद रहती थीं—एक में वह और दूसरे में उनका भतीजा। बाकी की पन्द्रह कोठरियों में किरायेदार थे। एक कोठरी में एक किरायेदार—परिवार चाहे जितना बड़ा हो। हाँ, नया व्यक्ति, सिवाय नवविवाहिता बहू के, परिवार में नहीं जुड़ सकता था। किरायेदार पुश्तैनी थे। उनके बाप-दादे भी उन्हीं कोठरियों में किरायेदार थे। नये किरायेदार नहीं रखने का वहाँ अकाट्य कानून था।

मैं जितने दिन इस मठ में रहा, रोज कुछ-न-कुछ झगड़ा-झंझट होते देखता था। कभी बरामदे के अपने हिस्से को लेकर, कभी आँगन में अपने हिस्से में चारपाई बिछाने के दावे पर, लेकिन सबसे ज्यादा कलह थी संडास के इस्तेमाल पर। अपनी बारी की प्रतीक्षा में सुबह-सुबह गाली-गलौज शुरू हो जाती थी।

घुरहू भैया ही ऐसे व्यक्ति थे, जो अपनी कोठरी में अकेला रहते थे। यही कारण है कि मेरे जाने पर माईजी ने ज्यादा बखेड़ा नहीं खड़ा किया। घुरहू भैया, जिनका मठ में काफी सम्मान था, के समझाने पर कि मैं एक निराश्रित विद्यार्थी हूँ

और कुछ ही दिनों वहाँ रहूँगा, माईजी मान गईं, यद्यपि उनका भतीजा मुझे ईर्ष्या और सन्देह से घूरता रहता था।

रहने की समस्या दूर होते ही दूसरी समस्या सामने थी—शहर के दूसरे छोर पर स्थित विश्वविद्यालय आने-जाने की। मेरे पास न साइकिल थी और न ही पैसा। पैदल चलना ही एकमात्र विकल्प था। ऐसी स्थिति में इतनी दूर पैदल चलना एक कठिन कार्य था। इसका उपाय सुझाया घुरहू भैया ने। उन्होंने बताया कि विश्वविद्यालय तक जाने के तीन रास्ते हैं और तीनों ही गंगाजी के समानान्तर चलते हैं। पहला रास्ता घाटों-घाटों होते हुए अस्सी घाट तक जाने और उसके बाद अस्सी नगवाँ सड़क से लंका और विश्वविद्यालय जाने का। दूसरा रास्ता था गलियों-गलियों होते हुए अस्सी पहुँचने का। तीसरा रास्ता, जो कि अपेक्षाकृत चौड़ी सड़कों का था, वाहनों से तय किया जा सकता था। इनके अलावा एक और रास्ता था जलमार्ग से गंगा में नौका द्वारा अस्सी तक।

इन चारों रास्तों की अपनी-अपनी खूबी-खामी थी। सारे रास्तों में से घाटों वाला रास्ता मुझे अधिक सुगम और छोटा लगा, क्योंकि गलियों वाला रास्ता मुझे भूलभुलैया और मकड़जाल जैसा लगता था। यद्यपि घुरहू भैया ने बता रखा था कि गलियों से जाते समय नाक की सीध में चलता जाऊँ, लेकिन गलियाँ और उनका सड़ियल बनारसीपन मुझे नहीं सुहाता था। पतली गलियाँ, जिनमें धूप बमुश्किल पहुँचती थी, भीड़ और गन्दगी से हमेशा भरी रहती थीं।

गंगा के घाट अद्भुत हैं। मैं इन घाटों पर पहले कभी न आया था, सिवाय अस्सी और दशाश्वमेध के। घाटों का यह बनारस शेष बनारस से भिन्न है। गंगाजी के जल तक अपने पाँव पसारे ये घाट दैवी आभा से ओत-प्रोत हैं। इनकी अविस्मरणीय छटा का बखान नहीं किया जा सकता, सिर्फ महसूस किया जा सकता है।

मैं पहले बहुत आश्चर्य करता था कि इतने विदेशी बनारस आते हैं, क्या देखने! इन्हें अब घाटों पर घूमते हुए देखता हूँ तो इनके बनारस आने के औचित्य का अन्दाज मुझे सहज ही हो जाता है।

आगरा को अपने ताजमहल पर गुरूर है तो बनारस अपने घाटों पर गर्व करता है। गंगा घाट की सीढ़ियाँ विस्तृत होने के बावजूद बहुत खतरनाक हैं। पहले दिन उतरतें समय मैं बहुत डरा। लगा कि अगर जरा भी लुढ़के तो सीधे गंगाजी में जाएँगे।

पहले दिन विस्मय और उल्लास से भरा हुआ घाटों-घाटों मैं विश्वविद्यालय की ओर चला। खुला आसमान, खिली हुई धूप, मन्द गति से बहती गंगा। लोगों का आना-जाना, नहाना-धोना, पूजा-पाठ करना, बैठकर गप्पें हाँकना—तरह-तरह की गतिविधियाँ दिखतीं इन घाटों पर।

घाटों के सामने वाले मुहल्लों के लोग अपने काम में व्यस्त, कुछ बिना काम के भी मस्त। कुछ लुभाने में लगे हैं, कुछ ठगने में। कुछ सफल होते, कुछ उपहास के पात्र बनते—तीर्थयात्रियों और विदेशियों के सामने।

घाट पर पैर फैलाए गंगाजी की ओर मुँह करके बैठे हैं तो लगता है बनारस शहर गंगाजी की ओर खुली पीठ करके बैठा हो धूप सेंकने के लिए। घाटों के किनारे-किनारे ऊँचे-ऊँचे महलनुमा पत्थर के मकान जिनकी पिछली ऊँची दीवारें गंगाजी की ओर हैं बिना खिड़की-दरवाजों के ताकि बाढ़ का पानी इन घरों में न घुस सके।

शुरू के कुछ दिनों मैं इन घाटों का नाम पढ़ते चलता था। इसी वजह से एक दिन मैं जब घाटों के नाम पढ़ते हुए गुजर रहा था तो मेरे पैर सीढ़ियों पर ऊँचे-नीचे पड़ गए और मैं धम्म से गिर पड़ा। सारा वजन हाथों पर आ जाने के कारण अँगुलियाँ मुचक गईं, लेकिन मुँह पर चोट नहीं लगी। मुझे गिरता देख घाट के किनारे के मकान की आड़ में टट्टी करने बैठे दो-तीन बच्चे हँसने लगे। उन्हें हँसता देख पास ही से गुजर रहे एक विदेशी जोड़ा भी हँसने लगा। मैं अपनी झेंप मिटाने के लिए इधर-उधर देखने लगा। तभी एक मल्लाह ने पहले तो एक कहावत कही—राँड़ साँड़ सीढ़ी संन्यासी, इनसे बचै तो सेवै कासी, फिर मुझे सांत्वना और सीख देने लगा कि सीढ़ियों से सँभलकर चला करो बाबू।

घाटों-घाटों मेरा आना-जाना लगा रहा। अब मैं अभ्यस्त हो चला था, सीढ़ियों पर सजग रहता था। लेकिन सीताराम मठ का जीवन आसान नहीं था। वहाँ सबसे बड़ी समस्या थी संडास जाने के लिए पानी की। संडास को कोई-न-कोई कब्जाए ही रहता था और अक्सर सुबह लाइन लग जाती थी। नहाने की समस्या भी कुछ ऐसी ही थी। इस भीड़ और शर्मिन्दगी से बचने के लिए मैं भोर में ही संडास से फारिग होकर पास वाले प्रह्लादघाट पर नहाने निकल जाता था।

लगभग पहले ही दिन की बात रही होगी जब मुँह-अँधेरे घाट पर पहुँचते ही

मैंने देखा, एक सज्जन गंगाजी में कमर तक पानी में खड़े हाथ जोड़कर कुछ गा रहे हैं। गौर किया तो सुनाई पड़ा—

समृद्ध सौभाग्यं सकसबसुधाय: किमपितन्।
महैश्वर्यं लीलाजनित जगत: खंडपरशो:।

अद्भुत! दैवीय!! अत्यन्त मधुर गायन। सुस्पष्ट और सही-सही शब्दों के उच्चारण से लग रहा था जैसे संस्कृत का कोई सुशिक्षित पंडित हो। गंगाजी की महिमा का यह गान अवश्य ही किसी महान और सहृदय गंगा-भक्त ने लिखा होगा। मैंने निश्चय किया कि कवि का नाम इस व्यक्ति से जरूर पूछूँगा। कोई आधा घंटे बाद वह व्यक्ति ज्यों ही गंगा से बाहर निकला मैं उसकी ओर लपका पूछने के लिए, किन्तु उसने इशारे में बताया कि मैं पहले गंगा-स्नान कर लूँ। मन मारकर, नहाने के लिए मैं गंगा में घुस गया।

सुबह का समय और काशी का गंगा घाट—स्वर्ग यही है। कहने की जरूरत नहीं है, यह खुद देखने और महसूस करने की चीज है। मैं कुछ देर में नहाकर, आकर एक चबूतरे पर बैठकर प्रतीक्षा करने लगा उस व्यक्ति की। इस बीच, मैं कभी गंगा की छवि निहारता, कभी उगते सूरज की किरणों का गंगा जल प्रवाह के साथ इठलाना-इतराना, मोतियों-सा चमकना देखता, कभी दूर फैले घाटों पर लोगों का नहाना-गाना-पूजापाठ करना देखता।

सम्भवत: एक घंटे इसी तरह बीता होगा कि किसी ने पीछे से मेरे कन्धे पर हाथ रखा। पलटकर देखा तो वही व्यक्ति हैं। मुस्कुराते हुए बोला, "पूछिए, क्या पूछना चाहते थे? हाँ, पहले अपना परिचय तो बताइए।" मैंने सिर्फ इतना बताया कि मैं हिन्दू विश्वविद्यालय में एम.ए. संस्कृत प्रथम वर्ष का विद्यार्थी हूँ। इस परिचय से वह बहुत खुश हुए, लेकिन आश्चर्य से पूछा कि पंडितराज जगन्नाथ का नाम नहीं सुने हो! जब मैंने बताया कि 'भामिनीविलास' और 'गंगालहरी' के रचयिता पंडितराज जगन्नाथ का नाम मैंने सुन रखा है, तो मुझे आश्चर्य में डालते हुए उन्होंने बताया कि वह जो गा रहे थे वह गंगालहरी ही था। मेरे यह बताने पर कि मैं गंगालहरी नहीं पढ़ा हूँ, तो उन्होंने पूछा कि तब तो तुम इसकी रचना की कहानी भी नहीं जानते होंगे। मेरे नहीं कहने और कहानी सुनाने का अनुनय करने पर वह

मुझे निकटवर्ती पंचगंगा घाट की ओर ले गए और सीढ़ियों से ऊपर चढ़कर एक स्थान पर बैठ गए और बोले, "सुनो :

बात सोलहवीं शताब्दी की है जब भारतवर्ष पर आगरा से शाहजहाँ शासन कर रहा था। शाहजहाँ के दरबारी कवियों में बनारस के जगन्नाथ पांडेय भी थे, जो संस्कृत के कवि थे। उनको शाहजहाँ इतना सम्मान देता था कि उनको 'पंडितराज' की उपाधि दे रखी थी। यही नहीं, उसने अपने सबसे बड़े शाहजादे दारा शिकोह को संस्कृत पढ़ने के लिए पंडितराज जगन्नाथ को उस्ताद मुकर्रर कर रखा था।

वहीं पर पंडितराज जगन्नाथ की एक यवनी कन्या से मुहब्बत हो गई और उन्होंने उससे शादी कर ली। पंडितराज ने उसका नाम रखा लवंगलता उर्फ लवंगी।

पंडितराज जब अपनी पत्नी सहित बनारस आए तो बनारस के पंडितों ने उनका घोर विरोध किया और उन्हें अपवित्र घोषित किया—यवनी से विवाह के कारण। इन विरोधियों की अगुआई करने वाले भट्टोजि दीक्षित और उनके भाई रंगोजि दीक्षित थे जिनसे पंडितराज का पुराना बैर था। उन्होंने यहाँ तक विरोध किया कि जब पंडितराज अपनी पत्नी के साथ गंगा-स्नान के लिए पहुँचे, तो दीक्षित बन्धुओं और उनके गुर्गों ने पंडितराज को जबरदस्ती स्नान करने से रोका—यह कहकर कि इससे गंगा अपवित्र हो जाएगी। जो स्वयं भारत के सम्राट का राजकवि हो और युवराज का गुरु हो उस पंडितराज ने इन दुराग्रही ब्राह्मणों के विरुद्ध बादशाह से न्याय माँगने के बजाय माँ गंगा से गुहार लगाई कि उनका और लवंगलता का प्रेम यदि पवित्र है, तो गंगा स्वयं अपने बहू-बेटे के पास आकर प्रमाण देंगी।

यहीं, पंचगंगा घाट पर सपत्नीक बैठ गए पंडितराज, विरोधियों की भीड़ के बीच, और प्रारम्भ कर दी गंगा-स्तुति। छन्द पर छन्द रचने लगे—अत्यन्त भक्ति-भाव एवं अनुनय से परिपूर्ण। एक-एक छन्द पर

एक-एक लहर उठते हुए गंगा इक्यानवें छन्द पर पंचगंगा घाट की सबसे ऊपरी सीढ़ी तक पहुँच आईं। पूरे बनारस में हाहाकार मच गया, लगा पूरा नगर गंगा की बाढ़ में डूब जाएगा, लेकिन जगन्नाथ और लवंगलता को लेकर गंगा अपने मूलरूप में वापस लौट गईं।

पंडितराज जगन्नाथ की गंगालहरी अत्यन्त प्रसिद्ध हुई। कुछ लोग गंगा द्वारा जगन्नाथ और लवंगलता को ले जाने के प्रकरण को प्रवाद मानते हैं और कहते हैं कि स्थानीय ब्राह्मण समाज से अपमानित और तिरस्कृत होकर क्षुब्ध दम्पती ने गंगा में डूबकर आत्महत्या कर लिया था। खैर, वास्तविकता जो भी हो, पंडितराज की 'गंगालहरी' अद्‌भुत कृति है।"

सुबह-सुबह पंडितराज जगन्नाथ और लवंगलता का प्रेम-प्रसंग और उसका दुखद अन्त सुनकर मेरा मन पूरे दिन बड़ा खिन्न रहा। मैं सोचता रहा, अंजलि लवंगलता की राह क्यों न चली; क्यों नहीं उसने हठ ठान लिया अपना प्यार पाने के लिए; कौन उसे रोक रहा था—क्या ये थोथी जातिवादी दीवारें! क्या ब्राह्मणों की एक उपजाति दूसरी उपजाति से इतनी हीन है कि उनमें आपसी सम्बन्ध न जुड़ सके? सोचते-सोचते मैं शुक्ला दम्पती की मानसिकता पर सोचने लगा। मुझे लगा कि शुक्ला जी के घर में विद्वत्ता और प्रगतिशीलता की सारी बातें थोथी हैं। इनसे ज्यादा तो उदार और प्रगतिशील मुगल सम्राट शाहजहाँ था जो मुल्ले-मौलवियों के विरोध के बावजूद एक तथाकथित काफिर से एक यवनी कन्या के विवाह को स्वीकार किया। धिक्कार है उन बनारसी बाह्मणों को जो उस प्रेमी-युगल को अपने समाज में पचा न सके!

इस तरह की बातों से मेरा मन पूरे ब्राह्मण समाज के प्रति आक्रोश से भर गया। फिर मैं सोचने लगा कि सिर्फ ब्राह्मण ही क्यों; क्या अन्य जातियों में अपने आन्तरिक विधि-विधान और वर्जनाएँ और प्रताड़नाएँ नहीं होंगी? जरूर होंगी। बस बात यह है कि मुझे ज्ञात नहीं। न जाने कितने निर्दोष और प्रतिभाशाली लोग जाति-उपजाति की वेदी पर बलि चढ़ाए जाते होंगे! न जाने कब तक जाति का यह जहर हमारे समाज को जकड़े रहेगा!!

हमारा गाँव बभनियाँव बाभनों का गाँव है। ऐसा नहीं कि इस गाँव में और जातियाँ नहीं रहतीं। रहती हैं, पर बाभनों की बहुतायत है। चार घर ठाकुर हैं ठकुरहने में; पन्द्रह घर अहीर हैं अहिराने में; दस घर कोइरी हैं कोइराने में। इसी तरह, मामूली तादाद में तेली, कोंहार, नाऊ और धोबी क्रमशः तेलियान, कोहरान, नौआन और धोबियान में रहते हैं। न जानते हों तो बता दें आपको कि अलग-अलग जातियों के ये छोटे-छोटे मुहल्ले हैं। सबसे बड़ा मोहल्ला बाभनों का है—बभनौटी, जिसमें लगभग पचास घर बाभन हैं। सब-के-सब भारद्वाज-गोत्रीय, सरयूपारीण और मिश्र (मिसिर, मिश्रा) उपाधिधारी हैं।

एक और तरह के ब्राह्मण हैं जो महाब्राह्मण (महाबाभन) कहलाते हैं। ये भी भारद्वाज-गोत्रीय, सरयूपारीण और मिश्र उपाधिधारी हैं। ये खुद को ब्राह्मणों में सर्वश्रेष्ठ होने का दावा करते हैं, किन्तु इनकी हालत बभनियाँव के चमारों से भी गई-गुजरी है। बीस घर हैं महाबाभन और अलग मोहल्ला है इनका—महबभनान।

महाबाभन हर गाँव में नहीं होते। ब्राह्मणों की यह उपजाति हमेशा से अल्पसंख्यक रही है। लेकिन, ये जहाँ बसते हैं—थोक के भाव बसते हैं, और अड़ोस-पड़ोस के कई गाँवों के लोगों के अन्त्येष्टि संस्कार को सम्पन्न कराने की जिम्मेदारी निभाते हैं। इनके कारण ही हमारे गाँव की विशिष्टता है और गाँव के नाँव की सार्थकता है। चौहद्दी में कहीं कोई मरा, तो उस गाँव का नाऊ दौड़ा आता है हमारे गाँव के महाबाभन के पास अन्त्येष्टि के कर्मकांड को सम्पन्न कराने के लिए जजमान की ओर से निवेदन लेकर।

गाँव के बीचोबीच एक रास्ता निकलता है—पूरब-पच्छिम। यही इस गाँव का राजमार्ग है। इसके उत्तर तरफ, पश्चिमोत्तर में, ठकुरान और उसके सामने सड़क की दूसरी तरफ अहिरान है। पूर्वोत्तर में बभनान है और इसके ठीक सामने सड़क के इस पार दक्षिण-पूर्व में महाबभनान। ये ही चार मुख्य स्तम्भ हैं बभनियाँव गाँव के। दूसरी दर्जन-भर जातियों की बस्तियाँ इनके सामने हेठ हैं, क्योंकि वे छोटे-छोटे समुदाय हैं और इधर-उधर बिखरकर बसे हुए हैं। करीब चालीस घरों वाली, चमारों की बस्ती, जिसे हम गाँव वाले चमटोल कहते हैं, गाँव से बाहर दक्खिन ओर बसे हैं। महाबभनान के लोग बभनान के ब्राह्मणों को उत्तर टोले का ब्राह्मण कहते थे, जबकि उत्तर टोले के लोग इन्हें महाब्राह्मण, महाबाभन या महापातर कहते थे। उनकी सुना-सुनी दूसरे लोग भी इन्हें यही कहते थे।

हमारे गाँव के अति विशिष्ट व्यक्ति हैं पंडित मिसिर। उनका असल नाम जगन्नाथ उर्फ जगरनाथ मिसिर है, लेकिन लोग उन्हें सम्मान से या कहिए भय से पंडित जी या पंडित मिसिर के नाम से पुकारते हैं। पंडित उनका घरेलू नाम है, जो उनके पिता छविनाथ मिसिर ने अपने एकलौते बेटे के सम्मान में दुलार से दिया था।

हमारे यहाँ एक रिवाज है कि हम जिसे सम्मान देते हैं उसे उसका सीधा नाम लेने के बजाय उसे कोई अन्य सम्मानसूचक या दुलारबोधक नाम दे देते हैं। जैसे ठकुरहन के रणवीर सिंह उर्फ राणा अपने बेटे शार्दूल विक्रम सिंह को शेरा कह के बुलाते हैं, तो अहिरान के सुखनन्दन यादव उर्फ सुक्खन अपने बेटे रघुनन्दन यादव को रग्घू और बाबूनन्दन यादव को बाबू कहते हैं। कइयों उदाहरण हैं। कहाँ तक गिनाएँ! हाँ, कुछ नाम दूसरे कई कारणों से रख दिए जाते हैं। जैसे तेलियान के मोल्हई तेली के सात बच्चों में पाँच बेटियाँ और दो बेटे हुए, जिनमें दोनों बेटे जन्म से कुछ दिनों के भीतर ही चल बसे और बेटियाँ सब स्वस्थ और सजीव बची रहीं। आठवीं बार जब फिर बेटा पैदा हुआ तो मोल्हई की माई ने यमराज की नजर से अपने पोते को बचा लेने की गरज से उसका नाम झींगुर रखा, यद्यपि बच्चे का असली नाम नन्हे लाल गुप्ता हुआ। वैसे, कुछ लोग यमराज की मूँछ उखाड़ लेने वाले हौसले के साथ अपने बच्चों के बड़े अकड़ू नाम रख रखे थे। जैसे अकलू अहीर ने अपने ग्यारह बेटों का नाम क्रमशः कलट्टर, तहसीलदार, दरोगा, दीवान, सिपाही, सूबेदार, हवलदार, फौजदार वगैरह रखा था। बहुत विनम्र या तुच्छ नाम रखने वालों की

भी कमी नहीं थी गाँव में। कालू कोंहार ने अपने बेटों का नाम घुरहू, पेबारू और फेक्कन रखा था। लड़कियों के नामों की ज्यादा वेरायटी नहीं थी। सवर्णों में अपनी बेटियों का नाम देवियों के नाम पर रखे जाते थे या बहुत सौन्दर्य या सुरुचि-बोध का संकेत देने वाले नाम होते थे। अलबत्ता नन्हजतियों के लोग अपनी बेटियों का अजीबोगरीब नाम रखते थे। कोई सही नाम न मिला, तो कई लोग उनकी पैदाइश वाले दिन के नाम पर ही बेटी का नाम रख देते थे। इसी कारण गाँव में सोमारी, मंगरी, बुधिया, सुखिया, शनिचरी और अतवरिया नाम की लड़कियाँ थीं। औरतों का अपना नाम कुछ न था। वे किसी की बीवी थीं तो फलाने बो, या अगर वह शख्स उम्रदराज है तो उसके बेटे के नाम पर, जैसे कल्लू की माई। कोई-कोई औरत फलाने बाबा की पतोह थी। इस तरह महिलाओं का न अपना स्वतंत्र नाम था और न स्वतंत्र अस्तित्व। फिर भी, अपने घर-परिवार में वे मगन थीं।

पंडित मिसिर हमारे गाँव के कभी ग्राम-प्रधान थे। उसके पहले उनके पिता छविनाथ मिसिर बहुत दिनों तक गाँव के प्रधान रहे। फिर, पंडित मिसिर प्रधान चुने गए। जब हमारे गाँव का प्रधान का पद महिला के लिए आरक्षित हो गया, तो पंडित मिसिर की पत्नी सावित्री देवी गाँव की प्रधान चुनी गईं। चुनी क्या गईं! समझिए, चुनाव होता ही नहीं था। पंडित के घर से ही हर बार लोग प्रधान चुने जाते थे और हर बार निर्विरोध। ऐसा नहीं कि गाँव में उनका कोई विरोधी न था या उनके विरुद्ध कोई चुनाव न लड़ना चाहता था। कई थे, पर पंडित मिसिर उसकी आवाज दबा देते थे—साम, दाम, दंड, भेद से। कहते थे गाँव में एकता रहनी चाहिए। एकता में ही गाँव की शान है। उस एकता के नाम पर जबरिया निर्विरोध चुनाव जीतने का लगातार रिकॉर्ड बनाकर हमारा गाँव शासन की ओर से कई बार पुरस्कार भी जीत चुका था।

महिला सीट घोषित होने पर भी पंडित मिसिर ने चुनाव निर्विरोध रखने की परम्परा अपनी ताकत के बल पर कायम रखी और अपनी पत्नी को प्रधान चुनवा कर प्रधानपति बन गए और प्रधान का सारा पावर अपनी मुट्ठी में कैद रखा। उनकी पत्नी सावित्री देवी न केवल कठपुतली प्रधान थीं, बल्कि असल जीवन में भी वह सिर्फ एक दिखावटी सामान भर थीं।

पंडित मिसिर के पास सौ बीघे से ज्यादा की खेती थी, जिसकी देखभाल पड़ोसी गाँव फत्तेपुर के दुखहरन करते थे। दुखहरन यादव को फत्तेपुर से लाकर उनके पिता

छविनाथ मिसिर ने अपने यहाँ ही रख लिया था। दुखहरन अपनी बीवी और बेटी के साथ छविनाथ मिसिर के घर पर ही रहते थे। दुखहरन थे तो नौकर, लेकिन सम्मान से वह 'मनीजर' कहलाते थे और उनकी बीवी 'मनिजराइन' (मैंनेजर की बीवी)। मनीजर हलवाहों और मजदूरों की निगरानी करते थे और अक्सर खुदमुख्तारी के भ्रम में हलवाहों वगैरह पर चिल्लाते रहते थे। छविनाथ मिसिर अपनी बड़ी-बड़ी मूँछों के पीछे हल्के से बस मुस्करा के रह जाते थे।

मनीजराइन घर के भीतर की जिम्मेदारी सँभालती थीं, जिनमें से छविनाथ मिसिर को रोज रात में 'तेल लगाना' भी शामिल था। छविनाथ मिसिर की धर्मपत्नी लक्ष्मी को यह व्यवस्था मंजूर थी। उनके लिए यही बहुत काफी था कि वह घर की मालकिन थीं और मिसिर जी कभी-कभार रात को उन्हें अपने संग सोने का मौका दे देते थे। मिसराइन का मानना था कि उनके मरद के जाँघ में जोर है तब तो वह और मेहरारू रखे हुए हैं। मनीजर यह सब जानकर अनजान थे। उनकी बेटी मँगरी भी उसी घर में पली-बढ़ी और जवान होने पर ब्याह कर अपनी ससुराल चली गई।

इसे संयोग कहें या साजिश कि मँगरी का पति एक दिन मरा पाया गया और विधवा मँगरी फिर से पंडित के घर वापस आ गई। पहले जो सेवा मनीजराइन बड़े मिसिर की करती थीं, वही सेवा मनीजराइन की विधवा बेटी मँगरी पंडित मिसिर की करने लगी। वैसे, उनका चक्कर बचपन से था, यद्यपि वह पंडित को भैया जी कहती थी। गाँव भर यह जानता था, लेकिन बड़े घर की बड़ी बात थी। जल में रहकर कौन मगर से बैर ले!

पंडित मिसिर की शादी हमारे गाँव बभनियाँव से दो कोस दूर बड़गाँव के उभर रहे राजनेता सुभाष चौबे की बड़ी बहन सावित्री से हुई थी। सावित्री की नियति भी अपनी सास लक्ष्मी जैसी थी। रात को 'तेल' लगाने का काम छविनाथ मिसिर के लिए मनीजराइन का था, तो उनके बेटे पंडित के लिए यह काम मनीजराइन की युवा बेटी मँगरी करती थी। सास-बहू—लक्ष्मी और सावित्री—ने कभी कोई प्रतिरोध न किया, क्योंकि बाप-बेटे ने उनके अपने-अपने दाय में कोई कमी न रखी थी। घर की मालकिन यही दोनों थीं—लक्ष्मी बड़ी मालकिन और सावित्री छोटी मालकिन। उनका मानना था कि महतारी-बिटिया—मनीजराइन और मँगरी—तो नौकरानी थीं और मर्दों के मन रखने की सामान थीं।

पंडित मिसिर के दो बच्चे थे। बड़ा था बेटा द्विजेन्द्रनाथ, जिसे वह स्नेह-सिक्त गर्व से द्विज पुकारते थे। छोटी बेटी थी विद्या, जिसे घर में प्यार से दुलारी बुलाया जाता था। द्विज अंग्रेजी स्कूल में पढ़ने के लिए अपने मामा सुभाषचन्द्र चतुर्वेदी उर्फ सुभास चौबे के बँगले पर लखनऊ में रहता था। विद्या गाँव की कन्या पाठशाला में पढ़ती थी।

सुभाषचन्द्र चतुर्वेदी उर्फ सुभास चौबे का राजनैतिक कद तब बहुत बढ़ा हुआ था। हमारे क्षेत्र से वह लगातार दो बार एम.एल.ए. चुने गए थे। वे राज्य सरकार में सहकारिता मंत्री थे और मुख्यमंत्री के दाहिने हाथ माने जाते थे।

चौबे जी की के बँगले पर तीन ही प्राणी रहते थे—खुद चौबे जी, उनका भांजा द्विज और सोमारी, जो घर का सारा सार-सँभाल देखती थी। चौबेजी अपनी बीवी और एकलौती बेटी को गाँव पर ही रखते थे। बीच-बीच में वह गाँव जाते थे—अपने क्षेत्र के लोगों से मिलने और अपनी बीवी और बच्ची से अपनत्व जताने।

हमारे क्षेत्र में उन दिनों चलन था कि लोग अपनी बीवियों और बेटियों को शहर में अपने साथ न रखते थे। यह मर्यादा की बात मानी जाती थी। जो अपनी बीवी को शहर ले जाकर अपने साथ रखता था उसे लोग 'मऊगा' कहकर उसकी हँसी उड़ाते थे। चौबे जी इस लोकरीति का कैसे उल्लंघन कर सकते थे! उन्हें अपने क्षेत्र में लोकप्रिय बने रहना था और लोकमर्यादाओं का पालन करना था।

सोमारी, चौबे जी के हलवाह बुद्धू बिन्द की बेटी थी। सोमारी और उसकी माँ चौबे जी के घर के कामों में हाथ बँटाती थीं। सोमारी सुन्दर थी। बचपन से ही उसका लगाव सुभास से हो गया था। सोमारी का ब्याह पास के ही एक गाँव के सँवरू बिन्द से हुई थी।

सँवरू सुभाष चौबे जी की सेवा में लगना चाहता था। जानता था कि इतने बड़े आदमी हैं चाह लेंगे तो कहीं सरकारी महकमे में नौकरी लगवा देंगे। चौबे जी के परिवार में तय यह हुआ कि सोमारी और सँवरू सुभास की सेवा करने के लिए लखनऊ उनके बँगले पर रहेंगे। सोमारी खास तौर पर द्विज की देखभाल करेगी। ऐसी इच्छा द्विज की माँ और सुभास की बड़ी बहन सावित्री की भी थी। सुभास की घरवाली चौबाइन को भी यह व्यवस्था मंजूर करना पड़ा था, यद्यपि वह सुभास और सोमारी के खेल से अच्छी तरह वाकिफ थी।

एक दिन बाजार से सब्जी वगैरह लेकर आते समय सँवरू एक ट्रक की चपेट में आकर भवसागर के पार हो गया। पता नहीं यह सचमुच दुर्घटना थी या कुछ और! आरोप लगाने वाले तो यहाँ तक कहते थे कि सुभास चौबे ने जानबूझकर सँवरू को रास्ते से हटवाया था।

सँवरू से छुटकारा मिलने पर अब सोमारी स्वच्छंद हो गई। सुभाष का निर्बाध सान्निध्य पाकर वह लहक उठी। लरिकाईं का दोनों का लगाव था। सुभाष उसके कृष्ण थे और वह उनकी राधा। वह उनके प्रति पूर्णतः समर्पित थी। खाने-पीने, कपड़े-लत्ते पर ध्यान देने के साथ-साथ रात को उनके संग सोने की जिम्मेदारी भी निभाती थी। कई बार सुभास की अप्राकृतिक माँगों के प्रति भी वह खुशी से समर्पित हो जाती थी। इन सबके बावजूद वह बड़ी मानिनी थी; बड़ी स्वाभिमानिनी थी। सुभास उसके देवता थे। उनके सामने बिछ जाने में उसे कोई हिचक न थी।

एक रात सुभास का अन्तरंग मित्र बबलू चौधरी सुभास के सरकारी बँगले पर आया हुआ था। दोनों में गहरा याराना था, इस बात के बावजूद कि बबलू की बहन ललिता का भी सुभास के साथ अवैध सम्बन्ध था। पीने-पिलाने का दौर बहुत रात तक चला। इस दौरान बबलू ने ललिता की बात भी उठा दिया, यद्यपि उसने स्पष्ट कर दिया कि दोनों के बीच राजी-खुशी का मामला है तो उसे कोई आपत्ति नहीं है। हालाँकि, उसने इसके बदले सुभास की प्रेमिका सोमारी से उस रात सम्बन्ध बनाना चाहा और वह भी अप्राकृतिक, क्योंकि वह इस बारे में सुभास को डींगें मारते सुन चुका था। सुभास यह सुनकर सन्न रह गए। उनसे न स्वीकारते बन रहा था न नकारते। अन्ततः वह ड्राइंग रूम से उठकर अपने बेडरूम में सोमारी के पास गए और बड़ी दीनता से उसे बबलू का प्रस्ताव सुनाये।

सोमारी एकदम बिफर गई। सुभास उसको मनाते रहे, लेकिन वह क्रोध में चिल्लाने लगी। इससे सुभास की सामन्ती मर्दानगी जाग उठी। वह अब तक स्त्री को इस्तेमाल का सामान ही समझते आए थे, और सोमारी तो मात्र एक नौकरानी थी। वह ख़ुशी से न मानी तो सुभास के इशारे पर बबलू ने उसके साथ बलात्कार किया—वह भी अप्राकृतिक ढंग से। सोमारी ने होंठ भींचकर यह सब कुछ सह लिया। वह न सिर्फ लहूलुहान हो गई, बल्कि उसके मन को भी गहरा आघात लगा।

वह बुरी तरह ठगी हुई महसूस कर रही थी। उसका मन उखड़ चुका था। वह उसी रात सुभास के बँगले से भाग निकली।

सोमारी संयोग से एक यादव नेता के हाथ लग गई, जिसकी अपनी यादव-बहुल राजनीतिक पार्टी थी। यह पार्टी विपक्ष में थी, सुभास की पार्टी सरकार में। स्वाभाविक ही दोनों में छत्तीस का आँकड़ा था। यादव ने मौके का फायदा उठाया और अपने लोगों के झुंड के साथ सोमारी को लेकर थाने पहुँच गया। थानेदार मंत्री के विरुद्ध एफ.आई.आर. लिखने की हिम्मत न जुटा पा रहा था, लेकिन विपक्षी पार्टी के लोगों के भारी दबाव के तहत सोमारी के पति सँवरू की षड्यंत्रपूर्वक हत्या करा देने और सोमारी के साथ लगातार बलात्कार करते रहने की एफ.आई.आर. सुभाष चन्द्र चतुर्वेदी उर्फ सुभास चौबे के विरुद्ध दर्ज हो गई।

यही नहीं, सोमारी को आगे कर विपक्ष ने जगह-जगह प्रदर्शन करने शुरू कर दिए। सुभास के प्रति पूर्ण प्रेम और समर्पण के बदले सुभास ने उसके साथ कैसा सलूक किया—यह सोचकर वह सार्वजनिक सभाओं में घायल नागिन की तरह फुफकार मारते हुए भाषण करती थी।

सुभाषचन्द्र चतुर्वेदी मुख्यमंत्री के दुलरुआ मंत्री थे, लेकिन विपक्ष के हंगामें और प्रदर्शनों के चलते उन्हें मंत्री पद से त्यागपत्र देना पड़ा। बड़ी मुश्किल से, और चुपके से, बहुत सारा धन देकर और सोमारी के पैरों में अपनी टोपी रखकर क्षमा माँगने से मुकदमा किसी तरह बन्द हो गया और सुभास चौबे की जान छूटी। मंत्री पद तो अब मिलने का सवाल ही नहीं था, यद्यपि राज्य पर्यटन विकास निगम के अध्यक्ष का पद देकर मुख्यमंत्री ने उन्हें किसी तरह समायोजित कर दिया।

महाबभनान में हमारा घर था, तीन प्राणियों का—मैं, माई और कक्का। माई का असली नाम मुझे मालूम न था। अड़ोसी-पड़ोसी उन्हें रमई बो बुलाते थे। जाहिर है, मेरे बाप का नाम रमई मिसिर था। बहुत बाद में मुझे मालूम हुआ कि माई का असली नाम लछमीना था।

कक्का हमारे बड़का बाऊ यानी ताऊ थे, लेकिन हम सब उन्हें कक्का कहते थे। वैसे, उनका असली नाम कन्हई मिसिर था, लेकिन लोग मौका देखकर उन्हें

काने, कनवा, डेढ़ बैटरी, कंटहा, कंटहवा, महपतरा, मिसिर जी, या मिसिर महराज कहते थे। काने, कनवा या डेढ़ बैटरी वह इसलिए कहलाते थे कि एक आँख उनकी गायब थी। इस बारे में हमारी आजी बताती थीं कि "हमरे कन्हई लाल पर माता माई—चेचक—आयल रहलीं। भला जान त छोड़ देहलिन, लेकिन आपन निशान दे के अउर एक आँख ले के चल गइलीं।" चेहरे पर चेचक के गहरे दाग और एक आँख धँसकर भीतर चले जाने के कारण इकहरे बदन वाले कक्का बहुत कुरूप दिखते थे। वह दशगात्र कर्म प्राय: कराते रहते थे और हर बार कर्म कराने से पूर्व सिर और मूँछें मुड़ाने के चलते उनकी कुरूपता अक्सर विद्रूपता में बदल जाती थी।

लोग मानते थे कि सुबह कन्हई का मुँह देखने वाले को दिन भर अन्न नहीं नसीब होता था। लोग उन्हें हमेशा अशुभ मानते थे। दशगात्र वाले दिन जिस जजमान के यहाँ वे हाजिर हो जाते थे उसके लिए वे महराज बन जाते थे और वह विनय से उनके सामने एकदम झुका रहता था।

कक्का स्वभाव से अगिया-बैताल थे। क्या मजाल कि उनके सामने कोई उनके विरुद्ध अपमानजनक बात कह दे। वह तुरन्त उसके सात पुश्त तक न्योत डालते थे। इस कारण भी लोग उनसे किनारा करते थे।

कक्का चार भाई थे—सबसे बड़े कन्हई, उसके बाद हमारे बाप रमई, फिर बड़के चाचा रजई और सबसे छोटे, छोटके चाचा, बचई। उनकी तीन बहनें थीं। चूँकि महाब्राह्मणों की बस्तियाँ बड़ी विरल होती हैं। अत: उनकी शादी-ब्याह की बड़ी समस्या होती है। तीन बहनें गोलावट (अदला-बदली) में देकर तीन भाइयों की शादी तो हो गई, लेकिन कक्का कुँआरे रह गए। उनके कुँआरेपन में अन्य कई कारणों में से उनकी कुरूपता भी एक कारण रहा होगा। लेकिन, हमारी आजी का कुछ और ही मानना था, "बहुत महाबाभन आए, लेकिन हमरे कन्हई लाल एकदम फक्कड़ और बौड़म हैं। शादी के जंजाल में फँसने से एकदम इनकार कय देहलन।" भ्रम और भुलावे में खुद को रखकर जीने का आजी का अपना अनोखा अन्दाज था।

चारों भाइयों और तीनों बहनों में सब-के-सब अनपढ़ थे। महाबाभनों में पढने-लिखने का चलन न था। अधिकांश के पास इतनी खेती-बाड़ी भी न थी जिनमें वे खप सकें। सो ज्यादातर नौजवान लड़के शहरों की ओर भाग जाते थे रोजी-रोटी की तलाश में। वहाँ वे मेहनत-मजूरी करते या कहीं मठ-मन्दिर में खुद को ब्राह्मण

बताकर पंडित-पुजारी का छोटा-मोटा काम पा जाते थे। जो कहीं न जा पाते वे गाँव में ही रहकर जजमानी अर्थात् अन्त्येष्टि कर्म कराके आजीविका कमाते थे। इस काम में उन्हें आमदनी अच्छी होती थी, पर उनका पेट बमुश्किल भरता था। हमेशा विपन्नता से घिरे रहने वाले इन ब्राह्मणों के बारे में कुछ लोग प्रवाद फैलाते थे कि ये मन्नत माँगते रहते हैं कि लोग मरें ताकि इनकी आमदनी बढ़े। इस तरह के अफवाहों और अपमानों से चिढ़कर ये लोग जजमान, जो अपने प्रिय की मृत्यु के कारण पहले ही शोकग्रस्त होता है, से बड़ी क्रूरता से दान वसूलते थे। बदले में इन्हें लोगों से और अपमान और घृणा मिलती थी।

जिनके पास जजमानी भी नहीं के बराबर थी, वे भीख माँगने का धन्धा करते थे। दूर के गाँवों में निकल जाते थे वे और कई-कई महीने उधर ही रहकर भीख माँगते थे और अन्त में सब कुछ इकट्ठा करके गाँव लौट आते थे। यह काम वे लोग साल में दो बार करते थे—पहले बसन्त पंचमी से गंगा दशहरा तक लगभग चार महीने और दूसरी बार अनन्त चतुर्दशी से दीपावली तक लगभग डेढ़ महीना। इन्हीं दिनों की कमाई से वे साल भर अपने परिवार का पेट पालते थे।

इन भीख माँगने वालों में से जिनका गला थोड़ा अच्छा था, वे खरीदकर या कहीं से जुगाड़ कर सारंगी जुटा लेते थे और फर्जी जोगी बनकर बहुत दूर के गाँवों में राजा भरथरी के जोगी होने की कहानी गाकर सुनाते थे और भीख माँगते थे। एक एरिया में ये कुछ ही दिनों भीख माँगते थे और असली नाथ योगियों द्वारा पकड़ लिए जाने के डर से अक्सर एरिया बदल-बदल कर भीख माँगते थे। कुछ ही दिनों में ये अच्छा-खासा माल इकट्ठा करके अपने गाँव लौट आते थे।

घृणा, अपमान और अभाव की जिन्दगी जीते महाब्राह्मणों के कई जवान लड़के अपराध की दुनिया से भी जुड़ जाते थे, पर ज्यादातर ये छोटे-मोटे अपराध तक ही सीमित रह जाते थे। इनमें सबसे आगे निकले हमारे बाप, जो एक खूँखार डकैत थे। हमारे जन्म से कुछ दिनों पहले ही वे किसी गाँव में डकैती डालते समय मारे गए थे। मेरी माई बताती है कि अपने गाँव में उनका बड़ा रुतबा था। बड़े डील-डौल वाले थे वे और बड़ी-बड़ी मूँछें रखते थे। पूरा जवार उनके नाम से थर-थर काँपता था। लेकिन, अपने गाँव में, जहाँ वह कम ही आते थे, बड़े विनम्र रहते थे, फिर भी लोग भय से उन्हें सम्मानपूर्वक गुरु कहकर बुलाते थे। कहते हैं

महाब्राह्मणों के वह नायक थे। क्या मजाल कि उनकी उपस्थिति में महाब्राह्मणों को कोई अपमानजनक बात कह दे।

एक बार रमई गुरु गाँव आए हुए थे रात में। उनके आने की सटीक सूचना पाकर बहुत दिनों से घात में लगी पुलिस ने हमारे घर पर रात में ही धावा बोल दिया। मिट्टी के बने खपरैल वाले एक कमरे और छोटे से आँगन वाले घर में माई अकेली रहती थी अपने डकैत पति के कभी-कदा आने की आस लगाये।

माई बताती थी कि उस रात माई के पास सोये हुए हमारे बाप को ज्यों ही पुलिस के आने की आहट मिली, वह तुरन्त घर के रोशनदान से पड़ोसी के घर में चुपके से खिसक लिये और सटे हुए मकानों से होते हुए भागने में सफल हो गए। पीछे छूटी माई की पुलिस वालों ने बड़ी दुर्गति की। माई के मुँह से तो मैंने नहीं सुना (कैसे बताती वह मारे लाज के!), लेकिन दूसरों से सुना कि उस रात पूछताछ के दौरान कई पुलिसवालों ने निर्ममतापूर्वक माई के साथ बलात्कार किया। माई चीखती-चिल्लाती रोती रही, पर कोई भी पड़ोसी पुलिस के भय से सामने न आया। मैं उस वक्त माई के पेट में था। भाग्य से ही मैं गर्भ में बच गया। कहते हैं कोई पन्द्रह दिनों के भीतर ही रमई गुरु मारे गए।

माई बताती थी कि जब मैं पैदा हुआ तो माई ने दृढ़ निश्चय किया कि उसका बेटा डकैत नहीं, बल्कि पढ़-लिख कर ऐसा पुलिस बनेगा जो किसी के अपराध के बदले किसी और को, खासकर औरतों को, 'बेइज्जत' न करेगा।

कहते हैं रमई गुरु अपने बड़े भाई कन्हई का बड़ा सम्मान करते थे और हमेशा उन्हें भाई जी कहकर बुलाते थे। कन्हई महराज ही उनकी जजमानी का काम देखते थे और उनकी अक्सर फरारी के दौरान उनकी बीवी यानी मेरी माई की रखवाली और सुविधाओं का खयाल रखते थे। मेरे बाप के प्रताप के कारण किसी की मजाल न थी कि कन्हई को कनवा कह दे, लेकिन उनके मारे जाने के बाद कन्हई महराज फिर से कनवा हो गए। हालाँकि, मेरे लिए वे कन्हई कक्का थे।

कहते हैं जगन्नाथ उर्फ पंडित मिसिर की मेरे बाप रमई मिसिर से बड़ा मेल-जोल था। रमई पंडित मिसिर को 'भइया जी' कहकर बुलाते और उनके प्रति जबरदस्त वफादार थे। पंडित मिसिर गाहे-बगाहे अपने राजनेता साले सुभाषचन्द्र चतुर्वेदी के कामों में रमई मिसिर का उपयोग करते थे। सुभास से रमई मिसिर का कोई खास

सीधा सम्पर्क तो न था, लेकिन सुभास के इशारे पर ही पंडित मिसिर रमई मिसिर से काम लेते थे विरोधी तत्त्वों के दमन या उन्मूलन के लिए। बदले में, रमई मिसिर को पंडित मिसिर, और परोक्ष रूप से मंत्री सुभाषचन्द्र चतुर्वेदी का भी, संरक्षण प्राप्त था। यही वजह थी कि पुलिस भी रमई मिसिर की हरकतों की ओर से आँखें मूँदे रहती थी या कभी किसी संगीन मामले में कोई हल्की-फुल्की औपचारिक कार्रवाई करके अपने दायित्व का निर्वहन कर लेती थी।

रमई मिसिर कभी अपने गाँव आते थे तो गाँव में गऊ की तरह रहते थे, लेकिन लोग जानते थे कि गऊ की खाल में वह शेर है। उन्हें रंज करना किसी को भी बहुत भारी पड़ सकता है।

रमई मिसिर और सब बातें तो बर्दाश्त कर सकते थे, लेकिन अपने जातीय स्वाभिमान पर आघात को कभी माफ नहीं करते थे। यही कारण है कि पूरे महाबभनान के लोग अकड़ में रहते थे—खास कर कन्हई मिसिर।

सुभाषचन्द्र चतुर्वेदी राजनीति की दुनिया में बड़े दबंग माने जाते थे। लोग उनसे दबते थे; उनसे किनारा करके रहते थे—सिवाय चुनाव के दिनों के—जब वह अपने पूरे विधानसभा क्षेत्र में गऊ की तरह घूमते थे और बाभन होने के बावजूद सबको खुद अभिवादन करते चलते थे।

सुभाषचन्द्र चतुर्वेदी की वजह से उनके बहनोई पंडित के रुतबे में कई गुना बढ़ोतरी हो गई थी, यद्यपि सुभास जब कभी अपने बहिनियउरे बभनियाँव आते थे तो सबसे बड़े विनम्र भाव से मिलते थे। उनका मानना था कि चूँकि उस गाँव में उनकी बड़ी बहिन ब्याही है इसलिए पूरे गाँव के लोग उनके लिए सम्माननीय हैं। लोग इसे मंत्री जी का बड़प्पन मानते थे, और उनका बड़ा आदर और दुलार करते थे। कोई-कोई ऐसे भी थे जो गाँव के साले होने के नाते उनसे मजाक करने या बेतकल्लुफ होने से न चूकते थे। इन्हीं में से एक थे कन्हई मिसिर भी, जो पंडित जी के समवयस्क थे। कन्हई मिसिर जाने-माने मुँहजोर थे। उनको किसी का डर-भय न था। ऊपर से उनके छोटे भाई रमई मंत्री जी यानी चौबे जी के बहनोई पंडित मिसिर के खास आदमी थे और लोग यह भी जानते थे कि रमई मिसिर मंत्री जी के लिए काम करते थे।

एक बार की बात है। सुभाषचन्द्र चतुर्वेदी सुबह-सुबह दल-बल सहित

बभनियाँव पहुँचे थे उस विधानसभा क्षेत्र में होने वाले चुनाव के लिए नामांकन से पूर्व अपनी बड़ी बहिन सावित्री का आशीर्वाद लेने के लिए।

बहिन का आशीर्वाद लेकर सुभास अपने बहनोई पंडित मिसिर के साथ घर में से निकले और बाहर खड़े दल-बल के साथ आगे बढ़े अपनी गाड़ियों के काफिले की ओर। गाड़ियाँ उन्हें और उनके पिछलग्गुओं को लेकर जिला मुख्यालय के लिए निकलने वाली थी, जहाँ उन्हें नामांकन करना था।

संयोगवश कहीं से भटकते हुए कन्हई महराज उधर आ टपके। हाल में ही किसी के दशगात्र में अपना सिर मुड़वाए हुए, एक आँख के काने और चेचक के दागों से भरे हुए चेहरे वाले कन्हई हमेशा की तरह बहुत अशुभ और बीभत्स दिख रहे थे। अपनी अशुभता और अशोभनीयता के प्रति कन्हई महराज अक्सर अनजान रहते थे या समझिए कि जानबूझकर अनजान बने रहना चाहते थे। एक तो काना, ऊपर से महाबाभन—साक्षात् अपशकुन की प्रतिकृति। किसी शुभ कार्य के लिए प्रस्थान करते समय लोग महाब्राह्मण का सामने पड़ जाना अशुभ मानते थे। ऊपर से यह काना महाब्राह्मण!

पंडित मिसिर के समवयस्क होने के कारण कन्हई सुभास से मजाक करने से कभी न चूकते थे. उनके साथ भी वह उतना ही मुँहफट भी थे। सुभास तोप होंगे दूसरों के लिए, हमारे लिए तो वह छोटके साले हैं, दुलारे हैं।

उस दिन शुभ कार्य के लिए जाते समय सुभाषचन्द्र चतुर्वेदी कन्हई को नजरअन्दाज करते हुए कन्नी काटकर निकल जाना चाहते थे, लेकिन कन्हई अपनी मूर्खतावश ढिठाकर उनके सामने जा पहुँचे और सिर्फ पहुँचे ही नहीं, टोक भी बैठे, "अरे, साले साहब, कब आए और इतना लाव-लश्कर लेकर सबेरे-सबेरे किधर चल पड़े?"

कन्हई के टोकने से सुभास चिढ़ गए। फिर भी, चुनाव निकट देखकर वे अपने गुस्से को जज्ब कर लिये, लेकिन मुँह से न जाने कैसे इतना निकल गया, "ई नीच महापातर सामने ही पड़ गया। हे भगवान, रक्षा करना!"

कहा तो सुभास ने बड़े धीमे से ताकि कन्हई महराज सुनने न पाएँ, लेकिन कन्हई सुन लिये। बस, फिर क्या था! कन्हई तो अगिया-बैताल हो गए। लगे सुभास को अंट-शंट कहने। यही नहीं, उनके बहनोई पंडित और उनके बाप छविनाथ मिसिर

को भी गरियाने लगे। कुछ देर तक तो सुभास बर्दाश्त करते रहे और 'महराज, महराज' कहकर कन्हई को मनाते रहे। लेकिन, जल्दी ही उनके सब्र का बाँध टूट गया और उन्होंने अपने बहनोई पंडित मिसिर को आँखों-ही-आँखों में कुछ इशारा किया। पंडित मिसिर पीछे मुड़कर अपने लोगों से कहते हुए कि "मार साले महापातर को," आगे बढ़ गए।

दो लोग पीछे रुक गए और कन्हई महराज की लाठियों से खूब धुनाई किए।

उसी शाम पहली बार रमई मिसिर पंडित मिसिर के सामने अकड़कर बोले और अपने बड़े भाई कन्हई मिसिर के पिटाई के सम्बन्ध में जवाब-तलब की। पंडित मिसिर के जवाब और समझाने कि "कन्हई बौड़म हैं और साले साहब के किसी कारिंदे से उनकी तू-तू मैं-मैं हो गई होगी। उनकी तरफ से मैं माफी माँगता हूँ," से रमई मिसिर ठंडे न पड़े और धमकाते हुए कि "इसका बदला लिया जाएगा," रंज होकर वहाँ से चल पड़े।

इसके दूसरी ही रात रमई मिसिर के घर पर पुलिस का जबरदस्त छापा पड़ा, जिसमें, यद्यपि वे बचकर भाग निकले, लेकिन पन्द्रह दिनों के भीतर ही सुनाई पड़ा कि किसी गाँव में डाका डालते समय वे पुलिस की मुठभेड़ में मारे गए।

रमई मिसिर के मारे जाने से महाब्राह्मणों की ताकत एकदम कम हो गई। वे एकदम दीन-हीन हो गए, खासकर कन्हई मिसिर। कन्हई मिसिर अब कन्हई महराज के बदले कनवा, कंटहवा, महापतरा वगैरह अपमान-सूचक सम्बोधनों से पुकारे और दुतकारे जाने लगे। लेकिन, कन्हई मिसिर ने हार न मानी। उनके भाई का बल खत्म हो गया और उनकी खुद की शारीरिक शक्ति नगण्य थी, लेकिन वे मुँहजोर थे। अब वह और बौखला-बौखला कर बोलते थे। पंडित मिसिर पर खुलकर और जोर-जोर से आरोप लगाते घूमते थे कि उन्होंने अपने साले सुभास से कहकर हमारे भाई रमई को मरवाया है। सुभास को तो कन्हई सामने न पाते थे, लेकिन पंडित तो गाँव में ही उपलब्ध थे और कन्हई असली कसूरवार पंडित को ही मानते थे। इसीलिए वे पंडित की बहिन, बिटिया, महतारी यहाँ तक कि मरे हुए बाप छविनाथ मिसिर को खुलकर भद्दी-भद्दी गालियाँ देते। मौके की नजाकत और चुनाव का माहौल देखकर पंडित मिसिर चुप रहते और अपने आदमियों को भी चुप रहने तथा कन्हई की गालियों को नजरअन्दाज करने की सख्त हिदायत दिए हुए थे।

कन्हई मिसिर यहीं नहीं रुके। उन्होंने अपने गले में 'बाँक'* बाँध ली।

बाँक बाँध-बाँधकर कन्हई पंडित के घर के निकट जाकर सुबह-शाम दोहाई देते और शाप देते कि पंडित मिसिर और सुभास चौबे के कुल-खानदान का नाश हो जाए। यही नहीं, दिन के वक्त खाली समय में कन्हई पूरे जवार में दोहाई देते फिरते और लोगों से न्याय की माँग करते।

कन्हई के देखा-देखी उनके दोनों छोटे भाइयों—रजई और बचई—ने भी अपने-अपने गले में बाँक बाँध लिया। महापातरों के मुहल्ले के कई अन्य व्यक्तियों ने भी बाँक बाँध लिया, क्योंकि रमई मिसिर महापातरों की अस्मिता और गौरव के रक्षक और नायक के तौर पर देखे जाते थे।

बाँक बाँधने वालों में से कोई अन्य तो पंडित के घर के निकट जाकर सुबह-शाम दोहाई न लगाता था, लेकिन आते-जाते-घूमते-फिरते पूरे जवार में पंडित मिसिर और सुभास चौबे के अन्याय की चर्चा जरूर करता और अपनी दीन दशा दिखाकर हाय भरता।

विपक्षी राजनैतिक दल को बैठे-बैठाए एक मुद्दा हाथ लग गया। विपक्ष के उम्मीदवार चन्द्रभान यादव कन्हई मिसिर को पकड़ लिये और उन्हें पंडित मिसिर तथा सुभास चौबे के द्वारा सताये गए व्यक्ति के रूप में अपनी चुनावी सभाओं में पेश करने लगे। उन सभाओं में अन्य दूसरे महाब्राह्मण भी जुटते, जो बाँक बाँधे रहते और बीच-बीच में दोहाई देते। वे पंडित मिसिर और सुभास चौबे के मुर्दाबाद के नारे भी लगाते। किसी-किसी सभा में कन्हई मिसिर मंच से दोहाई देते और नाटकीयपूर्ण ढंग से रोने लगते। जाहिरन, ये लोग विपक्षी दल द्वारा इसके लिए भारी भुगतान पाते थे।

अपने गाँव के महाब्राह्मणों की इन हरकतों से पंडित मिसिर बड़े हलकान हुए। उनके साले सुभास चौबे इन सब खबरों को सुनकर बहुत परेशान हो गए। उन्होंने अपने बहनोई को कहला भेजा कि किसी भी तरह महाब्राह्मणों को मना लिया जाए और उन्हें ऐसी हरकतों से रोका जाए। पंडित ने अपने आदमी भेजे महाब्राह्मणों के पास मनाने के लिए। उन आदमियों ने रुपयों-पैसों का लालच दिया। विपक्षी दल ने बढ़-चढ़ कर पैसे का भुगतान करना शुरू कर दिया। अपने अपमान और अपने नायक की हत्या में पंडित के हाथ को उनका बड़ा अपराध मानकर सारे महाब्राह्मण

एकजुट हो गए और पूरे क्षेत्र में घूम-घूमकर पंडित मिसिर और सुभास चौबे की करतूतों और क्रूरताओं की कहानियाँ बढ़-चढ़ कर फैलाने लगे।

सुभास चौबे के पास हर तरह का जोर था—धन और जन दोनों। वे मंत्री रह चुके थे और वर्तमान में शासन करने वाले दल के विधायक होने के अलावा राज्य पर्यटन विकास निगम के चेयरमैन भी थे। उन्होंने अपने क्षेत्र के बहुतों पर एहसान किया था, किन्तु उनसे कहीं ज्यादा असन्तुष्टों की संख्या थी, जो उनके कई कुकृत्यों से चिढ़े हुए थे। कई गाँवों में बड़ी संख्या में रहने वाली बिन्द बिरादरी सोमारी बिन्द कांड से सुभास चौबे से खासा नाराज थी। यादव बिरादरी के लोग भी नाराज थे कि पंडित मिसिर उनकी बिरादरी के व्यक्ति को अपने घर में नौकर रखकर उनकी औरतों का शारीरिक शोषण करते थे। अन्य छोटी जातियों के लोगों में इस बात को लेकर भारी गुस्सा था कि पैसे और रुतबे के बल पर ये लोग उनकी औरतों को फुसलाकर उनका शारीरिक शोषण करते हैं। ऊँची बिरादरी के लोगों में भी यह धारणा बनी हुई थी कि सुभास चौबे ने गाँव-घर की बेटी के साथ न केवल अनैतिक सम्बन्ध रखा, बल्कि उसकी इज्जत लूटने के लिए दूसरे के हवाले भी कर दिया था। ऐसे में महाब्राह्मणों का घूम-घूमकर दोहाई देने की हरकत ने माहौल को खराब करने में कोई कोर-कसर न छोड़ी। परिणाम यह हुआ कि सुभाष चुनाव हार गए। यही नहीं, उनकी पार्टी भी बहुमत से बहुत पीछे रहकर सत्ता से बाहर हो गई।

पंडित मिसिर को औरतों की औकात हमेशा से कम आँकने की आदत रही। यह आदत उन्हें पुश्तैनी विरासत में मिली थी। कहते हैं उनके दादा रघुनाथ मिसिर, जो गाँव के जमींदार थे, की नजर में जो औरत अच्छी लग जाती थी, उसे अपने लठैतों के बल पर उठवा लेते थे और अपने उपभोग के बाद अपने जन-धन के बल पर उसका मुँह बन्द कर उसे वापस भेज देते थे। अपने घर की औरतों को उन्होंने ऐसा बना रखा था कि वे भीगी बिल्ली जैसी एक कोने लगी रहती थी, यद्यपि सार्वजनिक तौर पर उन्हें मालकिन के तौर पर पेश किया जाता था। यही आदत उनके बेटे छविनाथ (जगन्नाथ उर्फ पंडित के बाप) में भी आई, लेकिन तब तक देश आजाद हो चुका था, जमींदारी खत्म हो चुकी थी और जनता जागरूक हो चुकी थी। इससे इस खानदान की हरकतों में मामूली फर्क पड़ा। छविनाथ मनीजराइन को खुलेआम रखैल की तरह रखे हुए थे और उनकी बीवी लक्ष्मी एक कोने लगी रहती थी और

बेटी कमला अनपढ़ रखी गई थी इस भय से कि स्कूल जाने से लड़कियाँ बिगड़ जाती हैं और उनके भ्रष्ट होने का डर रहता है। परिवार की इज्जत का दारोमदार इन्हीं औरतों पर रहता था और उन्हें किसी परपुरुष के सम्पर्क में आने से भरसक रोका जाता था। यही आदर्श पंडित में भी विरासत के तौर पर आया, यद्यपि प्रगतिशीलता के चक्कर में उन्होंने अपनी बेटी विद्या को स्कूल भेजना मंजूर किया, लेकिन शहर के किसी अंग्रेजी स्कूल में नहीं, बल्कि गाँव के प्राइमरी स्कूल में। अलबत्ता शहर के अंग्रेजी स्कूल में पढ़ने के लिए वे अपने बेटे द्विजेन्द्रनाथ को भेज दिए थे। गाँव के घर पर उनकी बीमार माँ, दमित पत्नी और सख्त अनुशासन में कैद बेटी विद्या रहती थी। अपने साले सुभास की राजनीति चमकाने के चक्कर में पंडित मिसिर रात-दिन लगे रहते थे और अपने परिवार की देखरेख पर पर्याप्त ध्यान नहीं देते थे, खासकर अपनी बीमार, विधवा, बूढ़ी माँ पर, यद्यपि गाँव भर में सबके सामने ऐसा जाहिर करते थे मानो उनकी माँ उनके लिए देवी थीं। लोगों से अक्सर कहा करते थे कि माँ के आशीर्वाद से ही वह फलफूल रहे हैं।

गाँव के कठवैद्य की दवा, तीमारदारी के अभाव और घोर उपेक्षा के चलते माँ लक्ष्मी देवी एक दिन स्वर्ग चली गईं। पंडित मिसिर भारी रोना-धोना मचाये। माँ की मृत्यु भले उपेक्षा से हुई हो, किन्तु उसका क्रिया-कर्म बड़े ठाट-बाट से होना तय हुआ। इसमें पंडित मिसिर के परिवार की प्रतिष्ठा निहित थी। लोगों, खासकर अपनी बिरादरी और रिश्तेदारों में दिखाना था कि वे कितने बड़े मातृभक्त थे।

संयोग से माताजी की मृत्यु जिस तिथि को हुई उस समय कन्हई की जजमानी पड़ती थी। कन्हई का नाम सुनकर पंडित मिसिर सकते में आ गए। अभी साल भर भी न बीता था कि मात्र एक मुट्ठी महापातरों ने उनके साले को इलेक्शन में हरवा दिया था। अब फिर इन्हीं सबों से पाला पड़ा है। कन्हई को सारे महापातरों में सबसे बड़ा शैतान मानते थे वे। लेकिन, बहुत सारी बातों को सोचकर और अपनी प्रतिष्ठा का ध्यान रखकर पंडित मिसिर ने एकदम विनम्र होने का निश्चय कर लिया। इधर कन्हई मिसिर भी अपने जातिगत पेशे और इस खास मौके पर अपने पौरोहित्य की गरिमा के अनुकूल विनम्र भाव अपना लिये। पुरानी सारी शत्रुता भूलकर वे मृतका के कर्म-कांड सम्पन्न कराने में आ जुटे।

पंडित मृतका के एकमात्र पुत्र थे। अतः उन्होंने ही 'दाह' (मुखाग्नि) दिया था।

उनका ही सिर मूड़ा गया था। उन्होंने बिन सिला मात्र एक सफेद सूती वस्त्र धारण किया। अगले दस दिनों तक अन्त्येष्टि के सारे कार्य उन्हें ही निभाने थे। दस दिनों का समय सूतक (अशौच, अशुद्धि) का समय था पूरे घर-परिवार के लिए। कन्हई ने उन दस दिनों के सूतक-काल के कठोर नियमों की आचार-संहिता पंडित मिसिर को समझाया—दस दिनों तक उन्हें ब्रह्मचर्य के नियमों का पालन करना होगा; भूमि पर शयन करना होगा, न किसी को स्पर्श करना होगा, न किसी को प्रणाम करना होगा, न किसी को आशीर्वाद देना होगा। चौबीस घंटे में सिर्फ एक बार भोजन करना होगा वह भी सूर्यास्त से पूर्व। भोजन बिना नमक के होना चाहिए और उसे मिट्टी के बर्तन या पत्तों से बने पत्तल में खाना होगा। इसके पहले प्रेत के निमित्त भोजन घर से बाहर रखकर तब अपना भोजन करना होगा। यही नहीं, अशौच होने के कारण इस अवधि में देवताओं का पूजन निलम्बित रहेगा।

सुबह-शाम कन्हई मिसिर गाँव के अलगू नाई को सहायक के रूप में संग लेकर पंडित मिसिर को गाँव के पश्चिम छोर पर बड़के तालाब के किनारे विशाल पीपल वृक्ष के पास ले जाते। उस पीपल वृक्ष की एक डाल से 'घंट', अर्थात् मिट्टी का एक छोटा घड़ा, मूँज की रस्सी से बाँधा गया था। उसके ठीक नीचे कुश की एक छोटी टहनी गाड़ी गई थी, जिसमें मृतक के प्रेत का निवास माना गया। वहीं नहाकर पंडित मिसिर रोज सुबह उस कुश-रूपी प्रेत को काले तिल-मिश्रित जलांजलि देते। परिवार और पट्टीदारी के अन्य लोग भी—स्त्री-पुरुष सभी—वहाँ रोज सुबह जाते और नहाकर उस कुश को जलांजलि देते। पंडित मिसिर पीपल की डाल से लटके घड़े में जल भरते। घड़े के निचले हिस्से में छेद करके एक धागा लटकाया गया था, जिससे जल उस कुश पर टपकता रहता था और माना गया कि जल की धार प्रेत की प्यास बुझाती है।

शाम को पंडित मिसिर वहाँ कन्हई मिसिर के मार्गदर्शन में दीप जलाने जाते। मिट्टी के एक दीप में सरसों का तेल डाल एक बत्ती को जलाकर टँगे हुए घट के ऊपर रख देते। मान्यता थी कि उस दीप के प्रकाश में प्रेत अपनी प्रेत-योनि से गुजरने का मार्ग ढूँढ़ता है। इस सारी प्रक्रिया में कन्हई मिसिर कुछ मंत्र बुदबुदाते। पंडित मिसिर जानते थे कि कन्हई मिसिर उन मंत्रों का संस्कृत में सही उच्चारण नहीं कर सकते थे, लेकिन उन्हें चुपचाप उनकी प्रक्रिया के सामने सिर झुकाए रखना

था क्योंकि कन्हई मिसिर इस समय सर्वाधिक पूज्य थे। इस समय वही एक व्यक्ति थे जो माताजी को प्रेत-योनि से मुक्ति दिला सकते थे।

अपराह्न में पंडित मिसिर एक अलग आसन पर बैठकर घर-परिवार, हितैषियों और मित्रों के संग अपने कुल पुरोहित से गरुड़ पुराण की कथा सुनते। महाब्राह्मण यह कार्य नहीं करता था। यह कार्य मात्र कुल पुरोहित या ब्राह्मण कथावाचक ही कर सकता है। महाब्राह्मण कुल पुरोहित की तरह नियमित पुरोहित नहीं होता। जिस प्रकार मृत्यु आकस्मिक घटना होती है उसी प्रकार महाब्राह्मण आकस्मिक पुरोहित होता है। यही नहीं, वह किसी एक परिवार का स्थायी पुरोहित भी नहीं होता। अपनी बारी, जिसे महाब्राह्मण समाज में 'पारी' कहा जाता है, की अवधि में किसी परिवार विशेष में मृत्यु होने पर वह मृतक-कार्य कराने जाता है। इस प्रकार, एक ही परिवार में मृत्यु के विभिन्न अवसरों पर भिन्न-भिन्न महाब्राह्मण पुरोहित अन्त्येष्टि कराने आता है।

नौ दिन ठीक-ठाक बीत गए। दसवें दिन दशगात्र था। जब तक दशगात्र के दस पिंडदान पूरे नहीं होते, तब तक बिना शरीर प्राप्त किए मृतक का प्रेत वायुरूप में स्थित रहता है। मान्यता है कि जौ के आटे से निर्मित गोल-गोल लड्डू जैसे बने इन्हीं पिंडों से मृतात्मा के शरीर के अलग-अलग अंग बनते हैं। नियम तो यह है कि दस दिनों तक प्रतिदिन एक-एक पिंड बनाकर अर्पित किया जाए, किन्तु कन्हई महराज ने इसमें गुंजाइश बरती और सारे दसों पिंडों का अर्पण दसवें दिन एक साथ कर देने का सुझाव दिया। पंडित मिसिर ने राहत की साँस ली, लेकिन कन्हई महराज की ओर से वह बहुत सशंकित थे क्योंकि उन्होंने सुन रखा था कि दसवें दिन दशगात्र के कार्यक्रम में दान-दक्षिणा में वह बहुत झिक-झिक करते हैं। पंडित मिसिर ने मन-ही-मन प्रण किया कि कन्हई महराज को नाराज होने का वह कोई मौका न देंगे।

स्त्रियों के दशगात्र में दी जाने वाली सारी सामग्रियाँ, स्त्रियों द्वारा प्रयोग की जाने वाली वस्तुएँ, छोटे-मोटे गहने, रजाई-गद्दे, बर्तन-भाँड़े सब खरीदकर आ गए। दान देने के लिए अन्न घर में भरा पड़ा था। दशगात्र में अपनी ओर से दान देने के लिए रिश्तेदार लोग भी सामान लेकर आ पहुँचे थे। पट्टीदारों ने भी दान में दी जाने वाली सामग्रियों का इन्तजाम कर रखा था। बस अगले दिन दशगात्र कर्म होने के

बाद माँ प्रेत-योनि से मुक्त हो जाएँगी और कन्हई महराज से भी जान छूट जाएगा। दस-दिवसीय अशौच समाप्त होते ही ग्यारवें दिन सपिंडीकरण का कार्यक्रम होगा जो परिवार के नियमित पुरोहित सम्पन्न कराएँगे और उस कार्यक्रम के होने से माँ अपने पितरों में सम्मिलित हो जाएँगी। बारहवें दिन वृषोत्सर्ग का कार्यक्रम था, जिसमें विधि-विधान से गाय के एक बछड़े का लोकार्पण होना था, जो आगे जाकर स्वतंत्र साँड़ के रूप में विचरण करेगा और गोवंश की वृद्धि करेगा।

तेरहवें दिन, त्रयोदशाह यानी तेरही को, ब्रह्मभोज का आयोजन था। इस भोज को बहुत विशाल स्तर पर आयोजित करने की योजना बनी थी। पंडित मिसिर के साले सुभास के इशारे पर पूरे क्षेत्र के तमाम बड़े-छोटे लोगों को उसमें आमंत्रित किया गया था—चुनावी शत्रुता को परे रखकर। उनका कहना था कि इसी बहाने लोगों में फिर से मैत्री और सद्भावना का सन्देश दिया जाएगा और इंगित किया जाएगा कि चुनाव हारने के बाद भी हम लोगों को भूले नहीं हैं।

राजधानी से भी तमाम बड़े लोगों को आमंत्रित किया गया। राजधानी से सुभाषचन्द्र चतुर्वेदी भूतपूर्व मुख्यमंत्री और अपनी पार्टी के बहुत से नेताओं के साथ ब्रह्मभोज में शामिल होने वाले थे। प्रशासन के कई उच्चाधिकारी भी सुभास चतुर्वेदी के रसूख के चलते इस भोज में भाग लेने वाले थे। चूँकि बड़े-बड़े नेताओं और अधिकारियों का आगमन होना था, अतः स्थानीय पुलिस और प्रशासन के लोग स्वयमेव वहाँ उपस्थित होने वाले थे, यद्यपि औपचारिक आमंत्रण उन सबों को भी भेजा गया था।

दसवाँ के दिन के लिए गाँव के सभी महाब्राह्मणों को दशगात्र के कार्यक्रम-स्थल पर पहुँचकर भोजन करना था। पूरे कार्यक्रम का पर्यवेक्षण कन्हई महराज के निर्देशन में होना था, लेकिन एक महाब्राह्मण स्त्री को वहाँ उपस्थित रहना था। माना जाता है कि मृतक स्त्री के प्रेत की मुक्ति महाब्राह्मण स्त्री के माध्यम से ही हो सकती है। उच्च जातियों के सुशिक्षित लोग इसीलिए स्त्री मृतक के मामले में स्त्री (महा) पात्र की उपस्थिति पर जोर देते थे।

उस दिन के लिए पंडित मिसिर ने मेरी माई को दशगात्र कर्म में सहभागिता के लिए कन्हई महराज से विशेष आग्रह किया था। उनके आग्रह को स्वीकार करते हुए और उनकी श्रद्धा का सम्मान करने के लिए कन्हई महराज माई को लेकर गए।

माई ने बड़ा सा घूँघट काढ़ रखा था।

दशगात्र का कार्य तालाब के किनारे उसी पीपल के पेड़ के नीचे हो रहा था, जिसकी डाल पर मृतक का घट (घंट) टँगा था। सिर के बाल और मूँछें मुँड़वाए, बाएँ के बजाय दाहिने कन्धे की ओर से जनेऊ धारण किए हुए, दक्षिण दिशा की ओर मुँह किए पंडित मिसिर जजमान के रूप में बैठे थे। उनके ठीक सामने पुरोहित के रूप में कन्हई मिसिर बैठे थे। बाईं ओर महाब्राह्मणों का दल बैठ था, तो दाहिनी ओर परिजनों और रिश्तेदारों का एक विशाल समूह बैठा था। ये सब सारे के सारे पुरुष थे। स्त्री मात्र माई थी, जो बड़ा-सा घूँघट काढ़े कन्हई महराज के पीछे कुछ दूरी हटकर बैठी थी।

परिजनों के बाल और मूँछें मूडने के लिए कई नाई लगे हुए थे। बाल मुड़ाने के बाद सब बारी-बारी से नहाकर वहाँ आकर चुपचाप बैठ रहे थे। सबसे पहले सिर के बाल और मूँछें कन्हई महराज की मूड़ी गई थीं क्योंकि वही सबसे प्रमुख पुरोहित थे। महाब्राह्मणों में एकमात्र वही थे जिनके बाल मूड़े गए थे। उसके बाद जजमान—पंडित मिसिर—के बाल मूड़े गए। तत्पश्चात् अन्य परिजनों के।

कन्हई महराज ही उस दिन के दशगात्र कार्य के प्रमुख पुरोहित और सर्वाधिक पूज्य व्यक्ति थे। सिर और मूँछें मुड़ाकर और तालाब में स्नान के पश्चात् उन्हें नये वस्त्र पहनाकर जजमान अर्थात पंडित मिसिर के द्वारा उनके पैरों की पूजा की गई। इसके बाद उनके पर्यवेक्षण में दशगात्र का कार्य प्रारम्भ हुआ।

इन सबसे थोड़ा दूर हटकर एक नियमित कर्मकांडी पुरोहित ब्राह्मण बैठे थे, जो अपने हाथों में ली हुई 'प्रेतमंजरी' नामक पतली-सी पुस्तक से मंत्र पढ़कर कन्हई महराज को सहायता प्रदान कर रहे थे। अलगू नाई बीच-बीच में विभिन्न सामग्रियों को कन्हई महराज के आदेश पर इधर-उधर बड़ी मुश्तैदी से रख रहा था। कन्हई महराज के निर्देशानुसार पंडित मिसिर विभिन्न क्रियाओं को सम्पन्न कर रहे थे।

कन्हई महराज जजमान से क्रूरतापूर्वक दान वसूलने के लिए खासा बदनाम थे। पंडित मिसिर का आज उनसे पाला पड़ा था। वे मन-ही-मन बहुत भयभीत थे। इधर, कन्हई महराज मन-ही-मन अपना निश्चय दुहराए जा रहे थे कि आज इनसे इतना वसूलना है कि इनको छठी का दूध याद आ जाए। इनके साथ एक रत्ती का भी मुरौवत नहीं करना है। तभी तो यह महाब्राह्मण का महत्त्व समझेंगे।

प्रकटतः, कन्हई महराज बड़ी विनम्रता प्रदर्शित कर रहे थे। बात-बात में पंडित मिसिर को मालिक, राजा, बड़मनई सम्बोधित करते हुए बहुत सम्मान दिखा रहे थे और बीच-बीच में चेताते चलते थे कि माताजी को प्रेत-योनि से मुक्त कराने की जिम्मेदारी पुत्र पर ही होती है। खुले हाथ से महाब्राह्मण को दान देने से ही माताजी का उद्धार होगा। इन बातों की आड़ में कन्हई महराज हर छोटे-छोटे कार्य में एक की जगह दस माँगते थे। वहाँ बैठे सब लोग समझ रहे थे कि कन्हई महराज आज अच्छी तरह वसूल रहे हैं। पंडित मिसिर बात-बात में तिलमिला जाते थे, लेकिन वहाँ परिजनों और रिश्तेदारों की उपस्थिति के कारण चुप्पी साध जाते थे। डर रहे थे कि कहीं लोग ये न कहें कि माँ के क्रिया-कर्म में कंजूसी कर रहे हैं।

दशगात्र के देवता विष्णु की विधिपूर्वक पूजा करने के पश्चात् शैया-दान की प्रक्रिया शुरू हुई। नए पलंग को गद्दी-रजाई-तकिया-बेडशीट से सुसज्जित किया गया था। उस पर विष्णु-लक्ष्मी की छोटी-सी चाँदी की प्रतिमा रखी गई। मृतका के प्रयोग में आने वाली सामग्रियों को भी उस पर रखा गया। उसमें मुख्य रूप से साड़ियाँ, कपड़े और गहने थे। गहनों में पाँच थान (नग) चाँदी के गहने—चाँदी की सिकड़ी, एक पतली पायल, हाथ में पहने जाने वाले चाँदी के दो पतले कड़े, और चाँदी की पतली करधनी, सोने के दो नग गहने—एक नाक का कनफूल और दोनों कानों की सोने की पतली बाली थी। इसके अलावा और भी कई वस्तुएँ, जिन्हें मृतका प्रयोग करती रहीं या जिनकी मालकिन रहीं, उन्हें इसी अवसर पर संकल्पित करके दान दिया जाता है। अच्छा-खासा कैश और कई टोकरियों में मिष्टान्न भी दिया गया था।

इस अवसर पर कन्हई महराज जो-जो माँगते गए पंडित मिसिर थोड़े मोल-तोल के बाद स्वीकारते गए। कन्हई महराज ने अपने पूरे परिवार के लिए साल भर का अन्न माँगा, पंडित मिसिर ने उसे मंजूर कर लिया क्योंकि पंडित मिसिर समझ रहे थे कि कन्हई के परिवार में सिवाय छोटे भाई की विधवा (मेरी माई) के अलावा कोई है तो उनकी माँ जो बाकी के तीन बेटों (कन्हई, रजई और बचई) के घर बारी-बारी से खाती हैं। फिर भी तीन प्राणियों के हिसाब से उन्होंने साल भर के लिए गेहूँ, चावल, दाल और तेलहन देना मंजूर कर लिया। कन्हई महराज ने एक दुधारू गाय माँगी, वह भी दिए जाने की हामी भर दी पंडित मिसिर ने।

कन्हई महराज 'राजा हो', 'मालिक हो', 'आप जैसा कोई नहीं है इस एरिया जवार' में जैसी विरुदावली से पंडित मिसिर को नवाजते जा रहे थे और साथ में याद भी दिलाते जा रहे थे कि वह जो कुछ भी दे रहे हैं अपनी माँ के लिए दे रहे हैं। महाबाभन को दिया हुआ आखिर उनकी माँ को ही मिलेगा। पुत्र का यह सबसे पवित्र कर्तव्य है कि वह माँ-बाप की अन्तिम क्रिया खुले दिल से करे। यह कहते-कहते कन्हई महराज ने पाँच बीघा गोइंड़ का खेत माँग लिया। पंडित मिसिर चाहते थे कि कन्हई महराज की सारी माँगें पूरी हों, लेकिन इस माँग पर थम गए, सकुचाने लगे। आखिर, दो बीघा पर मामला तय हुआ। माताजी के लिए दी जाने वाली साड़ियों, कपड़ों, वगैरह में पंडित मिसिर ने कोई कोताही न की। रिश्तेदारों ने भी लाए हुए नये कपड़े दान किए। अन्य परिजन भी इस मद में दान देने में पीछे न रहे।

दशगात्र का कार्य लगभग पूर्ण हो चुका था। अन्त में माई को सुसज्जित शैया पर बैठकर पंडित मिसिर को आशीर्वाद देना था।

इतना होते-होते पंडित मिसिर एकदम थक गए थे। अब वह इस कर्मकांड से ऊब गए थे और चाहते थे कि यह सब कुछ अब जल्दी समाप्त हो जाए। वह सन्तुष्ट थे कि कन्हई महराज की ज्यादातर माँगें लगभग ज्यों-की-त्यों मान ली गई थीं।

माई अभी शैया पर ही बैठी थी घूँघट काढ़े। पंडित मिसिर उनको अपनी मरी हुई माँ की उद्धारिका मान उनके सामने हाथ जोड़े खड़े थे, यद्यपि उस समय उनके मन में यही चल रहा था कि इस स्त्री के पति की हत्या कराने का पाप उन्हीं के माथे है। उनका ध्यान तब टूटा, जब कन्हई मिसिर ने उन्हें सम्बोधित करते हुए कहा, "भइया, चाची अपने दोनों हाथों में सोने के कड़े पहनती थीं वे कड़े हमें चाहिए।" पता नहीं मन में उपजे अपराध-बोध से या इस पूरे मनहूस क्रियाकर्म से जल्दी अपनी जान छुड़ाने के लिए पंडित मिसिर ने जल्दी से अपने एक खास आदमी को घर भेजा सोने के वे दोनों कड़े लाने के लिए।

तब तक के लिए कार्यक्रम रुक गया। पंडित मिसिर चाहते थे कि कड़े आने तक और बाकी जो कर्मकांड हैं उन्हें पूरा किया जाए। लेकिन, कन्हई महराज अड़े रहे कि कड़े पहले आ जाएँ तब और कार्यक्रम आगे बढ़े। इससे पंडित मिसिर मन-ही-मन बड़े क्षुब्ध हुए। कन्हई महराज की जिद्द और अविश्वास पर उनके मन में गुस्सा भरने लगा।

इस बीच, महाब्राह्मणों को भोजन कराने की सामग्रियाँ घर से ला-ला कर रखी जाने लगी थीं। वहाँ उपस्थित महापात्र लोग तृष्णा-भरे नेत्रों से उन सामग्रियों की ओर देख रहे थे।

आखिर, दोनों कड़े भी आ गए और पंडित मिसिर ने उन्हें माई की गोद में बड़ी श्रद्धा से रख दिया और आशा करने लगे कि अब सब माँगें पूरी हो गईं। तब तक कन्हई महराज फिर बोल पड़े, "भइया, एक सोने की सिकड़ी की अभी कमी रह गई है।"

कन्हई महराज की अन्तहीन माँगों से पंडित मिसिर एकदम भड़क उठे और क्रोध में चिल्लाकर बोले, "अब इहै पेल्हड़ ला।" और सचमुच उन्होंने अपने शिश्न पर हाथ धरकर अत्यन्त अश्लील इशारा किया। कन्हई महराज बिना उत्तेजित हुए बड़ी गम्भीरता से बोले, "ओके अपने माई के दा।"

इतना सुनते ही पंडित मिसिर क्रोध से तमतमा उठे और सारी मर्यादा भूलकर कन्हई को थप्पड़ मारने झपटे। कन्हई अपना बचाव करते हुए उसी गम्भीरता से बोले, "इहाँ जो कुछ भी देबा ऊ कुल तोहरे माई के ही निमित्त जाई।" साथ ही, कन्हई महराज फुर्ती से झपटकर मेरी माई की बाँह पकड़ लिये और बोले, "चला दुलहिन इहाँ से। छोड़ा अब ई सब। ई सब ई अपने पास ही रख लें।"

कन्हई महाराज की आज्ञा का पालन करते हुए माई तुरन्त शैया से उतरकर सारा सामान एक तरफ फेंकते हुए चल पड़ी। महाब्राह्मणों का पूरा समूह वहाँ से तुरन्त चल पड़ा। जाते-जाते वे सब नारा भी लगाते जा रहे थे—

"इंड पर पिंड, पिंड पर पानी। पिंडा पीछे तीन परानी॥"

इधर पंडित मिसिर के होशो-हवास उड़ गए। उनकी आँखों के सामने अँधेरा छा गया। उनको समझ न आया कि अचानक यह सब क्या हो गया; अचानक उनकी मति कैसे मारी गई कि वे ऐसा अश्लील शब्द उचार बैठे और सारा बनता काम बिगड़ गया! सारे रिश्तेदार और परिजन हैरान और विवश देखते रह गए। उनमें से कुछ लोग महाब्राह्मणों को मनाने दौड़ पड़े, लेकिन उन्होंने उन्हें झिड़क दिया। उनमें से कई उन मनाने वालों की खिल्ली उड़ाते रहे और बीच-बीच में सामूहिक रूप से गाते रहे—"इंड पर पिंड, पिंड पर पानी। पिंडा पीछे तीन परानी॥" इसका मतलब

तो उनमें से किसी को शायद ही समझ में आया हो, लेकिन महाब्राह्मण जानते थे कि नान्हजातियों के यहाँ क्रियाकर्म कराते समय शुद्ध मंत्रों की जगह इन्हीं पंक्तियों को वे बुदबुदा देते थे और क्रिया सम्पन्न करा देते थे।

महाब्राह्मण आखिर न माने। कन्हई महराज बड़े तैश में थे। धन-दौलत के सामने उन्होंने अपने सम्मान और स्वाभिमान को ज्यादा महत्त्व दिया। तैश के बावजूद उन्होंने मनाने वालों से हाथ जोड़कर कहा, "जाओ भैया, आप लोग अपने में ही कर-करा लो। हम लोगों की जान छोड़ दो।"

महाब्राह्मणों का दल हँसते हुए आगे बढ़ गया। मनाने वालों का दल निराश होकर लौट गया।

पंडित मिसिर के आग्रह पर तुरन्त शास्त्री जी को बुलाया गया। पूरे गाँव में एक ही घर पाठक उपाधिधारी ब्राह्मणों का था, जिनके परिवार के पुरुष लोग पूरे गाँव के पुरोहित थे। उसी परिवार के थे रमापति पाठक, जो शास्त्री जी कहलाते थे। शास्त्री जी गाँव में सबसे ज्यादा पढ़े-लिखे माने जाते थे और विद्यावारिधि (पीएचडी के समकक्ष) तथा संस्कृत विश्वविद्यालय में कर्मकांड विभाग के अध्यक्ष होने के बावजूद गाँव में वे 'शास्त्री जी' कहलाते थे, क्योंकि गाँव वालों को लगता था कि किसी विद्वान व्यक्ति के लिए 'शास्त्री' ही सबसे बड़ी उपाधि है। वह शास्त्री तब से कहलाने लगे थे जब उन्होंने संस्कृत विश्वविद्यालय से शास्त्री (बीए के समकक्ष) की परीक्षा पास की थी। कर्मकांड के विषय में शास्त्री जी सचमुच के विद्वान थे और कर्मकांड सम्बन्धी प्रावधानों पर प्राधिकारी माने जाते थे। पंडित मिसिर की माताजी के निधन पर शोक-संवेदना प्रकट करने वे उन दिनों गाँव आए हुए थे।

उन्हें जब दशगात्र कार्य-स्थल पर बुलाया गया तो वह मन-ही-मन बहुत क्षुब्ध हुए। वहाँ वह जाना बिलकुल न चाहते थे, किन्तु पंडित मिसिर से सम्बन्ध और स्नेह के कारण वे वहाँ पहुँचे। पहुँचते ही उन्होंने कहा, "आज के दिन यहाँ सर्वाधिक पूज्य महाब्राह्मण ही होता है। वही प्रेत का और प्रेत-कर्म के यजमान का उद्धार कर सकता है। अगर उसने यह कार्य न किया तो सूतक समाप्त नहीं हो सकता और न आगे का कोई अन्य कार्य सम्पन्न हो सकता है। मैं इस कार्य में बिलकुल हाथ नहीं लगा सकता। जो शास्त्रीय विधान है वह हमने बता दिया।"

आगे, शास्त्री जी ने जानना चाहा कि आखिर ऐसी क्या बात हुई कि सभी

महाब्राह्मण लोग यहाँ से उठकर चले गए। पंडित मिसिर चुप रहे। एक परिजन ने सारा मामला कह सुनाया। शास्त्री जी ने कहा, "कन्हई महराज का कहना ठीक है। दशगात्र के कार्य में आप जो भी देने को कहते हैं वह सब मृतक के प्रेत के निमित्त होता है—ऐसा शास्त्रों में विधान है। आज के दिन महाब्राह्मण परम पूज्य है क्योंकि वह अपने पुण्य-प्रताप और तेज से प्रेत को मुक्ति दिलाता है। आज के दिन उसको हर तरह से तृप्त और तुष्ट करना चाहिए और सर्वोच्च सम्मान देना चाहिए। शास्त्रों में जो कुछ हमने पढ़ा-सीखा है वह बता दिया। आगे आप सबकी मर्जी।"

इतना कहकर शास्त्री जी वहाँ से चले गए।

पंडित मिसिर बड़ी परेशानी में पड़ गए। क्रियाकर्म का सारा सामान बिखरा पड़ा था। अशौच के कारण पंडित मिसिर को न कोई छू सकता था और न वे किसी को छू सकते थे। अपने सद्यः-मुंडित सिर पर दोनों हाथ रखे हुए वे घोर चिन्ता में बैठे थे। उन्हें बड़ी चिन्ता थी कि तीसरे ही दिन तेरही है, जिसके भोज के लिए बड़ी संख्या में लोग आमंत्रित किए जा चुके हैं। उस भोज का राजनीतिक लाभ उठाने की उनके साले की सारी योजना धूल में मिलती दिखाई पड़ रही थी। इस अवसर पर बड़े-बड़े नेताओं और अफसरों के जुटने से उनका खुद का रुतबा बहुत बढ़ जाता। यह सब सोचकर पंडित मिसिर परेशान थे।

पंडित मिसिर भी मँजे हुए खिलाड़ी थे। वे बड़े तिकड़मबाज माने जाते थे। अपनी तिकड़मबाजी से ही वे बभनियाँव गाँव को न जाने कितने सालों से अपनी मुट्ठी में पकड़कर रखे हुए थे। उनके सामने चूँ करने की किसी की हिम्मत न थी। लेकिन, आज वह बेहद मुश्किल हालात में फँस गए थे। आज उनकी इज्जत खतरे में थी।

पंडित मिसिर यूँ ही हार मानने वाले नहीं थे। हिम्मत करके वे उठे और वहाँ इकट्ठे परिजनों को निकट बुलाया। उन्होंने उनमें से कन्हई मिसिर को फिर से मनाने को भेजा इस सन्देश के साथ कि दस बीघा जमीन देंगे। तीन को उनके पट्टीदार जिनके परिवार से हमारे परिवार की दुश्मनी थी, रम्मन मिसिर, के यहाँ भेजा यह कहलाकर कि अगर आज दिन वे हमारी इज्जत रख लेंगे और अधूरे दशगात्र का काम पूरा करा देंगे तो उन्हें दस बीघा जमीन मिलेगा। और, तीन लोगों को तीन मोटरसाइकिलों पर पाँच कोस दूर रानेपुर भेजा जहाँ महाब्राह्मणों की एक दूसरी

बस्ती थी। इन धावकों को निर्देश दिया गया कि कोई भी महाब्राह्मण मिले उसे लिवाकर आओ और आने में कोई आनाकानी या ज्यादा पूछताछ करे तो उसे भारी दान-दक्षिणा के अलावा दस बीघा जमीन का लालच देना।

महाब्राह्मणों के आपसी कलह का एक बहुत बड़ा कारण होता था किसी महाब्राह्मण द्वारा किसी ऐसे महाब्राह्मण की 'पारी' चोरी-चुपके से 'बिता' लेना, अर्थात चुपके से किसी मृतक का दशगात्र कराकर सारे दान-दक्षिणा हड़प जाना। किसी दूसरे की जजमानी दूसरे द्वारा तभी 'बिताई' जा सकती थी जब उसका वास्तविक हकदार अपनी पारी किसी को बेच दे, रेहन रख दे या किसी कारिंदे को प्राधिकृत कर दे। चोरी से जजमान 'बिता' लेने के मामले अक्सर तब घटित होते थे जब मृतक के गाँव से सूचना लेकर आया नाई वास्तविक हकदार महाब्राह्मण को न बताकर महाब्राह्मणों के टोले में जो कोई भी सामने मिलता था उसे जल्दी से सूचना देकर चलता बनता था। ऐसी सूचना पाने वाला व्यक्ति जब वास्तविक हकदार तक सूचना न पहुँचाकर चोरी से खुद जजमान 'बिता' लेता था या बेईमानीवश किसी दूसरे को सूचना दे देता था, तब बाद में जानकारी मिलने या चोरी पकड़े जाने पर बड़ा हल्ला-गुल्ला मचता था। महाब्राह्मणों की पंचायत बैठती थी और चोरी करने वाले की बड़ी भर्त्सना होती थी और उसे सारा माल लौटाना पड़ता था। रम्मन मिसिर ऐसे मामले में कई बार बदनाम हो चुके थे और इन मामलों को लेकर उनकी कन्हई मिसिर से कई बार तगड़ी झड़प हो चुकी थी।

यही कारण है कि जब पंडित मिसिर के सन्देशवाहक रम्मन मिसिर के पास पहुँचे तो वह हामी भरने के बजाय पहले कन्हई मिसिर के पास गए। देखा तीन सन्देशवाहक कन्हई मिसिर के पास भी जमे हुए हैं। रम्मन और कन्हई दोनों ने एक-दूसरे को देखा और आँखों ही आँखों में एक-दूसरे से कुछ कहा, और दोनों ने लगभग समवेत स्वर में कहा, "सोचकर बताते हैं।"

आनन-फानन में मुहल्ले के सारे मर्दों का जुटान हुआ और महाब्राह्मणों की पंचायत शुरू हो गई। मुख्य मुद्दा रखा कन्हई महराज ने—"हम लोग इस तरह का अपमान कब तक सहते रहेंगे! हम अपना धार्मिक कर्तव्य निभाते हैं। शास्त्रों में इसका विधान होगा तभी तो यह कर्म हम लोगों को भगवान ने सौंप रखा है। यही हमारी रोजी-रोटी है। दूसरे वाले बाभन, जो पुरोहिती का काम करते हैं, हजार तरह

के दान लेते हैं। हर मौके पर उन्हें दान-दक्षिणा दिया जाता है। मान-सम्मान भी उन्हें खूब मिलता है। वे संख्या में बहुत ज्यादा हैं, हर जगह छाए हुए हैं—राजनीति में, विद्या में, खेती-बारी में, नौकरी में, सारे तरह के धन्धों में। और, एक हम हैं। हमें तो सिर्फ एक मौका मिलता है, तो उस मौके पर हम माँग न सकते हैं? हम माँगेंगे नहीं तो खाएँगे क्या? ऊपर से हमें अशुभ, अशुद्ध और क्या-क्या कहकर अपमानित किया जाता है। अब यही पंडित मिसिर का उदाहरण ले लीजिए। जब आपने हमारे घर की औरत को बुलवाया है तो अपनी जबान पर लगाम लगाकर रखिए। आपके घर की औरत की इज्जत है और हमारे घर की इज्जत नहीं है। दशगात्र कर्म गम्भीर विधि-विधान है। आपको जानकारी न हो तो शास्त्रों में देखिए। और, अगर शास्त्रों में श्रद्धा न हो, इस कर्म में विश्वास न हो, तो मत करवाइए यह कर्म। आप हमें बुलाते हैं तब आते हैं। हम आते हैं तो आपका और आपके मृतक का उद्धार होता है। हम कोई जबरदस्ती नहीं आते हैं आपके घर। मत मानिए सनातन धर्म को। भाड़ में जाइए।"

कहते-कहते उत्तेजित हो गए कन्हई महराज। लगा जैसे पंडित मिसिर उनके सामने खुद खड़े हों और वह उनको ललकार रहे हों। कन्हई महराज की बातों से सबने सहमति जताई। कुछेक और लोगों ने भी बोला, लेकिन वे लोग मुख्य मुद्दे से हटकर महाब्राह्मणों की अन्य समस्याओं पर बोलते रहे।

इसी बीच, रानेपुर गए हुए तीनों मोटरसाइकिल-सवार एक अन्य महाब्राह्मण को लेकर आ पहुँचे। वह महाब्राह्मण दशगात्र-स्थल पर सीधे जाने के बजाय महाब्राह्मणों के मुहल्ले में पहले आया। मुहल्ले में चारों ओर सन्नाटा देखकर वह हैरत में पड़ गया। पूछने पर मालूम हुआ कि बिरादरी की पंचायत चल रही है। वह भी सीधे पंचायत में जा पहुँचा।

उसे पंचायत में आया देखकर वहाँ उपस्थित सारे महाब्राह्मण हैरत में पड़ गए। उसने जब पंडित मिसिर के बुलावे और दस बीघा जमीन का लालच देने की बात कही तो सब-के-सब हैरान हो गए कि पंडित मिसिर ने तीन जगह यही प्रस्ताव भेजकर महाब्राह्मणों में फूट डालो और अपना काम निकालो की नीति अपनाई है। हम समझ गए उनकी चतुराई। अब हम लोग उनकी चतुराई नहीं चलने देंगे और सब एकजुट होकर उनके यहाँ दशगात्र कर्म का बहिष्कार करेंगे।

एकमत से सबने स्वीकार कर सन्देश-वाहकों के तीनों दलों को अपना फैसला सुना दिया।

सन्देश-वाहकों के तीनों दलों ने एक साथ पहुँचकर महाब्राह्मणों के फैसले के बारे में बताया तो पंडित मिसिर सहित सभी लोगों को जैसे काठ मार दिया। किसी के मुँह से कोई शब्द न निकला। सब मन-ही-मन परेशान थे कि अब आगे क्या होगा!

अचानक, पंडित मिसिर दशगात्र-स्थल से उठकर तेजी से चल पड़े। उनके पीछे बड़ी तादाद में उनके परिजन भी चले। चेहरे पर दृढ़ संकल्प लिये हुए पंडित मिसिर मजबूत कदमों से तेजी से चले जा रहे थे मानो वह किसी भयानक भावावेश में चल रहे हों।

गाँव के पश्चिमी छोर से बाहर कुछ दूरी पर वह तालाब और पीपल का पेड़ था, जहाँ दशगात्र हो रहा था। वहाँ से चलकर पंडित मिसिर गाँव में घुसे और गाँव के बीचोबीच गुजरने वाले मुख्य मार्ग से चलते हुए गाँव के पूरब की ओर पहुँच गए, जहाँ बाएँ हाथ की ओर ब्राह्मणों का टोला था और दाहिनी ओर महाब्राह्मणों का। पंडित मिसिर महाब्राह्मणों के टोले में घुसे। पीछे-पीछे चलने वाले परिजन हैरान-परेशान थे कि पंडित मिसिर क्या करने जा रहे हैं! वे सशंकित थे कि कहीं वे कुछ अनहोनी न कर बैठें!!

मुहल्ले की सूनी गलियों से टोह लेते हुए पंडित मिसिर सीधे पंचायत-स्थल पर पहुँच गए। पंडित मिसिर को इस तरह आया हुआ देखकर सारे महाब्राह्मण आश्चर्य में पड़ गए। उन्हें समझ में न आ रहा था कि आखिर वे अब यहाँ क्या करने आए हैं! महाब्राह्मणों में से कुछ नवयुवक, जिनका खून अभी गरम था, मन-ही-मन योजना बनाने लगे कि पंडित मिसिर अगर यहाँ आकर लड़ना चाहते हैं तो हम लोग भी पीछे न हटेंगे और भरपूर जवाब देंगे।

मौके की नजाकत को देखकर कन्हई मिसिर पंचों के बीच से उठकर पंडित मिसिर के सामने आ खड़े हुए। कन्हई मिसिर को सामने देखकर पंडित मिसिर जोर से रो पड़े और उनके पैरों पर गिरकर गुहार लगाई, "हमको माफ कर दो महराज। हमारी इज्जत आपके हाथ है।"

"उठो, पंडित जी। यह सिर्फ आपकी नहीं, हम सबकी इज्जत है। आपकी माताजी हम सबकी माताजी हैं। हममें से किसी की वह चाची थीं, किसी की

काकी तो किसी की आजी। वह पूरे गाँव की थीं। अब वह इस संसार में नहीं हैं तो उनके सम्मान और संस्कार में किसी प्रकार की कोताही न होने पाएगी। तनिक आप यहीं ठहरिए।" कहकर कन्हई मिसिर फुर्ती से फिर पंचों के बीच गए और सलाह-मशविरा की दो-चार संक्षिप्त बातें जल्दी-जल्दी करके पंडित मिसिर के पास लौट आए और बोले—चलिए।

आगे-आगे अकेले कन्हई महराज, उनके पीछे सिर झुकाए पंडित मिसिर और फिर सब परिजन उसी मुख्य मार्ग से पश्चिम की ओर चल पड़े, जो गाँव के बीचोबीच से गुजरती है। सूर्यास्त से थोड़ी ही देर पहले वे पहुँच गए पीपल के उस वृक्ष के नीचे जहाँ दशगात्र का कार्यक्रम पूरा होते-होते रुक गया था। वहाँ रखी सामग्रियों की कुछ लोग रखवाली कर रहे थे।

वहाँ पहुँचकर कन्हई महराज बोले कि सब कार्य तो पहले ही सम्पन्न हो गया था। कुश की रोपी हुई टहनी और उस पर लटके मिट्टी के घड़े की ओर इशारा करते हुए उन्होंने कहा कि बस अब इसे समाप्त करना है। इसे सिर्फ आज का महाब्राह्मण पुरोहित ही कर सकता है।

"लीजिए यह मैं कर दिया," कहते हुए कन्हई महराज ने मिट्टी के घड़े को एक डंडे से फोड़ दिया और कुश को उखाड़कर तालाब में प्रवाहित कर दिया।

"अब माताजी प्रेत योनि से मुक्त हुईं। आपके घर का सूतक समाप्त हुआ। इसी के साथ मेरा कार्य भी समाप्त हो गया। अब मैं चला," कहते हुए कन्हई महराज चल पड़े।

"महराज, यह सब सामग्री आपके घर भेजवा देता हूँ। सोने की एक सिकड़ी भी कल भेजवा दूँगा, और तेरही के तुरन्त बाद दस बीघा जमीन आपके नाम करने की कार्रवाई प्रारम्भ कर दी जाएगी," पंडित मिसिर ने कन्हई महराज को प्रसन्न करने के उद्देश्य से कहा।

"वह सब आप अपने पास रखिए पंडित जी, अपने घर रखिए," कन्हई महराज ने रुक्षता से कहा।

"आपके लिए संकल्पित वस्तुएँ मैं कैसे रख सकता हूँ, महराज?" पंडित मिसिर ने आश्चर्य-मिश्रित स्वर में कहा।

"इसे तो आप जानिए पंडित जी, लेकिन अब मेरे साथ जबरदस्ती न करिए।

मैं आपकी दी हुई कोई वस्तु न स्वीकार करूँगा," कन्हई महराज ने दीनता और रुक्षता दिखाते हुए कहा।

"ऐसा कैसे होगा, महराज? इन चीजों को मैं कैसे रख सकता हूँ?" गिड़गिड़ाते हुए पंडित मिसिर ने कहा।

"भिखारियों में बँटवा दीजिए। मैं भिखारी नहीं हूँ। मैं महाब्राह्मण हूँ। मैं अपनी त्याग-तपस्या से मृतक जीव को प्रेत योनि से मुक्त कराने की ताकत रखता हूँ। मैं भीख नहीं माँगता।" इतना कहकर कन्हई महराज हाथ झाड़कर वहाँ से अकेले चल पड़े। बाकी लोग आश्चर्य से निःशब्द उन्हें देखते रह गए।

यह कहानी माई मुझे सुनाती थी। माई ने मुझे बताया कि उसी साल मेरा जन्म हुआ।

जजमानी के अलावा हम लोगों के पास आमदनी का कोई जरिया न था। हमारी जजमानी का काम पहले की ही तरह कक्का ही देखते रहे। नई बात यह हुई कि कक्का अब घर में कारिंदे की तरह नहीं, बल्कि मालिक की तरह रहने लगे। मेरी माई को किसी पुरुष की ओट चाहिए थी और कक्का को स्त्री का साथ।

जजमानी के बँटवारे को लेकर महाबभनान में अक्सर झमेला होता रहता था। महाबाभनों के मूलतः छह कुटुम्ब थे बभनियाँव में। पूरे क्षेत्र के लोगों की 'मरनी' (मृत्यु-कर्म) इन्हीं छह कुटुम्बों में बँटी थी। पूरे साल को दो-दो महीने के छह हिस्सों में बाँटकर हर कुटुम्ब के हिस्से दो-दो महीने मिलता था। अब हर कुटुम्ब में कई-कई परिवार थे। किसी में चार, किसी में पाँच, किसी-किसी में छह-छह। जैसे हमारा कुटुम्ब चार परिवार का था। परिवारों में जजमानी के दिनों के बँटवारे की बड़ी जटिल गणित थी, यद्यपि हमारे कुटुम्ब में चार परिवारों की सम संख्या होने के कारण इसकी जटिलता अपेक्षाकृत कम थी। हमारे कुटुम्ब के चार परिवार में दो महीनों को 'पच्छ' (पक्ष, पखवारा) के हिसाब से बाँटा गया था, फिर दिनों के हिसाब से। कृष्ण पक्ष को 'चढ़ती पच्छ' और शुक्ल पक्ष को 'उतरती पच्छ' कहते थे। किसी परिवार को पूरा-पूरा एक पक्ष एक ही साथ नहीं मिलता था, ताकि बँटवारे में जजमानी का असन्तुलन न हो जाए। एक पक्ष के पन्द्रह दिनों को चार

हिस्से में बाँटने पर हर परिवार के हिस्से तीन-तीन दिन आता था। फिर भी तीन दिन बच जाता था। इन बाकी के तीन दिनों को चारों परिवारों के बीच बाँटना मुश्किल होने के कारण ये तीनों दिन संयुक्त माने जाते थे और इन तीन दिनों के दौरान मरने वालों के क्रियाकर्म से मिलने वाला सामान और नकद चारों परिवार आपस में बाँट लेते थे। दशगात्र के पुरोहित के रूप में पूजित महाब्राह्मण को मिले नए वस्त्र सहित दान मे मिली तेरह वस्तुओं, जिसे 'बरनी' कहा जाता था, पर उसका अपना हक होता था। मेरी समझ से बरनी शब्द शायद 'वरण' शब्द का बिगड़ा हुआ रूप था क्योंकि इस प्रक्रिया द्वारा दशगात्र के कर्मकांड की अध्यक्षता करने वाले महाब्राह्मण का अत्यन्त आदर के साथ वरण करने का विधान रहा होगा।

कभी दिनों की घटती-बढ़ती के कारण कोई पच्छ अगर सोलह दिनों का हो जाता था, तो सम संख्या होने के कारण हिसाब सही बैठ जाता था। किन्तु, अगर पच्छ चौदह दिन का ही हुआ तो बाकी के दो दिनों का चार परिवारों में बँटवारा बड़ा जटिल हो जाता था। इन दो दिनों को चार हिस्सों में बाँट दिया जाता था जातियों की श्रेणी और मृतकों के लिंग के आधार पर। जैसे बड़जात (सवर्ण जाति) का मरदाना दिन, बड़जात का जनाना दिन, नान्हजात का मरदाना दिन और नान्हजात का जनाना दिन। इस प्रकार दो दिनों के दौरान मरने वालों को चार परिवारों में ऐसे बाँटा जाता था कि अगर किसी विशेष दिन बड़जात का मरदाना व्यक्ति मरा तो एक विशेष परिवार को और यदि बड़जात की जनाना मरी तो दूसरे विशेष परिवार को जजमानी का हक मिलता था। इसी तरह नान्हजात के मामले में भी था।

झंझट तब होता था जब दिनों की गणना गड़बड़ा जाती थी। इसका एक बड़ा कारण था कि कभी-कभी कोई तिथि उभया तिथि हो जाती थी अर्थात् एक तिथि दूसरी तिथि पर चढ़ जाती थी। उस दौरान मरने वाले मृतक का कर्मकांड कराने का दावा करने वाले दो दावेदार उठ खड़े होते थे। इससे खूब विवाद होता था और कभी-कभी लाठी-डंडे भी चलने लगते थे।

यह दिनों का बँटवारा महाब्राह्मणों की अपनी आन्तरिक व्यवस्था थी, जिसकी समझ बाहरी लोगों को न थी। उनको बस यह पता था कि मृत्यु के अलग-अलग मौकों पर अलग महाब्राह्मण आते थे। शायद यह व्यवस्था मृत्यु के मामले में पौरोहित्य की निरन्तरता रोकने के लिए पूर्वजों ने कर रखी थी। यही कारण है कि

दूसरे गाँव का नाई जब सूचित करने आता था तो उसे जो भी महाब्राह्मण मिलता था उसे बताकर जल्दी से वापस चला जाता था। अब सूचना पाने वाला व्यक्ति उसे न बताता था जिसके हिस्से में वह दिन आता था और चुपके से वह जजमानी निपटाकर माल अपने पॉकेट के हवाले कर लेता था। बाद में, पता लगने पर या भेद खुलने पर झगड़े होने लगते थे; पंचायत होती थी; चोर को सब सामान या उसकी कीमत सही आदमी को लौटानी पड़ती थी या कभी-कभी इसके अलावा चोर को और भी आर्थिक दंड लगता था, खास कर बार-बार ऐसी चोरी करने वाले पर।

झगड़े का कारण सिर्फ जजमान की चोरी या दिनों के बँटवारे में गड़बड़ी या बेईमानी ही न थी। महापतराने में झगड़ों के हजार कारण थे और हजार मौके थे। जजमानी में मिले सामानों के बँटवारे के अलावा जो दूसरा एक प्रमुख कारण था वह था शादी-ब्याह से जुड़ा मुद्दा। महाब्राह्मणों की जनसंख्या बड़ी सीमित थी और उनका समाज एकदम बन्द समाज था। विवाह के मामले में समाज के बाहर झाँकने तक की इजाजत न थी। कोई न समाज के बाहर बेटी ब्याह सकता था और न बहू ला सकता था। यहाँ तक कि इस समाज के चौधरियों द्वारा गढ़े गए कुछ भीतरी नियमों और मर्यादाओं के उल्लंघन होने पर तथाकथित दोषी को कुजात कह दिया जाता था और उससे रोटी-बेटी का नाता न रखा जाता था। इन कुजाती महाब्राह्मणों के भी अपने-अपने गुट थे जो तथाकथित नियमों और मर्यादाओं का हवाला दे-दे कर आपसे में धींगामुश्ती करते रहते थे और एक-दूसरे से खुद के खानदान को ऊँचा साबित करने में लगे रहते थे। इससे इनमें अपने बेटे-बेटियों की शादियों की बड़ी किच-किच थी। बनी-बनाई शादियों में कुजातपन का कोई न कोई आरोप मढ़कर अड़ंगा डाल देने वालों की भी कमी न थी। ऐसे लोग कटुए कहलाते थे, अर्थात् शादी काटने वाले। कटुए अक्सर चुपके से, होशियारी से और ऐसी सफाई से शादी काटते थे कि शादी का काम बिगड़ जाए, लेकिन उनका नाम न जाहिर हो। इससे आरोपों-प्रत्यारोपों और आपसी अविश्वासों का माहौल अक्सर बनता रहता था। यह माहौल महाब्राह्मणों को आपसी झगड़ों और खून-खराबे के लिए उकसाता रहता था।

इस मामले में दो बातें मेरे दिमाग में हमेशा ताजी रहती हैं। एक तो यह कि कक्का किन्हीं काल्पनिक कटुओं को हमेशा गरियाते रहते थे और किसी-किसी को

सीधा आरोप लगाकर उससे जबरदस्त लड़ाई ठान लेते थे। आरोप उनका हमेशा एक ही होता था, और वह यह कि कटुओं के कारण ही उनकी शादी न हो सकी। बदले में, बदला लेने के चक्कर में वह चुपके से कइयों के बेटे-बेटियों की शादियाँ काट चुके थे और इस वजह से वह कइयों की आँखों का काँटा बने हुए थे। इसी मुद्दे पर कई बार कइयों से उनकी हिंसक झड़प भी हो चुकी थी और कई बार वह अच्छी तरह पिट भी चुके थे। ऐसे अवसरों पर वह अक्सर बिसूरते थे कि उनके जंगजोर भाई रमई मिसिर के रहते किसी की हिम्मत न थी कि उनकी ओर कोई आँख उठाकर देख सके।

हमारे बाप रमई मिसिर जब जिन्दा थे तब भी वे घर से लम्बे अरसे तक गायब रहते थे, डकैतियाँ डालने के सिलसिले में। ऐसे में कक्का ही घर सँभालते थे। कहने वाले तो यहाँ तक कहते थे कि घर सँभालने के साथ-साथ कक्का मेरी माई को भी सँभालते थे। बाद में लोग खुलेआम आरोप लगाने लगे कि रमई के मारे जाने के बाद कनवा ने उसकी बीवी को एकदम हथिया लिया। यह व्यवस्था माई को भी शायद स्वीकार थी। वह जानती थी कि उस माहौल में किसी मर्द-मनुवा का सिर पर हाथ रहे बिना जीना मुहाल हो जाएगा। इसका एक फायदा यह था कि बाप जैसा दुलार देने वाला मुझे कोई मिल गया। यही माई चाहती भी थी। दूसरा फायदा यह था कि खुद हमारे और कक्का के हिस्से की जजमानी को एक साथ मिलाने पर हमारी जजमानी का हिस्सा अच्छा-खासा हो जाता था। इसकी वजह से आमदनी दुगुनी थी।

दूसरी बात जो मेरे दिमाग में बैठी रह गई है वह है माई का मुहल्ले की और औरतों से होने वाला झगड़ा या दूसरी-तीसरी औरतों का भी आपस में झगड़ पड़ना। ये झगड़े प्रायः हमारे मुहल्ले के सामने के 'हगनहटी' से शुरू होती थी, जहाँ औरतें सुबह-शाम के अँधेरे में टट्टी निबटान के लिए जाती थीं। टट्टी से निबटते-निबटते औरतें अक्सर कहा-सुनी करने लगती थीं, जो अक्सर जबरदस्त गाली-गलौज में तब्दील हो जाती थी। वे औरतें अपने-अपने घर लौटकर कभी-कभी अपने घर वालों को बताती/उकसाती थीं। फिर तो जबरदस्त झगड़ा शुरू हो जाता था और लाठी-डंडे चलने लगते थे।

कुछ ऐसी दबंग औरतें भी थीं जो हगनहटी में तू-तू मैं-मैं से शुरू होने वाले

झगड़े को वहीं झोंटा-झोंटी करके निबटा लेती थीं। आश्चर्य की बात है कि यह सब एकदम मामूली बातें थीं। औरतें रोज वहीं निबटान के लिए जाती थीं; निबटते-निबटते तू-तू मैं-मैं करती रहती थीं। एक बार तो ऐसा हुआ कि झोंटा-झोंटी करती दो औरतें ऐसी भिड़ीं कि लड़ते-लड़ते जमीन पर गिर गईं और टट्टी में लिथड़ गईं।

माई से दूसरी औरतों के झगड़े का मुख्य कारण उस पर लगने वाला यह आरोप था कि वह 'भसुरचोदी' है। बहुत दिनों के बाद जब मैं थोड़ा बड़ा हुआ तो मुझे समझ में आया कि भसुर मतलब पति का बड़ा भाई यानी कक्का और दूसरे वाले शब्द-खंड का अर्थ कहने में लाज लगती है और उसे आप अच्छी तरह समझते होंगे। मुझे यह भी याद है कि इस आरोप के विरोध में माई कई बार बहुत जबरदस्त झगड़ा करती थी और फिर शुरू हो जाता था औरतों में एक-दूसरे के चरित्र की बखिया उधेड़ना। औरतों के इस मरहले में एक से बढ़कर एक रोचक और उत्तेजक किस्सों का पता चलता था और एक से बढ़कर एक बीभत्स और अश्लील गालियों का इस्तेमाल होता था। कई बार मर्द लोग इस जनाना युद्ध पर चुप रहते थे और मन्द मुस्कान के साथ स्त्री-कामुकता की उभरती परतों का आनन्द लेते थे।

अड़ोस-पड़ोस के व्यंग्य-बाणों की परवाह किये बिना माई मुझे पढ़ा-लिखा कर पुलिस बनाने के अपने संकल्प में जुटी हुई थी। कक्का लोगों के उपहास की उपेक्षा करके माई के साथ खुशी-खुशी रहते थे। सबके सामने माई कक्का को 'भाई जी' कहती और पर्दा करती थी, लेकिन घर के भीतर इन्हें सिर्फ 'जी' कहती थी और कोई पर्दा न करती थी। कक्का माई को हमेशा 'दुलहिन' ही कहकर बुलाते थे—चाहे घर के भीतर हों या बाहर। दोनों के बीच झगड़ा भी होता था, जिसका कारण सिर्फ मैं होता था। कक्का मुझे जजमानी के काम में लगाकर क्रियाकर्म के तौर-तरीके सिखा देना चाहते थे। माई अपने लक्ष्य पर अडिग थी। कक्का तर्क देते कि घर में क्या कमी है; एक लड़का पर इतनी बड़ी जजमानी। कक्का अपना तर्क जारी रखते कि माना कि जजमानी आकाशवृत्ति है और न जाने कब कोई मरे या न मरे तब आमदनी हो, लेकिन यह अपना खानदानी पेशा है। इसी से बाप-दादा पलते आए, कभी पढ़ने-लिखने की जरूरत न पड़ी। अब ऐसा क्या हो गया कि बच्चे को पढ़ाई की जरूरत पड़ गई। माई उनकी बात अनसुनी कर देती। कक्का कुढ़ जाते, चुप-चुप रहते, फिर चिल्लाने लगते, "देखब इनके पढ़ाय के कलट्टर

बनाय देबू।" माई चुप रहती, पर अपने संकल्प पर दृढ़। आखिर में, तय यह हुआ कि मैं पढ़ाई के साथ-साथ जजमानी का भी काम सीखूँगा।

मैं पढ़ने में अच्छा था। किताबों में मेरा मन खूब लगता था। जहाँ तक मुझे याद है अपनी उपजाति को लेकर स्कूल में मुझे कोई खास जलालत न झेलनी पड़ी। अपमानित होने की शुरुआत हुई बड़े स्कूल यानी इंटर कॉलेज से जहाँ मैंने दर्जा छह से पढ़ाई शुरू किया। यहाँ भी अपमान जाति विशेष के कारण उतना न था जितना उसमें अन्य कारणों के जुड़ जाने से था। एक तेज विद्यार्थी होने के कारण मैं कइयों की ईर्ष्या का सीधा निशाना था, खासकर हमारे गाँव के ब्राह्मणों के लड़कों का। उनका कहना था कि मैं असली ब्राह्मण न था, फिर भी मेरे नाम में असली ब्राह्मणों वाली उपाधि 'मिश्रा' क्यों जुड़ी थी? उन दिनों हमारे गाँव के स्कूलों में यूनिफॉर्म नहीं चलता था। जिसे जो मिलता वही पहनकर स्कूल चला जाता था। मुझे अपने गाँव के ब्राह्मणों के कुछ लड़के चिढ़ाते कि मैं जो कपड़े पहनता हूँ वो मुर्दों का छोड़ा हुआ कपड़ा है। उनके चिढ़ाने से मैं अक्सर रुआँसा हो जाता था। मुझे रुआँसा देखकर ज्यादातर अध्यापक मेरा पक्ष लेते और चिढ़ाने वाले लड़कों को डाँटते। हालाँकि, कुछ अध्यापक ऐसे भी थे जो मुझे 'सियरुआ बाभन' कहते थे, लेकिन ऐसों की संख्या कम थी।

छुट्टियों में, और कभी-कभी पढ़ाई के दिनों में भी, मुझे जजमान में जाना पड़ता—जब जैसी जरूरत पड़ती। जब कोई बड़ा आदमी मरता, जिसके दशगात्र-कर्म में अच्छी आमदनी होने की उम्मीद होती, तो दान में मिले सामानों को ढोने के लिए जरूर जाना पड़ता।

पहली बार गया मैं तब जब दरजा आठ में पढ़ता था—सामान ढोने नहीं, बल्कि अपना पुश्तैनी पेशा जानने-समझने। एक गाँव में एक बाबू साहब के बाबूजी मरे थे। अच्छी बड़ी आमदनी की उम्मीद थी। सामान काफी मिलना था—अनाज, खटिया-बिछौना, कपड़े-लत्ते—कुछ नए, कुछ पुराने (मृतक के पहने हुए)। कक्का पाँच जन को लेकर गए महाबभनान से। उन सबको लालच यह था कि सबको भोजन मिलेगा। साथ में जजमान की ओर से कुछ दान-दक्षिणा भी सबको मिल जाएगा। साथ ही, दान का सामान ढोने के एवज में कक्का उन्हें कुछ नगद और मिले हुए सामानों में से कुछ सामान भी देंगे। उन पाँच के अलावा मैं था—साढ़े पाँचवाँ।

बाबू साहब बड़े पियक्कड़ थे। उनके बाबूजी उनसे बड़े पियक्कड़ माने जाते थे। पुराने रईस थे वे लोग, लम्बी-चौड़ी खेती-बारी। बूढ़े बाबू साहब (बाबूजी) मरे थे। आमदनी की उम्मीद काफी थी।

दशगात्र शुरू हुआ। सिर मुड़ाये, सिर्फ धोती पहने, झल्लाए हुए बाबू साहब जमीन पर धूप में बैठे थे। एक नौकर सिर पर छाता ताने खड़ा था। दूर से एक कर्मकांडी ब्राह्मण मंत्र पढ़ रहा था क्योंकि अनपढ़ होने के कारण कक्का मंत्र नहीं पढ़ पाते थे। अगर मंत्र पढ़ते भी थे तो अशुद्ध और अंड-बंड, जो उच्च सवर्ण जातियों को स्वीकार न था। नन्हजतियों के यहाँ तो वे वैसे ही हल्ला-गुल्ला करके काम चला लेते थे, लेकिन बबुआन लोगों और पंडित जी लोगों के यहाँ यह सब नहीं चलता था।

सुबह से ही दारू चढ़ा लेने वाले बाबू साहब पिता के अन्त्येष्टि कार्य के कारण पिछले नौ-दस दिनों से खुलकर दारू न पी पाते थे। इसलिए वे पिनपिनाए रहते थे। लोगों को शक था कि वे इतने दिनों दारू के बिना नहीं रह सकते थे। जरूर चोरी-छुपे वह पीते रहे होंगे। लेकिन, दसवें दिन सुबह से ही दारू पीने पर रोक थी। इससे वह बहुत झुंझलाए हुए थे। इधर, कक्का खूब चिल्ला-चिल्ला कर कर्म करा रहे थे—गुस्से में। छोटी-छोटी बातों पर चिख-चिख हो रही थी। कक्का अपनी उम्मीदों के हिसाब से सामान माँग रहे थे—सामान या सामान के बदले रुपया। बाबू साहब को कक्का की सब माँगें स्वीकार न हो रही थीं। जो हो भी रही थीं बाबू साहब उनके बदले रुपया देने में कतर-ब्योंत कर रहे थे। कक्का अपनी माँगों पर अड़ जाते थे; बाबू साहब तमतमा जाते थे। भारी कशमकश के बीच किसी तरह कर्मकांड आगे बढ़ रहा था। आखिर, कक्का की ओर से एक माँग ऐसी आ गई कि भारी अवरोध उत्पन्न हो गया। माहौल में गर्मी एकदम ही बढ़ गई।

कक्का ने माँग लिया साल भर के लिए दारू। बाबू साहब एकदम भड़क गए।

"मतलब?"

"मतलब बाबूजी जिन्दगी भर दारू पीते रहे।"

"तो?"

"मरने के कम-से-कम साल भर तक पिएँगे।"

"क्या वह पीने के लिए फिर से जिन्दा होकर आएँगे?"

"प्रेत रूप में पिएँगे। न पिएँगे तो उनकी आत्मा भटकेगी; उन्हें मुक्ति न मिलेगी।"

"प्रेत भी कहीं दारू पीता है?"

"क्यों नहीं?"

"कैसे?"

"वैसे ही जैसे हम-आप।"

"मतलब?"

"मतलब बाबूजी के बदले मैं दारू पीऊँगा—कम-से-कम साल भर।"

"आपके पीने से उनको दारू मिलेगा?"

"हाँ। क्यों नहीं? मैं पुरोहित जो हूँ।"

"हूँ...उँ..."

बाबू साहब ने कुल पुरोहित की ओर बचाव के लिए देखा। कुल पुरोहित ने स्वीकृति में धीरे से सिर हिलाया यह जाहिर करते हुए कि आज के दिन महाब्राह्मण कुछ भी माँग सकता है जो मृतक अपने जीवन में प्रयोग करता रहा है।

बाबू साहब अब लाचार। चुप रहकर उन्होंने कक्का की माँग स्वीकार कर ली। कक्का ने अब अपनी माँग का खुलासा किया।

"एक बोतल रोज के हिसाब से साल भर के लिए।"

"इतनी बोतल मैं कहाँ से लाऊँ और इतनी बोतलें कहाँ रखेंगे, महराज?" बाबू साहब का स्वर अब मुलायम होकर विनयी हो गया था। उनके बन्धु-बान्धव और नजदीकी रिश्तेदार भी जुटे थे उस दिन वहाँ। उनके बीच उनकी हेठी हो रही थी। वे अपनी पितृ-भक्ति दिखाने में पीछे न हटना चाह रहे थे, भले ही जीते-जी दारू के नशे में बाप-बेटे के बीच गाली-गलौज होती रहती थी।

बोतलों का समाधान कक्का ने फुर्ती से निकाला—"बोतलें नहीं, बल्कि बोतलों के बदले रुपया दीजिए, बाबू साहब। बोतलें मैं खुद खरीद लिया करूँगा।"

"हूँ...उँ..." बाबू साहब कटकर रह गए। वे अब सिटपिटाए हुए थे।

"रोज एक बोतल और पर बोतल बीस रुपये के हिसाब से साल भर का रुपया," कहते हुए कक्का ने मेरी ओर देखा। थोड़ी देर के लिए खुद पर मुझे बड़ा गर्व महसूस हुआ। भले ही मैं दरजा आठ में ही पढ़ता था, लेकिन अनपढ़ महाबाभनों

में पढ़ा-लिखा माना जाने लगा था। हिसाब में बड़ा तेज था मैं। अपनी तेजी का परिचय देते हुए मैं तुरन्त हिसाब लगाने लगा—मन-ही-मन। साल में 365 दिन। तो 365 गुणे 20। मन में कुछ देर तक गुनता रहा मैं, लेकिन गुणनफल कितना हो यह स्थिर करने में कठिनाई हो रही थी क्योंकि वह गिनती मेरे मन में अँट नहीं रही थी। मजबूरन, मैं वहीं जमीन पर लिखकर गुणा करने लगा और सही गुणनफल पाने में सफल हो गया—7300। बड़े उत्साह और ऊँची आवाज में मैंने चिल्लाकर कक्का को बताया, "7300 रुपये।" चिल्लाकर कहने के मेरे ढंग ने वहाँ बैठे लोगों का ध्यान मेरी ओर खींचा। कुछ के चेहरे पर विचित्र वितृष्णा फैल गई और कुछ के मुस्कान कि महाब्राह्मणों के दल में एक बालक भी आया है। बाबू साहब ने अलबत्ता मुझे घूरकर देखा। उनका ध्यान मेरी ओर से तब हटा जब कक्का ने कहा, "7300 में 300 रुपये छोड़ देता हूँ। सात हजार आपको देना पड़ेगा।"

"सात हजार!" क्रोध, क्षोभ और आश्चर्य के मिश्रित स्वर में बाबू साहब ने व्यग्रता से पूछा।

हाँ, सात हजार," कक्का ने कन्फर्म किया।

"कुछ कन्सेशन करो महराज," बाबू साहब का स्वर अति दीन हो गया था।

फिर मोल-भाव का लम्बा दौर चला। बाबू साहब उकता जा रहे थे; तिलमिला जा रहे थे। कक्का अपनी माँग पर डटे हुए थे। फिर भी, मोल-भाव की गुंजाइश बनाए हुए थे। मोल-भाव शुरू हुआ। होते-होते बीस से पन्द्रह और पन्द्रह से दस पर आकर मामला अटक गया। कक्का इससे नीचे उतरने को तैयार न थे। बाबू साहब पाँच रुपये के रेट पर लाना चाह रहे थे। अन्ततः, मामला सात रुपये के रेट पर तय हुआ।

कक्का ने एक बार फिर मेरी ओर देखा गणना के लिए। अबकी मैंने मन-ही-मन करने के बजाय जमीन पर लिखकर गुणा किया ताकि देरी न हो। फिर, पहले की ही तरह चिल्लाया, "पच्चीस सौ पचपन"

पचपन रुपये और कन्सेशन करा लिया बाबू साहब ने कक्का से। पच्चीस सौ रुपये देकर उन्होंने आखिर अपनी जान छुड़ाई।

अगले साल, जब मैं दरजा नौ में था, तो कक्का के साथ मुझे एक बार फिर जजमानी में जाने का मौका मिला। रमपूरा के मनोहर मिसिर के इकलौते, तेईस-वर्षीय बेटे मृत्युंजय की मृत्यु हो गई थी। पता लगा कि मृत्युंजय बड़ी इंजीनियरी की पढ़ाई लगभग पूरी कर लिया था, लेकिन हॉस्टल में एक दिन बिजली की केतली में दूध गरम कर उतारते समय भूल से उसका हाथ ही़टर से छू गया था और वह वहीं तड़पकर मर गया था। मृत्युंजय की मौत पर मनोहर मिसिर मारे दु:ख के पगला गए थे, लेकिन अन्त्येष्टि के कर्मकांड तो करना ही था—यह ऐसी मजबूरी थी जो लाख न चाहने पर भी निपटानी ही पड़ती है। बेटे को प्रेत-रूप से मुक्त कराकर पितरों में शामिल कराना था, अन्यथा पुत्र प्रेतात्मा बन भटकता रहता। दाह बाप ने ही दिया था। एकदम उलटा विधान—बाप की मुक्ति के लिए जो कर्म बेटे को करना था वह बाप बेटे के लिए कर रहा था।

बड़ा कारुणिक और अवसाद-भरा दृश्य था। मनोहर मिसिर रो-रो कर बेटे का संस्कार कर रहे थे। जजमानों से क्रूरतापूर्वक दान वसूलने के लिए बदनाम कक्का पर मनोहर मिसिर की दयनीय दशा का ऐसा असर पड़ा कि वह खुद भी रोने लगे। मनोहर मिसिर ने सुन रखा था कि दशगात्र के अवसर पर महापात्र ही प्रेत-योनि से मृतक का उद्धार करता है। लगा जैसे यह बात उनके दिमाग में उस समय आ गई होगी तभी तो अपने बेटे का नाम 'मृत्युंजय...मृत्युंजय...' लेकर विलाप करते हुए मनोहर मिसिर कक्का से रो-रो कर कहने लगे कि "हमरे मृत्युंजय क उद्धार करा महराज।"

कक्का अचानक सचेत हो गए। उन्होंने चिल्लाकर मनोहर मिसिर को शान्त बैठे रहने को कहा। कक्का ने महसूस किया होगा कि इस तरह भावनाओं में अगर वह खुद भी बह जाएँगे तो क्रिया-कर्म कैसे होगा। मनोहर मिसिर को समझाते हुए उन्होंने कहा, "मिसिर जी, आप स्वयं को सँभालिए। इस संसार में जो आया है वह जाएगा—कोई आगे, कोई पीछे। अब भगवान की मर्जी को क्या करेंगे कि जिसे पीछे जाना था वह पहले ही बुला लिया गया। अब आपका कर्तव्य बनता है कि मृतक को प्रेतयोनि से मुक्त कराने के लिए शास्त्रों में वर्णित कर्म को ठीक से सम्पन्न करिए। इसी में मृतक का कल्याण है।"

कक्का के समझाने से मिसिर जी का विलाप तो बन्द हो गया, लेकिन

उनकी आँखों से आँसुओं की धारा निरन्तर बहती रही। बात-बात में दान-दक्षिणा में झिक-झिक करने वाले कक्का बहुत गम्भीर और गमगीन होकर शान्त भाव से कर्म कराते रहे और जो कुछ भी मिला समेटकर चलने लगे। पीछे-पीछे मैं भी चुपचाप चल पड़ा।

अचानक, मनोहर मिसिर दौड़कर आए और कक्का को पकड़कर विलाप करते हुए पूछने लगे, "हमरे मृत्युंजय क मुक्ति होय गयल न महराज?" अब कक्का को भी न कुछ कहते बन रहा था और न कुछ समझाते। कक्का समझ गए कि मिसिर जी का मानसिक सन्तुलन फिर बिगड़ गया है। उन्होंने वहाँ उपस्थित अन्य लोगों को इशारा किया कि मिसिर जी को पकड़कर ले जाएँ और एक समझदार-से दिखने वाले बुजुर्ग के कान में फुसफुसाकर बोले, "मिसिर जी का खास खयाल रखिएगा आप लोग।"

कक्का और हम तेजी से आगे बढ़े। देखा कक्का अपने गमछे के छोर से अपनी आँख पोंछ रहे थे। उधर, मनोहर मिसिर लोगों की पकड़ में तड़प रहे थे और चिल्ला रहे थे—"मृत्युंजय, मृत्युंजय..."।

हाई स्कूल में मैं आश्चर्यजनक रूप से बहुत ऊँचे अंकों से पास हुआ था। माई अब कक्का को दृढ़तापूर्वक मना करने लगी थी कि हमारे बेटे को जजमान के काम में मत ले जाया करो। उसकी पढ़ाई का हर्जा होता है। इन सबके बावजूद वह कक्का को समझाने में सफल न हो पाई कि पढ़ाई वास्तव में बड़े काम की चीज है। माई कक्का पर आश्रित थी। अत: ऐसे मामलों में कक्का का कहना ही अन्तिम निर्णय होता था। इतना फर्क जरूर पड़ा कि अब जहाँ तक बन पड़ता कक्का भरसक कोशिश करते कि मुझे जजमानी में कम ही ले जाएँ। मुझसे जजमानी का काम सीखने की उम्मीद भी अब वह कम करने लगे। जहाँ तक जजमान से दान में मिले सामान को ढोने की बात थी वे एक पड़ोसी युवक को ले जाने लगे। लेकिन, ऐसे मौकों पर वह चिल्लाते बहुत थे और माई पर झल्लाते थे कि वह साथ जाने वाले युवक को ले जाने से जो कुछ उसे मेहनताना के रूप में देना पड़ता था वह मुझे ले जाने पर बचाया जा सकता था। माई कुछ बोल न पाती थी; कसमसाकर

रह जाती थी। लेकिन, मेरी छुट्टी के दिनों कक्का लड़-झगड़ कर मुझे ले जाने में सफल हो जाते थे।

एक बार की बात है। मैं ग्यारहवीं में पढ़ता था। दशहरा की मेरी छुट्टियों के दिन चल रहे थे। उन्हीं दिनों दूर के एक गाँव के एक कोइरी के यहाँ दसवाँ कराने की जरूरत पड़ गई। कोइरी की माँ मर गई थी।

रास्ते में मैंने कक्का से पूछा, "कक्का, जब उत्तर टोले वाले ब्राह्मणों और महाबभनान के महाब्राह्मणों दोनों के गोत्र एक हैं और दोनों की उपाधियाँ एक हैं तो दोनों में इतना भेदभाव क्यों है? क्यों महाब्राह्मणों को अशुद्ध, अशुभ और कंटहा समझा जाता है, जबकि अन्य ब्राह्मणों के बजाय इनके नाम में महा लगाकर इन्हें महान सम्बोधित किया जाता है?"

मेरे सवाल पर कक्का कुछ देर चुप रहे। फिर कुछ सोचते हुए बोले, "सुना हूँ कि प्राचीन काल में किसी समय कर्मकांड के अधिकार को लेकर दो ब्राह्मण भाइयों में विवाद हुआ। उस समय ब्राह्मणों की पंचायत ने निर्णय लिया कि बड़ा भाई, जो महा विद्वान व ज्ञानी था, उसके जिम्मे अन्त्येष्टि कर्म का एकमात्र अधिकार दिया जाए और छोटा भाई, जो थोड़ा कम विद्वान और कम ज्ञानी था, को बाकी के कर्मकांडों का अधिकार दिया जाए। यह माना गया कि अन्त्येष्टि कर्म कराने में पुरोहित के ब्रह्म-तेज का क्षरण सम्भव है, जबकि अपने ब्रह्म-तेज के बल पर ही उसे मृतक को प्रेत-योनि से छुटकारा दिलाने का कठिन काम करना था। अत: उसे निरन्तर तपश्चर्या में स्वयं को तल्लीन रखना होगा। ऐसी अवस्था में इस विचार से कि अपनी आजीविका के लिए उसे कोई अन्य कार्य न करना पड़े यजमान के ऊपर यह जिम्मेदारी डाली गई कि इस कठिन कर्म को कराने के बदले इस ब्राह्मण को अन्न-धन-वस्त्र इत्यादि से इतना सम्पन्न किया जाए ताकि वह आजीविका की चिन्ता छोड़ अपने ब्रह्म-तेज को बढ़ाने और बनाए रखने में स्वयं को केन्द्रित रखे। इसके ठीक विपरीत, छोटे भाई को बाकी के सभी कर्मकांडों को कराने और छोटे-मोटे सारे दानों को लेने का हक दिया गया। चूँकि छोटा भाई छोटे-मोटे सभी अवसरों पर यजमानों के सम्पर्क में रहता था, अत: लोगों से उसका सम्पर्क विस्तृत

होता गया और वह व्यापक रूप से सम्माननीय होता गया, जबकि बड़े भाई का सम्पर्क अपनी तपश्चर्या और अन्त्येष्टि के एकमात्र कर्मकांड का अधिकारी होने के कारण संकुचित होता गया। मृत्यु एक भयावह घटना होती है। अत: इससे जुड़ा कर्म कराने वाला भी लोगों को भयावह प्रतीत होने लगा। इन्हीं दोनों भाइयों से कर्मकांडी ब्राह्मणों की आगे की दो भिन्न उपजातियाँ विकसित हुईं।"

"लेकिन, यह कहानी गढ़ी हुई-सी न लगती है, कक्का?" मैंने सन्देह व्यक्त करते हुए पूछा।

"पता नहीं, बचवा। मैंने सुनी-सुनाई बात बताई। एक बात मैं और सुना हूँ?"

"वह क्या, कक्का?"

"महाराज दशरथ की मृत्यु होने पर जब उनके दशगात्र का दान लेने का समय आया, तो रघुकुल के गुरु वशिष्ठ जी ने उस समय के कुछ बहुत विद्वान, तेजस्वी और श्रोत्रिय ब्राह्मणों को महाब्राह्मण, महापात्र इत्यादि अत्यन्त सम्मानजनक शब्दों से विभूषित करते हुए आमंत्रित किया था। ऐसे विद्वान और पवित्र ब्राह्मणों को आजीविका के लिए पर्याप्त धन-धान्य दान-दक्षिणा में देकर उनसे उम्मीद की गई कि जीविकोपार्जन करने के लिए उन्हें अन्य कर्मकांडों में समय व्यर्थ करने के बजाय स्वाध्याय एवं तपश्चर्या में स्वयं को लगाए रखें। उन्हीं ब्राह्मणों के वंशज आज विभिन्न क्षेत्रों में फैले हुए हैं और अपने-अपने क्षेत्र में कहीं महाब्राह्मण, कहीं महाविप्र, कहीं महापात्र, कहीं आचार्य, कहीं अग्रदानी, कहीं अग्रभिक्षु वगैरह कहलाते हैं।" कक्का ने मुझे बताया।

"लेकिन, महाब्राह्मण को लोग कंटहा क्यों कहते हैं?" मैंने पूछा तो कक्का बड़े जोर से हँसे, हँसते ही रहे। थोड़ी देर बाद जब हँसी रुकी तो हँसते हुए उन्होंने मुझे समझाया, "महापात्र बन महाब्राह्मण मृतक को प्रेतयोनि के कष्टों से मुक्ति दिलाता है, इसीलिए उसको कष्टहा यानी कष्ट हरण करने वाला कहते हैं। बहुत से बेवकूफ इन बातों को न समझते हैं और कष्टहा के बदले कंटहा कहते हैं।"

"तो फिर, महाब्राह्मण से घृणा क्यों करते हैं लोग?" मैंने आगे पूछा।

"लोग मृत्यु से डरते हैं और मृतक से जुड़े कर्मकांड को अशुभ मान पुरोहित से भी डरने और घृणा करने लगते हैं। बदले में पुरोहित उन्हें और डराता है और डराकर उनका शोषण करता है," कक्का ने बड़े नाटकीय अन्दाज में कहा।

कक्का ने हाथ नचाकर आखिरी वाक्य को ऐसे ढंग से कहा कि मेरी हँसी निकल गई। कक्का के ज्ञान पर मुझे बड़ा आश्चर्य भी हुआ। मैं कक्का को महामूर्ख ही समझता था, लेकिन अपने पेशे की उनकी गहरी समझ से मैं उनके प्रति प्रशंसा के भाव से भर उठा। कक्का से और ज्यादा जानने के चक्कर में मैंने फिर पूछ लिया, "तो फिर लोग महापातर क्यों कहते हैं?"

"बेटा, असल शब्द है महापात्र, जो बिगड़कर महापातर बन गया है। मृतक को प्रेत-योनि से मुक्ति दिलाने के अभियान में महाब्राह्मण सबसे महान व्यक्ति होता है और सबसे महत्त्वपूर्ण भूमिका निभाता है। इसलिए उसे महापात्र कहा जाता है।" यह कहकर कक्का बड़े जोर से हँसे।

"कक्का, आप इतना हँस क्यों रहे हैं?" मैंने आश्चर्य से पूछा।

"बेटा, मेरी हँसी इसलिए निकल गई कि महा, महा कहकर महाब्राह्मण की जितनी महानता बताने की कोशिश की गई है, उतना ही उसे अपमान, उपहास और घृणा का पात्र बनना पड़ता है।"

थोड़ी देर चुप चलते रहने से कुछ देर में हम लोग उस गाँव पहुँच गए जहाँ दशगात्र कर्म होना था। कक्का गाँव के बाहर ही बाहर चलते हुए गाँव के बाहर दूसरे छोर पर स्थित तालाब पर पहुँच गए जहाँ एक पीपल के पेड़ के नीचे मृतक के सम्बन्धी जुटे हुए थे। मैंने कक्का से जानना चाहा कि हम लोग गाँव के बाहर-बाहर इतना चक्कर काटकर क्यों वहाँ पहुँचे जबकि गाँव के बीच से होकर हम लोग जल्दी पहुँच सकते थे। कक्का फिर हँसने लगे और हँसते हुए ही बोले, "आज के दिन गाँव के भीतर घुसना गाँव वाले अशुभ मानते हैं। जो भी कामकाज होना है गाँव के बाहर ही होगा और बाहर ही बाहर हमें वापस चले जाना है।"

"आज का मतलब?" हिचकिचाते हुए मैंने पूछा।

"आज मतलब दशगात्र का दिन। और दिनों गाँव में आना-जाना लोग बुरा नहीं मानते।" कक्का ने समझाया।

वहाँ पहुँचने पर पता लगा कि जो महिला मरी थी वह बहुत वृद्ध थी, यद्यपि उसका पति अभी भी जिन्दा था। वह वृद्ध व्यक्ति मुख्य कर्ता (यजमान) था। बुढ़िया का एक ही बेटा था, जो पास के हाई स्कूल में टीचर था। वे लोग मुझे निहायत शरीफ लगे। वह टीचर मुझसे बड़े स्नेह से बतियाने लगा। कक्का जजमान से खूब

कसके दान-दक्षिणा वसूलने में माहिर थे। कुछ लोगों का कहना था कि इस मामले में वे बड़े क्रूर थे और बिना मुरौवत भरपूर दान-दक्षिणा वसूलते थे। जरूरत पड़ने पर चिल्लाने और दुहाई भी देने लगते थे। लेकिन, उस दिन वहाँ मामला एकदम विपरीत था।

उस कोइरी परिवार के लोग बहुत सरल और सज्जन थे। उनके बन्धु-बान्धव और रिश्तेदार भी अच्छे लोग थे। कक्का की ज्यादातर माँग वे तुरन्त मान लेते थे। जहाँ उन्हें कठिनाई होती थी, वे हाथ जोड़ लेते थे। कक्का भी पूरे कार्यक्रम के दौरान एकदम सौम्य स्वरूप में रहे। कार्य की समाप्ति पर जजमान ने बड़े प्रेम से वहीं पर भोजन कराया।

दान में बहुत सारा सामान मिला था। उसमें से काफी सामान, खासकर वह सामान जो वजनी था और जिसे ढोकर ले जाना कठिन था, कक्का ने नाऊ को दे दिया। चारपाई, साल भर एक व्यक्ति के भोजन भर मिला अन्न वगैरह कक्का ने नाऊ को दिया। जो हल्का और कीमती सामान था उन्हें लेकर हम और कक्का वापस चल पड़े।

लौटते समय कक्का बड़े खुश नजर आ रहे थे। इस बार वे दूसरे रास्ते से होकर लौट रहे थे। इस रास्ते थोड़ी ही देर में हम लोग बाजार पहुँच गए। जोन्हियाँ नाम था उस बाजार का। उस बाजार के शुरू में ही एक धुनिया की दुकान थी। कक्का ने अपने सिर पर रखा हुआ गद्दा-रजाई उस धुनिया की दुकान पर पटक दिया और उसके दाम के बारे में मोल-भाव होने लगा, जो जल्दी ही बकझक में बदल गया। कक्का और दुकानदार के बात करने के लहजे से लग रहा था कि दोनों की अक्सर मुलाकातें होती होंगी। दोनों के बीच बकझक की वजह थी कि कक्का पचास रुपये कीमत माँग रहे थे, जबकि दुकान वाला सिर्फ पन्द्रह रुपये देने को तैयार था। आखिर बात, बीस रुपये में पटी और रुपये लेकर कक्का आगे बढ़े।

कक्का की अगली मंजिल बर्तन वाले की दुकान थी, जहाँ ज्यादा बकझक नहीं हुआ। दान में मिले हुए छोटे-मोटे पीतल के बर्तनों को तौलकर बर्तन वाले ने कुछ रुपये कक्का की ओर बढ़ाये जिसे उन्होंने अपनी पॉकेट में रख लिया। दोनों के बीच शान्ति से मामला निपट जाने से जाहिर हो रहा था कि कक्का और

बर्तन वाले की पुरानी पहचान है और बर्तनों के रेट पहले से ही तय हैं।

बहुमूल्य सामानों में चाँदी की एक जोड़ी पायल, एक जोड़ी बिछिया और एक जोड़ी सोने का कनफूल था, जिन्हें बचाकर कक्का ने मेरी माई के लिए रख लिया। आगे चलकर कक्का पकौड़ी की दुकान पर पहुँचे जहाँ से पत्ते के दो दोनों में पकौड़ियाँ लेकर मेरे दोनों हाथों में थमाकर पीछे-पीछे आने का इशारा करते हुए कक्का आगे बढ़े और पास में ही स्थित दारू की दुकान पर जा पहुँचे। वहाँ उन्होंने पन्द्रह रुपये में एक बोतल दारू खरीदा। मेरे हाथ से पकौड़ियों का एक दोना लेकर कक्का वहीं जमीन पर बैठ गए और जल्दी-जल्दी पकौड़ियाँ खाने और सीधे बोतल से ही दारू पीने लगे। मैं हाथ में पकौड़ियों का अपना दोना लिये खड़े-खड़े उन्हें देखता रहा। जिस बेसब्री और बेचैनी से कक्का पकौड़ियाँ खा रहे और दारू पी रहे थे उसे देखकर मैं परेशान हो रहा था। कक्का ने शायद मेरी परेशानी भाँप ली। तभी तो वे मुझे भी जमीन पर बैठ जाने और एक घूँट ले लेने के लिए कहने लगे। मैं अपने हाथ का दोना भी उनके सामने रखकर और चिढ़कर दूसरी ओर मुँह करके खड़ा हो गया।

मेरा ध्यान कक्का की ओर तब गया जब मुझे लगा कि वह सिसक रहे हैं। पीछे मुड़कर देखा तो कक्का की आँखों से सचमुच आँसू बह रहे थे और वे हिचकियाँ लेकर रो रहे हैं। मारे भय और आश्चर्य से मेरे मुँह से निकल गया, “कक्का...!” इतना सुनते ही कक्का उठकर मुझे गले लगा लिये और पुक्का फाड़कर रोने लगे। उनका इस तरह रोना सुनकर लोगों की भीड़ इकट्ठा हो गई। भीड़ में कोई-कोई हँस रहा था—“ससुरा दारू पिए हुए है।” कोई यह भी कहते सुना गया कि “महापातर है साला। मुफ्त की कमाई की दारू पिए हुए है।”

इन सबसे अनजान कक्का रो रहे थे। मैं बहुत परेशान था कि मुझे वह जोर से पकड़े हुए थे और लोगों के व्यंग्य-बाण मुझे भेद रहे थे। अचानक पता नहीं क्या हुआ कि कक्का मुझे छोड़कर हट गए और जमीन पर सिर पकड़ के बैठकर विलाप करने लगे—“के तोहरा संग जाई भँवरवा।” एक ही लाइन को बार-बार दुहराते कक्का पता नहीं रो रहे थे या गा रहे थे। जो भी था बड़ा बेसुरा और मनहूसियत-भरा था। थोड़ी ही देर में उनकी आवाज लड़खड़ाने लगी। वे एक विचित्र भावदशा में पहुँचने लगे थे। अचानक वह धराशायी हो गए। वे बेहोश हो गए थे।

लोग हँसते, गरियाते वहाँ से चले गए। बेहोश कक्का के बगल में मैं अकेला बैठा रहा।

उस दिन बहुत रात गए हम लोग घर पहुँचे। माई बहुत चिन्तित होकर हमारी प्रतीक्षा कर रही थी। जब मैंने सारा हाल कह सुनाया तो माई कक्का को गालियाँ देने लगी और उन्हें कोसते हुए रोने लगी कि वे बेटे का जीवन चौपट कर रहे हैं।

उस रात हममें से किसी ने खाना न खाया। शायद खाने की जरूरत न थी। मैं वहीं ओसारे में पड़ी खाट पर थककर लेट गया। माई और कक्का दालान के भीतर जाकर लड़ने लगे। उन्हें लगा कि मैं थककर सो गया हूँ, जबकि कक्का के विचित्र ढंग से रोने और लोगों के उपहास से मेरा मन इतना व्यथित था कि मुझे नींद न आ रही थी।

थोड़ी ही देर में माँ और कक्का के बीच का झगड़ा थम गया। अब दोनों में साँय-साँय बात होने लगी। कक्का ने शायद माई को उस दिन जजमान से मिली चाँदी की पायल, बिछुआ और सोने का कनफूल देकर खुश कर लिया। न जाने कब मुझे नींद आ गई।

अब तक मैं अपने मुहल्ले के पत्र-लेखक के रूप में लोकप्रिय हो चुका था। मैं दरजा ग्यारह में पढ़ता था और मुहल्ले का सबसे ज्यादा पढ़ा-लिखा व्यक्ति बन गया था। इसलिए लोगों की चिट्ठियाँ लिखने की जिम्मेदारी मेरे ऊपर अपने आप आ गई थी।

हमारा इंटर कॉलेज जिस गाँव में पड़ता था उसी गाँव में हम लोगों के जोन्हियाँ बाजार डाकखाने की एक उपशाखा थी। मेरी जिम्मेदारी न केवल अपने मुहल्ले के लोगों की चिट्ठियाँ लिखना था, बल्कि उन्हें ले जाकर उस उपडाकघर के बाहर टँगे लाल लेटर बॉक्स में पोस्ट भी करना होता था। यही नहीं, उस क्षेत्र का डाकिया हमारे मुहल्ले के लोगों की आई हुई चिट्ठियाँ छाँटकर उपडाकघर के एक कोने में रखे रहता था और उसका मुझे स्थायी निर्देश था कि वे चिट्ठियाँ मैं उठा लिया करूँ और ले जाकर अपने मुहल्ले में बाँट दिया करूँ। यह कठिन काम न था। कम ही चिट्ठियाँ आती थीं और कम ही इधर से जाती भी थीं।

कठिन काम था चिट्ठियाँ लिखना और आई हुई चिट्ठियों को पढ़कर सुनाना। तरह-तरह के भावों, भावनाओं और व्यथाओं से भरी होती थीं चिट्ठियाँ। मैं कभी-

कभी बहुत आश्चर्य करता था कि इधर मैं चिट्ठियाँ लिखता हूँ और पढ़ता हूँ, उधर चिट्ठियाँ पाने और लिखने का काम कौन करता होगा! जिनको चिट्ठियाँ जाती थीं और जिनसे चिट्ठियाँ आती थीं, वे सब अनपढ़ लोग थे। उनका लेखक क्या स्वयं अप्रभावित रहते हुए उनकी बातों को ईमानदारी से लिखता होगा और वाचक उन भावनाओं को उन तक पहुँचा पाता होगा जो प्रेषक बहुत भाव-विभोर होकर व्यक्त करता था। मैं सोच-सोचकर बहुत दुखी होता था कि अशिक्षा के कारण कितने पराश्रित हैं ये महाब्राह्मण लोग!

मैं अपने मुहल्ले के जिन लोगों की चिट्ठियाँ लिखता था वे अक्सर बड़े-बुजुर्ग लोग होते थे। किसी का बेटा रोजी-रोटी के लिए कहीं बाहर मजदूरी करता था, तो किसी का छोटा भाई। बहुत भावुकता-भरी चिट्ठियाँ लिखवाते थे ये लोग, जिनमें अपनी विपन्नता की गहरी व्यथा व्यक्त करते थे और कुछ पैसे भेज देने का अनुनय-विनय करते थे। उधर से जवाब देने वाला अक्सर अपनी फटेहाली का बयान करता था। दोनों ओर से अपनी बातों के समर्थन में उदाहरणों, घटनाओं और तर्कों की लम्बी फेहरिस्तें होती थीं, जिन्हें मैं सार-संक्षेप में लिखता या पढ़ता था।

सबसे संवेदनशील चिट्ठियाँ उन दुल्हनों की होती थीं, जिनके पति उन्हें घर पर छोड़कर दूर के शहरों में मेहनत-मजूरी करने गए होते थे। अपने वियोग की कथा कहते-कहते ये दुल्हनें बहुत भावुक हो जाती थीं, कुछ रोने लगती थीं, तो कुछ कुछ हद तक अश्लील हो जाती थीं। मैं उनमें से अधिकांश का 'बबुआ' यानी देवर था। इसलिए अपनी बातें मुझसे कहने में वे झिझकती न थीं। बस उन्हें तलाश रहती थी एकान्त की, जब उनकी सास, ननद या उनके घर का कोई बड़ा-बूढ़ा नजदीक न हो, जो उनकी बात सुन सके। एकान्त मिलते ही वह अपने दिल का दर्द बयान करने लगती थीं और चाहती थीं कि उस दर्द का एहसास सही-सही उनके साजन तक पहुँचे। उन भौजाइयों में से एक भौजाई की एक कहानी मुझे अभी भी भुलाए न भूलती है।

एक मक्खो मावा थीं। मुहल्ले में धनी-मानी मानी जाती थीं। उनका घर पक्का था। हर महीने मनीऑर्डर आता था। उनके पति कलपू बाबा बम्बई में कमाते थे। वे अपने इकलौते बेटे शंकर को भी बम्बई ले गए थे, जहाँ वह कारपेंटरी का काम सीख लिया था। घर में अब दोहरी आमदनी हो गई थी। शंकर का बियाह हाल ही

में एक बहुत खूबसूरत लड़की से हुई थी, जो औरों की तरह पूर्णतः निरक्षर थी। वह थी तो लगभग मेरी ही उम्र की, लेकिन चूँकि शंकर मुझसे काफी बड़े थे इसलिए मैं उसको भौजी या शंकर बो भौजी कहता था।

शादी के कुछ ही दिनों बाद शंकर को दुबई की एक कम्पनी में काम मिल गया और वह दुबई चले गए। घर में दुबई की कमाई आने लगी। मक्खो मावा फूली-फूली फिरने लगीं, लेकिन शंकर बो भौजी उदास रहने लगीं। अपनी चिट्ठियों में शंकर बो भौजी अपना दिल उड़ेल देना चाहती थीं। उनकी सास मक्खो मावा को पतोहू का यह लच्छन अच्छा न लगता था। मजबूरन, शंकर बो भौजी चिट्ठी लिखने के लिए मुझे तब बुलवाती थीं, जब उनकी सास मक्खो मावा इधर-उधर कहीं गई हों।

एक बार ऐसे ही आँगन में पड़ी चारपाई पर बैठा मैं चिट्ठी लिख रहा था और मेरे पैरों के पास जमीन पर बैठी शंकर बो भौजी अपने दिल का दर्द बयान करती जा रही थीं। कुछ देर के लिए भौजी का स्वर बन्द हो गया। मैं सिर उठाकर उनकी ओर देखा तो वह आँगन के एक छोर की ओर बड़े गौर से देख रही हैं। मेरी भी नजर जिज्ञासावश उधर चली गई। मैंने देखा कि एक गौरैया-गौरवा की रतिक्रिया को भौजी बड़े गौर से देख रही हैं। गौरैया फुदक-फुदक कर अपनी पूँछ उठा रही थी और गौरवा उछल-उछल कर उसके ऊपर चढ़ जा रहा था। गौरवा फुर्ती से धक्के मारकर उतर जाता था। गौरैया फुर्ती से पूँछ हिलाकर नाचने लगती थी। गौरवा फिर फुरसत पाकर उस पर सवार हो जाता था। भौजी एकटक उन सबों को देख रही थीं।

मुझे चुहल सूझी। मैंने पूछा, "भौजी, मजा आ रहा है?"

"बबुआ, अपना ऐसा भाग कहाँ!" भौजी का चेहरा रक्ताभ हो उठा; आँखें रतनारी। उन्होंने मेरी ओर एक गहरी कसक के साथ घूरा और मेरी जाँघ पर अपना हाथ रख दिया। मैं उठ खड़ा हुआ। मैंने भौजी को आलिंगन में भरकर उठा लिया। भौजी ने अवश-सा होकर मेरे होंठों पर अपने होंठ धर दिये। मैंने उनके मुँह में अपनी जीभ डाल दी। मैं दोनों हाथ भौजी के नितम्बों पर रखे उन्हें अपनी ओर खींच रहा था, जबकि वे अपने दोनों हाथों से मेरी पीठ को कसकर जकड़े हुई थीं।

अचानक, भौजी ने अपने हाथ ढीले कर दिये और हल्के से मुझे परे धकेलते हुए बोलीं, "बस, बबुआ। अब इसके आगे नाहीं।"

अपने टोले के चन्नर गुरु की स्मृति मेरे मन में जड़ जमाकर बैठ गई है। चन्नर गुरु का असली नाम रामचन्द्र मिसिर था, लेकिन उन्हें कभी किसी को रामचन्द्र मिसिर कहते नहीं सुना। वे ज्यादातर चन्नर मिसिर या चन्नर गुरु के नाम से ही जाने जाते थे। कोई-कोई उन्हें चनरा भाँड़, गांडू साला या महापतरा भाँड़ जैसे शब्दों से भी विभूषित करता था। ऐसा ज्यादातर उनके पीठ पीछे लोग कहते थे। अगर कोई ढीठ होकर उनके सामने ही कभी ऐसा कह देता तो वे बुरा मानने के बजाय फिस्स से हँस देते थे और कोई प्रतिकार न करते। कहते, मैं कलाकार हूँ।

कहते हैं चन्नर गुरु अपनी किशोरावस्था में ही अपने घर से भाग गए थे और मशहूर खैरउल्ला भाँड़ की मंडली में भर्ती हो गए। खैरउल्ला ने ही उन्हें लवंडा बनाया और गांडू भी। खैरउल्ला ने उन्हें नाचना-गाना सिखाया। दाढ़ी-मूँछ मुड़ाए, सिर के बढ़े लम्बे बालों को कभी-कभी लहराते तो कभी बड़े कलात्मक ढंग से चोटी या जूड़ा बाँधे, मुँह पर मुरदाशंख पोते, गालों पर लाली लगाए और चितवनों तथा आँखों का बाँकपन महीन काली रेखाओं से उभारते गोरे-चिट्टे, छरहरे, स्त्रैण अदाओं वाले चन्नर गुरु चाँदनी के नाम से मंच पर उतरते और अपने गुरु खैरउल्ला का लटककर पैर छूने का अभिनय करने के साथ-साथ अन्य साजिन्दों का सांकेतिक अभिवादन करते हुए मंच के मध्य छमककर आ जाते। फिर, अपने दोनों हाथ जोड़कर सिर से लगाते हुए सिर झुकाकर दर्शकों का ऐसी अदा से अभिनन्दन करते कि दर्शकों की ओर से "जिया, बनल रहा लवंडा," "खूब चमकअ हो हमार चाँदनी" जैसे श्लील-अश्लील आशीषों की बौछार होने लगती। इस बीच, अपना दाहिना पैर ठुमकाते हुए चन्नर उर्फ चाँदनी मंच पर तीन बार अपनी ऐंड़ी पटकते और सुरीले गले से सुर साधते—

सूरसती ने सुर दिया
अरे, गुरु ने दीया ग्यान
मात-पिता जनम दिहलें
अरे, करम लिखलें भगवान।

इसी के साथ नगाड़ा बजता—ढीम ढीम ढम ढम धड़म धड़म। टिमकी बजती—टिम टिम टिन टिन। झाँझवाला झाँझ झंकारता और खैरउल्ला हारमोनियम

बजाते हुए इशारा करता डांस शुरू करने के लिए। चाँदनी सुरीले और दर्दीले स्वर में गाना शुरू करती—"गवना कराई सैंया घर बईठवलऽ, अपने बिदेसवाँ गईलऽ हो राम...।

जब चाँदनी लहराकर नाचने लगती तो लोगों का दिल मचल जाता। जब वह अपने पैरों को ऐसे नखरे से ठुमकाती कि उसकी पिंडलियों में बँधे घुँघरू झंकार कर उठते—छनन छनन...। उस समय हारमोनियम मास्टर खैरउल्ला अपना हारमोनियम बजाना रोक देता और इशारों से ही नगड़ची, टिमकिया और झाँझिए को रोककर खुद अपने हाथों में एक हुड़का लेकर खड़े हो जाता। हुड़के की थाप को वह चाँदनी के घुंघरुओं की झंकार के साथ ताल मिलाकर बजाने लगता। जब चाँदनी के चपल पैरों की गति के साथ घुँघरुओं की रुनझुन होती और वह अपनी पतली कमर को लचकाते हुए थिरकती तो खैरउल्ला मास्टर अपनी बाईं बाँह में हुड़का दबाए दाहिने हाथ से बजाते हुए मर्दानी भाव-भंगिमाओं के साथ ताल मिलाता और ऐसा थिरकता कि समाँ बँध जाता। दर्शक इस्स-इस्स कर उठते। और चाँदनी और खैरउल्ला के दैहिक सम्बन्धों की कल्पना कर बेसुध होने लगते।

बहुत सारे दर्शक तो नेपथ्य में पहुँच जाते चाँदनी को देखने जब वह नृत्य समाप्त कर मंच से उतर आती। उन्हीं में से एक थे गौसपुर के एक बाबू साहब—बाबू रामधियान सिंह। चाँदनी जब नाचती थी तो बाबू साहब उसकी खुली, गहरी, रोमहीन ढोंढ़ी पर एकटक निगाह लगाए रखते थे और ताकते-ताकते लगभग सम्मोहन की स्थिति में पहुँच जाते थे।

रामधियान सिंह दो भाई थे—वे खुद और छोटा भाई रामाज्ञा सिंह। उनकी लम्बी-चौड़ी खेती-बारी थी। लेकिन, उनके परिवार की इज्जत अपने जाति-समाज में अच्छी न थी। बताते हैं कि उनकी बुआ, जिनका नाम राजी था, गाँव के ही अकरम नाम के एक मुसलमान को दिल दे बैठी थीं और उसके साथ भाग गई थीं। उनके बाप रामभरोस सिंह और उनके संगी-साथियों ने राजी और अकरम की चुपके-चुपके बहुत खोजबीन की, लेकिन पता न लगा सके। बदले में उन्होंने अकरम के परिवार को बहुत प्रताड़ित किया और उनकी प्रताड़ना के चलते वह परिवार गाँव छोड़कर भाग गया।

रामभरोस सिंह का परिवार इस मामले में अपनी बिरादरी में इतना बदनाम हुआ

कि उनके बड़े बेटे रामधियान सिंह की शादी करने को कोई बिरादर न आया। इसी सदमे में रामभरोस सिंह भी जल्दी ही स्वर्ग सिधार गए। काफी दिनों बाद छोटे बेटे रामाज्ञा सिंह की शादी बहुत दूर के एक गरीब बिरादर की बेटी से हुई।

रामधियान सिंह चन्नर मिसिर उर्फ चाँदनी के दीवाने हो गए थे। उन्हें खैरउल्ला के साथ उसके गुप्त सम्बन्धों की भी जानकारी मिल चुकी थी। रामधियान खैरउल्ला से चुपके से मिले और चन्नर को अपना 'लवंडा' रखने की इच्छा जाहिर की। वे उसके रख-रखाव के सारे खर्चे खुद उठाने को तैयार हुए। खैरउल्ला दो शर्तों पर राजी हुआ—एक तो यह कि चन्नर उसकी मंडली में काम करता रहेगा और दूसरा यह कि बीच-बीच में वह भी उसका उपभोग करता रहेगा। इस प्रकार, नाचने-गाने के अलावा चन्नर रामधियान और खैरउल्ला दोनों का 'रखैल लवंडा' बने रहने की जिम्मेदारी निभाने लगा।

अब जहाँ कहीं भी खैरउल्ला भाँड़ का नाच होता, चन्नर के साथ रामधियान सिंह भी जाते। उसके कपड़े-लत्ते सँभालते; उसके साज-शृंगार में सहयोग करते और नाचते समय उसकी ढोंढ़ी निहारते रहते।

खैरउल्ला की मंडली में पाँच-छह लौंडे थे, लेकिन चन्नर के मुकाबले का कोई न था। वे सब चन्नर से जलते थे कि सारी वाहवाही और इनाम-इकराम चन्नर बटोर ले जाता है और वे सब ताकते रह जाते हैं।

चन्नर अभिनय में भी बेजोड़ थे। मंडली जहाँ 'सत्यवादी हरिश्चन्द्र' नाटक खेलती थी, वहाँ वह कमाल कर देते थे। नाटक के शुरुआत में वही पहले सूत्रधार की भूमिका में नारद का रूप धर करताल बजाते गाते हुए आते थे—

मेरा तो नारद है जी नाम,
मेरा तो नारद है जी नाम।
जहँ जाऊँ तहँ कलह कराऊँ,
तब पाऊँ विश्राम।
मेरा तो नारद है जी नाम...

सिर पर अपने बालों का मुनियों जैसा जूड़ा बनाए, ललाट पर ऊर्ध्व-पुंडराकार टीका लगाए, पैरों में खड़ाऊँ खटखटाते, अपने दोनों हाथों को ऊपर उठाए करताल

बजाते और 'नारायण नारायण...' जपते जब चन्नर मंच पर आते तो एकबारगी लगता जैसे धरती पर स्वयं नारद जी ही उतर आए हों। कोई यकीन नहीं करता कि यह वही चन्नर है जो लौंडा बनकर नाचता है। आगे नाटक में वही चन्नर जब वस्त्र बदलकर राजा हरिश्चन्द्र की रानी तारामती के रूप में एक ब्राह्मण के यहाँ दासी का अभिनय करते तो लोग हैरत में पड़ जाते। आगे, अपने पुत्र रोहिताश्व की मृत्यु पर जब डोम के नौकर बने हरिश्चन्द्र के आगे रो-रो कर करुण विलाप करते तो लोगों का हृदय बिलखने लगता। नाटक के अन्य चरित्र चन्नर के अभिनय के सामने एकदम बौने लगने लगते। चन्नर अकेले दम पर नाटक में जान डाल देते। नाटक की ऐसी सफलता पर मंडली मालिक खैरउल्ला का दिल फूला न समाता। दर्शकों में जो लोग चन्नर को चाँदनी के रूप में नाचते हुए देखकर नोट लुटाते थे, वे लोग तारामती के रूप में उनके दारुण विलाप पर आँसू बहाने लगते और नोटों की बौछार होने लगती। बाबू रामधियान सिंह की छाती अपने लौंडा की काबिलियत पर चौड़ी हो जाती।

रामधियान सिंह की ये हरकतें उनके छोटे भाई रामाज्ञा को बिलकुल पसन्द न आती थीं। उसका मानना था कि राजी बुआ के कारण परिवार की पहले ही बहुत बदनामी हो चुकी है। अब भैया अपनी अश्लील हरकतों से और बदनामी बढ़ा रहे हैं। लेकिन, रामधियान सिंह अपनी धुन में रहते थे। उनका कहना था कि कौन हमारे आगे-पीछे है कि मुझे चिन्ता करनी है! मुझे जो अच्छा लगेगा करूँगा। इसी मामले पर दोनों भाइयों में एक बार झड़प भी हो गई। इस झड़प के दौरान रामधियान सिंह ने धमकाया कि अब बँटवारा हो जाए। अपने हिस्से की जायदाद का मेरा जो मन हो करूँगा। कहने वाले तो यहाँ तक कहते थे कि पचास बीघे के पूरे जायदाद में से अपना हिस्सा पच्चीस बीघा रामधियान सिंह चन्नर के नाम लिख देना चाहते थे।

एक दिन चन्नर ने रामधियान सिंह से दुलराकर कहा कि वह खैरउल्ला से अपना पीछा छुड़ाना चाहता है और अपनी खुद की मंडली खोलना चाहता है। इस पर रामधियान सिंह ने बहुत खुशी जाहिर की तो चन्नर ने खर्चे की चर्चा चलाई कि मंडली खड़ी करने में तो पैसा खर्च होगा। रामधियान सिंह ने आश्वासन दिया कि पैसा की चिन्ता तुम मत करो, अपना काम आगे बढ़ाओ।

चन्नर राजी-खुशी अपनी पुरानी मंडली छोड़ना चाहते थे। इसलिए एक दिन बहुत प्रेम से उन्होंने मंडली मालिक खैरउल्ला से यह बात चलाई। खैरउल्ला अवाक रह गया। उन्होंने कहा, "अरे भाई, तुम्हें मैंने इतना मेहनत से सब सिखाया-पढ़ाया और अब तुम हम सबको छोड़कर जाना चाहते हो! तुम्हारे बल पर ही तो मंडली चलती थी।" कहते-कहते खैरउल्ला बहुत भावुक हो गया और उसकी आँखों में आँसू आ गए। आँसू तो चन्नर की आँखों में भी आ गए। यही नहीं, चन्नर कुछ ज्यादा ही भावुक हो गए और सुबक-सुबक कर रोने लगे। उनकी पीठ थपथपाते हुए खैरउल्ला ने कहा, "जाओ, राजी-खुशी जाओ। आगे बढ़ो और अपने उस्ताद का नाम रौशन करो।"

पाँच बीघा जमीन रेहन रखकर रामधियान सिंह ने पैसों का इन्तजाम किया। उन पैसों से हारमोनियम, ढोलक, झाल-मजीरा, परदे, साड़ियाँ, श्रृंगार-पटार के सामान और अन्य जरूरी कपड़े-लत्ते मँगाए गए। मंडली का नाम नए फैशन का रखा गया—चाँदनी नृत्य मंडल। लेकिन, समस्या अब यह आ गई कि चन्नर गुरु नाचें, नाटकों में अपना पार्ट निभाएँ कि मंडली का संचालन करें। अक्सर मंडली का मालिक ही संचालक होता है और वही हारमोनियम बजाते हुए मंच का नियंत्रण और पर्यवेक्षण भी करता है और साथ में कलाकारों को इनाम में मिले रुपयों को भी सहेजता है।

चन्नर खैरउल्ला से मिले और अपनी समस्या बताई। खैरउल्ला ने बताया कि मंडली का संचालन तो खुद तुम्हें ही करना होगा, तभी तुम मंडली के मालिक रह सकोगे। यदि दूसरा कोई संचालन करेगा तो मंडली का नियंत्रण उसके हाथ में चला जाएगा और तुम सिर्फ नचनिया बनकर रह जाओगे। इससे अच्छा तो यही था कि तुम हमारे यहाँ ही नाचते।

समस्या का हल निकलता न देखकर दोनों कुछ देर चुप बैठे रहे। अचानक, खैरउल्ला के दिमाग में एक बात कौंधी और उसने सुझाव दिया, "तुम एक काबिल हारमोनियम बजाने वाला अपनी मंडली में रखो। संचालन, नियंत्रण और मालिकाना खुद अपने हाथ में रखते हुए तुम बीच-बीच में नाचना भी और नाटक के पार्ट भी खेलना।" यह बात चन्नर को जँच गई।

पता लगाते-लगाते, दूर के एक गाँव में जहाँ उनकी बड़ी बहन ब्याही थी,

बहन का भसुर (बहनोई का बड़ा भाई) मिला, जो हारमोनियम अच्छा बजा लेता था। संयोग से वह विधुर था, घर पर निपट फालतू था और सबसे बड़ी बात कि बड़ी आसानी से चन्नर के काम के लिए मान गया। ढोलक बजाने में उनके गाँव का ही भुलई गोंड़ बड़ा माहिर था। वह भी आसानी से मंडली में शामिल हो गया। झाल-मजीरा बजाने और पर्दा गिराने-उठाने वगैरह के कामों के लिए उन्हें अपने टोले से ही तीन-चार महाब्राह्मण युवक मिल गए जो बेकार पड़े हुए थे। अपनी ही जाति के तीन ऐसे युवक भी मिल गए जो देखने में सुदर्शन थे और नाचने के लिए राजी थे, यद्यपि उनके घर वालों, खास कर उनके माँ-बाप और पत्नियों ने विरोध किया था। लेकिन, इन युवकों का कहना था कि बेकार बैठने से जनाना बनकर नाचना कहीं बेहतर है। राजू नाम का अपने गाँव का ही ऐसा सजातीय सुन्दर युवक भी मिल गया जो कुछ दिनों बम्बई में रह चुका था और फिल्मों के बारे में बड़ी-बड़ी गप्पें हाँका करता था। मंडली में शामिल होने के लिए उसने भी इच्छा जताई, लेकिन शर्त यह रखी कि वह जनाना बनकर नाचेगा नहीं।

चन्नर गुरु के ओसारे में मंडली ने अभ्यास करना शुरू किया। मैं उन दिनों कोई दस साल का रहा होऊँगा। हम बच्चे चन्नर गुरु की मंडली का नाच-गाना देखने उनके ओसारे के बाहर खड़े रहते थे। मैं तो स्कूल के बाद या स्कूल की छुट्टियों के दिन ही वहाँ जा पाता था।

उन्हीं दिनों की एक घटना मेरे दिमाग में काली छाया की तरह बैठी रहती है। कक्का मुझे खोजने निकले थे और उन्होंने मुझे पकड़ लिया एक हमउम्र बच्चे के साथ 'गंदा काम' करते हुए। वह लड़का तो भाग गया, लेकिन वहीं पर कक्का ने ऐसा मुझे थप्पड़ मारा कि मेरी आँखों के आगे अँधेरा छा गया। जमीन पर गिरकर मैं चिल्लाकर रोने लगा। कक्का ने अब तक मुझे कभी न मारा था। मेरी समझ में न आ रहा था कि मैंने ऐसा क्या कर दिया कि उन्होंने गुस्से में ऐसा थप्पड़ मारा। यही नहीं, वे मुझे मारते हुए घर ले गए और माई के आगे धकेल दिया और उसके कान में न जाने क्या फुसफुसाकर कहा कि माई मुझे घूरकर देखने लगी। माई के ऐसे देखने पर मैं और जोर से रोने लगा।

मेरे रोने से माई अपनी छाती से चिपकाकर बोली, "छि:, तुमने यह 'गन्दा काम' कहाँ से सीखा? खबरदार, जो दोबारा ऐसी हरकत की।"

"मैं अब ऐसा काम नहीं करूँगा माई," कहते हुए मैं धीरे-धीरे सुबकने लगा।

रोते-रोते मैं देखा आँगन में पड़ी खटिया पर कक्का भी चुपचाप रो रहे थे। मैं दौड़कर उनसे जा लिपटा। मेरे लिपटने से कक्का जोर-जोर से रोने लगे। उनके जोर से रोने से मैं भी जोर से रोने लगा। माई दौड़कर आई और कक्का को घुड़ककर चुपवाई कि यह क्या कर रहे हो आप। अभी टोले-मुहल्ले के लोग जुट जाएँगे।

कक्का अकबकाकर चुप हो गए। मैं भी चुप हो गया। लेकिन, अगले दो दिनों तक कक्का चुपचाप चारपाई पर लेटे रहे—न खाना खाया, न कहीं बाहर गए। मैं और माई भी बड़े दुखी और उदास थे। कक्का ने मुझे कभी न मारा था—न उसके पहले और न उसके बाद। बाद में बड़ा होने पर मुझे समझ में आया कि कक्का प्रायश्चित्त के तौर पर मौन और उपवास रखकर स्वयं को दंडित कर रहे थे।

चन्नर गुरु की नाच मंडली चल निकली। लगन (शादी-ब्याह) के दिनों में उनकी मंडली दूर-दूर के गाँवों में नाचने जाती थी। जब शादी-ब्याह का मौसम न होता था, तो उनकी मंडली दूर के गाँवों में घूम-घूमकर कहीं रामलीला और कहीं रासलीला का मंचन करती थी।

एक बार हमारे गाँव में भी चन्नर गुरु ने रासलीला का मंचन किया अपने खुद के खर्चे पर। उसमें वह बम्बई वाला लड़का, जिसका नाम राजू था, कृष्ण का अभिनय करता था। सिर पर एक चुनरीदार गमछा बाँधे, उसमें मोरपंखी खोंसे, हाथों में बाँसुरी लिये राजू कृष्ण का बड़ा सजीव अभिनय करता था। गोपियाँ बनी मंडली के लवंडों के बीच कभी रसिया, कभी छलिया, कभी उत्कट प्रेमी बना, राजू ऐसा नाचता था कि लोग उस पर लहालोट हो जाते थे।

धार्मिक माने जाने वाले उस रासलीला के कार्यक्रम में गाँव की महिलाएँ भी अपनी बेटियों-बहुओं के साथ रासलीला देखने आती थीं। कृष्ण बने राजू के नृत्य और अभिनय को देखकर कई जवान औरतें और लड़कियाँ उस पर हाय भरती थीं। उसमें सबसे आगे निकली पंडित मिसिर की बेटी विद्या, जो घर के दमघोंटू बंधन को तोड़ डालने को मन-ही-मन उद्वेलित रहती थी।

एक दिन राजू के संग विद्या भाग निकली। पंडित मिसिर के लोगों ने चन्नर गुरु की बड़ी दुर्गति की। विद्या और राजू की बड़े व्यापक स्तर पर खोजबीन शुरू हुई।

कोई कहता वे दोनों बम्बई भाग गए; कोई कहता वे नेपाल चले गए।

काफी दिनों बाद जब लोगों के जेहन में राजू और विद्या के भाग जाने की कहानी धुँधला चुकी थी, बाद में खबर आई कि रेलवे लाइन के किनारे राजू की लाश पड़ी हुई मिली थी। चारों तरफ सनसनी फैल गई थी। विद्या का फिर भी कहीं पता न लगा था।

उन दिनों मैं हिन्दू विश्वविद्यालय में बीए द्वितीय वर्ष में था।

सीताराम

मठ में एक दिन मैंने घुरहू भैया से कहा कि अब मैं यहाँ से जाऊँगा।

घुरहू भैया आश्चर्य से बोले, "क्यों, यहाँ कोई दिक्कत है? किसी ने कुछ कहा?"

"नहीं।"

"तो फिर? पढ़ाई कैसे करोगे?"

"यहाँ की पढ़ाई पूरी हो गई।" मेरे लिए विश्वविद्यालय की बदली परिस्थितियों के बारे में मैं उन्हें बताना नहीं चाहता था। वे ठीक से समझ भी न पाते विश्वविद्यालय की जातिगत तिकड़मबाजियों को। दो ही दिन हुए थे मेरा एमए प्रथम वर्ष का रेजल्ट निकला था, मुझे उन पर्चों में बहुत कम अंक मिले थे, जिनके परीक्षक प्रो. शुक्ला थे। मैं जान गया कि अब आगे प्रो. शुक्ला विश्वविद्यालय में मेरा पढ़ना मुश्किल कर देंगे। रही-सही कसर हमारे गाँव का बाबू यादव पूरा कर देगा। उसके बारे में भी मैंने घुरहू भैया को नहीं बताया। गाँव में मैं अनावश्यक वैमनस्य बढ़ाना नहीं चाहता था। मैं ऐसी अनजान जगह चले जाना चाहता था जिसके बारे में बाबू या उसके संगियों को पता न चले। तभी तो, जब घुरहू भैया ने पूछा कि अब कहाँ जाओगे, तो मैंने उदास मन से कहा, "देखिए, तकदीर जहाँ ले जाए।"

अगले दिन विश्वविद्यालय में मेरा मन न लगा। मैं विश्वविद्यालय परिसर से बाहर निकल आया। सिंहद्वार से निकलकर रोज मैं सीधे सामने वाली सड़क पर जाया करता था। उस दिन सीधे जाने के बजाय मैं सिंहद्वार से बाईं ओर जाने वाली

पतली-सी सड़क पर चल पड़ा। चलता ही गया बिना यह जाने कि यह सड़क कहाँ जाती है या मुझे कहाँ जाना है। कहाँ है मेरा गंतव्य!

काफी देर तक चलने के बाद मैं एक छोटे से रेलवे स्टेशन के सामने पहुँचा, जहाँ एक बोर्ड पर लिखा था—मँडुआडीह। चलते-चलते थक जाने के कारण मैं थोड़ा सुस्ताना चाहता था। इसलिए स्टेशन में घुस गया कि प्लेटफॉर्म पर किसी बेंच पर बैठकर थोड़ी देर सुस्ताऊँगा। सामने देखा एक रेलगाड़ी खड़ी थी। बिना पूछेताछे मैं उसमें घुस गया और एक खाली सीट पर जा बैठा।

थोड़ी देर बाद गौर किया तो देखा कि सामने वाली सीट पर लगभग मेरी ही उम्र का एक युवक बैठा है। वह राधाकृष्णन का लिखा 'भारतीय दर्शन' पढ़ रहा था। मैं बहुत हैरत से उसे देखने लगा। मुझे पढ़ने वाले का चेहरा तो नहीं दिखाई दिया, पर हाथों में टाँगकर पढ़ते हुए किताब को मैं एकटक देख रहा था। अचानक, उसने दोनों हाथ नीचे कर किताब को अपनी गोद में रख लिया। जब तक मैं अपना चेहरा दूसरी ओर कर पाता उसने ताड़ लिया कि मैं उसे पढ़ते हुए घूर रहा था।

मुस्कराते हुए उसने व्यंग्य किया, "बड़े घूर रहे थे गुरु। सुने हो इस किताब के बारे में कुछ?" "जी, सुना है। कौन-सा अध्याय पढ़ रहे थे आप?" मैंने कहा, तो वह अभिजात-सा दिखने वाला युवक मेरे मुड़े-तुड़े कपड़ों और चेहरे की बेचारगी को गौर कर मुँह बिचकाते हुए धीरे-से कहा, "चार्वाक।"

मैं मुस्कराया और कहा, "बड़े हिम्मती रहे होंगे चार्वाक, जो वैदिक ऋचाएँ गाने वाले ऋषियों के सामने अपनी मुँहफट बातें कहने से चूकते न थे।" मेरा इतना कहना भर था कि वह युवक मेरी बगल में खाली जगह पर आकर बैठ गया और बोला, "बड़े पहुँचे हुए लग रहे हो, गुरु। क्या करते हो?"

"पढ़ता हूँ, या समझ लीजिए पढ़ता था।"

"क्या मतलब?"

"संस्कृत एमए प्रथम वर्ष में था, लेकिन फिलहाल कहीं नहीं हूँ।"

"मतलब पढ़ाई छोड़ दिए?"

"यही समझिए।"

"कहाँ पढ़ते थे?"

"हिन्दू विश्वविद्यालय।"

"तो, पढ़ाई क्यों छोड़ दिए?"

मैं उसकी ओर चुपचाप ताकता रहा। क्या बताऊँ अपनी रामकहानी एक अनजान आदमी को!

शायद उसने मेरी हिचकिचाहट को भाँप लिया। अपना परिचय देते हुए कहा, "मैं राकेश कुमार पांडेय हूँ—बलिया के नगरा का। अभी हाल में ही मैंने इलाहाबाद यूनिवर्सिटी से दर्शनशास्त्र में एमए किया है। अब इलाहाबाद में ही रहकर कॉम्पिटिशन की तैयारी करता हूँ। मुझे तुम अपना दोस्त समझ सकते हो।"

मुस्कराते हुए उसने मुझसे कहा, "अब अपना नाम बताओ।"

"मैं त्रिभुवन नारायण मिश्र हूँ," कहकर मैं चुप हो गया। मैं भयभीत हो गया कि यह मेरी उपजाति जानेगा तो बहुत बुरा महसूस करेगा। यह सोचकर मैं वहाँ से खिसकने की नीयत से पेशाब करने जाने का बहाना बनाकर वहाँ से उठकर एक दूसरे डिब्बे में जाकर बैठ गया।

कोई तीन घंटे बाद गाड़ी पहुँची एक स्टेशन पर, जिसके बाहर बोर्ड लगा था—रामबाग। गाड़ी वहीं रुक गई। सब यात्री उतरने लगे। मैं एक यात्री से पूछा कि गाड़ी आगे कहाँ जाएगी, तो उसने कहा कि बस यहीं तक। यही रामबाग इसका अन्तिम स्टेशन है। यह इलाहाबाद है।

मैं भी वहीं उतर गया। प्लेटफॉर्म पर लोगों की भीड़ थी। लोग धक्का-मुक्की करते हुए इधर-उधर आ-जा रहे थे। मैं भौचक्का खड़ा था। मुझे कुछ समझ न आ रहा था कि मैं किधर जाऊँ! मेरा तो कोई गंतव्य ही नहीं था।

इसी बीच, आवाज आई—"त्रिभुवन! ए त्रिभुवन!!" मैं हैरत में पड़ गया कि मुझे यहाँ इस नाम से पुकारने वाला कौन आ पहुँचा! तब तक, फिर आवाज आई, "इधर, इधर देखो, गुरु।" अब मैंने गौर किया तो देखा कि यह वही लड़का था, जिससे मैं मिला था और उससे जान बचाकर भाग निकला था। वह हाथ हिला-हिलाकर मुझे बुला रहा था।

उसके आग्रह की उपेक्षा करना मुझे शिष्टाचार के विरुद्ध लगा। अतः मैं उसके पास चला गया। देखा उसके पास एक भरी हुई बोरी और एक सूटकेस था।

"इलाहाबाद में तुम्हें कहाँ जाना है, त्रिभुवन?" उसने पूछा।

"मुझे तो नहीं पता है। मेरा कोई ठिकाना नहीं है यहाँ। मैं इस शहर में नया

हूँ," मैंने आँखें नीची किए हुए कहा।

"तो, तुम यहाँ क्या करने आए हो?" उसने हैरत से पूछा।

"यह तो मैं भी नहीं जानता। शायद यूँ ही चला आया हूँ," मैंने हिचकिचाते हुए कहा।

"तो रहोगे कहाँ? रात कहाँ बिताओगे?" उसने हड़बड़ाकर पूछा।

"यहीं कहीं प्लेटफॉर्म पर," उसकी पूछताछ से ऊबकर मैंने उसे टालने की गरज से कहा।

"अरे प्लेटफॉर्म पर कैसे रहोगे तुम! तुम ऐसा करो, मेरे साथ चलो। मैं यहीं पास में ही दारागंज में रहता हूँ," उसने मेरा हाथ पकड़ते हुए कहा।

"यहीं रुको, मैं किसी कुली को खोजकर लाता हूँ। छोटा स्टेशन है न, इसलिए यहाँ कुली मिलना मुश्किल होता है," कहते हुए वह हाथ छुड़ाकर जाने लगा।

मैंने लपककर उसका हाथ पकड़ लिया। "अरे, इतने मामूली-से सामान के लिए कुली की क्या जरूरत है!" कहते हुए मैंने उसकी बोरी उठाकर अपने कन्धे पर रख ली। हँसते हुए वह अपना सूटकेस उठाकर चल पड़ा। उसके चलने के अन्दाज से मैं समझ गया कि उसका सूटकेस भी भारी था। शायद उसमें किताबें भरी हों।

स्टेशन के बाहर हम लोग एक रिक्शे में बैठकर दारागंज की एक पतली गली में पहुँचे, जिसमें राकेश का रूम था।

रूम सचमुच एक कमरे का ही आवास था, जिसमें एक अटैच्ड बाथरूम था। उसके बगल का खाली स्थान किचेन के काम आता था। वहाँ किरासन तेल से जलने वाला एक स्टोव रखा हुआ था और कुछ बर्तन बिखरे थे। कमरे में एक तख्त पड़ा था, जिस पर कुछ किताबें बेतरतीब ढंग से बिखरी थीं। कमरे की एक दीवार में एक छोर से दूसरी छोर तक कई तलों वाली खुली अलमारी थी, जिनमें किताबें-ही-किताबें भरी थीं—सब लगभग करीने से लगी हुईं।

बोरी जिसे मैं ढोकर लाया था उसमें चावल था। उसमें एक पोटली भी थी, जिसमें दाल थी। एक पोटली और थी। शायद उसमें कुछ पीसे मसाले रखे हुए थे।

"तुम्हारा कोई और ठिकाना नहीं है, तो इसी में हम दोनों रहेंगे, त्रिभुवन। तुम भी सिविल सर्विसेज इग्जैम की तैयारी करना साथ मिलकर," राकेश ने बड़ी उदारतापूर्वक मैत्री और सहायता का हाथ बढ़ाया। मैं घबड़ा गया कि कहीं एक बार

फिर प्रो. शुक्ला के घर वाली कहानी दोबारा न घटित हो जाए यहाँ भी। आशंका से मैं मन-ही-मन भयभीत हो गया। मैंने निश्चय कर लिया कि मैं शुरू में ही सब कुछ साफ-साफ बता दूँगा और यहाँ से निकल जाऊँगा ताकि मेरी उपजाति के कारण मुझे फिर जलालत न झेलनी पड़े।

"पर..." मेरे मुँह से बड़ी मुश्किल से निकला।

"पर क्या?" राकेश ने बड़ी आतुरता से पूछा।

"मैं महाब्राह्मण हूँ," मैंने सच्चाई एक झटके में उगल दी।

"क्या?" राकेश ने आश्चर्य-मिश्रित प्रश्न किया।

"मैं महापातर बाम्हन हूँ," मैंने स्थिति को स्पष्ट करने के लिए दृढ़तापूर्वक कहा। मैं जलालत की स्थिति उत्पन्न होने से पहले ही सारा मामला समाप्त कर देना चाह रहा था।

"इससे क्या फर्क पड़ता है, त्रिभुवन?" राकेश ने उसी दृढ़ता से कहा।

"लोग महाब्राह्मण को अशुभ और अशुद्ध मानते हैं," मैंने उसे नासमझ समझ कर समझाया।

"अरे, भाई, तुम किस जमाने में रहते हो! क्या फर्क पड़ता है कि तुम यह ब्राह्मण हो या वह ब्राह्मण हो? ब्राह्मण हो या कोई और हो इससे भी कोई फर्क नहीं पड़ता—कम-से-कम मुझे। अगर तुम सहमत हो, तो मेरे साथ रहने, खाने-पीने और पढ़ने-लिखने के लिए तुम्हारा स्वागत है," कहते हुए राकेश ने अपना दाहिना हाथ बढ़ाकर मेरे दाहिने हाथ को अपने हाथ में लेना चाहा। उसके इस उदार व्यवहार से मैं इतना अभिभूत हो गया कि उससे हाथ मिलाने के बजाय उसका अभिनन्दन करने के लिए मैं उसके पैरों में झुक गया।

"विश्वास नहीं होता कि ऐसे लोग भी हैं जो मेरे बारे में जानकर भी घृणा या अनादर का भाव नहीं रखते। मैं अनुगृहीत हूँ हृदय से आपका।"

"अरे, छोड़ो यार ये सब औपचारिकताएँ। मैं तुम्हारी कहानी विस्तार से कभी सुनूँगा। तुम बहुत व्यथित व्यक्ति लगते हो," कहते हुए राकेश किचेन की ओर चला गया। "पहले पेट-पूजा का कुछ प्रबन्ध करते हैं।" बिखरे बर्तनों और सामानों को देखते हुए राकेश मेरे पास वापस आ गया और बोला, "किचेन कल से चालू करेंगे। चलो, आज बाहर खाते हैं।"

"मेरे पास एक धेला नहीं है," मैंने साफगोई से, पर शरमाते हुए कहा।

"मैं हूँ न भाई। पास में ही एक सस्ता-सा ढाबा है," राकेश ने हँसते हुए कहा।

रास्ते में मैंने राकेश से कहा, "आप मुझसे एक-दो साल सीनियर लगते हैं। इसलिए मैं आपको सर कहूँगा।" राकेश बड़े जोर से हँसा, और हँसते-हँसते कहा, "तब तो मुझे तुझे गुरु कहना पड़ेगा। मेरे पहचानने में भूल नहीं हो सकती। तुम बहुत ही मेधावी प्रतीत होते हो। एक ही वाक्य में चार्वाक पर तुमने जैसी टिप्पणी की थी, वैसा औसत दर्जे का विद्यार्थी कभी नहीं कर सकता।"

इस प्रकार, राकेश आगे के लिए हमेशा सर बने और मैं गुरु। यही नहीं, मैंने मारे सम्मान के राकेश को सर्वदा 'राकेश जी' कहकर पुकारने का मन-ही-मन निश्चय किया।

रात को सोने की समस्या आई। कमरे में तख्त एक था, सोने वाले दो। मैं चाहता था कि राकेश जी अपनी पुरानी व्यवस्था के अनुसार तख्त पर सोएँ और मैं दरी बिछाकर फर्श पर। राकेश जी को यह व्यवस्था पसन्द न आई। वह चाहते थे कि हम दोनों का रहन-सहन बराबरी के स्तर पर हो। मैंने उन्हें किसी तरह मना लिया कि जमीन पर सोने में मुझे कोई दिक्कत नहीं है और वे किसी तरह से इसके लिए परेशान न हों। कोई और उपाय न था। अन्ततः उन्हें मानना पड़ा।

उस रात बहुत देर तक हम लोग बतियाते रहे। राकेश जी के बहुत आग्रह पर मैंने अपनी पूरी कहानी उन्हें बताई—अपने गाँव की, माई की, मरे बाप की, कक्का की और पूरे गाँव-गिराँव की। हिन्दू विश्वविद्यालय के माहौल, प्रो. शुक्ला के परिवार और विश्वविद्यालय छोड़कर भागने की परिस्थितियों सहित सारी बातें बिना छुपाये मैंने राकेश जी को बता दी।

राकेश जी मेरी बात पूरी तन्मयता से सुन रहे थे। मेरी बातें सुनते हुए तरह-तरह के भाव उनके चेहरे पर आ-जा रहे थे। आखिर में, हिचकिचाते हुए उन्होंने कहा, "एक बात मुझे समझ में नहीं आ रही है, गुरु।" राकेश जी रुक गए। आगे वह कुछ सोचने लगे। मैं भय और उत्सुक से उनकी ओर ताक रहा था कि आखिर कौन-सी बात है, जिसे कहने में राकेश जी हिचक रहे हैं।

थोड़ी देर बाद राकेश जी ने कहना शुरू किया, "हमारे गाँव के पास एक छोटा-सा पूरा (उपग्राम) है—'महापातरों का पूरा'। मैंने देखा है कि उस पूरे में रहने

वाले महाब्राह्मण एकदम अशिक्षित, गरीब और उपेक्षित हैं। न उनके पास खेत हैं कि खेती कर सकें। न उनमें शिक्षा है कि नौकरियाँ कर सकें। न उनके पास रोजगार का कोई उपाय या साधन है, जिसे वे अपना सकें। ले-देकर उनके पास एक ही धंधा है—श्राद्ध कराने का। तो समझ में नहीं आता कि सरकार उनके उत्थान के लिए कुछ करती क्यों नहीं!"

"सरकार क्या करेगी?" मैंने राकेश जी की बात में दखल देते हुए पूछा।

"सरकार उन्हें आरक्षण दे सकती है वैसे ही जैसे तमाम दलित जातियों को देती है। जहाँ तक सामाजिक-आर्थिक स्थिति की बात है तो महाब्राह्मण तो आरक्षण पा रही जातियों से भी गए-गुजरे हैं। ये बेचारे तो अनारक्षित सवर्णों में शामिल रहकर बेहद पिछड़ते जा रहे हैं। तो, सरकार इन्हें आरक्षण क्यों नहीं देती?" चिन्तन की मुद्रा में डूबे राकेश जी यह सवाल जैसे स्वयं से पूछ रहे थे।

"आरक्षण किन्हें मिल रहा है?" मैंने प्रतिप्रश्न किया। राकेश जी मेरी ओर अचकचाकर ताकने लगे जैसे मैंने कोई बेवकूफी वाली बात कह दी हो। स्थिति को स्पष्ट करते हुए मैंने कहा, "आरक्षण उन जातियों को मिल रहा है जो गरीब और कमजोर होने के साथ-साथ संख्या-बल में अधिक हैं। उनके पास वोट का बल है। यह बहुत बड़ा बल है लोकतंत्र में। सरकार को बनाने-बिगाड़ने में उनकी संख्या-बल का बहुत बड़ा हाथ है। इसलिए सरकार उनके उत्थान पर ध्यान देती है। महाब्राह्मण के पास वह बल कहाँ है! मुश्किल से मुट्ठी-भर तो इनकी संख्या है और वह भी वे दूर-दूर की जगहों में छितरे-बिखरे हुए हैं। तो फिर, सरकार इनकी परवाह क्यों करेगी!"

वस्तुस्थिति की सच्चाई जानकर राकेश जी चुप हो गए। कुछ देर चुप रहने के बाद वे फिर बोले। पता नहीं प्रसंग बदलने की नीयत से या अपना भी परिचय देने की औपचारिकतावश वे कहने लगे—

> मैं एक पीसीएस अफसर का इकलौता बेटा हूँ। पापा श्रीधर पांडेय वर्तमान में आगरे में चकबन्दी के उपनिदेशक हैं। पिता दो भाई हैं। छोटे भाई, अर्थात हमारे चाचा—चन्द्रधर पांडेय, गाँव में रहकर खेती कराते हैं। खेती अच्छी-खासी है। चाचा के दो बच्चे हैं। बड़ी बेटी है, जो गाँव

के ही इंटर कॉलेज में ग्यारहवीं में पढ़ती है। उनका छोटा बेटा गाँव के ही स्कूल में आठवीं में पढ़ता है।

पापा की इच्छा है कि मैं सिविल सर्विसेज में जाऊँ। पिछली बार प्रीलिम दिया था दर्शनशास्त्र विषय से। पिछली बार तैयारी बहुत कम थी। अत: प्रीलिम ही नहीं क्लियर हो पाया। अब दो ही अटेंप्ट्स बचे हैं। इस बार जी-तोड़ पढ़ाई करनी होगी।"

"तुम भी क्यों नहीं बैठते हो सिविल सर्विसेज प्रीलिम इग्जैम में?" राकेश जी ने थोड़ी देर रुककर कहा।

"हूँ..." कहकर मैं कुछ देर चुपचाप सोचता रहा।

"मेरा तो संस्कृत विषय है। सुना है, प्रीलिम में साहित्य के लिए कोई ऑप्शन नहीं है।"

"हाँ, सही सुना है। बीए में तुम्हारे विषय क्या थे?"

"संस्कृत, अंग्रेजी और दर्शनशास्त्र।"

"बस, तो ठीक है। दर्शनशास्त्र रखो। तुम्हें किताबों की भी कमी न होगी। दर्शनशास्त्र पर मेरे पास खूब किताबें हैं। तुम्हें किताबों के लिए परेशान भी नहीं होना होगा। बाकी अगर कुछ गाइड कर सका तो मैं भी कर दूँगा।"

"आपका आभार सर। मैंने एक नजर देख लिया। आपके पास दर्शनशास्त्र पर किताबों का अद्‌भुत संग्रह है। इसके अलावा मैं देख रहा हूँ कि हिन्दी साहित्य की भी काफी किताबें रखी हुईं हैं।"

"हाँ, गुरु। मेंस में मैंने हिन्दी साहित्य दूसरा ऑप्शनल के तौर पर रखा है। सुना है हिन्दी साहित्य में खूब नम्बर आते हैं, लेकिन मेंस में बैठने की नौबत ही नहीं आई।"

"बीए में आपके क्या सब्जेक्ट्स थे, सर?"

"दर्शनशास्त्र, प्राचीन इतिहास और अंग्रेजी साहित्य।"

बातें करते-करते पता ही नहीं चला कि घड़ी की सूई बारह से आगे बढ़ चुकी है। स्पष्टत: रात काफी हो चुकी थी। हम लोग सो गए।

सुबह उठकर मैंने चूल्हा-चौका सँभाल लिया। राकेश जी देर से उठे। मुझे

चूल्हे-चौके में भिड़ा देखकर हँसने लगे।

"गुरु, इस मामले में मैं बड़ा सुस्त हूँ। इसीलिए अक्सर ढाबे पर ही खाना खाने चला जाता हूँ। वहाँ का खाना खाकर पेट भी अक्सर खराब रहता है।"

"अब ऐसा न होने पाएगा। चूल्हा-चौका मैं अच्छी तरह सँभाल लूँगा। मुझे पुराना अनुभव है," मैंने बनारस के छित्तूपुर में दोस्तों के खाना बनाने के काम को याद करते हुए कहा।

"मैं भी हाथ बटाऊँगा," कहकर राकेश जी मुस्कराने लगे।

राकेश जी के कमरे में रखी किताबों का मैंने सूक्ष्म निरीक्षण किया। दर्शनशास्त्र और हिन्दी साहित्य के अलावा एनसीआरटी की प्लस टू लेवल की लगभग सारे विषयों की किताबें सँभालकर रखी हुई थीं। उन्हीं के बगल में दिनमान, कॉम्पिटिशन मास्टर, प्रगति मंजूषा और प्रतियोगिता दर्पण की नई-पुरानी प्रतियाँ पड़ी हुई थीं। राकेश जी स्थानीय हिन्दी दैनिक 'अमृत प्रभात' और अंग्रेजी का अखबार 'पॉयनियर' मँगाते थे।

उन्हीं में दबा हुआ 'इम्प्लॉयमेंट न्यूज' का एक पुराना स्पेशल इशू खोजकर निकाला राकेश जी ने और मुझे थमाते हुए बोले, "इसमें पिछली बार का सिविल सर्विसेज इग्जैम का एडवरटाइजमेंट निकला था। इसे अच्छी तरह पढ़ लो। उस इग्जैम की सारी बातें और विषयों का सिलबस वगैरह सब समझ में आ जाएगा। तब तक मैं जरा लॉ फैकल्टी होकर आता हूँ। इस बीच, मैंने एलएलबी में एडमिशन भी ले रखा है और पहला साल पास भी कर चुका हूँ। दूसरे साल के क्लासेज शुरू हो चुके होंगे। मैं जरा स्थिति का पता अपने सहपाठियों से लगाकर आता हूँ।"

राकेश जी के लॉ के क्लासेज सुबह की पाली में चलते थे। सुबह उठकर नहा-धोकर बस एक प्याली चाय पीकर वे क्लास करने निकल जाया करते थे। दो बजे के लगभग जब वह लौटते थे तब तक मैं भोजन बनाकर तैयार रखता था। इस व्यवस्था से राकेश जी बहुत खुश थे। उन्हें मेरे हाथ का भोजन बहुत अच्छा लगता था। वे ढाबे वाले को गाली देते थे कि ससुरा उलटा-सीधा खाना खिलाकर बीमार कर देता था।

मैं भी बहुत खुश था कि मुझे ठहरने को ठाँव मिल गया। मैं इस बात से खासा खुश था कि कोई ऐसा भी है जो स्वयं ब्राह्मण होते हुए भी दीन-हीन, अशुभ,

अशुद्ध मानी जाने वाली महाब्राह्मण उपजाति के मुझ जैसे व्यक्ति को मित्र के रूप में स्वीकार कर सकता है।

राकेश जी मस्तमौला टाइप के थे। प्रतिभाशाली तो थे, लेकिन बहुत मेहनती न थे। अपने अध्ययन में नियमित भी न थे। ऊपर से लॉ के क्लासेज अटेंड करने का चक्कर। इसके ठीक विपरीत, मैं अध्ययन में बड़ा नियमित और परिश्रमी था। भोजन बनाने के अलावा मेरे पास कोई अन्य कार्य न था। मैं अपना खाली समय पढ़ाई में लगाने लगा।

इतनी सारी किताबें सहज में प्राप्त होने के कारण मैं बड़ा उत्साहित था। भारतीय दर्शन पर राधाकृष्णन और बलदेव उपाध्याय सहित कई नामी लेखकों की किताबें थीं वहाँ। इसी प्रकार, पाश्चात्य दर्शन, नीतिशास्त्र, तर्कशास्त्र और धर्मदर्शन पर कई-कई किताबें थीं और वे ज्यादातर नामी लेखकों की थीं। राकेश जी हिन्दी माध्यम से सिविल सर्विसेज इग्जैम की तैयारी करते थे। इसीलिए उनके यहाँ ज्यादातर किताबें हिन्दी में ही थीं।

दर्शनशास्त्र की किताबों को पढ़ने के साथ-साथ मैं एनसीईआरटी की बुक्स भी पढ़ता रहता था। एक से ऊबता था तो दूसरी पर लग जाता था। इन सबसे ऊबता था तो कभी दिनमान पढ़ने लगता था या कॉम्पिटिशन मास्टर, प्रगति मंजूषा या प्रतियोगिता दर्पण। अमृत प्रभात और पॉयनियर रोज बड़े गौर से पढ़ता था, जिन्हें राकेश जी जल्दी-जल्दी में उलट-पुलट कर चले जाते थे अपनी क्लासेज करने। मुझे तो कहीं जाना नहीं होता था। इसलिए मेरे पास फुरसत ही फुरसत थी। मुझे वैसे भी बाहर कहीं घूमने की आदत नहीं थी। यह फुरसत का समय मैं बस पढ़ने में ही लगाता था। सौभाग्य से पढ़ने की सामग्री भी वहाँ खूब उपलब्ध थी।

मेरे पढ़ने की लगन देखकर राकेश जी बड़े खुश थे। एक दिन बोले, “गुरु, जिस तरह तुम खूब डूबकर पढ़ते रहते हो, मुझे पक्का यकीन है कि यूपीएससी के सिविल सर्विसेज का प्री तुम पहले ही प्रयास में निकाल लोगे।” मैं हल्के से हँसकर रह गया।

राकेश जी गम्भीर हो गए। बोले, “देखो, मैं तुम्हें बता देता हूँ कि प्रीलिम के रिजल्ट और मेंस के बीच बस तीन महीने का वक्त रहता है। इसलिए अच्छा होगा तुम अभी से मेंस की भी तैयारी साथ-साथ करते चलो।”

मैं बस "हूँ" कह पाया।

"प्रीलिम तो बहुविकल्पीय प्रारूप की परीक्षा होती है जिसमें एक पेपर जनरल स्टडीज और दूसरा पेपर दर्शनशास्त्र ही रखोगे, लेकिन मेंस में दूसरा वैकल्पिक विषय क्या रखोगे?"

मैंने झट से जवाब दिया, "संस्कृत साहित्य।"

अगले दिन राकेश जी अपने क्लास खत्म होने के बाद यूनिवर्सिटी रोड से संस्कृत मेंस के पुराने पर्चों की एक पतली-सी पुस्तिका लेते आए। मुझे देते हुए बोले, "लो, इसे देख लो और इसी के अनुसार तैयारी शुरू कर दो। दर्शनशास्त्र और सामान्य अध्ययन के पर्चों की बुकलेट यहीं पड़ी है उनको भी अच्छी तरह देखकर तैयारी शुरू कर दो। हिन्दी और अंग्रेजी भाषा के दो पर्चे भी होते हैं, जिन्हें सिर्फ पास करना होता है। वह तुम्हारे लिए कोई बड़ी बात नहीं है। तो शुरू हो जाओ, गुरु।"

मैं मंत्रमुग्ध होकर राकेश जी की बातें सुनता रहा। बाद में मैं बहुत आश्चर्य करने लगा कि क्यों यह व्यक्ति अपनी तैयारियों के बारे में गम्भीर होने के बजाय मेरी तैयारी पर इतना ध्यान देता है!

दर्शनशास्त्र और सामान्य अध्ययन का सिलेबस तो मैंने इम्प्लॉयमेंट न्यूज के स्पेशल इशू से पहले ही देख लिया था, लेकिन जब संस्कृत साहित्य का सिलेबस देखा तो मैं बहुत उत्साहित हुआ। मुझे लगा कि इस सिलेबस के अनुसार तैयारी कर लेना खास कठिन काम नहीं है। बस थोड़ी-सी दिक्कत यह महसूस हुई कि इसके सिलेबस में उल्लिखित कुछ किताबें मेरे पास नहीं थीं। कुछ थीं तो वे बनारस के सीताराम मठ में घुरहू भइया की कोठरी में छोड़े गए मेरे सामान में पड़ी हुई थीं।

राकेश जी के कमरे में संस्कृत की कोई किताब न थी। उन्होंने मुझे भी हिन्दी साहित्य को दूसरा ऑप्शनल सब्जेक्ट रखने को कहा। हिन्दी साहित्य के सिलेबस की सारी किताबें उनके पास उपलब्ध थीं, जिनका मैं लाभ उठा सकता था। लेकिन, मैंने उन्हें विनम्रतापूर्वक मना कर दिया और बताया कि संस्कृत साहित्य मेरे लिए ज्यादा रुचिकर है और मैं इसमें अच्छा स्कोर कर सकता हूँ।

कुछ ही दिनों बाद मैंने राकेश जी को बताया कि मैं कुछ दिनों के लिए बनारस जाना चाहता हूँ ताकि अपना सामान और किताबें ले आ सकूँ। उन्होंने मुझे समझाया कि सिविल सर्विसेज इग्जैम की तैयारी में एक-एक दिन का महत्त्व है। इसलिए यह

जरूरी है कि तुम जल्दी ही बनारस से लौट आना।

राकेश जी रामबाग स्टेशन खुद आए मुझे गाड़ी में बैठाने के लिए। उन्होंने टिकट भी खरीदकर मेरे पॉकेट में डाल दिया।

मँडुआडीह स्टेशन पर उतरा तो मेरे मन में अपने गाँव जाने की इच्छा बहुत प्रबल हो उठी। बहुत दिनों से माई और कक्का की कोई खोज-खबर न मिली थी। इसलिए प्रह्लादघाट-स्थित सीताराम मठ जाने के बजाय मैं चल पड़ा बस अड्डे की ओर, जहाँ से बस जाती थी, जो हमारे गाँव बभनियाँव से दो किलोमीटर बगल से गुजरती थी।

मुझे गाँव पहुँचते-पहुँचते शाम का अँधेरा घिर आया था। माई बहुत खुश हुई मुझे देखकर; कक्का बहुत भावुक हो गए। कक्का की आँखों में आँसू आ गए। वे बोले, "बचवा, मेरा बुढ़ापा आ गया। अब जजमानी का काम तुम खुद सँभालो।" उनकी इस बात पर माई ने बहुत एतराज जताया। फिर, दोनों में झगड़ा होने लगा। पहले की ही तरह माई अड़ी थी कि बेटा पढ़-लिख कर पुलिस बनेगा, जबकि कक्का हमेशा की तरह चाहते थे कि मैं अपना पुश्तैनी जजमानी का काम सँभालूँ। काफी देर तक झौं-झौं चला और खत्म तब हुआ जब माई चिल्लाकर रोने लगी कि बेटा इतने दिनों बाद घर आया है और यहाँ फिर वही पुराना झगड़ा ले उठे ई बुढ़ऊ।

हाँ, एक बात पर कक्का और माई दोनों एक स्वर से सहमत थे कि मेरी शादी को बड़ा लेट हो रहा है। माई का कहना था कि टोले में तुम्हारी उम्र के लड़कों के बाल-बच्चे हो गए। तू जल्दी से पुलिस बन जाओ तो हम भी तुम्हारी शादी करके बहू-पोते वाले बन जाएँ। कक्का ने उसमें आगे जोड़ा कि शादी करने वाले तो अक्सर आकर बैठ जाते हैं। किसी तरह उनको टालने की कोशिश करता हूँ तो उनमें से कई कहते हैं कि शादी कर लो, गवना बाद में करा लेना, और फिर हमारी बेटी पढ़ाई में अड़ंगा क्यों डालेगी! अभी, महीने भर भी न हुए गऊर गाँव के तेजू चौबे आए थे। बड़े आदमी हैं। पुलिस में हैं—सिर पर टोपी वाले। उनकी लड़की भी दर्जा पाँच पास है। सिपाही समधी से रिश्ता तुम्हारी माई को भी पसन्द था। आड़ में से बोलीं भी, "तनिक रुक जाइएगा चौबे जी। हमारा बेटा भी पुलिस हो जाए तो आपके यहाँ रिश्तेदारी होगी।" चौबे जी तो कुछ नहीं बोले, लेकिन क्या वे इन्तजार करेंगे, और फिर ऐसे बड़े लोग हमारे यहाँ रोज थोड़े आएँगे!

गाँव में कई लोगों से मालूम हुआ कि इस प्रतिज्ञा के साथ कि 'इस गाँव में अब कभी न लौटूँगा' नचनिया चन्नर गुरु अपनी मंडली सहित गाँव छोड़कर चले गए थे। पंडित मिसिर की बिटिया विद्या के चन्नर मिसिर की मंडली के राजू संग भाग जाने की घटना से पंडित मिसिर के लोगों ने चन्नर के साथ जो ज्यादतियाँ कीं उसकी कई कहानियाँ गाँव में सुनाई पड़ीं। कुछ का कहना था कि पंडित मिसिर के लोगों में से कइयों ने उनके साथ सामूहिक कुकर्म किया जिससे चन्नर मरने के करीब पहुँच गए थे। वैसे उनकी मंडली के और लोगों ने समय रहते गाँव से भागकर अपनी जान बचाई थी।

राजू के परिवार के लोग बम्बई में रहते थे। इसलिए वे सब सुरक्षित बचे रहे। बस उसकी बूढ़ी माँ गाँव में रहती थी, जिसकी बुरी तरह पिटाई की उन लोगों ने और उस बूढ़ी औरत को भद्दी-भद्दी गालियाँ दीं। जब राजू के मरे पाए जाने की खबर मिली तो राजू की माई उसके तीसरे ही दिन स्वर्ग सिधार गई। विद्या का अन्त तक पता न चला कि वह कहाँ छुप गई या उसको धरती लील गई। बदनामी के डर से पंडित मिसिर ने पुलिस में रपट भी न लिखाई थी। अपने बूते ही खोजबीन करते रहे। पंडित मिसिर और उनके साले सुभास चौबे ने काफी जोर लगाया विद्या को खोज निकालने में, लेकिन वे सफल न हो पाए। बाद में, वे यह सोचकर चुप हो गए कि वह कहीं मर-खप गई होगी या असामाजिक तत्त्वों के हाथ लग गई होगी। अब उसको ससम्मान समाज में पुनर्स्थापित करना सम्भव न हो सकेगा, यह सोचकर भी उन लोगों ने उसकी तलाश की कोशिश छोड़ दी।

चन्नर को बाबू रामधियान सिंह ने सहारा दिया और अपने गाँव में उनका पुनर्वास किया। सुना, वहीं पर चन्नर गुरु ने अपनी मंडली को फिर से जुटाया और नाच-गाने का कार्यक्रम जारी रखा।

किसी से पता लगा कि जजमानी की चोरी के झगड़े में कक्का और रम्मन मिसिर में एक दिन खूब विवाद हुआ था और रम्मन ने कक्का को पीट दिया था। इस बात को लेकर हमारे दोनों चाचा—रजई और बचई—रम्मन से झगड़ने गए तो रम्मन के भाइयों—झम्मन, सम्मन और सज्जन—ने मोर्चा सँभाल लिया। इधर दो, उधर चार। चारों भाइयों ने दोनों भाइयों को बुरी तरह पीट दिया। कन्हई महराज पहले ही पिटकर घर पर पड़े थे। लेकिन, मामले में थाना-पुलिस नहीं हुआ। बिरादरी

की पंचायत बैठी और रम्मन मिसिर को अर्थदंड लगाकर मामले को रफा-दफा कर दिया गया।

इस झगड़े के बारे में न माई ने मुझे कुछ बताया और न कक्का ने कुछ कहा। शायद उन लोगों का मानना था कि जवान हो गए बेटे का खून गरम है और गुस्से में अगर वह कुछ कर बैठा तो ठीक न होगा। माई समझती थी कि जब मैं पुलिस बन जाऊँगा तो मेरे हाथ में बहुत पावर आ जाएगा और अपने पावर से सारा मामला सुलझा लूँगा, यद्यपि मुझे पुलिस बनाने की उसकी समझ पुलिस के सिपाही तक ही पहुँच पाती थी। कक्का का मानना था कि बचवा जवान होने के कारण अपने जजमानी के काम में खूब मुस्तैद रहेगा तो चोरी से हमारी जजमानी कोई कैसे बिता लेगा!

इस झगड़े की बात मेरे सबसे छोटके चाचा बचई ने मुझे बताई।

अपनी पढ़ाई के चक्कर में मैं जल्दी से गाँव से वापस लौटना चाहता था। माई भी चाहती थी कि गाँव से मैं जल्दी वापस चला जाऊँ ताकि मेरी पढ़ाई का हर्जा न हो। बस कक्का चाहते थे कि मैं उनके साथ जजमानी के कार्य में हाथ बँटाने के लिए कुछ दिन और रुकूँ।

चलते समय माई ने मुझे कुछ गहने छुपाकर दिए। उसका कहना था, "तुम्हारे बाप के हाथ डकैती में जब गहने लगते थे तो वे उनमें से कुछ अपने गिरोह के लोगों की नजर बचाकर छुपा लेते थे और गाँव लौटने पर चुपके से मुझे सौंप देते थे। उन गहनों को मैं घर में जमीन में गाड़कर रखती थी अपनी पतोहू यानी तुम्हारी मेहरारू के लिए। लेकिन, ये गहने तुम्हारी पढ़ाई के लिए बेच देने में कोई हर्ज नहीं है। बस, पढ़-लिख कर तू जल्दी से पुलिस बन जा। फिर तो, तुम अपनी कमाई से अपनी मेहरारू के लिए गहने गढ़ा देगा।"

कन्हई महराज की अनुपस्थिति में माई ने जमीन से गहने बाहर निकाल लिये और चुपके से मुझे सौंप दिए। इनके अलावा कुछ ऐसे भी छोटे-मोटे गहने थे जो कक्का जजमानी में पाते थे और घर आकर माई के हाथों सौंप देते थे। वे गहने चूँकि मामूली किस्म के थे और कक्का की जानकारी में थे। अतः माई ने उन गहनों को मुझे नहीं दिया।

अगले दिन मैं सुबह वाली बस से बनारस पहुँच गया और बिसेसरगंज जाकर घुरहू यादव से मिला। उन्हें माई के दिए गहनों में से एक—सोने की हँसुली—दिखाई और अरज किया कि इसे बेचवा दें। घुरहू भैया उस समय फुरसत में थे। अत: मुझे लेकर तुरन्त वे निकट के सुनार की दुकान पर पहुँचे। हँसुली देखकर सुनार तो पहले चौंका कि यह हँसुली कहीं किसी चोरी-छिनैती का तो नहीं है! घुरहू भैया ने अपने सेठ का हवाला दिया और मजबूरी बताया कि पढ़ाई के खर्चे के लिए इस लड़के को माँ का गहना बेचना पड़ रहा है।

एहतियात बरतते हुए सुनार ने लोहे की हँसुली पर चिपकाए गए सोने के पत्तर को धीरे-धीरे उखाड़ते हुए अलग किया और लोहे की हँसुली को एक तरफ रख दिया। उखाड़े गए सोने के पत्तरों के टुकड़ों को एक छोटी-सी तश्तरी में रखा। बाद में उन पत्तरों को एक छोटे-से खास तराजू पर तौलकर और फिर कागज-पेंसिल लेकर देर तक हिसाब करता रहा। फिर मुझे समझाने की गरज से बताता रहा कि इतना माशा और इतना रत्ती सोना निकला इतनी बड़ी दिख रही हँसुली से। इतना रुपया पर तोला के हिसाब से एक हजार तीन सौ एकहत्तर रुपये पच्चीस पैसे हुए सोने के। मैंने सुनार के हिसाब-किताब पर ज्यादा ध्यान नहीं दिया। अलबत्ता, घुरहू भैया ने एतराज जताया कि सेठ जी यह तो अन्याय है। इतनी बड़ी हँसुली के इतने कम पैसे!

सेठ उनका मजाक उड़ाते हुए बोला, "तुमको सोने का हिसाब-किताब आता है?" यह बात मुझे बुरी लगी और इशारे से मैंने घुरहू भैया का हाथ दबाकर जताना चाहा कि यह सेठ जो दे रहा है लेकर चलिए यहाँ से। लेकिन, घुरहू भैया अड़ गए। कहने लगे, "सेठ जी, हँसुली भी तो आपके यहाँ छोड़े जा रहे हैं।"

सेठ फिर हँसने लगा, "ले जाओ अपनी हँसुली। मैं यह लोहा लेकर क्या करूँगा।"

"दूसरी हँसुली बनाने के काम आएगा, सेठ जी। मैं इतना नासमझ नहीं हूँ," घुरहू भैया ने थोड़े तैश से कहा।

रुपयों के मामले में थोड़ी देर तक बकझक होती रही सेठ और घुरहू के बीच। घुरहू भैया एक हजार तीन सौ एकहत्तर रुपये पच्चीस पैसे में एकहत्तर की जगह पचहत्तर पर अड़े हुए थे, लेकिन सेठ लगातार आना-कानी कर रहा था। आखिर

में पचहत्तर की जगह चौहत्तर पर वह तैयार हुआ।

उस रात मैं सीताराम मठ में रुका और देर रात तक गाँव-घर के हालचाल के बारे में हम दोनों बतियाते रहे। घुरहू भैया से मुझे मालूम हुआ कि मठ की मालकिन रामरती माई का भतीजा, जो कभी मुझसे बहुत चिढ़ा करता था, को पुलिस उठाकर ले गई थी—मोल्हू बरई की बेटी के संग छेड़खानी के मामले में। मोल्हू सपरिवार मठ के एक कमरे में पाँच रुपये प्रति माह के किराये पर रहता था। कहते हैं, पिछले दो पीढ़ी से उसका परिवार उस कमरे में किराये पर रह रहा था। पहले ढाई रुपये किराया था जो अब बढ़कर पाँच रुपये हो गया है। पिछले कई बरसों से किराया पाँच रुपया था, जिसे बढ़ाकर माईजी सात रुपये करना चाहती थीं। पाँच रुपये किराया भी पिछले कई महीने से बाकी था, तो अभी सात रुपये का सवाल ही नहीं उठता था।

झगड़े का दूसरा जड़ यह था कि मोल्हू की बेटी, जिसकी दो साल पहले शादी हुई थी, दुर्भाग्य से विधवा होकर वापस मोल्हू के पास ही रहने आ गई थी। माईजी मठ के नियम का हवाला बार-बार देती थीं कि एक कमरे में सिर्फ एक ही परिवार रह सकता है और उस परिवार में विवाहित बेटी नहीं रह सकती है। विवाहित बेटियाँ सिर्फ कुछ दिनों के लिए मेहमान के तौर पर ही रह सकती हैं। मोल्हू का कहना था कि जब बेटी विधवा हो गई और उसके ससुराल वालों ने उसे घर से निकाल दिया तो वह कहाँ जाएगी। मेरे पास ही न रहेगी!

माईजी के भतीजे की नजर मोल्हू की विधवा बेटी पर थी। किराये के एवज में वह उससे सम्बन्ध बनाना चाहता था। उसके काफी कोशिश करने के बावजूद जब उसने उसे कोई भाव न दिया तो एक दिन मौका पाकर उसने जबरदस्ती 'गंदा काम' किया। मोल्हू की बेटी ने हंगामा खड़ा कर दिया। मोल्हू थाने दौड़ा गया। पुलिस आई। फिर तो माईजी ने हंगामा खड़ा किया कि मोल्हू किराया न देने का बहाना बनाने के लिए उनके भतीजे पर झूठा आरोप लगा रहा है। फिर भी, भतीजे को पुलिस पकड़कर थाने ले गई। पीछे-पीछे माईजी भी गईं और थानेदार को समझाया कि यह असल में किराएदारी का मामला है। थानेदार को माईजी की बात तब समझ में आई जब माईजी ने उसकी जेब खूब गरमाई। भतीजे को तो थानेदार ने छोड़ दिया, लेकिन चेतावनी दी कि अब अगर किसी तरह की शिकायत आई तो तुम्हारे भतीजे को सीधे अन्दर कर दूँगा।

तब से माईजी गरमाई हुई थीं और मोल्हू एकदम किराया न देने पर अड़ा हुआ था।

अगले दिन मैं चौक गया और चौखम्भा पुस्तक भंडार से संस्कृत की बहुत सारी किताबें खरीदा, जो सिविल सर्विसेज मेंस इग्जैम के सिलेबस के अनुसार आवश्यक थीं। किस्मत अच्छी रही कि ज्यादातर किताबों के दाम कम थे। इस मद में मुझे ज्यादा रुपये खर्च न करने पड़े।

दूसरे दिन किताबें, और अपना जो भी थोड़ा-सा सामान घुरहू भैया के यहाँ पड़ा था, उन सबको लेकर मैं ट्रेन से चल पड़ा।

जिस समय मैं दारागंज रूम पर पहुँचा उस समय राकेश जी रूम पर ही थे। बड़ा हहास बाँधकर गले मिले जैसे वर्षों के बिछुड़े दो यार मिल रहे हों। बोले, "तुमको बहुत मिस किया गुरु। तुम्हारे हाथ के खाने का ऐसा चस्का लग गया था कि ढाबे के खाने में मेरा मन ही नहीं लगता था। मजबूरन, वहीं खाने से मैं थोड़ा बीमार भी हो गया था। अभी अपने किचन की हालत तो देख ही रहे हो। अत: अपनी रसोई कल से शुरू होगी। आज देर शाम हो गई है। चलो, ढाबे वाले के यहाँ से ही खाकर आते हैं। फिर आराम से बातें करेंगे।"

ढाबे का तीखा-चरपरा खाना खाकर मैंने महसूस किया कि ऐसा खाना रोज खाकर तो कोई भी सचमुच बीमार पड़ जाएगा, फिर भी देखा, झुंड के झुंड लोग वहाँ खाना खा रहे थे। ज्यादातर ये लोग वही थे जो इलाहाबाद में रहकर विभिन्न प्रतियोगी परीक्षाओं की तैयारी करते थे।

खाना खाने के बाद जब मैं दोनों लोगों का बिल चुकाने आगे बढ़ा तो राकेश जी हैरत से मुझे देखने लगे। बोले, "रहने दो, गुरु। मालूम है घर से पैसा लाए होगे।" मैं कटकर रह गया। आगे बढ़कर उन्होंने हमेशा की तरह खुद भुगतान किया।

रात को सोते समय मैंने घर की बातें, खास कर माई से गहनों के मिलने की बातें बताईं। पता नहीं इस बात पर राकेश जी ने क्यों गुमसुम होकर चुप्पी साध ली। थोड़ी देर बाद बस इतना बोले, "अब सो जाओ। कल बातें करेंगे।"

अगली सुबह खाना बनाने-खाने के बाद राकेश जी ने कहा, "चलो आज हमारे साथ।" वे हमें लेकर एक वीआईपी सूटकेस की दुकान में गए, मुझे एक अच्छा-सा सूटकेस खरीदवाया और उसे लेकर हम लोग सीधे रूम पर आ गए। रूम पर आकर

राकेश जी गम्भीर स्वर में बोले, "देखो, गुरु, मेरे पापा अच्छी-खासी तनख्वाह पाते हैं। और भी कुछ कमाते होंगे कौन जानता है! मैं उनका इकलौता बेटा हूँ। घर पर भी अच्छी-खासी खेती-बारी है। इसलिए मुझे पैसों की कोई खास कमी नहीं है। लेकिन, तुम्हारे साथ ठीक उलटा है। आज तुम्हारे हाथ में थोड़ा पैसा है। कल फिर तंगी हो जाएगी। इसलिए, तुम्हारे पास जो कुछ भी पैसा-गहना हो, इसी सूटकेस में बन्द करके रख दो। ये वक्त-जरूरत पर तुम्हारे काम आएँगे। मेरे साथ रहने पर तुम्हें रहने, खाने और किताबों के लिए अलग से खर्च करने की जरूरत नहीं है। यह मेरी जिम्मेदारी है। सच कहो तो इसके लिए मुझे अलग से कुछ खर्च करना ही नहीं पड़ता। ऊपर से तुम्हारा साथ और तुम्हारे हाथ का खाना। मैं तो फायदे में ही हूँ।"

पहले की ही तरह हम लोगों की गाड़ी फिर चल पड़ी। मैं अमूमन बाहर कम ही कहीं जाता था। रूम पर भी खाना बनाने का थोड़ा समय छोड़कर ज्यादातर मैं पढ़ता ही रहता था। इसी बीच, मैंने फिलिप्स का एक छोटा-सा ट्रांजिस्टर खरीद लिया। उस पर मैं सुबह-शाम आकाशवाणी से 'वार्ता:' नाम से प्रसारित होने वाले संस्कृत में समाचार सुनना शुरू किया। मुख्य परीक्षा में संस्कृत साहित्य के एक पेपर में अनुवाद का प्रश्न भी आता था। एक प्रश्न ऐसा भी आता था जिसका उत्तर सिर्फ संस्कृत भाषा में ही देना होता था। इसके लिए संस्कृत भाषा में अभिव्यक्ति की प्रवीणता आवश्यक थी। संस्कृत में समाचार सुनने से इस प्रवीणता में मैं वृद्धि करता रहा।

ऐसे ही करते दिसम्बर का महीना आ गया। और, एक वह भी दिन आ गया जब इम्प्लॉयमेंट न्यूज के स्पेशल इशू में यूपीएससी ने सिविल सर्विसेज की परीक्षा का विज्ञापन प्रकाशित किया। हम दोनों ने जल्दी ही एक दिन प्रीलिम इग्जैम के लिए अपना आवेदन भेज दिया। हम दोनों का सब कुछ एक ही जैसा था। हम दोनों ने दर्शनशास्त्र वैकल्पिक विषय रखा था और दोनों ने ही इलाहाबाद को अपना सेंटर चुना था। अपने अध्ययन को लेकर मैं तो पहले से ही बहुत गम्भीर था, राकेश जी भी अब गम्भीर हो गए। उन्होंने अब अपनी लॉ की क्लासों में जाना बन्द कर दिया।

शायद वह 24 मई की तारीख थी जब प्रीलिम की परीक्षा हुई—दो पालियों में। पहले डेढ़ सौ अंकों का सामान्य अध्ययन और फिर दूसरी पाली में तीन सौ अंकों का अपना वैकल्पिक विषय—दर्शनशास्त्र। दोनों पर्चों में बहुविकल्पीय प्रश्न आए थे।

हम दोनों अपने-अपने ढंग से आशान्वित थे कि हम प्रीलिम निकाल लेंगे। और, हुआ भी वही। जब 2 अगस्त को रिजल्ट आया तो हम दोनों का रोल नम्बर सफल अभ्यर्थियों में था।

अगले दस दिनों के भीतर ही संघ लोक सेवा आयोग से मुख्य परीक्षा के लिए हम लोगों का डिटेल्ड अप्लीकेशन फॉर्म (डीएपी) डाक से आ पहुँचा। अभ्यर्थी के बारे में विस्तृत सूचनाएँ चाहने वाले उस फॉर्म में बहुत सारी व्यक्तिगत, शैक्षिक और पारिवारिक जानकारियाँ माँगी गई थीं। उसमें मुख्य परीक्षा के लिए ऑप्शनल सब्जेक्ट्स और परीक्षा देने के माध्यम का उल्लेख करने को हमें कहा गया था। इसके साथ ही, हमसे अपेक्षा की गई थी कि हम उस फॉर्म में अपने सर्विस की प्राथमिकताओं का भी उल्लेख करें। राकेश जी ने उल्लेख किया अपनी पहली प्राथमिकता भारतीय प्रशासनिक सेवा, दूसरी प्राथमिकता भारतीय विदेश सेवा और तीसरी प्राथमिकता भारतीय पुलिस सेवा, वगैरह। मैंने अपने फॉर्म में सिर्फ और सिर्फ एक ही सर्विस का उल्लेख किया और वह था—भारतीय पुलिस सेवा। मेरी इस हरकत पर राकेश जी बहुत हैरत में पड़े और इसे आत्मघाती कदम बताते हुए पुलिस सर्विस के लिए प्राथमिकता का कारण जानना चाहा तो मैंने उन्हें उस कहानी की याद दिलाई जो मेरी माई के साथ पुलिस वालों ने हरकत की थी और मेरी माई की इच्छा है कि मैं पुलिस बनूँ। राकेश जी मेरी आस्था और आत्मविश्वास के प्रति श्रद्धा से झुक गए।

मुख्य परीक्षा 10 अक्टूबर से शुरू होने वाली थी। उसके लिए हम लोग आवेदन भेजकर पूरी तरह अपने अध्ययन में जुट गए। हम लोगों के घर में जो बर्तन माँजने और झाड़ू-बहारू करने वाली आती थी, उसी के जिम्मे खाना बनाने का काम भी दे दिया गया।

इलाहाबाद सेंटर पर सिविल सर्विसेज की मुख्य परीक्षा एक ही जगह होती थी। वह जगह थी उत्तर प्रदेश लोक सेवा आयोग बिल्डिंग का परीक्षा हॉल। मैं और राकेश जी एक ही साथ एक ही रिक्शे में बैठकर दारागंज से कस्तूरबा गांधी रोड जाते थे जहाँ आयोग का मुख्यालय स्थित था। सारी परीक्षाएँ हम लोगों की एक ही थीं, सिर्फ साहित्य का ऑप्शनल छोड़कर। साहित्य की परीक्षा भी एक ही दिन थी। राकेश जी का हिन्दी साहित्य का इम्तहान था और मेरा संस्कृत साहित्य का।

दोनों पालियों में एक-एक पेपर। हम दोनों के पर्चे अच्छे हुए। हम दोनों बड़े खुश थे कि चलो कुछ दिनों के लिए घनघोर पढ़ाई से जान छूटी।

राकेश जी खूब खुश थे, सफलता के प्रति बहुत आशान्वित थे। खुश तो मैं भी था, लेकिन सफलता के प्रति उतना आशान्वित न था।

मार्च के पहले हफ्ते में मुख्य परीक्षा का रिजल्ट आया। हम दोनों ने पास कर लिया था। हम दोनों खुशी से उछल पड़े। उसी महीने के तीसरे हफ्ते से दिल्ली-स्थित संघ लोक सेवा आयोग के भवन में इंटरव्यू होना था। हम दोनों को जल्दी ही कॉल लेटर आ गए। राकेश जी का इंटरव्यू 21 मार्च को और मेरा 23 मार्च को होना था।

इंटरव्यू को लेकर राकेश जी और मैं दोनों बहुत सशंकित थे। इलाहाबाद सिविल सर्विसेज की तैयारी करने वालों का खास अड्डा था। तैयारी करने वालों में कई श्रेणी के लोग थे। कुछ तैयारी करने वाले थे, कुछ प्रीलिम में असफल होकर फिर से तैयारी में जुटने वाले लोग थे; कुछ प्री क्वालिफाइ करके मुख्य परीक्षा में असफल होने वाले लोग थे; कुछ सब कुछ पार करते हुए भी फाइनली सिलेक्ट न हो पाने वाले लोग थे। हमें इस अन्तिम श्रेणी के लोगों की तलाश थी ताकि उनसे इंटरव्यू के गुर और अनुभव जान सकें हम। बड़ी मुश्किल से एक सज्जन मिले जो हम लोगों को इंटरव्यू के बारे में कुछ ज्ञान देने को तैयार हुए। इसी बीच, राकेश जी के एक हितैषी ने सलाह दी कि दिल्ली चले जाओ। वहाँ दो-एक कोचिंग संस्थान हैं जो इंटरव्यू की तैयारी कराने के लिए तीन दिन का क्रैश कोर्स कराते हैं और माक इंटरव्यू भी आयोजित करते हैं। हाँ, इसके लिए वे फीस भी अच्छी-खासी लेते हैं।

राकेश जी को पैसों की कमी न थी। उनके पापा ने अपने एक स्थानीय मित्र की मदद से पैसों का प्रबन्ध तुरन्त कर दिया। मेरे पास माई के दिए हुए गहने थे, जिन्हें फटाफट बेचा गया और बनारस में हँसुली बेचने से बचे हुए रुपयों को मिलाकर पर्याप्त पैसा मेरे पास भी हो गया।

हम लोग दिल्ली पहुँच गए। राकेश जी के एक मित्र थे कैलाश, जो गृह मंत्रालय में असिस्टेंट की नौकरी करते थे और आरकेपुरम में सब्लेटिंग पर लिये हुए एक टाइप टू मकान में रहते थे। हम लोगों ने वहीं डेरा डाला। कैलाश पहले इलाहाबाद में ही रहते थे और प्रतियोगी परीक्षाओं की तैयारी करते थे। यूपीएससी द्वारा आयोजित असिस्टेंट परीक्षा में सफल होकर वह नौकरी करने दिल्ली आ गए

थे। इसके बाद भी वह सिविल सर्विसेज इग्जैम की तैयारी करते रहे, लेकिन अपने सभी तीनों प्रयास गँवाने के बाद भी अन्तिम रूप से सफलता न प्राप्त कर सके।

अगले दिन, हम लोग पटेल नगर के एक नामी कोचिंग सेंटर पहुँचे। कोचिंग सेंटर से कुछ पहले ही एक बनारसी पान विक्रेता की दुकान दिख गई। राकेश जी कभी-कभी मीठा पान खाते थे। वे यह भी जानते थे कि दिल्ली में लोग अमूमन पान नहीं खाते हैं। उस बनारसी पान वाले को देखकर राकेश जी का उत्साह जोर मारा और उन्होंने एक बीड़ा पान जमा लिया। देखा-देखी मैं भी एक बीड़ा मुँह में रख लिया। मुझे लगा, और शायद राकेश जी को भी यही लगा होगा, कि पान हमें अपने घरेलू माहौल को महसूस करने में मदद करेगा।

पान चबाते हुए हम लोग कोचिंग सेंटर पहुँचे। वहाँ हमें जल्दी ही डायरेक्टर के कमरे में भेज दिया गया। डायरेक्टर महोदय एक भारी-भरकम शरीर के स्वामी थे। उस गर्मी में भी वे कोट-पैंट और टाई पहने, सिगरेट पीते हुए एक बड़ी-सी टेबल के पीछे ऊँची-सी कुर्सी पर बैठे हुए थे। राकेश, और मैं भी, पान खाने के अभ्यस्त न थे। अत: राकेश जी ने बात शुरू करने के लिए ज्यों ही मुँह खोला, पान की एक पीक उनकी कमीज पर टपक पड़ी।

यह देखकर डायरेक्टर भड़क गया। वह अंग्रेजी में चिल्लाने लगा, "गेट आउट यू फिल्थी पीपल, गेट लॉस्ट इमिडिएटली। यू आर च्यूइंग बेटल इन सच अ रस्टिक वे एंड हैव कम हियर असपिरिंग फॉर दी सिविल सर्विसेज।"

डायरेक्टर के इस तरह चिल्लाने और बेइज्जती करने से राकेश जी एकदम तैश में आ गए। वे एकदम चिल्ला पड़े, "हाऊ डेयर यू काल अस फिल्थी पीपल? एंड हू आर यू टू ऑब्जेक्ट टू आवर बेटल इटिंग?" इसके आगे राकेश जी की चिल्लाहट अंग्रेजी से उतरकर हिन्दी की पटरी पर चलने लगी, "पान खाना हमारे यहाँ शुभ माना जाता है। पान देवताओं को नैवेद्य के रूप में हमारे यहाँ चढ़ाया जाता है। और, आप यह जो सिगरेट पी रहे हो, जिसका धुआँ फेफड़े को बीमार कर देता है, वह ठीक है और हम लोगों का पान खाना रस्टिक है?"

राकेश जी के इस तरह चीखने से डायरेक्टर भी थोड़ी देर के लिए सहम गया और उसने तुरन्त अपनी सिगरेट टेबल पर पड़ी ऐशट्रे में रगड़कर बुझा दी। लेकिन, तब तक राकेश जी का दिमाग काफी गरमा चुका था। वे डायरेक्टर को दुत्कारते

हुए बाहर आ गए। पीछे-पीछे मैं भी बाहर भागा कि कहीं डायरेक्टर मेरे ऊपर न पिल पड़े।

हम लोग जल्दी-जल्दी डग भरते उस कोचिंग सेंटर से दूर निकल आए। कुछ दूर पहुँचकर हम दोनों खूब हँसे। राकेश जी ने कहा, "छोड़ो, गुरु, इन ससुरे कोचिंग वालों का चक्कर। चलो, भाग्य में जो होगा देखा जाएगा। हमारे पैसे बचे। अभी चौथे दिन इंटरव्यू है हमारा। बीच में तीन दिन बचे हैं। इन तीन दिनों दिल्ली घूमने का मजा लेते हैं।"

मार्च के उस महीने में ही दिल्ली में काफी गर्मी पड़नी शुरू हो गई थी। उस गर्मी में हम लोग पहले घूमने किधर जाएँ यही निश्चित नहीं हो पा रहा था। बहुत सोचकर हम लोगों ने निश्चित किया कि चलो यूपीएससी का दफ्तर घूमकर आते हैं। देखते हैं शाहजहाँ रोड पर धौलपुर हाउस में स्थित आयोग कैसा है, जो इतने बड़े-बड़े इम्तिहान कराता रहता है। वहीं पर कुछ लोगों से मुलाकात भी हो जाएगी जो इंटरव्यू देने आए होंगे और इंटरव्यू देकर बाहर निकल रहे लोगों से उनका अनुभव भी जान लेंगे।

हम लोगों ने एक राहगीर से शाहजहाँ रोड जाने का रास्ता पूछा, तो वह हम लोगों का मुँह ताकने लगा और नकारात्मक ढंग से सिर हिलाते हुए कहा कि उसे नहीं मालूम कि यह रोड कहाँ है। जगह का नाम बताओ तो कुछ बता सकते हैं। जगह के नाम पर हम लोगों को बस शाहजहाँ रोड पर धौलपुर हाउस पता था, लेकिन उस आदमी ने निराशा में सिर हिलाते हुए पूछा, "यह किसका घर है?" उसे बेवकूफ समझकर हम लोगों ने उससे बात करना बेकार समझा और आगे बढ़े।

आगे, हम लोगों को एक पढ़ा-लिखा सा लगने वाला आदमी दिखा। उससे पूछा तो वह समझ गया। बोला, "उस एरिया में डीटीसी की बस जाती है, लेकिन बहुत कम। बस से जाने में आप लोग परेशान हो जाएँगे। बस स्टैंड तक पहुँचने के लिए आप लोगों को पैदल भी बहुत चलना होगा। इससे अच्छा है आप लोग ऑटो से चले जाइए।" हम लोगों को उसकी बात सही लगी और हम लोगों ने उसका आभार जताया। उसी समय एक खाली ऑटो-रिक्शा आता हुआ दिखाई दिया, जिसे उसने हाथ देकर रोका और शाहजहाँ रोड पर संघ लोक सेवा आयोग की बिल्डिंग तक हमें पहुँचाने को कहा।

संघ लोक सेवा आयोग की बिल्डिंग में हम कम ही लोगों से बात कर पाए। ज्यादातर अभ्यर्थी अपने में डूबे हुए थे—अपने परफॉरमेंस को लेकर चिन्तित और बोझिल। हम लोग उस मनहूस माहौल से जल्दी ही भाग निकले और डीटीसी की बस से आरकेपुरम के नैब बस अड्डे पर पहुँच गए। कैलाश ने बताया था कि इस बस अड्डे का नाम नेशनल एसोसिएशन फॉर दि ब्लाइंड (एनएबी) के नजदीक होने के कारण पड़ा था। वहाँ से हम लोग टहलते हुए निकट ही सेक्टर चार में स्थित टाइप टू वाले फ्लैट में पहुँच गए, जिसकी एक चाबी कैलाश ने हमें सौंप रखी थी।

हमारे पास काफी खाली वक्त था। हम दिल्ली देखने को बहुत उत्सुक थे। लेकिन, कैलाश ने हमें चेताया कि गर्मी में ज्यादा बाहर घूमने से बीमार हो जाने का डर है। इसलिए अच्छा है कि आप लोग प्रायोजित टूर ऑपरेटर की बस से दिल्ली दर्शन कर लो। ऐसी कई बसें नई दिल्ली रेलवे स्टेशन के सामने पहाड़गंज से सुबह साढ़े सात बजे के लगभग निकलती हैं और पूरे दिन दिल्ली के विभिन्न स्थानों पर थोड़ी-थोड़ी देर के लिए घुमाते हुए और अपने गाइड से उन स्थानों का संक्षिप्त विवरण सुनवाते हुए साढ़े सात बजे शाम पुनः पहाड़गंज वापस छोड़ देती हैं। कैलाश ने हम लोगों को समझाया कि एकदम सुबह-सबेरे नैब बस स्टॉप से 644 नम्बर की बस पकड़कर सात बजे तक पहाड़गंज पहुँच जाओ। वहीं तुरन्त टिकट मिल जाता है और दिन भर घूमो।

हमें बहुत मजेदार लगा वह प्रायोजित दिल्ली दर्शन, जिसमें दिन भर में ही हमने लाल किला, राजघाट, पुराना किला, इंडिया गेट, विजय चौक, पार्लियामेंट हाउस, राष्ट्रपति भवन, त्रिमूर्ति भवन, लोटस टेम्पल, कुतुबमीनार वगैरह सब देख लिया।

तीसरे दिन, यानी 21 मार्च को, राकेश जी का इंटरव्यू था। वे निश्चिन्त और मस्तमौला थे। इंटरव्यू को लेकर कोई खास तनाव नहीं था उन्हें। फिर भी, अगले दिन वे आरकेपुरम वाले डेरे पर ही पूरे दिन आराम किए और चिन्तन-मनन करते रहे। स्वाभाविक रूप से, मैं भी वहीं रुका रहा। मेरे अकेले कहीं जाने का सवाल ही नहीं था।

अगले दिन राकेश जी के साथ मैं भी गया संघ लोक सेवा आयोग उनको कम्पनी देने के लिए। उस दिन तीसरे नम्बर पर ही, अर्थात् दो अभ्यर्थियों के बाद, राकेश जी का बुलावा आ गया। कोई आधे घंटे बाद राकेश जी इंटरव्यू के कमरे से

निकले। वे बड़े निराश और तनावग्रस्त दिख रहे थे। वहाँ कुछ औपचारिक कागजी कार्रवाइयों के पश्चात् राकेश जी ने सीधे वापस डेरे लौट चलने को कहा।

रास्ते में राकेश जी से मैंने पूछा कि कैसा रहा इंटरव्यू और क्यों वह इतने परेशान दिख रहे हैं। राकेश जी ने कहा, "मत पूछो गुरु। बढ़िया परफॉरमेंस और खूब आत्मविश्वास दिखाने के चक्कर में मैंने चेयरमैन और दो-एक सदस्यों के अत्यन्त सरल और सीधे प्रश्नों का ऐसे बड़बोलेपन से उत्तर दे दिया कि स्थिति बड़ी हास्यास्पद बन गई, यद्यपि चेयरमैन सज्जन व्यक्ति थे और उन्होंने मुझे स्थिति से उबारने के लिए प्रश्नों की धारा दूसरी तरफ मोड़ दी, लेकिन एक बार उखड़ जाने पर फिर मैं ठीक से जम न सका।

पूरे रास्ते राकेश जी डिप्रेस्ड रहे। अगले दिन भी उनकी निराशा बनी रही।

तीसरे दिन, अर्थात् 23 मार्च को, मेरा इंटरव्यू था।

राकेश जी के बताए विवरण और उनके अनुभव से सीख लेते हुए मैंने निश्चय किया कि मैं बढ़-चढ़ कर बोलने के बजाय विनम्र और ईमानदार बना रहूँगा, परिणाम चाहे जो हो।

अभी दो दिन बाकी थे। इस बीच मिजाज बदलने के मकसद से राकेश जी ने प्रस्ताव रखा, "गुरु, कोई फिल्म देखते हैं। मनबहलाव हो जाएगा।" मैं आश्चर्य में पड़ गया कि अगले ही दिन मेरा इंटरव्यू है और इस शाम राकेश जी क्या प्रस्ताव रख रहे हैं! मेरे मनोभावों को राकेश जी ने भाँप लिया और अपनी गलती मानते हुए बोले, "नहीं, गुरु। कल आपका इंटरव्यू है। इस शाम फिल्म देखना ठीक न होगा।" मैंने ढिठाई से हँसते हुए कहा, "कोई बात नहीं, सर। फिल्म देखकर इंटरव्यू की मेरी चिन्ता और भय भी थोड़ी देर के लिए दूर हो जाएगी। इसी बहाने मैं फिल्म भी देख लूँगा। आज तक मैंने कभी कोई फिल्म नहीं देखी है। कभी मैं अफोर्ड ही न कर सका।" मेरी बात सुनकर राकेश जी बेतहाशा हँसने लगे, "तुम भी एक विचित्र ही जीव हो, गुरु, इस जमाने में। आज तक एक भी फिल्म नहीं देखी!" राकेश जी के साथ मैं भी हँसने लगा।

उस दिन के अखबार में देखा तो सेक्टर 9 के पास संगम सिनेमा हॉल में 'सलाम बॉम्बे' लगी हुई थी। हम लोग वही मूवी देखने चल पड़े। शाम 6 से 9 बजे सिनेमा देखने के बाद हम दोनों सेक्टर 1 के सामने वाली सड़क के किनारे के

ढाबे में खाना खाकर डेरे पर लौट आए।

इंटरव्यू के लिए हम लोग इलाहाबाद से कपड़े तैयार करके लाए थे। मैंने क्रीम कलर की पूरी बाँह की एक सूती कमीज और उससे मैचिंग कत्थई रंग का गैबर्डीन का एक फुलपैंट प्रेस कराके रख रखा था। एक काले रंग का जूता भी इलाहाबाद में बाटा से खरीद लिया गया था। यह सारी तैयारी राकेश जी की मदद से हुई थी, यद्यपि इसमें पैसा मैंने अपना खर्च किया था, जो माई के गहने बेचने से मुझे मिले थे। राकेश जी ने टाई का भी सुझाव दिया था और अपने इंटरव्यू में उन्होंने टाई बाँधा भी था, लेकिन मुझे टाई का आइडिया सही न लगा। मैंने पहले कभी टाई बाँधी न थी। इलाहाबाद में एक-आध बार राकेश जी की टाई बाँधकर देखा था, लेकिन मुझे टाई से गला कसा-कसा और असुविधापूर्ण महसूस होता था। मैं अपने इंटरव्यू में सहज, स्वाभाविक और सरल रहना चाहता था। अत: अपने इंटरव्यू में मैं कमीज, पैंट और काले जूते पहनकर गया। टाई नहीं बाँधना था। सो नहीं बाँधा।

मेरे साथ राकेश जी भी गए—साथ निभाने के लिए। मैं आयोग के प्रांगण में घुसा तो राकेश जी गेट के बाहर ही रुक गए। बोले, "शुभकामनाएँ, गुरु। मैं यहीं बाहर ही रुकता हूँ।" मैं मुस्कराते हुए हाथ हिलाकर भीतर चला गया।

जिस बोर्ड में मेरा इंटरव्यू होना था, उस दिन दूसरे नम्बर पर ही मेरा टर्न था। मुझे वहाँ पहुँचते ही आयोग के एक कर्मचारी (शायद चपरासी था) ने मुझे ऐसा सूचित किया। पहले नम्बर वाले के इंटरव्यू देकर निकलने पर कमरे के भीतर से घंटी बजी। वह कर्मचारी भीतर गया और तुरन्त बाहर निकलकर आया और मुझे भीतर जाने का इशारा किया।

मैं इंटरव्यू बोर्ड के कक्ष में बड़े आत्मविश्वास से घुसा और अभ्यर्थी के लिए रखी गई कुर्सी के पास पहुँचकर दोनों हाथ जोड़ते हुए कहा, 'प्रणाम' और कुर्सी पर बैठ गया। टेबल के उस पार सामने बैठे चेयरमैन ने प्रणाम कहा और बिना समय गँवाए उन्होंने बात आगे बढ़ाई, "आप वाराणसी से हैं। वाराणसी बहुत-सी बातों के लिए मशहूर है। आपकी दृष्टि में वाराणसी की सबसे महत्त्वपूर्ण वस्तु क्या है?"

"मृत्यु," मैंने बस एक शब्द में उत्तर दिया।

सुनते ही चेयरमैन थोड़ा चौंक गए। उन्होंने इसे जाहिर न होने देने की कोशिश करते हुए पूछा, "मृत्यु!? डू यू मीन डेथ?"

"एस, सर। डेथ," मैंने बिना हिचकिचाए विनम्रता से उत्तर दिया।

"इट्स हर्ड दैट वारानसी इज फेमस फॉर इट्स गंगा घाट्स, फॉर इट्स बनारसी सारीज, अस्ट्रालजी, ओरिएंटल लर्निंग, टेम्पल्स एंड लॉर्ड विश्वनाथ, बूट यू फाइंड डेथ मोस्ट इम्पॉर्टेंट अबव आल दीज़। हाऊ इज इट सो? विल यू इलूसिडेट अ बिट?"

"सर, मोस्ट ऑफ दि हिंदूज बिलीव दैट डेथ इन वारानसी लीड्स टू लिबरेशन। हंड्रेड्स ऑफ हिंदूज, परटिक्युलरली दि ओल्ड वंस, फ्रॉम वेरिअस प्लेसेज कम टू लिव एंड डाई इन वारानसी, असपिरिंग टू अवैल लिबरेशन। डोजेन्स ऑफ बॉडीस फ्रॉम नेबरिंग डिस्ट्रिक्ट्स ऑफ यूपी एंड बिहार रीच वारानसी डेली फॉर क्रीमैशन। इट आल मेक्स अ बिग बिजनेस इन वारानसी, सर।"

"बट, इट्स अ मैटर ऑफ फेंथ ओनली," चेयरमैन ने मुझे टोका।

"ऑफकोर्स, सर। फेथ मैटर्स, एंड ऑफ्टन अ लॉट," मैंने बिना हिचकिचाए कहा।

"इफ देयर इज कॉन्फ्लिक्ट बिटवीन फेथ एंड रीजन, विच यू वुड लाइक टू गिव प्राइऑरटी?" चेयरमैन ने मुझसे जानना चाहा।

"ऑफकोर्स, रीजन, सर, दो फेथ शुड ऑल्सो बी अकारडेड इम्पॉर्टेंस ह्वेयर सिचुएशन डिमांड्स सो," मैंने कहा।

चेयरमैन ने बात बदल दी। इस बार उन्होंने हिन्दी में पूछा, "आपने सिर्फ पुलिस सर्विस के लिए ऑप्शन दिया है। ऐसा क्यों?"

"लम्बी कहानी है, सर," मैंने कहा।

"इन शॉर्ट, हमें भी बताएँ," चेयरमैन ने फरमाया।

"मेरे पिताजी डकैत थे, सर। गाँव में अपने घर रात में ही आते थे कभी-कभी। एक बार उन्हें गिरफ्तार करने के लिए रात में पुलिस ने हमारे घर पर रेड किया। पिताजी तो सरक गए, लेकिन माँ पुलिस की गिरफ्त में आ गई। माँ को पुलिस ने पूछताछ के नाम पर बहुत प्रताड़ित किया और दो लोगों ने रेप भी किया। उस समय मैं माँ के गर्भ में था। लाचार माँ ने सब चुपचाप सह लिया, लेकिन निश्चय किया कि उसकी होने वाली सन्तान पुलिस बनेगी ताकि किसी निर्दोष पर इस तरह होने वाला अत्याचार रुक सके।"

"क्या आपकी माँ निर्दोष थीं? क्या उनका फर्ज नहीं बनता था कि डकैत के बारे में पुलिस को स्वयं सूचना दें?" चेयरमैन ने मुझे घेरते हुए पूछा।

"भारतीय नारी के लिए पति का क्या महत्त्व है, सर, इसे सभी जानते हैं। यदि मेरी माँ दोषी थी भी तो उसके साथ विधि-सम्मत व्यवहार होना चाहिए था, न कि एक अपराध के बदले दूसरा अपराध, और वह भी खुद पुलिस के द्वारा," मैंने दृढ़ता से उत्तर दिया।

चेयरमैन चुप हो गए। उन्होंने बगल में बैठे सदस्य की ओर देखा, तो उसने पूछा, "व्हाट इज दि रूट कॉज ऑफ करप्शन प्रीवेलिंग इन दि सोसाइटी?"

"सोशल अक्सेप्टन्स, सर," मैंने संक्षेप में जवाब दिया।

उस सदस्य ने स्वीकृति में सिर हिलाया, तो एक अन्य सदस्य ने पूछा, "अ ग्रेट इंडियन फिलॉसफर हैज रिसेंटली डाइड। हू वाज ही?"

"जे कृष्णमूर्ति, सर," मैंने झटपट जवाब दिया।

"व्हाट इज दि मेन थ्रस्ट ऑफ हिज फिलॉसफी?" उस सदस्य ने पूछा।

"सॉरी, सर। आई हैव नाट रेड मच ऑफ हिज फिलॉसफी," मैंने अपनी असमर्थता व्यक्त की।

अब तीसरे सदस्य की बारी थी। उन्होंने पूछा, "आपने हाबी के कॉलम को खाली छोड़ रखा है। क्या बात है? आपकी कोई हाबी नहीं है?"

"कोई खास हाबी नहीं है, सर। सच बात तो यह है कि किसी हाबी के लिए न तो मेरे पास संसाधन थे और न सुविधाएँ," मैंने सच्चाई उगल दी।

वह सदस्य हँसने लगा। बोला, "मूवीज भी नहीं देखते?"

"बहुत कम, सर," मैंने कहा।

"रिसेंटिल कौन सी मूवी देखी?" उस सदस्य को मजा आने लगा था मेरी बातों में।

"कल शाम को देखा सर, 'सलाम बॉम्बे'," मैंने कहा, तो उसने आश्चर्य व्यक्त किया कि "आज सुबह आपका इंटरव्यू था और आप शाम को मूवी देख रहे थे!"

"हाँ, सर, कुछ संयोग ही ऐसा बन गया था," मैंने कहा। तब भी उस सदस्य को जैसे विश्वास न हो रहा था मेरी बात पर। उसने आगे पूछ लिया, "क्या थीम है मूवी का?"

"एक बच्चा जब अपने भाई की मोटरसाइकिल को नुकसान पहुँचा देता है, तो उसकी माँ उसे मरम्मत कराने के लिए पाँच सौ रुपये कमाकर ही घर लौटने की बात कहती है। इन पाँच सौ रुपयों को कमाने के चक्कर में बच्चा बम्बई की झुग्गी बस्ती में पहुँच जाता है।" मैंने संक्षेप में मूवी की कहानी बताई।

"कैसी लगी मूवी आपको?" उस सदस्य ने पूछा।

"मुझे अच्छी नहीं लगी, सर," मैंने स्पष्ट उत्तर दिया।

"क्यों?" सदस्य ने जानना चाहा।

"मुझे लगा वह बच्चा मैं ही हूँ, सर। उसके सुख-दुख मेरे ही हैं। इसलिए मेरा मन भर आया," मैंने जवाब दिया।

"यही तो कला है," सदस्य ने कहा।

"सो तो है सर," मैंने स्वीकार किया।

इसके साथ ही चेयरमैन ने इशारा किया कि मेरा इंटरव्यू खत्म हुआ। मैं अपनी कुर्सी से उठ खड़ा हुआ और दोनों हाथ जोड़ते हुए प्रणाम कहा। बदले में चेयरमैन ने मुस्कराते हुए प्रणाम कहा।

मैं इंटरव्यू के बाद भी मस्त रहा। राकेश जी को मैंने अपने ऊलजलूल जवाबों के बारे में बताया तो वे खूब हँसे। मैं भी खूब हँसता रहा। हँसते हुए मैंने कहा, "सर, मेरे जवाब भले ऊलजलूल रहे हों, लेकिन चेयरमैन और मेम्बर्स ने मजा खूब लिया। खूब खुश दिखे वे सब, खास कर चेयरमैन। मुझे उम्मीद है कि मुझे अच्छा नम्बर देंगे वे लोग।"

अगले दिन हम लोग इलाहाबाद लौट आए। इलाहाबाद आकर बड़ा हल्कापन महसूस हो रहा था। कई महीनों की घनघोर पढ़ाई से मुक्ति मिली थी। राकेश जी बलिया में अपने गाँव नरही कुछ दिनों के लिए जाना चाहते थे। मैं अपने गाँव बभनियाँव जाने के लिए कब से तड़प रहा था। अगले दिन सुबह ही हम दोनों एक ही ट्रेन में रामबाग स्टेशन से बैठे। छोटी लाइन की वह गाड़ी बलिया तक जाती थी। मुझे उस गाड़ी से बनारस स्टेशन पर उतर जाना था।

घर पहुँचा तो देर शाम हो चुकी थी। अँधेरा चारों ओर घिर गया था। घर में घुसते

ही देखा माई-कक्का आपस में जोर-जोर से कहासुनी कर रहे थे। मुझे देखते ही दोनों एकदम चुप हो गए। कक्का ने दौड़कर मेरे कन्धे पर लटका एअरबैग उतार लिया। माई ने मुझे गले से लगा लिया।

वहीं आँगन में पड़ी पतली-सी खाट, जो कभी किसी जजमानी में मिली होगी, पर मैं चुपचाप बैठ गया। कक्का और माई वहीं जमीन पर बैठ गए। ढिबरी की धुँधली रोशनी में मैंने देखा कि कक्का अब पहले से काफी कमजोर हो गए हैं। माई ठीक लग रही थी। मेरी ओर गौर से मुझे देखते देख माई की दोनों आँखों से आँसुओं की धारा बहने लगी। मैंने समझा कि मातृत्व की यह स्वाभाविक अभिव्यक्ति है, यद्यपि इससे पहले शायद ही कभी ऐसा रहा होगा कि माई इस तरह रोई हो। मुझे लगा कि बहुत ज्यादा दिनों के बाद देखने पर मारे छोह के वह रो रही है।

माई का रोना कक्का की नजर से भी छुपा न रहा। कक्का भड़क गए, "लड़िका अभी थका-माँदा आया है और तू लगलू रोना-धोना मचावै। जा, लड़िका के कुछ पानी पीए के ले आवा।" माई चुपचाप उठी और अपने आँचल से अपनी आँखें पोंछते हुए भीतर दालान की ओर जाने लगी—मेरे लिए कुछ खाकर पानी पीने के लिए।

मैंने कक्का से धीरे से पूछा, "क्या बात है, कक्का? माई क्यों रो रही है?" "कुछ नाहीं, बेटा। मेहरारुन क आदत है बात-बात पर रोने की।" लेकिन, मैं जानता था कि मेरी माई बात-बात पर रोने वाली औरत नहीं है। उसे हमेशा मैंने धीर-गम्भीर और साहसी देखा है। जरूर कुछ ऐसा हुआ है मेरी अनुपस्थिति में जिससे माई व्यथित है। कक्का हमेशा की तरह ऐसी बातें मुझसे छुपा लेते हैं। माई की जुबान पर भी तकलीफ या परेशानी की बातें मेरे सामने कभी आईं ही नहीं।

रात मैं उसी पतली चारपाई पर आँगन में सोया। बहुत देर रात तक मुझे नीद न आई। मैं परेशान होकर देर तक सोचता रहा कि माई इस तरह क्यों आँसू बहा रही थी।

सबेरे तड़के उठकर मैं सिवान की ओर निकल गया निबटान के लिए। हमारा सिवान गाँव से बाहर पूरब की ओर औरतों की हगनहटी के आगे पड़ता था। दोनों के बीच एक सूखा नाला था, जिसे हम लोग 'बाहा' कहते थे। नाले से थोड़ी ही दूर एक छोटा-सा गहरा तालाब था, जिसे हम लोग 'कुड़नी' कहते थे। मैं कई बार

इस 'कुड़नी' नाम पर सोचता था कि इस छोटे-से गँदले और गहरे तालाब का नाम 'कुड़नी' कैसे पड़ा होगा। बहुत बाद में मुझे ध्यान आया कि छोटे कुंड या कुंड के स्त्रीवाचक रूप को कुंडनी कहा गया होगा और वही कालान्तर में बिगड़कर कुड़नी हो गया होगा।

कुड़नी भले ही स्त्रीवाचक शब्द लगता हो, लेकिन इसके निकट औरतों का जाना मना था। फिर भी, कभी-कभी कोई अति दुखियारी या मजबूर की गई कोई औरत उसी कुड़नी में अपनी इहलीला समाप्त कर देती थी। इसलिए कुड़नी भुतही मानी जाती थी। कुड़नी में लोग अमूमन नहाते नहीं थे। उसका पानी अशुद्ध माना जाता था। शुद्ध माना जाता था गाँव के पश्चिम ओर के तालाब का जल—नहाने और अन्य धार्मिक कार्यों के लिए।

कुड़नी के पानी का उपयोग पुरुष लोग सिवान में मल-त्याग के बाद शौच के लिए करते थे, किन्तु यह सुविधा औरतों को उपलब्ध न थी। वे बाहा पार न करती थीं। वे हगनहटी में मल-त्याग के बाद घर आकर शौच करती थीं।

बाहा महिलाओं के बाहर निकलने की सीमा थी। महिलाएँ अमूमन बाहा के निकट न जाती थीं। अगर कोई महिला बाहा में जाती दिख जाती थी तो उसका चरित्र सन्दिग्ध माना जाता था, क्योंकि बाहा में मोड़ और खोह जैसी कई जगहें थीं जो स्त्री-पुरुषों के 'कुकरम' के अड्डे के रूप में बदनाम थीं।

सिवान से लौटते समय हमारे टोले के भग्गू मिसिर मिल गए, जो मुझसे कोई चार-पाँच साल बड़े रहे होंगे। मिलते ही पूछ पड़े, "अरे, अभी कितना पढ़ाई करोगे भाई! अपने घर की भी कुछ सुध लिया करो कभी।"

"क्या बात है, भग्गू भाई, मैं कुछ समझा नहीं। मेरी पढ़ाई अभी कुछ दिनों और चलेगी। और, मेरे घर में क्या दिक्कत है? सब कुछ तो ठीक लग रहा है," मैंने यूँ ही उन्हें बिना कुछ ज्यादा तवज्जो दिए कह दिया।

"रम्मन मिसिर की मझिलकी पतोह को तो जानते हो न तुम?" भग्गू ने पूछा।

"वही जो मुस्टंडी-सी दबंग औरत है—रम्मन मिसिर के मझिलके बेटे चन्नन की बीवी!"

"हाँ, वही चन्नन बो, जो चन्नन के बड़े भाई सत्तन की मेहरारू की बहन भी है। पहले जब वह सत्तन की साली थी, तो सत्तन का उससे चक्कर था।"

"सुना बहुत पहले उसी को भगाकर लाने के लिए टोले के कई लोग साइकिल से गए थे। उस घटना को मैं ठीक से नहीं जानता, भग्गू भाई। मुझे जरा विस्तार से बताइए," मैंने अनुरोध किया।

"अरे, भाई, उसमें विस्तार से जानने लायक क्या है! सत्तन मिसिर की बीवी की छोटी बहन, जिसका नाम गुलबदेई है, से सत्तन का चक्कर था। सत्तन चाहता था कि गुलबदेई की शादी सत्तन के मझले भाई चन्नन के साथ हो जाए ताकि वह उसके संग रंगरेलियों के लिए खुद के घर में ही उपलब्ध रहे। टीबी के मरीज चन्नन की चिरकुटई देखकर गुलबदेई का बाप अपनी मुस्टंडी बेटी की शादी चन्नन के संग न करना चाहता था। सबसे छोटा भाई कन्नन तो अभी काफी छोटा था, एकदम कच्चा। उससे शादी का सवाल ही नहीं उठता था। इसी बीच, सत्तन को पता लगा कि गुलबदेई का बाप उसे कहीं रुपयों के बदले ब्याहना चाहता है और शायद कुछ अगवढ़ ले भी लिया है। इस खबर से सत्तन हड़बड़ा गया। उसने चुपके से गुलबदेई को उढ़ार ले आने की योजना बना डाली। वह जल्दी से अपनी ससुराल पहुँचा, जो अपने गाँव से मुश्किल से पाँच कोस की दूरी पर है। उधर गुलबदेई भी उसके साथ उढ़रने के लिए मन-ही-मन तैयार बैठी थी। सत्तन इधर अपने गाँव से तैयारी करके गया था।

"फागुन का महीना था। अँजोरिया रात थी। सत्तन की योजना के अनुसार अपने गाँव से पाँच लठैत साइकिल पर बैठकर सत्तन की ससुराल गए और सिवान में छुपकर बैठ गए। एक पहर रात गए गुलबदेई जब शौच जाने के बहाने घर से बाहर निकली तो धीरे-धीरे बढ़कर सिवान तक चली आई। उसके पीछे-पीछे सत्तन भी, जो उस समय ससुराल गया हुआ था, चुपके से उठकर आ गया। उन साइकिल-सवारों ने एक साइकिल सत्तन को सौंप दी और वह साइकिल पर आगे गुलबदेई को बैठाकर भाग चला। पीछे-पीछे बाकी के साइकिल-सवार चलने लगे सुरक्षा के लिए ताकि जरूरत पड़ने पर विरोध करने वालों के साथ लाठियों से मार कर सकें।

"लेकिन, ऐसा कुछ न हुआ। लाठियाँ चलाने की नौबत ही नहीं आई। बड़ी शान्ति और आसानी से गुलबदेई उढ़रकर हमारे गाँव आ गई।

"अलबत्ता, बाद में गुलबदेई के बाप ने बड़ा हंगामा खड़ा किया। हमारे गाँव

में बिरादरी की पंचायत बटोरी उसने। लेकिन, इस बीच सत्तन ने आनन-फानन में गुलबदेई की चन्नन के संग शादी की रस्म पूरी कर दी। भरी पंचायत में गुलबदेई ने कहा कि चन्नन के साथ अब उसकी शादी हो गई है। अब वह चन्नन की ब्याहता है।"

"फिर?" मैंने सवाल किया।

"फिर क्या! टीबी के मरीज चन्नन को उसने अपने पास फटकने न दिया और न चन्नन के वश की बात थी कि ऐसी मुस्टंडी और छिनाल औरत को निबटा पाता। उसका मजा सत्तन ही लेते रहे, भले ही वह लोगों की नजर में उनकी भयव्ह (छोटे भाई की पत्नी) थी। थोड़े ही दिनों बाद वह सत्तन से भी ऊब गई और नए की तलाश में इधर-उधर मुँह मारने की कोशिश करने लगी, दूसरी तरफ सत्तन और उनके बाप रम्मन उसको तोपने-ढाँकने में लगे रहे।"

मुझे भग्गू की बातों में मजा आने लगा था। मैंने उनको उकसाते हुए पूछा, "इसी औरत के चक्कर में न एक बार महाबाभनों और अहीरों में मार होने से बची थी।"

"हाँ, सही कह रहे हो। एक बार बाहा में भुल्लन अहीर के साथ वह पकड़ी गई थी और बड़ा हल्ला मचा था। अपनी पतोहू को डाँटने के बजाय रम्मन मिसिर अपने तीनों बेटों सत्तन, चन्नन और कन्नन के साथ भुल्लन अहीर के घर लड़ने चढ़ गए थे यह आरोप लगाते हुए कि भुल्लन अहीर हमारे घर की इज्जत लूट रहे थे। बदले में भुल्लन के घर के लोग भी लड़ने को तैयार हो गए और तू-तू मैं-मैं होने लगी। उनमें इधर से सत्तन और उधर से भुल्लन के बीच लाठी भी चलनी शुरू हो गई थी। लगा महाबभनान और अहिरान के बीच मार शुरू हो जाएगी, पर दोनों ओर से बड़े-बूढ़ों ने मिलकर मामला सँभाल लिया।"

"अब क्या हुआ उस औरत को?" मैंने उतावलेपन से पूछा और आश्चर्य में भी था कि हम लोग उस औरत के बारे में इतनी बातें क्यों कर रहे हैं!

"कोई दस दिनों पहले उसी औरत ने आपकी माई को बुरी तरह पीट दिया," भग्गू ने अब बम फोड़ा।

"आयँ..." मारे आश्चर्य के मैं आगे कुछ न बोल पाया।

"आपके कक्का और दोनों चाचा—रजई और बचई—शिकायत लेकर जब

रम्मन के घर पहुँचे तो रम्मन के घर के लोग लड़ने पर उतारू हो गए, पर लोगों ने बीच-बचाव कर झगड़ा बचा दिया।

मैं मन-ही-मन परेशान हो उठा। अब मैं समझा माई की आँखों से बहने वाले आँसुओं का मतलब। लेकिन, माई और कक्का दोनों यह बात मुझसे छुपा क्यों ले गए! ऐसी न जाने कितनी बातें वे लोग मुझसे छुपा लेते होंगे।

मुझे विचारों में डूबा देखकर भग्गू ने सांत्वना में मेरे कन्धे पर हाथ रखा। मैं उनसे सिर्फ इतना कह पाया, "यह सब कैसे शुरू हुआ भग्गू भाई?"

"आप तो जानते ही हैं कि हमारे टोले की औरतें हगनहटी में नोक-झोंक, गाली-गलौज और यहाँ तक कि मार-पीट तक कर लेती हैं। सुना कि उस शाम चन्नन बो टट्टी करते-करते आपकी माई को बोली-ठोली बोल रही थी। वह घुमा-फिराकर आपकी माई को कक्का से जोड़ रही थी। आपकी माई ने एतराज किया तो वह लड़ने चढ़ आई। आपकी माई से जलने वाली कुछ औरतों ने मौका देख उसको ललकारा भी। बस, मनबढ़ चन्नन बो ने आपकी माई पर हाथ छोड़ दिया। आपकी माई ने जब बदले में उसका झोंटा पकड़ लिया तो उसने आपकी माई को बहुत मारा। आपकी माई अब कमजोर और वृद्ध हुईं और वह मनबढ़ और मुस्टंडी है। दूसरी कई औरतों ने मिलकर उसको पकड़ लिया नहीं तो आपकी माई की वह पता नहीं क्या हाल करती!"

मैं भग्गू की बातें चुपचाप सुनता रहा और मन-ही-मन दुख और सन्ताप से भरता जा रहा था। मुझे समझ में नहीं आ रहा था कि मैं क्या कहूँ या क्या करूँ! मेरी स्थिति देखकर भग्गू ने मेरा हाथ अपने हाथ में ले लिया और सांत्वना देते हुए कहा, "अपनी माई को अब अपने साथ ले जाओ, तिरभुवन भाई। बेचारी ने अपने जीवन में बहुत दुख सहा। बहुत दिनों तक तो कन्हई सँभारे रहे आपके परिवार को, लेकिन अब उनसे नहीं सँभलता। वे बूढ़े और कमजोर हो गए हैं। ऊपर से मुँहजोर हैं। टोले में जो ही होता वही उनको पीट या गरिया देता है। अब आपकी माई भी पिटने लगी हैं।"

मैं क्या कहता! मैं चुपचाप घर लौट आया।

घर लौटा तो मेरा उतरा हुआ चेहरा देखकर माई समझ गई कि उस पूरी घटना के बारे में किसी ने मुझे बता दिया है। अपने दुख और उदासी को छुपाते हुए वह

हँसमुख ढंग से मेरे सामने आई और पूछा, "रोटी और कोंहड़ा की तरकारी बना दूँ बचवा, नाश्ते के लिए?" माई को मालूम था कि कोंहड़ा की सादी सब्जी और माई के हाथ की मोटी रोटी मुझे बहुत पसन्द है।

मैंने भी सिर हिलाकर हाँ जताया और कोशिश की कि भरसक माई को लगने न पाए कि मुझे सब बातें मालूम हो गई हैं। माई जानती थी, जैसा कि मैं स्वयं भी जानता था, कि सारी बातें जानकर भी हम क्या कर लेंगे ऐसे झगड़ालू और दुष्ट लोगों का!

माई मेरे और नजदीक आ गई। बहुत दुलार से मेरा गाल सहलाते हुए धीरे-से पूछी, "अभी पुलिस कब बनोगे, बचवा? अभी कब तक चलेगी तुम्हारी पढ़ाई?"

मैं क्या जवाब देता! मैं माई की ओर एकटक ताकने लगा। मेरा मन भर्रा गया। मेरी आँखें छलछला जाने वाली ही थीं कि इसी बीच कक्का कहीं से घर में आ गए और सीधे माँ-बेटे के पास आ खड़े हुए। माई थोड़ा पीछे हट गई।

अब कक्का सामने आ गए। वे अपना पुराना राग अलापने लगे, "बचवा, मैं अब बूढ़ा और कमजोर हुआ। समझो, पका आम हूँ। न जाने कब टपक पड़ूँगा। अब तुम घर पर ही रहा करो और जजमानी का अपना पुश्तैनी काम सँभालो। पहले मेरे साथ रहकर तुम काम काफी जान भी गए हो।" इतना कहकर कक्का माई की ओर ताकने लगे उसकी प्रतिक्रिया के लिए।

कक्का की ऐसी बातों पर हमेशा प्रतिवाद करने वाली माई अबकी चुप थी। उसकी चुप्पी में जैसे लाचारी बोल रही थी। लगा बेटे को पुलिस बनाने का उसका सपना अब मर रहा था। उसकी मौन सहमति पाकर कक्का लहककर बोले, "एक दिन खरगू साव कह रहे थे कि अब नौकरी किसी को ऐसे नहीं मिलती जब तक किसी बड़े अफसर या मंत्री की सिफारिश न हो।"

उदास आँखों से छलकते अविश्वास से माई कक्का की ओर ताकने लगी तो कक्का ने कहा, "अरे, वही खरगू तेली दुकान वाले, जो कई साल कलकत्ते में रहे हैं। बाहर रहने से उनको इन मामलों की बहुत जानकारी है।"

माई चुप रही। कक्का ने एकतरफा फैसला ले लिया कि अब से मैं उनके साथ फिर जजमानी में जाया करूँगा। और, थोड़ा 'परैट्टिस' हो जाने के बाद अकेले अपने तईं जाया करूँगा।

माई मुँह मोड़कर वहाँ से चली गई दालान में। सिर पर पल्लू उसने और आगे खींच लिया था। शायद अपने सपने के मरने से बरस उठीं अपनी आँखों को वह मुझे नहीं दिखाना चाहती थी।

अब मैं नियमित रूप से कक्का के संग जजमानी के कामों में जाने लगा। मैं चुपचाप कक्का के पीछे-पीछे जाता। कक्का चाहते, मैं रास्ते में उनसे बतियाता चलूँ। बातें करके वे मुझे खुश रखना चाहते थे और अपना मन बहलाना भी। मैं ज्यादा से ज्यादा हाँ, हूँ ही बोल पाता। उसके आगे फिर चुप्पी साध लेता। कक्का अक्सर मेरी शादी की बात उठाते, बताते कि कौन-से गाँव से कौन महाब्राह्मण आया था। इतना देने को कह रहा था, उतना देने को कह रहा था। लेकिन, तुम्हारी माई न मानती हैं। हमेशा कहती हैं बचवा पहले पुलिस बनेगा, फिर उसकी शादी होगी। अब देखो, तुम्हारी उमर के कई लड़कों के अपने लड़के-बच्चे हो गए। तुम कब तक इन्तजार कराओगे, बचवा! अब तो तुम्हारी माई भी समझने लगी हैं कि शादी को और टालना ठीक नहीं है। मैं कुछ बेजा कह रहा हूँ तो बताओ।

मैं क्या बताता! मैं चुप रहता। कक्का अपने आप से बोलते चलते।

लौटते वक्त कक्का की कोशिश रहती कि सामान कम रहे ताकि मुझे ज्यादा बोझ न ढोना पड़े। चारपाई, गद्दे-रजाई वगैरह नाऊ को ही दे देते। अनाज के बदले पैसे लेने पर जोर देते। फिर भी, कोई-कोई जजमान नहीं मानता और अनाज देने पर ही जोर देता। किसानों को पैसे नहीं, बल्कि अनाज देने में ज्यादा सुविधा रहती। तो फिर अनाज को ढोकर नजदीक के बाजार तक लाना पड़ता, जहाँ कक्का उसे औने-पौने भाव बेच देते। इसी तरह बहुत सारे छोटे-मोटे बर्तन मिलते। कई बार बर्तनों के बदले बर्तनों के बच्चे, खिलौनों जैसे छोटे-छोटे बर्तन, देने के नाम पर खानापूर्ति के लिए मिलते। कक्का ऐसे बर्तनों को बाजार में निश्चित दुकानों पर दफा कर देते। वे बर्तन किसी अन्य मृतक के दशगात्र में दान दिए जाने के लिए फिर किसी न किसी जजमान के यहाँ जरूर पहुँच जाते होंगे।

सबसे मुश्किल तब होती जब कक्का जजमानी से लौटते वक्त बाजार में सस्ती दारू पी लेते और नशे में रोने-गाने लगते। ऐसी हालत में मुझे बहुत कोफ्त होती और मैं थोड़ी दूर जाकर बैठता। उस दिन घर लौटने पर माई कक्का से बहुत झगड़ा करती। शायद उसे आपत्ति होती थी कि जवान लड़के के सामने क्यों दारू

पीते हो! लड़का हमारा सीधा है, तो क्या इसका मतलब वह बेवकूफ है! क्या अब जवान लड़के का जरा भी लिहाज न करोगे!!

दशगात्र के कार्यों के दौरान दान वसूलने के लिए कक्का द्वारा की जाने वाली नाटक-नौटंकी से भी मुझे बहुत वितृष्णा होती, पर मैं चुप रहता। मैं चाहता था कि जजमान जो भी कुछ दे रहा है उसे लेकर चुपचाप चलो, लेकिन कक्का कहाँ मानने वाले थे! कहते, "कसकर वसूलेंगे नहीं तो दान हमें कैसे मिलेगा! कैसे हमारा पेट भरेगा!!"

इस तरह जजमानी में आते-जाते एक महीने से ज्यादा का वक्त हो गया। एक दिन एक बड़े आदमी के यहाँ जजमानी में जाने का अवसर मिला। जजमान के वयोवृद्ध पिता की मृत्यु हुई थी। उस बूढ़े के कई बेटे थे। लम्बा-चौड़ा परिवार था। काफी दर-दायाद थे। बड़ी तादाद में रिश्तेदार भी जुटे थे। वहाँ खूब दान-दक्षिणा मिला। उससे उत्साहित कक्का, लौटते वक्त बाजार में आकर दारू पीने लगे। मैं कुढ़कर दूर बैठा रहा।

काफी देर बाद जब वह मन भर पी चुके तब हम घर की ओर बढ़े। लौटते-लौटते अँधेरा हो गया। मैं चिन्तित था कि आज फिर घर में किचकिच होगी। आज फिर माई कक्का के दारू पीने पर चिल्लाएगी।

घर में घुसा तो ढिबरी की रोशनी में नजर आया कि आँगन में खटिया पर कोई बैठा है। उसकी पीठ दरवाजे की ओर थी। सामने पीठ पड़ने से उसका चेहरा हमें दिखाई न पड़ा।

उत्सुकतावश मैं जल्दी से उसके सामने की तरफ चला गया तो मारे हैरत के चिल्ला पड़ा, "सर, आप!"। राकेश जी थे। उन्होंने उठकर मुझे गले लगा लिया और आलिंगन में पकड़कर उठाते हुए चिल्लाए, "गुरु, गुरु..."

हम लोगों का इस तरह मिलन देखकर माई दालान में से निकलकर बाहर आ गई। दारू पिये हुए कक्का चुपके से दालान में भीतर घुसकर बैठ गए।

माई कहने लगी, "बचवा, ई कब से यहाँ आए हैं तुम्हें खोजते हुए। मेरे पैर छूकर बोले मैं धन्य हो गया माँ। लेकिन, ये बार-बार तुम्हें ही पूछ रहे थे। मुझे कुछ न बता रहे थे। मैं डर गई थी कि तुमने कहीं कुछ गलत काम तो नहीं कर दिया है जो तुम्हें खोजते हुए ये यहाँ तक आ पहुँचे हैं और हमें कुछ न बता रहे हैं। लो,

अब तुम्हीं बात करो इनसे।" इतना कहकर माई भीतर दालान में चली गई।

"कैसे आना हुआ, सर! कैसे पहुँच गए आप यहाँ तक!!" मैंने भारी हैरत से पूछा।

"गुरु, तुम तो बड़े छुपे रुस्तम निकले। तुमने तो कमाल ही कर दिया," राकेश जी ने कहा।

"पहेलियाँ ही बुझाते रहेंगे, सर, कि कुछ साफ-साफ बताएँगे। क्या सिविल सर्विसेज का रिजल्ट निकल गया?" मैंने अनुमान लगाते हुए व्यग्रता से पूछा।

"हाँ, गुरु! और, तुमने कमाल कर दिया। तुमने मेरिट लिस्ट में थर्ड स्थान पाया है—अब तक का हिन्दी माध्यम से सर्वोच्च स्थान। तुमने सारे रिकॉर्ड तोड़ दिए। कई पत्रकार हम लोगों के डेरे पर तुम्हारा इंटरव्यू लेने के लिए चक्कर लगाने लगे तो मैं तुम्हारे पते पर पूछते-पूछते भागकर यहाँ आ पहुँचा तुम्हें बताने।"

"ओ माइ गॉड! यह तो सचमुच कमाल हो गया," मैं मारे खुशी के जोर से चिल्ला पड़ा।

मुझे चिल्लाते हुए सुनकर माई दालान से आँगन में भागी हुई आई। मैंने दौड़कर उसे अँकवार में भर लिया। माई खुशी से पूछ बैठी, "तुम पुलिस बन गए क्या, बचवा?"

इसके पहले कि मैं कुछ जवाब देता राकेश जी माई के पास आ गए और बोले, "माँ जी, ये कलक्टरी के इम्तिहान में पास हो गया है।"

माई उदास हो गई, "तो क्या यह पुलिस नहीं बन पाया?"

माई की उदासी और अज्ञानता को देखकर राकेश जी हँसते हुए बोले, "माँ जी, अब यह सिपाही और दारोगा से भी ऊपर की चीज बन गया है।"

"आँ...?" माई ने स्पष्टीकरण चाहा, तो राकेश जी जोर से हँसते हुए बोले, "माँ जी, यह दरोगाओं का भी दरोगा हो गया है। दारोगा लोग अब इसके नौकर होंगे।"

माँ चिल्लाती हुई दालान की ओर भागी कक्का को बताने, "जी, सुनिए, हमारा बचवा दरोगा बन गया है।"

कक्का हड़बड़ी में लड़खड़ाते हुए बाहर निकले और चिल्लाते हुए पूछे कि क्या सचमुच बचवा दरोगा हो गया है! जब माई ने हाँ कहा तो

कक्का चिल्लाते हुए बाहर की ओर भागे और चिल्ला-चिल्ला कर सबको सुनाने लगे।

अब तक शाम गहरा चुकी थी, लेकिन कक्का का चिल्लाना सुनकर हमारे दरवाजे पर लोगों की भीड़ जुट गई। "क्या हुआ, क्या हुआ!" लोग चिल्ला-चिल्ला कर पूछ रहे थे। उन सबों को सुना-सुना कर कक्का जोर-जोर से चिल्लाकर कह रहे थे, "हमार तिरभुवन दरोगा बन गए हैं।"

इस बीच, मैं स्थिर-मति हो चुका था और राकेश जी से पूछ चुका था कि उनका रिजल्ट कैसा रहा और वह बता चुके थे कि उनका 565वाँ रैंक आया है मेरिट लिस्ट में। यह सुनकर मैं बड़ा उदास हो गया, लेकिन राकेश जी मेरी उपलब्धि पर खासा खुश थे और मेरे घर पर खुशी के अनोखे उत्साह का आनन्द ले रहे थे।

तब तक भग्गू भैया घर के भीतर आ गए हम लोगों से मामले की पूरी तहकीकात करने। उन्हें सिविल सर्विसेज इग्जैम का मतलब तो समझ में न आया, लेकिन जब उन्हें बताया गया कि कलक्टरी के इम्तिहान में मैं तीसरे स्थान पर आया हूँ, तो उन्होंने हर्ष और विषाद की मिश्रित प्रतिक्रिया व्यक्त की—हर्ष इसलिए कि कलक्टरी दफ्तर में नौकरी मिली है, लेकिन विषाद इसलिए कि थर्ड नम्बर आया है। इससे आगे वे कुछ पूछ पाते या हम कुछ और बता पाते, माई भागी हुई आई और भग्गू का कन्धा झकझोरते हुए बोली, "जाओ, खदेरू साव की दुकान से पाँच सेर गुड़ हमारे नाम से उधार लेकर आओ। अगर दुकान बन्द हो गई हो तो खुलवा लेना। बोलना हमारा बचवा दरोगा हो गया है। गुड़ बाँटना है। सबका मुँह मीठा कराना है।

माई का उत्साह देखते बनता था। वह भागी हुई मेरे दोनों चाचाओं—बड़के चाचा रजई और छोटके चाचा बचई—के घर गई और बड़के चाचा से बोली कि रजई, तू जाकर कल्लन गोंड़ से बोलो कि गैसबत्ती जलाकर तुरन्त हमारे घर ले आए। मेरा बचवा दरोगा बन गया है। छोटके चाचा से बोली कि बचई, तुम चोरबत्ती लेकर जाओ पूरे टोले में सबको न्यौत आओ कि हमारे घर आज गीत-गवनई होगा और गुड़ बँटेगा—मेरा बचवा दरोगा हो गया है। रजई बो से बोली कि तुम चलो मेरे घर गुड़ को फोड़कर बाँटने के लिए छोटे-छोटे टुकड़े बनाना और बाँटने का

काम खुद अपने हाथों करना। बचई बो से बोली कि हमारे घर आज रसोई तुम बनाओ। बाहर से मेहमान आया है। मुझे तो देख ही रही हो कि मैं कितना इधर-उधर दौड़ रही हूँ।

उधर, दरवाजे पर लोगों के सामने कक्का बमक रहे थे कि उनका तिरभुवन दरोगा बन गया है। भग्गू, जिसे गुड़ लाने के लिए भेजा गया था, दरवाजे पर थोड़ा रुककर लोगों को समझाने लगे कि तिरभुवन भाई कलक्टरी कचहरी में नौकरी के लिए इम्तिहान पास कर लिये हैं, लेकिन थर्ड नम्बर से।

"इसी थर्ड नम्बर पर कन्हई महराज इतना बमक रहे हैं," कहकर कई लोग उनकी हँसी उड़ाने लगे। कन्हई महराज रंज हो गए भग्गू पर कि तिरभुवन दरोगा बना है, तुम क्या उलटी बात बतिया रहे हो। 'जरतुहा' कहीं के!"

कन्हई महराज को समझ नहीं है। कौन इनसे बहस करे, सोचते और भुनभुनाते हुए भग्गू मिसिर गुड़ लेने आगे बढ़ गए।

अगले दिन सुबह-सुबह माई नहा-धोकर, पड़ोसिनों के संग, हथेली पर साफ लोटे में जल लेकर 'मरी माई' को 'धार' चढ़ाने चली, गीत गाते हुए—

जग में अइलिन जगदम्बा हो धमक धरती
जौं मैं जनत्यों मरी मइया अइहैंय बहोर डालती
अपने आँचर से गलियाँ बहोर डालती...

महाबभनान टोले के मध्य में स्थित छोटे-से चौक पर एक छोटी पिंडी है। यही मरी माई हैं। अपने मुहल्ले की महिलाओं को पहले भी गीत गाते हुए वहाँ उस पिंडी पर धार (अर्घ्य) चढ़ाने जाते मैं देखा था, लेकिन मुझे मरी माई के बारे में कभी कोई उत्सुकता न हुई। माई को इतना हास-हुलास से धार चढ़ाने जाते हुए देखकर मैं हैरत में पड़ गया। इसके पहले मेरे होश में माई कभी मरी माई को धार चढ़ाने न गई थी।

माई जब धार चढ़ाकर लौटी तो मैं माई से पूछा कि पहले तो कभी वह मरी माई को धार चढ़ाने नहीं गई, अब क्या बात हो गई! माई कुछ देर चुप रही। फिर

मुँह फेरकर कहने लगी, "जिस रात पुलिस हमारे घर में घुसी थी और तुम्हारे बाबू के भाग जाने के बाद पुलिस जब मेरी दुर्गत करने लगी, तो मैंने मरी माई का सुमिरन किया और मनौती माना कि जब मेरा पेट सही-सलामत बच जाएगा और पेट से बेटा पैदा होगा और वह बेटा पुलिस बनेगा तभी मैं तुम्हें धूमधाम से धार चढ़ाने आऊँगी।"

मैंने माई से पूछा, "यह मरी माई कौन देवी हैं? कहीं किसी शास्त्र-पुराण में किसी मरी माई के बारे में तो कुछ नहीं लिखा है।"

माई ने झटके से मेरे मुँह पर हाथ रख दिया, "ऐसे नहीं कहते, बचवा। बड़ी जागता देवी हैं। पूरे महाबभनान की रक्षक हैं।"

"लेकिन, उनके बारे में कुछ तो बताओ।" मेरे हठ करने पर माई ने कहा कि यह सब तुम भाई जी (अर्थात् कक्का) से पूछ लेना। वह यह सब ज्यादा जानते हैं। मुझे अभी रसोई का बहुत काम करना बाकी है। तुम्हारा वह साथी, जो बाहर से आया है, अभी तक बासी मुँह हैं।"

जिज्ञासावश मैं कक्का की खोज में निकल गया, राकेश जी को घर पर ही छोड़कर। कक्का मिले भग्गू भइया के ओसारे में। मैंने वहीं बात छोड़ दी, "कक्का, मरी माई कौन देवी हैं?" कक्का ने भी मरी माई के माहात्म्य की वही बात दोहराई जो माई ने बताई थी। मेरी जिज्ञासा शान्त होता न देखकर कक्का ने बताया कि उन्होंने अपने दादा से यह कहानी सुनी है—

> हमारे पुरखों में, कई पीढ़ी पहले, कोई पुरुषोत्तम मिसिर थे। वह दूसरा ही जमाना था जब महाब्राह्मणों का समाज में बड़ा मान-सम्मान था। अन्य ब्राह्मणों से इन ब्राह्मणों का आदर-सत्कार कहीं ज्यादा होता था। पुरुषोत्तम मिसिर बड़े विद्वान और शास्त्रों के बड़े ज्ञाता थे। साथ ही, देखने में भी बहुत सुन्दर थे। वह ब्रह्मचारी रहकर ही शास्त्रों का अध्ययन-मनन और पुरोहिती का कार्य करते थे।
>
> हमारे गाँव के दक्खिन में जो चमटोल है उसमें एक अत्यन्त सुन्दर और जवान लड़की थी जिसका नाम बुधिया था, लेकिन महाबभनान का कोई आदमी उनका यह नाम नहीं लेता। सभी उन्हें हमेशा मरी माई ही कहते

कभी-कभार कोई उन्हें बुढ़िया माई कहकर भी बुलाता। दरअसल वह देवी बन चुकी थीं।

लोग बताते थे—उस मरी माई की सुन्दरता के कारण चमार युवकों में होड़ लगी रहती थी उन्हें पाने के लिए, लेकिन मरी माई ने अपना दिल पुरुषोत्तम महराज को दे दिया था। पुरुषोत्तम महराज तो बहुत समय तक मरी माई के एकतरफा प्यार से अनजान रहे, लेकिन प्यार कहाँ छुपता है! उन्होंने महसूस किया कि आते-जाते पेड़ों की आड़ से या कहीं और जगह से कोई लड़की छुप-छुप कर उन्हें देखती है। एक दिन वह खुद उस लड़की के सामने पहुँच गए और पूछ बैठे कि वह उन्हें इस तरह छुप-छुप कर क्यों देखती है? मरी माई ने कोई जवाब नहीं दिया और शरमाकर भाग गईं। ऐसा कई बार हुआ। पुरुषोत्तम महराज जब भी पूछते, मरी माई बिना जवाब दिए शरमाकर भाग जातीं। आखिर एक दिन पुरुषोत्तम महराज ने मरी माई को भागने न दिया और उनका रास्ता रोककर खड़े हो गए और अपने सवाल का जवाब माँगने लगे। मरी माई ने सिर नीचे झुका लिया और शरमाते हुए कहा, "कैसे मनसेधू हो महराज! इसका मतलब न जानते हो कि कोई लइकी किसी मनसेधू को ऐसे क्यों देखती है!!"

पुरुषोत्तम महराज समझ गए कि ई लइकी प्रेम में पगलाई हुई है, फिर भी अनजान बनते हुए बोले, "न, मैं इसका मतलब नहीं जानता।"

मरी माई ने तिरछे नयनों से मुस्कराकर कहा, "आप मेरे देवता हो। आपको मैं पूजती हूँ। आपके दर्शन के लिए राह में छुपकर खड़ी होती हूँ। अब समझे आप?" मरी माई की इस साफगोई से पुरुषोत्तम महराज हैरत में पड़ गए और सोचने लगे कि यह लड़की कोई सामान्य स्त्री नहीं है। ऐसा वासना-रहित प्रेम सामान्य स्त्रियों में हो ही नहीं सकता। उनके मुँह से अचानक निकल गया, "तुम मुझे अपना देवता मानती हो। तुम्हें दुनिया देवी मानेगी। दुनिया नहीं, तो कम-से-कम, हमारा परिवार, खानदान तो एक दिन तुम्हें देवी की तरह पूजेगा।"

यह जानते हुए भी कि एक ब्राह्मण पुरुष से शूद्र कन्या का सम्मिलन समाज स्वीकार नहीं करेगा, पुरुषोत्तम महराज ने मरी माई को अपने आलिंगन में जकड़ लिया।

पुरुषोत्तम महराज और बुधिया माई की मुहब्बत छुपी न रह सकी। चमारों ने ताड़ लिया और बड़ा हो-हल्ला मचाया। गाँव की और कुछ जातियों, खासकर बाम्हनों, की शह पर एक दिन चमारों ने पंचायत बुलाई और बुधिया माई के बाप ने दुहाई देते हुए पुरुषोत्तम महराज पर आरोप लगाया कि वह उसकी बेटी की इज्जत लूटे हैं। उसने माँग की कि अगर यही करना है तो पुरुषोत्तम मिसिर बुधिया से ब्याह करें। पंचायत में जुटे कुछ लोगों ने इस माँग का समर्थन किया और कुछ ने विरोध। समर्थन करने वालों का कहना था कि सबकी अपनी इज्जत होती है वह चाहे बड़ जात हो चाहे नान्ह जात। पुरुषोत्तम मिसिर छुपकर दुष्कर्म करने के बजाय ब्याह कर यही कार्य करें तो उन पर कोई आरोप नहीं लगाएगा। इस माँग का विरोध करने वालों का कहना था कि एक ब्राह्मण का शूद्र कन्या से विवाह सम्भव नहीं है। इससे वर्ण-व्यवस्था बैठ जाएगी।

अभी समर्थकों और विरोधियों के तर्क-वितर्क चल ही रहे थे कि पुरुषोत्तम मिसिर ने उठकर घोषणा कर दी कि वह इस विवाह के लिए तैयार हैं। इसी बीच, पता नहीं कहाँ से बुधिया माई पंचायत में पहुँच गई और पुरुषोत्तम मिसिर की घोषणा का विरोध किया। उन्होंने चिल्लाकर कहा, "मैं इस विवाह के लिए राजी नहीं हूँ। मैं पुरुषोत्तम महराज से मुहब्बत करती हूँ। मेरी मुहब्बत पाक-साफ है। मैं इस मुहब्बत की कीमत नहीं वसूलना चाहती। अगर पुरुषोत्तम महराज मुझसे शादी कर लेंगे तो वह धर्मभ्रष्ट हो जाएँगे। फिर कोई जजमान उनका पाँव नहीं पूजेगा। हमसे होने वाली सन्तानों का भी कोई पाँव न पूजेगा। मेरे प्रेम के लिए मेरे प्रेमी पुरुषोत्तम मिसिर को इतना बड़ा दंड मत दो सब लोग।" इतना कहकर बुधिया माई सिसकने लगी।

पूरी पंचायत में सन्नाटा छा गया। बुधिया माई के साहस और निःस्वार्थ प्रेम ने सबको सकते में डाल दिया। कोई लड़की या औरत अपने विवाह के बारे में अपनी मर्जी की बात कह सकती है, पंचों ने कभी सुना ही नहीं था। अलबत्ता, बुधिया माई के बाबू गुस्सा के उठे और उनको घसीटते हुए घर ले गए।

सुना उस रात पूरी चमटोल ने एकजुट होकर बुधिया माई पर दबाव बनाया कि वह पुरुषोत्तम मिसिर से ब्याह कर ले, नहीं तो ये बाम्हन और बड़ी जातियाँ हमारी बहू-बेटियों की इज्जत से इसी प्रकार खिलवाड़ करते रहेंगे। बुधिया माई ने एकदम चुप्पी साध ली।

रात बहुत बीत जाने पर बुधिया माई ने जब एकान्त पाया तो अपनी झोंपड़ी के सामने वाले नीम के पेड़ की डाल से लटककर फाँसी लगा ली।

अगली सुबह जब पुरुषोत्तम मिसिर को पता चला तो वे दौड़े पहुँचे चमटोल में और बुधिया माई के शव से लिपटकर विलाप करने लगे। जब लोग लाश को जलाने के लिए ले जाने लगे तो पीछे-पीछे विलाप करते हुए पुरुषोत्तम मिसिर भी चले। जब लाश चिता पर रखकर अग्नि को समर्पित की जाने लगी तो पुरुषोत्तम मिसिर अपनी प्रेमिका बुधिया के साथ ही जल मरने को दौड़ पड़े। कई लोगों ने दौड़कर पकड़ा और तब तक उन्हें पकड़े रहे जब तक लाश जल न गई। लोगों की पकड़ में पुरुषोत्तम मिसिर छटपटाते हुए विलाप करते रहे।

लाश जलाकर लोग लौट पड़े, लेकिन पुरुषोत्तम मिसिर वहीं बैठे रहे—विलाप करते हुए। वे घर न लौटे। फिर कभी दिखाई भी न पड़े गाँव में। कहने वाले कहते थे कि वह हरिद्वार चले गए और साधु बनकर वहीं रहने लगे।

लगभग तीस साल बाद, महाबभनान की सबसे बूढ़ी औरत, जो कक्का के दादी की परददिया सास थीं, ने सपना देखा कि बुधिया माई कह

रही हैं, "महराज ने देहत्याग दिया है और अब हमारे पास आ गए हैं। तुम लोग महराज का भंडारा करो। महराज की इच्छा है कि महाबभनान मुहल्ले के बीचोबीच मेरी चौरी बनाई जाए और उसे पूजा जाए। मैं हमेशा तुम सबकी भलाई करूँगी।"

सुबह उस परददिया सास ने मुहल्ले के सभी बड़े-बूढ़ों को इकट्ठा किया और अपने सपने की बात बताई। सबने एक मत से बुधिया माई के हुक्म को मंजूर किया और चन्दा इकट्ठा करके पुरुषोत्तम महराज का भंडारा और बुधिया माई का चौरा बनवाने का फैसला किया।

बड़े धूम-धाम से भंडारा हुआ। फिर, मुहल्ले के बीचोबीच चौराहे पर एक छोटा-सा चबूतरा बना और उस पर बुधिया माई को एक पिंडी के रूप में स्थापित किया गया। उसी समय से उस पिंडी की पूजा होती है और उन्हें हर कोई मरी माई कहने लगा।

शुरू-शुरू में उनकी पूजा का विधि-विधान मालूम न था। चमारों से पूछने पर पता लगा कि चूँकि वह चमाइन थीं तो उनकी पूजा छौने (सूअर का नन्हा बच्चा) की बलि देकर होगी। ऐसा ही हुआ, किसी चमार के पौरोहित्य में छौने की बलि देकर और शराब द्वारा उनकी पूजा की गई।

उसी रात परददिया सास के सपने में पुरुषोत्तम बाबा और बुधिया माई दोनों एक साथ आए। पुरुषोत्तम बाबा जटाजूट बढ़ाए, खड़ाऊँ खटकाते तेजी से चले आ रहे थे। उनके पीछे-पीछे बुधिया माई धीरे-धीरे चलती हुई आ रही थीं। एकदम सफेद कपड़ों में वह स्वर्ग की अप्सरा-सी लग रही थीं। बाबा बहुत गुस्से में थे और रंज होकर बोले, "इस तरह की पूजा बन्द करो तुम लोग। यह तामसिक पूजा है। बुधिया जैसी प्रेम की पवित्र देवी के लिए यह पूजा उचित नहीं है। इससे तुम लोगों का पुण्य क्षय होगा। आगे से तुम लोग इनको एक लोटा साफ जल में एक जोड़ी लौंग का फूल डालकर धार (अर्घ्य) देना। यह उसी में खुश रहेंगी।"

मरी माई ने बहुत कोमल और मीठे स्वर में कहा, "मैं अपने बच्चों का अनभल (अहित) कभी न चाहूँगी। संकट में जब भी मेरे बच्चे मुझे याद करेंगे, मैं उनके काम आऊँगी। मैं उनके द्वारा दिए गए धार से ही बस तृप्त हो जाऊँगी।

कक्का कहानी खत्म किये तो मैं घर लौट आया।

देखा माई गीत गाते हुए खाना बना रही है और राकेश जी सम्मोहित-सा उसे एकटक निहार रहे हैं—

जय अगवरवा मइया जय पिछवरवा
मइया जय जय बोला ना।
हमरे तिरभुवन के पगड़िया
मइया जय जय बोला ना।

सिविल सर्विसेज इग्जैम के फाइनल रिजल्ट के आधार पर मुझे मनमाफिक भारतीय पुलिस सेवा बड़ी आसानी से मिल गई, लेकिन राकेश जी के लिए बड़ा मुश्किल हुआ। चूँकि मेरिट लिस्ट में उनका नाम बहुत नीचे था, इसलिए उन्हें इंडियन पोस्टल सर्विस में जगह मिली।

कुछ समय पश्चात् और कुछ जरूरी औपचारिकताओं को पूरा करने के बाद पूरे बैच के साथ हम दोनों तीन महीने के फाउंडेशन कोर्स के लिए मसूरी-स्थित लाल बहादुर शास्त्री राष्ट्रीय प्रशासनिक अकादमी पहुँचे। वहाँ मुझे मालूम हुआ कि यह कोर्स एक प्रकार से विभिन्न सेवाओं के लिए चयनित हम सब लोगों का आपस में परिचय और समन्वय-संवर्धन के लिए है। सिविल सेवा के लिए अपेक्षित मूलभूत कौशल, ज्ञान और व्यवहार के तौर-तरीके हमें वहाँ सिखाए जाने शुरू हुए। इसके लिए विभिन्न टापिकों और मुद्दों पर व्याख्यान सुनने, विमर्शों में सहभागिता के साथ-साथ विभिन्न प्रकार के कार्यक्रमों में भी भाग लेना होता था।

तीन महीने के पूरे कोर्स के दौरान मैं अत्यन्त अनुशासित और लगनशील प्रशिक्षु की भाँति लगा रहा, यद्यपि बड़ी शान-शौकत से चलने वाला यह प्रशिक्षण मेरे टेम्परामेंट के अनुकूल नहीं था।

यहाँ के पहले ही दिन की एक बात मुझे अभी भी याद है। डाइनिंग हॉल में कई प्रशिक्षु डाइनिंग टेबल के किनारे-किनारे बैठे हुए थे। वे आपस में बड़ी नफासत वाली बनावटी अंग्रेजी में बातें कर रहे थे। भोजन परोसने वाले वेटर और स्टाफ बड़ी कड़क वर्दी में वहाँ मुस्तैद थे। डाइनिंग टेबल पर तरह-तरह के साइजों और

आकारों वाली प्लेटें और छुरी-चम्मच वगैरह सजाकर रखे हुए थे। डाइनिंग हॉल की भव्यता, डाइनिंग टेबल की सुव्यवस्थित सजावट और प्रशिक्षुओं का बनावटी साहबी स्टाइल देखकर मुझे लग ही नहीं रहा था कि मैं उसी हिन्दुस्तान में हूँ जिसके एक गाँव में हमारा महाबभनान टोला भी बसता है।

मुझे जोरों की भूख लगी थी। मैंने एक वेटर को भइया कहकर बुलाया तो वह मुस्कराते हुए बड़ी विनम्रता से मेरे सामने आ खड़ा हुआ। मैंने उतनी ही विनम्रता से उससे कहा कि एक बड़ा खाली कटोरा, एक कटोरी दूध, थोड़ी-सी चीनी और चार रोटियाँ मेरे लिए लेकर आए।

वह वेटर बड़ी फुर्ती से थोड़ी-ही देर बाद एक बड़ी-सी ट्रे में ये सारी चीजें लाकर मेरे सामने सजा दिया। मैं लपककर कटोरे में कटोरी का दूध डाला, थोड़ी चीनी डाली और बारी-बारी से चारों रोटियों के छोटे-छोटे टुकड़े बनाकर उसमें डाल दिया और अँगुलियों से उठा-उठा कर खाना शुरू कर दिया। राकेश जी, जो दूसरे छोर पर दूर बैठे थे, की नजर मेरे ऊपर पड़ी तो वहीं से जोर से बोले, "का गुरु, हो गए शुरू।" यही नहीं, वह उठकर मेरे पास आ गए और बगल में खाली पड़ी कुर्सी पर बैठ गए। मेरे बिंदासपने और ढिठाई को देखकर कई अन्य पूर्वांचली प्रशिक्षु भी मेरे निकट आ गए। दूसरी ओर, दिल्ली जैसी जगहों, खास कर सेंट स्टीफेंस से, आने वाले प्रशिक्षुओं का एक दल अंग्रेजी में फुसफुसाकर कुछ कह रहा था। मैं उनका तात्पर्य बखूबी समझ रहा था। वे शायद कह रहे थे कि यह 'भइया' है, और हैरत में थे कि यह कैसे सिलेक्ट हो गया!

खैर, बाद में मुझे टेबल मैनर्स सीखने पड़े और उनके दायरे में आना पड़ा। मैं सीधा और शान्त व्यक्ति हूँ और प्रशिक्षु के तौर पर भी वैसा ही रहना चाहता था। एक दिन राकेश जी को अकादमी का एक मजेदार किस्सा मालूम हुआ, जो उन्होंने हँसते हुए मुझे सुनाया।

1980 बैच के एक आईएएस ऑफिसर ट्रेनी (ओटी) का वह किस्सा था। उसका नाम विजय कुमार सिंह था, जो बिहार का एक दबंग और मनबढ़ ठाकुर था। प्रशिक्षण कोर्स में हिमालय के दूरस्थ भागों की तीन-दिवसीय ट्रेकिंग का भी एक प्रोग्राम शामिल होता था, जिसमें प्रशिक्षुओं के छोटे-छोटे दल ट्रेकिंग पर जाते थे। विजय कुमार सिंह जिस दल में ट्रेकिंग पर गया था, उसमें कुल चालीस प्रशिक्षु

थे, जिसमें आठ लड़कियाँ थीं। 1 अक्टूबर, 1981 को निकलने वाले इस दल को वाहन से मसूरी-बद्रीनाथ—फूलों की घाटी-हेमकुंड-केदारनाथ के निर्धारित मार्ग पर यात्रा करके 3 अक्टूबर को अकादमी वापस लौटना था। इस यात्रा के दौरान विजय सिंह ने कई आपत्तिजनक हरकतें की—रास्ते में पड़ने वाले गाँवों में घुसकर देसी दारू पीने के साथ-साथ, बस को निर्धारित मार्ग से अलग हटकर चलने के लिए टीम लीडर को मजबूर किया। पूरी यात्रा के दौरान खुलेआम पिस्टल चमकाता चलता था और साथी प्रशिक्षुओं पर हावी होने की कोशिश करता था। यही नहीं, उसने दल की प्रशिक्षु लड़कियों पर अशोभनीय दबाव बनाते हुए उनके ऊपर पिस्टल तान दी, जिससे डरकर लड़कियों ने खुद को एक कमरे में बन्द कर लिया।

अकादमी वापस लौटने पर विजय सिंह की शिकायत हुई। अकादमी के डायरेक्टर पी. एस. अप्पू ने एक डिप्यूटी डायरेक्टर द्वारा मामले की जाँच कराई, जिसमें दोनों पक्षों ने अपनी दलीलें दीं। विजय सिंह का कहना था कि दल के लोग उसे 'अनसिविलाइज्ड बिहारी बास्टर्ड' कहते थे और लड़कियाँ उसे खास तौर पर हेय दृष्टि से देखती थीं। दूसरे पक्ष का कहना था कि पूरी यात्रा के दौरान विजय सिंह दारू पीकर पिस्टल लहराता था, दबंगई दिखाने की कोशिश करता था और लड़कियों को तंग करता था। दल के अन्य प्रशिक्षुओं ने इस झमेले में पड़ने और विजय सिंह से बैर लेने से बचने के लिए पूरे मामले से किनारा कर लिया और कोई बयान न दिया।

जाँच रिपोर्ट के आधार पर डायरेक्टर अप्पू ने केन्द्रीय गृह मंत्रालय को संस्तुति भेजी कि विजय सिंह को उसकी अशोभनीय हरकतों के कारण गौरवशाली भारतीय प्रशासनिक सेवा से बर्खास्त किया जाए। कहते हैं विजय सिंह उत्तर प्रदेश के तत्कालीन मुख्यमंत्री विश्वनाथ प्रताप सिंह का रिश्तेदार था। यद्यपि विश्वनाथ प्रताप सिंह ने इस बात का तुरन्त खंडन किया था, किन्तु विपक्षी पार्टियों का आरोप था कि इसी वजह से भारत सरकार ने इस मामले में ढुलमुल रवैया अपनाया और विजय सिंह को नौकरी से बर्खास्त करने के बजाय उसे चेतावनी देकर छोड़ देने को कहा। इसके विरोध में अकादमी के डायरेक्टर ने प्रधानमंत्री श्रीमती इंदिरा गांधी को पत्र लिखकर सारे मामले का विवरण देते हुए अपनी नौकरी से इस्तीफा दे देने का प्रस्ताव पेश किया और रिटायरमेंट से पूर्व अवकाश पर चले गए। इस मामले

पर संसद में हंगामा खड़ा हो गया और भारत सरकार को मजबूरन विजय सिंह को भारतीय प्रशासनिक सेवा से निष्कासित करना पड़ा। बाद में, विजय सिंह अपनी बहाली के लिए सुप्रीम कोर्ट तक गया, लेकिन उसे कोई राहत न मिली।

राकेश जी ने विजय सिंह के बैकग्राउंड डिटेल्स का भी पता किया था। उन्होंने बताया कि बिहार का ठाकुर विजय कुमार सिंह पहले नेशनल डिफेंस अकादमी में चुना गया था, जहाँ वह 1968 से 1971 तक रहा था। बाद में वहाँ से निकलकर वह भारतीय विदेश सेवा के ग्रुप बी के लिए 1978 में चुन लिया गया था। इस सेवा में रहने के दौरान ही उसने सिविल सर्विसेज की परीक्षा दी और भारतीय प्रशासनिक सेवा के 1980 बैच के लिए चुन लिया गया था।

मसूरी के फाउंडेशन कोर्स के बीतते-बीतते, हम लोगों को अपने-अपने स्टेट काडर के बारे में सूचना प्राप्त हुई। मुझे मनमाफिक काडर अपना गृह राज्य उत्तर प्रदेश मिल गया। राकेश जी को कोई स्टेट काडर मिलने का प्रश्न ही नहीं था। इंडियन पोस्टल सर्विस केन्द्रीय सेवा के अन्तर्गत आता है, जिसके लिए किसी स्टेट काडर का आवंटन नहीं होता।

मसूरी से मैं और राकेश जी अलग-अलग रास्तों पर चल पड़े। मैं ग्यारह महीने के बेसिक कोर्स के लिए हैदराबाद-स्थित सरदार वल्लभ भाई पटेल राष्ट्रीय पुलिस अकादमी में पहुँच गया। डाक प्रबन्धन और प्रशासन हेतु प्रशिक्षण के लिए राकेश जी गाजियाबाद-स्थित रफी अहमद क़िदवई नेशनल पोस्टल अकादमी में चले गए।

नैशनल पुलिस अकादमी में ग्यारह महीने के बेसिक कोर्स का प्रशिक्षण शारीरिक और मानसिक दोनों स्तरों पर बहुत सख्त था। हमें विविध प्रकार के व्यायामों एवं ड्रिल आदि के अभ्यास के द्वारा शारीरिक रूप से सशक्त और अनुशासित बनाने का कार्य वहाँ होने लगा। साथ ही, पुलिस अधिकारी के रूप में अपने कर्तव्यों के निर्वहन के लिए आवश्यक कौशल और समझ विकसित करने

के लिए हमें विविध विषयों पर व्याख्यान और कक्षा-कार्य मिलते थे। इसके साथ ही मानवीय मूल्यों के प्रति आदर और संवेदनशीलता के सबक भी हमें सिखाए जाते थे। जब भी इस विषय पर व्याख्यान हम प्रशिक्षुओं के लिए आयोजित होता था, मुझे माई की सीख याद आ जाती थी—"बचवा, किसी निर्दोष, खास कर किसी औरत पर, न कभी अन्याय करना, न कभी होने देना।"

बाद में तो स्थिति यह हो गई कि मेरे मन में ये शब्द मंत्र की तरह गूँजते रहते थे और हर दुखियारी औरत में मुझे मेरी माई दिखाई पड़ने लगी थी।

पूरे बेसिक कोर्स, और इसके पहले मसूरी में फाउंडेशन कोर्स के दौरान भी, मुझे एक ही बात अरुचिकर लगती थी। वह थी हम जैसे सामान्य व्यक्ति को पक्का साहब बनाने की कोशिश। पुराने जमाने में कभी अंग्रेजों की नजर में जो असभ्य देशवाली हिन्दुस्तानी उनकी गौरवशाली सिविल सेवा में चुन लिये जाते थे, तो उनके लिए वे कोशिश करते थे कि उन्हें अंग्रेजी तौर-तरीके, खाने-पीने के रंग-ढंग, कपड़े-लत्ते पहनने का शऊर और एक खास किस्म की साहबी अकड़ सिखाई जाए। वह सारा का सारा सब कुछ पारम्परिक तौर पर ज्यों का त्यों अभी कायम रखा गया था। उन्हीं की तरह की वर्दी, उन्हीं की तरह की टाई, उन्हीं की तरह भोजनालय की औपचारिकताएँ, औपचारिक कपड़े, छुरी-चम्मच का प्रयोग, वगैरह। पक्का साहब बनने के लिए इन जिन चीजों को सीखना जरूरी समझा जाता था, उन्हें मैं समय और ऊर्जा की बर्बादी मानता था।

मुझे सबसे ज्यादा कोफ्त होती थी एनपीए के प्रशिक्षण अधिकारियों से शिष्टाचार भेंट, जिन्हें काल ऑन करना कहा जाता था। जिस प्रशिक्षक अधिकारी (फैकल्टी) को उनके आवास पर काल ऑन करना होता उसके लिए बहुत सारी औपचारिकताएँ होती थीं—उस अधिकारी को फोन करके अपना परिचय देते हुए उनकी सुविधा और समय के अनुसार सायंकाल उनके आवास पर मिलने की अनुमति माँगने की मशीनी ढंग से बरती गई औपचारिकता और मुलाकात के समय सिकुड़े-सहमे रहने की मजबूरी—यह सब मुझे जरा भी नहीं रुचता था, किन्तु इन सबके न सिर्फ पालन, बल्कि बहुत नफासत के साथ पालन की अनिवार्यता थी। हमारे प्रशिक्षण सम्बन्धी कार्यकलाप के मूल्यांकन (असेसमेंट ऑफ परफॉरमेंस) में अन्य बहुत सारी बातों के अलावा इन बातों का भी महत्त्व था।

प्रशिक्षण का एक अन्य भाग भी मुझे खासा अरुचिकर लगता था—वह था घुड़सवारी। मैं घोड़ों से कभी नेह न जोड़ पाया और उनसे लगाव लगाए बिना उन पर कुशलतापूर्वक सवारी करना बहुत मुश्किल होता था। घोड़ों में कोई-कोई बदमाश घोड़ा होता था। वह शुरू में ही अपने सवार की क्षमता और काबिलियत को आँक लेता था और उसकी समझ से जो अनाड़ी और नाकाबिल सवार होता था, उसे तंग करने से वह बाज न आता था।

उन्हीं में से एक था रौनक, जो एक दिन मुझे अनाड़ी जान पहले तो कुछ देर दुलकी चाल चला फिर मेरे संकेतों और निर्देशों की अवहेलना करता हुआ सरपट दौड़ लगाने लगा। मारे डर के मैं चिल्लाने लगा और उसकी लगाम अपनी ओर कसकर खींचने लगा। मेरे साथी लोग चिल्ला रहे थे—आगे झुक जाओ, आगे झुक जाओ। खैर, उस्ताद के हस्तक्षेप से रौनक नियंत्रण में आया।

आगे की ट्रेनिंग में न कोई अप्रिय घटना घटी और न ही कोई उल्लेखनीय घटना। न ही बीच में कभी छुट्टी मिली कि मैं अपने गाँव बभनियाँव जा सकूँ। अलबत्ता, ट्रेनिंग के ही एक भाग के रूप में हमें 'भारत दर्शन' कराया गया। हमारे दल को दक्षिण भारत की यात्रा पर भेजा गया, जो मुख्यत: मद्रास, मदुरै, रामेश्वरम्, कन्याकुमारी, त्रिवेंद्रम, बैंगलोर, मैसूर आदि दर्शनीय स्थानों पर गया। इन स्थानों पर स्थानीय पुलिस के लोगों ने हमारा खूब स्नेह से स्वागत किया।

कहीं-कहीं हमें स्थानीय पुलिस की कार्य-प्रणाली से भी परिचित कराया गया। इस यात्रा के दौरान मेरे मन में एक जिज्ञासा बार-बार कौंधती रही कि क्या दक्षिण भारत में भी दसगात्र कर्म कराने वाले ब्राह्मणों की वैसी ही दयनीय स्थिति है जैसी हमारे उत्तर भारत में, विशेष रूप से हमारे क्षेत्र में। दुर्भाग्य से, मुझे न ऐसा अवसर मिला और न कोई उपयुक्त व्यक्ति मिला जिससे बात करके मैं अपनी जिज्ञासा शान्त कर पाता। असल में, प्रशिक्षण के दौरान इन प्रकार की अप्रासंगिक पूछताछ मुझे अनुचित भी लगा।

भारत-दर्शन से लौटकर हम लोगों का कुछ दिनों के लिए आर्मी और केन्द्रीय पुलिस बलों की विभिन्न यूनिटों के साथ कुछ दिनों का अटैचमेंट रहा। इसके अलावा दिल्ली में आईबी, आर एंड डब्ल्यू, सीबीआई के साथ परिचयात्मक मेलजोल और भारत सरकार के उच्चाधिकारियों के साथ मुलाकात का कार्यक्रम भी सम्पन्न हुआ।

इसके बाद हमारी फील्ड ट्रेनिंग अपने काडर के राज्य में होनी थी। अगला प्रशिक्षण मेरा राज्य पुलिस प्रशिक्षण केन्द्र (पीटीसी) में था। यह प्रशिक्षण एक महीने का था, जिसके दौरान राज्य की भाषा, संस्कृति और तौर-तरीके का ज्ञान दिया जाता है। मेरे लिए यह अत्यन्त आसान था क्योंकि मैं उत्तर प्रदेश का मूल निवासी हूँ और यही मेरा काडर भी है। हिन्दी प्रदेश की राजभाषा है जिसमें मैं पहले से ही प्रवीण था।

राज्य स्तर पर पुलिस की विभिन्न इकाइयों—यथा स्पेशल ब्रांच, ट्रैफिक पुलिस इत्यादि के साथ परिचयात्मक प्रशिक्षण। साथ ही, कुछ दिनों प्रदेश के पुलिस मुख्यालय से जुड़कर वहाँ के कामकाज सीखने की प्रक्रिया चली। उसके बाद थाने की कार्य-प्रणाली जानने का प्रायोगिक अनुभव तथा जिला स्तर पर पुलिस कार्यालय और पुलिस के मुखिया (एसएसपी) की कार्य-प्रणाली को देखने का अवसर भी मिला।

अपने काडर राज्य की फील्ड ट्रेनिंग के बाद हम लोग दो महीने के फिनिशिंग कोर्स के लिए हैदराबाद के पुलिस अकादमी में फिर जुटे। प्रशिक्षण में पढ़ाए गए विभिन्न विषयों की समझ और विभिन्न कार्यकलापों के परफॉरमेंस की हमारी परीक्षा भी हुई। इसके बाद हमारा प्रशिक्षण पासिंग आउट परेड के साथ सम्पन्न हुआ, जो एक प्रकार का दीक्षान्त समारोह था। इसके साथ ही, हम पुलिस की नियमित वर्दी पहनने के हकदार हो गए। कन्धों पर स्टार और आईपीएस लिखा हुआ था।

इसके बाद हमें एक हफ्ते की छुट्टी मिली अपने-अपने घर को जाने के लिए।

मैं घर गया तो देखा कि कक्का बहुत कमजोर और बीमार हैं। मैं तुरन्त दवा वगैरह का प्रबन्ध किया, तो कक्का कहने लगे—"बचवा, अब तुम्हारी माई की जिद पूरी हुई। अब तुम्हें अपने जजमानी के काम में लग जाना चाहिए।"

"कैसी बात करते हैं, जी। बचवा पुलिस बना है, सिपाही बना है और आप कहते हो कि अपनी जजमानी सँभालो," माई ने कक्का को झिड़कते हुए कहा।

कक्का बहुत रंज हुए इस बात पर और चिल्लाकर कहने लगे। "तब क्या होगा जजमानी का? अपना पुश्तैनी पेशा क्या यूँ ही बर्बाद हो जाएगा?"

“बर्बाद क्यों होगा! हम कारिंदे से कराएँगे, या फिर रजई या बचई को सौंप देंगे। वे भी तो अपने ही हैं,” कहते हुए माई ने हमको इशारा किया कि अपनी वर्दी पहनकर मैं कक्का को दिखाऊँ।

मैं झटपट बेल्ट और टोपी सहित अपनी वर्दी पहनकर कक्का को सलूट किया और माई को भी सलूट किया। कक्का यह देखकर बहुत खुश हुए और माई की ओर इशारा करते हुए कहे कि अब हमारा लड़का गऊर गाँव के तेजू चौबे जी की लड़की से शादी करने लायक हो गया है। तेजू जैसे पुलिस की वर्दी पहनकर अँकड़ते हुए चलते थे वैसे ही हमार बचवा भी पुलिस की वर्दी अब पहन लिया है। माई को सीधा सम्बोधित करते हुए कक्का बोले, “दुलहिन, तेजू चौबे जी के यहाँ अब सन्देश भेजवाय दा कि हमार लइका भी उनकी जैसी वर्दी वाला हो गया है। यह उलटा तो होगा, लेकिन कोई बात नहीं। बड़े आदमी हैं वे। पुलिस में सिपाही हैं। आखिर वही पहले आए थे न शादी की बात लेकर। तो अब हम लोगों की ओर से हाँ का सन्देश भेजने में कोई हर्ज नहीं है। मरने से पहले मैं बचवा की शादी देखना चाहता हूँ और तेजू चौबे के यहाँ समधी बनकर जाना चाहता हूँ।”

कक्का भावुक होकर और न जाने क्या-क्या बकते, लेकिन तब तक शोर मचा कि बड़के दरोगा जी आ रहे हैं। इसके साथ ही, हमारे घर के सामने दो मोटरसाइकिलें आकर रुकीं। कई पुलिस वाले हमारे घर में घुस आए। हमारे टोले वालों का एक हुजूम हमारे दरवाजे पर आ जुटा। बाद में पता लगा कि उनमें से कुछ लोग व्यंग्य से आपस में चर्चा कर रहे थे कि यह तिरभुवन जरूर कुछ फ्रॉडगीरी किया होगा तभी तो इसके घर में पुलिस आई है। आखिर है तो यह डकैत का ही बेटा न! इसके बाप को पकड़ने के लिए पुलिस रात में छापा मारती थी। इसे पकड़ने के लिए तो दिन में ही पुलिस इसके घर में आ गई।

इस बीच, कई पुलिस वाले मेरे घर में घुस चुके थे। उनके साथ हमारे टोले के दो-तीन लोग भी भीतर घुस आए तमाशा देखने की नीयत से। उनमें एक भग्गू भैया भी थे। मुझे वर्दी में देखकर पुलिस के सब-इंस्पेक्टर ने कड़क सलूट मारा उसके साथ के दो राइफलधारी पुलिस वालों ने बड़ी मुस्तैदी से राइफल सलूट दिया। सलूट के बाद सब-इंस्पेक्टर ने बड़ी विनम्रता से कहा, “सर, स्थानीय थाने का थानाध्यक्ष हूँ। मुझे पता चला कि आप छुट्टी में घर पधारे हैं तो आपके प्रति

अपना सम्मान प्रकट करने हम उपस्थित हैं। हमारे लायक कभी कोई सेवा हो तो अवश्य आदेश करिएगा।"

"बहुत-बहुत आभार आपका। रुकिए आप लोग, जलपान करके जाइएगा," कहते हुए मेरी आँखें माई को ढूँढ़ने लगीं। माई दालान के भीतर से दरवाजे से झाँक रही थी।

इसी बीच सब-इंस्पेक्टर बोल पड़ा, "कोई बात नहीं, सर। इस औपचारिकता के लिए आप परेशान न हों। मुझे चलने की अनुमति दें। कभी भी आपके आदेश पर हम तुरन्त यहाँ उपस्थित होंगे।" इसके साथ ही, स्थानीय पुलिस की वह छोटी-सी टुकड़ी कड़क सलूट मारकर वापस लौट पड़ी।

भग्गू वगैरह तमाम टोले के लोग यह देखकर हैरत में पड़ गए कि थाने की पुलिस वालों के साथ-साथ बड़े दरोगा भी कैसी मुस्तैदी से तिरभुवन को सलूट मार रहे थे और इसके सामने नौकरों जैसा व्यवहार कर रहे थे। पुलिस वालों के जाते ही माई दालान से निकलकर दौड़ी हुई आई और मुझे कसकर पकड़ ली आलिंगन में और धीरे-धीरे सिसकने लगी। पहले कभी ऐसा न हुआ था कि माई मुझे पकड़कर इस प्रकार से रोई हो। मुझे यह न पता लग सका कि वे आनन्द के आँसू थे या पुलिस वालों के घर में घुस आने से माई की पुरानी टीस उभर आई थी। यह आखिरी बात खयाल में आते ही मैं एकदम भावुक होकर माई को आलिंगन में पकड़ लिया और सिसक उठा। सिसकते हुए माई सिर्फ इतना बोल पाई, "दुखियारी औरतों की रक्षा करना, बचवा।" माई कुछ और कहती या कुछ देर तक यूँ ही सिसकती रहती अगर कक्का बीच में बोल न पड़े होते, "कुल-खानदान का नाम बहुत ऊँचा कर दिए बचवा। हमरे रमई भाई की आत्मा तुम्हें असीसती होगी।"

हफ्ते भर का समय होता ही कितना है! इस दौरान गाँव के कई लोग मिलने खुद आ जाते थे या कुछ लोगों से मिलने मैं खुद चला जाता था। इसी बीच, एक दिन पंडित मिसिर से मिलने मैं भग्गू भइया के साथ गया। देखा, पंडित मिसिर खाट पकड़ चुके हैं; कई तरह की बीमारियों ने उन्हें घेर रखा है। मुझे देखते ही एक-ब-एक पहचान न पाए या न पहचानने का नाटक करने लगे। भग्गू भैया ने जब मेरे बारे में बताया तो नाटकीय ढंग से खाट पर से उठने की कोशिश करने लगे। मैंने उन्हें दोनों हाथों से पकड़कर पुनः खाट पर बैठा दिया। कराहते हुए बोले,

"बेटा, सुना तुमने कलक्टरी के इम्तहान में बहुत बड़ा नाम किया है। इससे हमारे गाँव-जवार का नाम बहुत रोशन हुआ है। खूब खुश रहो बेटा," इतना बोलने में पंडित मिसिर हाँफने लगे। थोड़ी देर रुककर बड़े दयनीय भाव से करुण स्वर में वे फिर बोले, "हमरे द्विज कुछ न कर पाए। उनके मामा के लाड़-प्यार ने उन्हें बिगाड़ दिया। अब देखो हम बीमार हैं और वह हमारी खोज-खबर ही नहीं लेते। कभी देखने तक नहीं आते।" पंडित मिसिर विगलित स्वर में और भी न जाने कितना रोना रोए होते, यदि मैं बीच में ही न बोल पड़ा होता, "हम सब आपके बच्चे ही हैं, पंडित जी। हमारे लायक कोई सेवा हो तो जरूर कहिएगा।" इतना सुनकर पंडित मिसिर भाव-विगलित होकर हमें बहुत असीसने लगे और हम उन्हें प्रणाम कर तुरन्त वहाँ से चल पड़े।

रास्ते में भग्गू भैया ने बताया कि इनका बेटा द्विजेन्द्रनाथ, जिसे ये लोग द्विज कहकर सिर पर चढ़ाए रखते थे, पक्का नशेड़ी निकला। वह रात-दिन नशे में लखनऊ में पड़ा रहता है। गाँव में तो कभी-कभी ही आता है। तब आता है जब उसे पैसों की जरूरत होती है। वह पंडित मिसिर से जबरदस्ती खेत बिकवाकर पैसे लेकर लखनऊ लौट जाता है। उनके खेत सुक्खन यादव खरीदते हैं, जो गाँव भर का दूध खरीदकर खोवा भूँजते हैं और उनका लड़का बनारस मंडी में उसे बेचने जाता है।

मैंने भग्गू भैया को याद दिलाया कि सुक्खन के दो लड़के हैं न—रग्घू और बाबू, तो उन्होंने कहा, "हाँ, सुक्खन गाँव भर का दूध इकट्ठा करके खोवा भूँजते हैं। रग्घू उन्हें बेचने रोज बनारस जाता है और बाबू छैला बना घूमता है—कभी बनारस तो कभी गाँव में। काफी दिनों से वह अपनी राजनीति चमकाने में जुटा हुआ है।"

राजनीति की बात आई तो मुझे द्विज के मामा सुभाषचन्द्र चौबे की बात याद आ गई। सोमारी बलात्कार कांड के बाद से उनकी मिट्टी पलीद होती गई। पहले तो वह महाब्राह्मणों के कोप से चुनाव हारे थे और संयोग ऐसा बैठा कि उसके बाद के भी चुनाव वह हारते गए। वही नहीं, उनकी पूरी पार्टी राजनीतिक वनवास में चली गई—बार-बार चुनाव हारकर। पर्यटन निगम के चेयरमैन पद से भी उन्हें कब का हटा दिया गया था—उनकी पार्टी के सत्ता से बाहर होते ही शायद। उनकी प्रतिद्वंद्वी पार्टी का एक यादव अब हमारे क्षेत्र से एमएलए होने लगा था। भग्गू

भैया ने बताया कि हमारे गाँव का बाबू यादव उन्हीं एमएलए का अब चमचा बना फिरता है।

इसे संयोग कहें या कुछ और कि रास्ते में कुछ ही दूर चलने के बाद एक नौजवान दो-तीन लोगों के संग कहीं जाता दिखा। नौजवान ने सफेद रंग का पैंट और बुश्शर्ट पहन रखा था, गले में लाल गमछा लपेटे और आँखों पर काला चश्मा चढ़ाए, हम लोगों को देखकर हमारी ओर मुड़ गया। नजदीक आकर बड़े तपाक से उसने मेरी ओर हाथ बढ़ाया मिलाने के लिए। उससे हाथ मिलाते हुए मैं पहले थोड़ा हिचकिचाया, लेकिन जल्दी ही जान गया कि यह तो बाबू यादव है। पहचानने में मेरी कठिनाई को उसने तुरन्त भाँप लिया और कहने लगा, "अरे, भाई तिरभुवन, अब क्यों पहचानेंगे आप! आपने तो बड़ा हाथ मारा है सरकारी नौकरी में।"

"मैं आपके एहसान कैसे भूल सकता हूँ बाबू! आप महान हैं!!" जब मैंने कहा तो बाबू कटकर रह गया। उसने महसूस कर लिया था कि पुरानी बातें मुझे भूली नहीं हैं।

सच कहूँ तो बाबू, मेरे लिए साँप था साँप—मौका मिलते ही डँस लेने वाला जीव। यही हिन्दू विश्वविद्यालय में मेरी जड़ें काटने पर तुला हुआ था। अब तो राजनीति के भयावह जंगल में वह घुस चुका था।

अपने राज्य की फील्ड पुलिस ट्रेनिंग के दौरान मेरे जीवन की एक बहुत दुःखद घटना घट गई, जिसके उल्लेख मात्र से मेरा हृदय द्रवित हो जाता है। यह बात उन दिनों की है जब मेरा प्रशिक्षण राज्य पुलिस प्रशिक्षण केन्द्र (पीटीसी) में चल रहा था। यहाँ मेरे प्रशिक्षण का मुश्किल से एक हफ्ता हुआ होगा कि वह दुःखद घटना घट गई।

दोपहर के विश्राम के बाद की कक्षाएँ शुरू ही हुई थीं कि मुझे धीरे से सूचित किया गया कि मेरे गाँव से भग्गू मिसिर नाम का कोई व्यक्ति आया है और तुरन्त मिलना चाहता है। उन्हें गेस्ट हाउस में बैठाया गया है।

मैं तुरन्त भागकर गेस्ट हाउस में गया। देखा वहाँ भग्गू भैया ट्रेनिंग स्कूल की शान-शौकत से चकित चुपचाप बैठे हुए थे। मैं सीधा उनके पास गया और

उनका कन्धा पकड़कर हिलाते हुए पूछा, "क्या बात है भइया? यहाँ कैसे पहुँच आए आप?"

"घरे चला। बहुत जल्दी। जरूरी काम है।"

"क्या काम है—बताइए तो सही!" मैं आशंकाओं में डूबता-उतराता हुआ व्यग्रता से पूछा।

"घर चलकर पता चलेगा। चलो जल्दी," भग्गू भैया ने कहा।

मैं रंज होते हुए बोला, "ऐसा कैसे होगा! मैं ट्रेनिंग में हूँ। मुझे बताना पड़ेगा सही-सही बात यहाँ, तब छुट्टी मिलेगी।"

भग्गू भैया चुप्पी साधे रहे, तो मैं और रंज हुआ, "आप मुझे बच्चा समझते हैं कि कोई ऐसी-वैसी बात बता देंगे तो मैं परेशान हो जाऊँगा। बताइए पूरी बात।"

भग्गू भइया ने धीरे से कहा, "आपके कक्का नहीं रहे।"

इस बात को भूलकर कि मैं प्रशिक्षु पुलिस अफसर हूँ, मैं बच्चों की तरह फूट-फूट कर रोने लगा। मुझे इस तरह रोता देखकर गेस्ट हाउस के कई कर्मचारी जुट आए। पता नहीं कौन यह खबर ट्रेनिंग सेंटर के डायरेक्टर को दे दिया। मेरे बैच के अन्य साथियों को भी यह खबर मिल गई। चल रही कक्षा तुरन्त स्थगित हो गई।

थोड़ी ही देर में आगे-आगे डायरेक्टर और पीछे-पीछे कई प्रशिक्षक तथा मेरे बैचमेट्स वहाँ आ गए। मुझे इस तरह रोता देखकर डायरेक्टर ने पूछा, "ह्वाट हैप्पेंड मिश्रा? हू इस दिस पर्सन?"

"मेरे कक्का मर गए, सर," मैंने रोते हुए कहा।

"यू मीन योर अंकल?" डायरेक्टर ने स्पष्टीकरण माँगा।

"नहीं, सर, अंकल ही नहीं, बल्कि वही सब कुछ थे।" मैंने बताया।

आनन-फानन में मेरी छुट्टी का प्रबन्ध हुआ। डायरेक्टर ने सैलरी एडवान्स दिलाने का भी प्रबन्ध कर दिया।

रास्ते में मैंने भग्गू से पूछा, "भइया, कैसे, क्या हुआ था कक्का को?"

"कुछ खास नहीं। हफ्ते भर पहले जब तुम आए थे तब भी तो वह बीमार ही थे। इसी बीमारी में वह चल बसे। आखिर तक रट लगाए रखे—तिरभुवन को बुलाओ। कौन जानता था कि रट लगाते-लगाते ही वह चले जाएँगे!" भग्गू ने जब यह बताया तो मैं फिर रोने लगा सिसक-सिसक कर। ट्रेन के फर्स्ट क्लास के कूपे

में बैठे अन्य दो यात्री यह देखकर सकते में आ गए, किन्तु मुझसे बातचीत कर छेड़ना उचित न मानकर उन्होंने मुझसे कुछ न पूछा।

मैं रास्ते भर अपने खयालों में खोया रहा। जब से मैंने होश सँभाला था कक्का को ही मैंने अपने बाप और संरक्षक के रूप में पाया था। उनका लाड़-दुलार, बात-बात पर मुझे रोकना-टोकना, जजमानी का काम मुझे सिखा देने का उनका आग्रह और यह अपेक्षा कि एक दिन जरूर मैं उनका असली वारिस बनकर जजमानी का काम सँभाल लूँगा—सब कुछ मुझे याद आता रहा। मुझे यह भी बखूबी याद आने लगा कि एक लड़के के साथ 'गंदा काम' करते देखकर उन्होंने मुझे कितना पीटा था और कैसे इसका प्रायश्चित्त करने के लिए दो दिन निराहार और मौन रहकर चारपाई पर पड़े रहे। मेरी शादी की साध लिये ही वह चले गए। हफ्ते भर पहले जब मैं घर गया था तो समधी बनने का कैसा सपना वह सजा रहे थे! उनका कोई सपना मैं पूरा न कर सका। मुझसे वह निरर्थक आस लगाए रहे। यह सोचकर मैं फिर सिसक-सिसक कर रोने लगा। भग्गू ने मेरे कन्धे पर हाथ रखकर सांत्वना दी।

घर पहुँचने पर देखा माई बेहाल थी। मुझे देखकर वह जोर-जोर से रोने लगी। उसे जोर से रोते देखकर मैं भी पुक्का फाड़कर रोने लगा। मुझे इस तरह रोते देखकर माई किसी तरह खुद चुप हुई और मुझे भी चुप कराया। माई ने कहा, "बचवा, तुम्हारे हाथ ही उनका दाहकर्म हुआ होता तो ठीक रहता। तुम्हें ही वह अपना बेटा मानते थे। तुम्हें ही वह आखिर तक पुकारते गए..." माई अचानक चुप हो गई, शायद यह सोचकर कि इन भावुकताभरी बातों से फिर रोना-धोना शुरू हो जाएगा।

माई ने ही बताया कि दाह रजई चाचा ने दिया है। सारा विधि-निषेध वही करेंगे, लेकिन, बचवा, अपने कक्का के आशीर्वाद से तुम बड़ी नौकरी में आ गए हो, उनके अन्तिम काम में जरा हाथ खोलकर काम करना होगा।

माई के ही साथ मैं बड़के चाचा (रजई चाचा) के घर गया। वहीं छोटके चाचा (बचई चाचा) को भी बुला लिया गया। माई ही अब पूरे परिवार की हेड थी। सो उसने इशारे में ही बता दिया कि अब ज्यादा रोना-रोहट ठीक नहीं। अब काम-किरिया की जरूरी बातें किया जाए। चूँकि दाह बड़के चाचा ने दिया था और सारा प्रबन्ध छोटके चाचा कर रहे थे। अतः माई ने पाँच हजार रुपये उनके हाथ में सौंपते हुए

कहा कि भाईजी का किरिया-करम खूब ठाट-बाट से होना चाहिए—दुनिया जाने कि उनका तिरभुवन अब बिलल्ला नहीं है। पाँच हजार जैसी भारी रकम अपने हाथ में देखकर छोटके चाचा हैरत में पड़ गए। अपनी जिन्दगी में इतनी बड़ी रकम उन्होंने कभी देखी नहीं थी।

ये पाँच हजार उन्हीं बीस हजार रुपयों में से थे जो मैं ट्रेनिंग सेंटर से ले आया और लाकर मैंने माई के हाथ में रख दिए थे। उन रुपयों की ओर देखे बिना ही माई की आँखों से गंगा-जमुना बह चली थी। मैंने माई के हाथों को अपने हाथों में लेते हुए पूछा था, "माई, ये आँसू क्यों! ये रुपये तुम्हें अच्छे न लगे!!" माई ने कोई जवाब नहीं दिया था। मेरे बहुत जोर देने पर माई ने मुँह फेरकर धीरे से कहा था, "कभी तुम्हारे बाबू भी इसी तरह रुपये-गहने मेरे हाथ में लाकर रख देते थे। फिर, वे चले गए। बाद में भाई जी भी, जो भी उनके हाथ थोड़ा-बहुत लगता था, लाकर मेरे हाथ में रख देते थे। वे भी साथ छोड़कर चले गए। अब तू रख रहा है। मैं बहुत डरती हूँ, बचवा, इस लक्ष्मी से कि यह लक्ष्मी मेरे घर के पुरुखों को उठा ले जाती है।" कहकर माई सिसक-सिसक कर रोने लगी थी। मैं नि:शब्द खड़ा-खड़ा माई का मुँह ताकता रहा था। मुझे ऐसे स्तब्ध खड़ा देखकर माई ने झट से अपने आँसू पोंछ लिये थे और अपने होंठों पर मुस्कान लाती हुई बोली थी, "ऐसा कुछ नहीं है बचवा। बस मुझे तेरे बाबू की याद आ गई।"

मैं दसवें दिन के दशगात्र और तेरहवें दिन के ब्रह्मभोज की तैयारियों में छोटके चाचा के निर्देशों के अनुसार जुट गया। एक दिन मैंने जिज्ञासावश उनसे पूछा, "चाचा, सबके यहाँ गमी होने पर दशगात्र का काम हम लोग कराते हैं। हमारे यहाँ यह काम कौन कराता है?"

"बेटा, हम लोगों के महाब्राह्मण अलग होते हैं। हम लोग उन्हें महबप्पा कहते हैं।"

"महबप्पा अर्थात् महाविप्र?"

"हाँ, बेटा, पढ़े-लिखे पंडित लोग उन्हें महाविप्र कहते हैं।"

"तो, फिर, महबप्पा के यहाँ दशगात्र कौन कराते हैं?"

"महबप्पा दशगात्र का दान अपने दामाद को देते हैं?"

"और उनके दामाद लोग किसको दशगात्र का दान देते हैं?"

"अपने दामाद को।"

समझ गया मैं कि पैर पूजे जाने के कारण दामाद पूज्य माना जाता है और ऐसे पूज्य व्यक्ति के इर्द-गिर्द घूमकर यह श्रृंखला वहीं समाप्त हो जाती है।

दशगात्र वाले दिन का कार्यक्रम भी गाँव के पश्चिमी छोर पर स्थित तालाब के किनारे पीपल के पेड़ के नीचे हो रहा था। टोड़र महराज नाम के महबप्पा पुरोहित बहुत दूर के गाँव से अपने बेटे सहित आए थे। बड़के चाचा सिर मुड़ाये जजमान बने बैठे थे। कुल-खानदान और टोले के लोग वहाँ उपस्थित थे। सब बारी-बारी से सिर मुँड़वाकर, तालाब में नहाकर वहाँ आकर बैठ रहे थे। मैं भी सिर मुँड़वाया, नहाया, लेकिन मेरे मन में कक्का की छवि घूम रही थी। कक्का की यह बात मेरे मस्तिष्क में गूँज रही थी कि जीवन की इस अन्तिम नाटिका (मृत्यु) का महानायक महापात्र अपनी त्याग और तपस्या के बल पर मृतक को प्रेत-योनि से मुक्ति दिलाता है।

मैं महबप्पा महराज को घूर-घूर कर देख रहा था। काले, मोटे होंठों और बड़ी-बड़ी लाल आँखों वाले टोड़र महराज मुझे यमराज जैसे दिख रहे थे। मैंने मन-ही-मन कल्पना की कि कक्का प्रेत रूप में अदृश्य रूप से हम सबको देख रहे होंगे। फिर, मेरे दिमाग में चलने लगा कि अपने जीवन में कक्का कम-से-कम एक हजार लोगों के प्रेत का दशगात्र के कर्म द्वारा उद्धार किये होंगे। इसके साथ ही मुझे वे सब क्षण भी याद आने लगे जब मैं कक्का के संग जजमानी के कामों में जाता था और दशगात्र का दान लेने के लिए वे कैसी-कैसी चालें अपनाते थे—कभी खुशामदी, तो कभी अड़ियल। कभी-कभी तो वे भाव-विगलित हो मृतक के परिजनों के शोक में सम्मिलित हो जाते थे, तो कभी क्रूर होकर उनसे अधिक-से-अधिक दान या धन ऐंठने की कोशिश करते।

यद्यपि कक्का के दशगात्र का कार्यक्रम सामान्य ढंग से चल रहा था और दान लेने के मामले में टोड़र महराज कोई खास चिल्ल-पों भी नहीं मचा रहे थे, लेकिन मुझे न जाने क्या हुआ कि मैं अपने पॉकेट से दो हजार रुपयों की गड्डी निकालकर

टोड़र महराज के सामने रखते हुए रोनी आवाज में कहने लगा, "सब कक्का का ही दिया हुआ है। हमारे कक्का का उद्धार करिए महराज।"

टोड़र महराज अपनी बड़ी-बड़ी लाल आँखों से रुपयों की उस गड्डी को अविश्वास से घूरकर देखने लगे। बड़का चाचा, जो जजमान बने बैठे थे, मुझे गुस्से से घूरने लगे। छोटका चाचा, जिन्हें सारे खर्चों की जिम्मेदारी दी गई थी, वे मुझे झिड़ककर कहने लगे, "यह पागलपन क्या कर रहे हो, तिरभुवन। लेन-देन और खर्च के लिए हम लोग हैं न सँभालने वाले!"

इस बीच, टोड़र महराज ने झपटकर गड्डी को अपने हाथ में उठा लिया और न जाने क्या मंत्र बुदबुदाते हुए उस पर थोड़ा जल छिड़का और गड्डी को जल्दी से अपने पॉकेट के हवाले किया।

हमारे इस कृत्य पर वहाँ जुटे टोला-पड़ोस के लोगों में तरह-तरह की चर्चा होने लगी। इन सबसे ऊबकर मैं झटके से उठा और टोड़र महराज को हाथ जोड़कर वहाँ से चल पड़ा घर की ओर।

माई ने यह वाकया सुना तो रंज होने के बजाय खुश हुई और कहने लगी कि इन्हीं दान के पैसों के लिए ही तुम्हारे कक्का जजमानों से कितना गिड़गिड़ाते थे। इसी दान के लिए वे पड़ोसियों से लड़ते, झगड़ते और मार खाते रहते थे। उस शाम माई ने बड़का और छोटका दोनों चाचाओं को बुलाया और बोला कि बचवा जो किए हैं वे एकदम सही किए हैं। अपने कक्का के लिए उनका इतना फर्ज तो बनता ही था।

माई जल्दी से घर के भीतर घुसी और थोड़ी ही देर में लौटकर छोटका चच्चा के हाथ में रुपयों की एक गड्डी देते हुए बोली, "बचई, ई पाँच हजार रुपये और लीजिए—तेरहवीं के ब्रह्मभोज के लिए। गाँव भर को न्यौतना, और ध्यान देना कि महाबाभन मानकर कौन है जो नहीं खाने आ रहा है। ध्यान रहे यह तिरभुवन के कक्का का काम है। तिरभुवन, जिसकी नौकरी सिपाही-दरोगा से भी ऊपर की है।

अबकी बार मेरे चौंकने की बारी थी। बीस हजार रुपयों में से आठ हजार रुपये मैंने माई के अपने निजी खर्च के लिए रख छोड़ा था। उनमें से भी माई ने पाँच हजार रुपये दे दिए।

कक्का की तेरही बीतते-बीतते मुझे दो हफ्ते लग गए। मैं जल्दी से वापस लौट गया अपने प्रशिक्षण के लिए राज्य के पुलिस ट्रेनिंग सेंटर में। मेरे प्रशिक्षण का मात्र

एक सप्ताह ही अब बचा था। बचा हुआ प्रशिक्षण पूरा करना मेरे लिए कोई मुश्किल काम न था क्योंकि मैं उत्तर प्रदेश का मूल निवासी हूँ और यही मेरा काडर भी है। हिन्दी प्रदेश की राजभाषा है जिसमें मैं पहले से ही प्रवीण है।

इन तरह-तरह के प्रशिक्षणों में दो साल का समय लग गया। इसके बाद मेरी पहली पोस्टिंग हुई गाजीपुर जिले में असिस्टेंट सुपरिंटेंडेंट ऑफ पुलिस के रूप में। वहाँ मुझे सीओ सिटी की जिम्मेदारी निभाने को दिया गया। मेरे एसपी थे दिलीप सिंह बघेल, जो मुझसे तीन बैच सीनियर थे।

मेरे गृह जनपद वाराणसी से बिलकुल सटा हुआ है गाजीपुर जिला। बीच में सिर्फ गंगाजी सीमा बनकर बँटवारा करती हैं। मेरा गाँव बभनियाँव गाजीपुर जिले के सैदपुर के सामने ही है गंगा इस पार बनारस जिले में। बीच में पीपे का पुल है। अपनी गाड़ी से मुश्किल से घंटे भर में ही गाजीपुर शहर से सैदपुर पहुँचा जा सकता है।

मैं बड़ा खुश था कि बीच-बीच में मैं एक-दो दिन की छुट्टी लेकर अपने गाँव माई को भी देख जाया करता था। माई को देखने जाने के कारण का उल्लेख जब मैं छुट्टी के प्रार्थना-पत्र में करता था तो बघेल सर मना न करते थे, यद्यपि आगाह अवश्य करते थे कि छुट्टी खत्म होते ही मैं समय से अपनी ड्यूटी पर वापस लौट आऊँ।

शुरू-शुरू में ही एक बार मैंने माई से कहा कि अब मेरा प्रशिक्षण समाप्त हो गया है और मेरी पोस्टिंग हो गई है। अब तुम मेरे साथ ही रहने चलो। अकेले गाँव में रहने में तुम्हें कठिनाई होगी और मेरे साथ रहोगी तो हर तरह की सुविधा रहेगी।

मेरी इस बात पर माई भड़क गई। बोली, “अपने कुल-खानदान की जगह छोड़कर मैं कहीं न जाऊँगी। अब जल्दी ही तुम्हारी शादी होगी। मैं पतोह के साथ बड़े आराम से यहाँ रहूँगी। गाँव के और लोगों जैसे तुम भी जगह-जगह घूमकर नौकरी करना और मैं यहाँ तुम्हारी मेहरारू और बच्चों को सँभालूँगी। मेरे मन में भी अभिलाषा है कि मेरी पतोह मेरे संग रहे, मेरी सेवा करे, मैं अपने पोते-पोती को खेलाऊँ और तुम्हारी गृहस्थी सँभालूँ।”

माई की बातों पर मैं हैरत में पड़ जाता कि उसकी अभिलाषाएँ कितनी तीव्र हैं!

पता नहीं कैसी पत्नी मिलेगी जो उसकी इच्छाओं और अपेक्षाओं पर खरा उतरेगी कि नहीं!!

एक दिन मैं एक केस के सिलसिले में फाइल में उलझा हुआ था कि मेरे वैयक्तिक सहायक (पीए) ने आकर सूचित किया कि आपके गाँव के कोई भग्गू मिश्रा अभी-अभी आए हैं और आपसे तुरन्त मिलना चाहते हैं। मैं बड़े हैरत में पड़ गया कि क्या हो गया कि भग्गू भइया गाँव से इस तरह भागे हुए आए हैं! उनको अपने कमरे में बुलाने के बजाय बगल में ही स्थित अपने सहायक की केबिन में मैं स्वयं भागा हुआ गया। मुझे देखते ही तो भग्गू भइया एकदम रोनी सूरत बनाकर बोले कि चलो, तुरन्त घर चलो। मैं उन पर झल्ला उठा, "भइया, आप तो एकदम हल्ला गाड़ी जैसे आते हो और आते ही कहते हो तुरन्त चलो। यह जिम्मेदारी की नौकरी है या गाँव की खेती-बाड़ी कि जब मन हो शुरू करो जब मन हो छुट्टी कर लो। अब ऐसा क्या हुआ कि आप चलने की इतनी हड़बड़ी मचा दिए।" मेरे इतना झल्लाने से भग्गू भइया एकदम परेशान हो गए और तुरन्त बोल पड़े, "तुम्हारी माई गुजर गई।"

लगा जैसे मेरे ऊपर एटम बम गिरा हो और मेरा अस्तित्व चिन्दी-चिन्दी उड़ गया हो। मैं जमीन पर भहरा गया। मेरे मुँह से एक शब्द न निकला। इसी बीच, सहायक ने मेरे मातहत एक सब-इंस्पेक्टर को भी वहाँ बुलावा लिया।

मुझे जमीन पर यूँ पड़ा देख सब-इंस्पेक्टर घबड़ा गया। मुझसे कुछ पूछने के बजाय वह भग्गू को घुड़कते हुए पूछा, "कौन हो तुम? साहब को क्या कहा जो वह ऐसे जमीन पर पड़े हैं?"

भग्गू ने रोनी आवाज में बताया, "मैं इनके गाँव का हूँ। इनकी माताजी गुजर गई हैं।"

"ओह, माइ गॉड!" सब-इंस्पेक्टर के मुँह से निकला। फिर वह कुछ सँभलकर बोला, "साहब अक्सर अपनी माँ की चर्चा करते थे, लेकिन कोई बीमारी जैसी बात तो नहीं बता रहे थे। अचानक!"

भग्गू का जवाब सुनने से पहले ही उसने लटककर मुझे अपनी दोनों भुजाओं में उठाकर वहीं पड़ी मेरे सहायक की कुर्सी पर बैठा दिया और कहा, "सँभालिए

सर, अपने आपको।" उसने सहायक से कहा कि एसपी साहब को तुरन्त फोन पर पूरी बात से अवगत कराओ।

थोड़ी ही देर में बघेल सर आ पहुँचे। आते ही उन्होंने मुझे गले लगाया और इंसान मेरी पीठ थपथपाते हुए बोले, "हिम्मत रखो, मिश्रा। यह वह घटना है जो इंसान के कंट्रोल के बाहर है। यह ऊपर वाले की मर्जी है।" फिर सब-इंस्पेक्टर को पास बुलाकर बोले, "मेरे पीए को बोलो, दस हजार रुपये लेकर तुरन्त पहुँचे।"

बघेल सर ने दस हजार देकर मेरी सरकारी जिप्सी में मुझे, उस सब-इंस्पेक्टर को और भग्गू को बैठाकर तुरन्त रवाना किया। घंटे भर से कम समय में ही हम सैदपुर के पीपे के पुल के पास पहुँच गए। वहाँ हमारी प्रतीक्षा थानाध्यक्ष, थाना सैदपुर कर रहे थे। वह भी उसी जिप्सी में सवार होकर मुझसे संवेदना व्यक्त करने और सांत्वना देने लगे।

पीपे का पुल पार करते ही मैंने उन लोगों को गाड़ी सहित वापस लौट जाने को कहा। लेकिन, मारे स्नेहवश वे लोग गाड़ी वहीं खड़ी कर हमारे साथ ही पैदल चलने लगे।

सामने ही श्मशान घाट था। हमारे गाँव के लोग मेरी माई की लाश पहले ही लाकर चिता पर रख चुके थे। बस मेरा इन्तजार था मुखाग्नि देने को। मुझे देखते ही मेरे दोनों चाचा जोर-जोर से रोने लगे। मैं उन्हें बस रोता हुआ देखता रहा—निःशब्द। भग्गू ने मेरा कन्धा पकड़कर झकझोरा और कहा कि पहले ही बहुत देरी हो चुकी है अब जल्दी से मुखाग्नि दो।

मैं गाँव वालों के कहे के अनुसार सब कुछ यंत्रवत् करता जा रहा था। लगता था जैसे मैं होशो-हवास में नहीं था। बस इतना होश था कि मैंने साथी पुलिस वालों को हाथ के इशारे से वापस लौट जाने को कहा।

मैं गाँव वालों के साथ अपने गाँव की ओर चल पड़ा। मैं इस बात का ठीक से मतलब ही नहीं समझ पा रहा था कि माई मर गई तो अब हमारे उस घर में माई न होगी! अगर उस घर में माई न होगी तो वह हमारा घर कैसा—न माई, न कक्का! यह सोचकर अचानक मैं बच्चों जैसा चिल्लाकर रोने लगा। इतनी देर तक जो रुलाई रुकी हुई थी वह फूटकर वेग से बाहर निकल पड़ी। गाँव वाले भौचक्क मुझे देख रहे थे। मेरे दोनों चाचा आँखों से आँसू बहाते हुए मुझे चुपवाने लगे।

घर पहुँचकर माई बिना घर देखकर अत्यन्त व्याकुल हो गया मैं। माई सपने सँजोये हुई थी कि मेरी पत्नी और बच्चों को सँभालने का सुख भोगेगी और जब अब सुख के दिन निकट आए तो खुद चली गई। मेरे चेहरे पर आते-जाते भावों से भयभीत होकर मेरे दोनों चाचा मुझे ढाढ़स बँधाते रहे।

चूँकि मैंने दाह दिया था। इसलिए मेरा सिर मूडा गया था और मैं बिना सिला एक वस्त्र (धोती) बस धारण किए हुए था। मुझे आँगन की जमीन पर एक कम्बल बिछाकर सोने की व्यवस्था की गई थी। दिन में बस एक बार सूर्यास्त से पहले मुझे खाना खाने को कहा गया। वह खाना रोज बड़के चाचा के घर से बिना नमक और बिना तेल-मसाले के बना हुआ आता था। इस बीच, मैंने अपने साथ लाए दस हजार रुपये बड़का चाचा को सौंप दिया और यह भी कहा कि पैसे की कमी करने की कोई जरूरत नहीं है। और पैसे बाद में भेजवा दूँगा। लेकिन, पैसे को लेकर दोनों चाचाओं में तनातनी शुरू हो गई। दोनों चाचियाँ अक्सर आपस में भिड़ जाती थीं कि तिरभुवन का पैसा रजई चाचा हड़प जा रहे हैं और सही जगह ठीक से खर्चा नहीं कर रहे हैं। वैसे उन सबका यह प्रयास होता था कि पैसे को लेकर चाचाओं के बीच का तनाव या चाचियों का झगड़ा मेरे सामने प्रकट न हो ताकि मैं यह धारणा न बना लूँ कि मेरे शोक के समय ये लोग पैसे के लिए लड़ रहे हैं। लेकिन, अपने गहन शोक के बावजूद मुझे उनके लोभ और झगड़े की भनक लग जाती थी।

माई के अभाव में दोनों चाचा मेरे संरक्षक की भूमिका में आ गए थे और उनका भरसक प्रयास होता था कि वे मुझे कभी अकेला न छोड़ें ताकि मैं माई के बारे में सोचकर उदास न होऊँ। यही नहीं उनको लगता था कि मैं अभी बच्चा हूँ और माई का प्रेत मेरे इर्द-गिर्द मँडराता होगा जिससे मैं डर सकता हूँ। इसीलिए रात में दोनों चाचा मेरे अगल-बगल चारपाई डालकर सोते थे और देर रात तक मुझसे बातें करते रहते थे। दिन में भी उनमें से कोई एक मेरे निकट जरूर रहता था। यही नहीं, गाँव का कोई न कोई व्यक्ति अक्सर शोक-संवेदना प्रकट करने आता रहता था। भग्गू भइया भी रोज दिन में एक बार जरूर मेरा हालचाल पूछने आ जाते थे और कभी-कभी मेरे पास बैठकर देश-दुनिया की बातें करके मेरा मन बहलाने की कोशिश

करते थे। इन सबके बावजूद, और सारे कर्मकांडों के निर्वहन की गहमागहमी में भी, मुझे माई की कमी हमेशा सालती रहती थी, यद्यपि अब मैं अपने मनोभावों को अक्सर छुपा लेता था या छुपा लेने की कोशिश करता था।

दशगात्र के दिन महबप्पा टोड़र महराज से सामना हुआ। इस बार मैं स्वयं यजमान था। टोड़र महराज मुझे एकदम पहचान गए कि यह वही लड़का है जो बड़ा साहब बन गया है और पिछली बार अपने कक्का की क्रिया में अपनी टेंट से एकमुश्त दो हजार रुपये निकालकर दे दिया था। वे बहुत उत्साहित और आशान्वित थे कि इस बार इस लड़के की माई मरी है तो और भारी आमदनी होगी। मैं टोड़र महराज और अपने चाचाओं के निर्देश में यंत्रवत् सारे कर्मकांड किए जा रहा था। बीच-बीच में बड़के चाचा और टोड़र महराज के बीच दान की अपर्याप्तता को लेकर हो रहे बकझक और तनातनी के प्रति मैं तटस्थ था और एक अबोध बालक की भाँति चाचा के निर्देशों का पालन कर रहा था।

टोड़र महराज को देखकर इस बार मेरा मन क्षुब्ध था। उनके काले स्थूल शरीर, बड़ी-बड़ी लाल आँखों और मोटे-मोटे होंठों को देखकर मेरा मन मान ही नहीं रहा था कि ऐसा यमराज जैसा भयानक दिखने वाला आदमी मेरी करुणामयी माई को प्रेतयोनि से मुक्ति दिलाएगा। मारे क्षोभ के मैंने अपनी आँखें मूँद ली थीं और माई का ध्यान करने लगा। माई के करुणा की स्मृति मेरी बन्द आँखों से आँसुओं के रूप में बाहर आने लगी। यह देखकर वहाँ उपस्थित लोग सकते में आ गए, लेकिन मेरे दोनों चाचा टोड़र महराज के ऊपर रंज हो गए कि दान-दक्षिणा के झौं-झौं से दुखी होकर मेरा भतीजा रो पड़ा है। चाचाओं की फटकार पर टोड़र महराज भी सकते में आ गए और क्रिया-कर्म किसी तरह निपट गया।

तेरही के भोज के निपट जाने के दूसरे दिन बड़के चाचा ने मुझे बताया कि मेरे दिए दस हजार रुपयों के अलावा पाँच हजार रुपये और खर्च हुए हैं, जो उन्होंने खदेरू साव से उधार लिया है। इस पर छोटके चाचा ने आपत्ति जताई और कहा कि यह झूठ है। इतना खर्च न हुआ होगा। भोले-भाले भतीजे को बेवकूफ बनाकर उसे ठगो मत। इस बात पर दोनों चाचाओं में गरमा-गरमी होने लगी। मैंने बीच-

बचाव करते हुए कहा कि लड़ने की जरूरत नहीं है। पाँच हजार रुपये मैं भेजवा दूँगा। साथ ही, मैंने उनको कहा कि मेरी जजमानी और मकान दोनों चाचा आपस में बाँट लें। इस पर चाचाओं ने आपत्ति की कि वह मेरा है और मेरा ही रहेगा। वे लोग आधा-आधा बाँटकर बस उसका देखभाल करेंगे। मैं चाचा लोगों के मन की बात बूझता था कि वे ऐसा बस दिखावटी तौर पर कह रहे हैं।

मैं गाँव से चल पड़ा। मैं जान गया कि यह गाँव अब मेरा नहीं है। जहाँ कक्का न हों; जहाँ माई न हो, वहाँ अब अपना क्या रहा!

गाजीपुर में सीओ सिटी के रूप में मैं कोई साल भर तैनात रहा। इसके बाद मेरी पोस्टिंग फैजाबाद जिले में हो गई। यहाँ मेरे एसएसपी प्रवीण कुमार शुक्ला थे जो मुझसे पाँच बैच सीनियर थे। यहाँ मुझे सीओ ट्रैफिक की जिम्मेदारी निभाने का काम दिया गया।

यहाँ कोई चार महीने बीता होगा कि एक दिन मुझे एसएसपी शुक्ला सर का सन्देश मिला कि मैं तुरन्त उनसे मिलूँ। इस सन्देश से मैं थोड़ा चिन्तित हुआ कि क्या बात है कि एसएसपी मुझसे तुरन्त मिलना चाहते हैं! कहीं कोई गड़बड़ी तो नहीं हो गई!! लेकिन, सोचने का समय न था। तुरन्त मिलने का आदेश था। अत: मैंने अपनी वर्दी को थोड़ी दुरुस्त की और तुरन्त शुक्ला सर से उनके ऑफिस में मिलने जा पहुँचा।

एसएसपी के वैयक्तिक सहायक के जरिए अपने पहुँचने का सन्देश ज्यों ही मैंने एसएसपी के चैम्बर में भेजवाया, मुझे तुरन्त भीतर बुला लिया गया। शुक्ला सर पहले तो मेरे कड़क सलूट का जवाब देते हुए थोड़ा मुस्कराए, लेकिन तुरन्त ही सख्त आवाज में बोले, "मिश्रा, तुम एडीजी इंटेलिजेंस कृष्ण कुमार दीक्षित सर को कैसे जानते हो?"

"एकदम नहीं जानता, सर, उन्हें," अचकचाते हुए मैंने कहा।

"कभी काल ऑन करने भी न गए हो?" एसपी ने जिज्ञासा व्यक्त किया।

"नहीं, सर, कभी नहीं। आप तो जानते ही हैं कि यह काल ऑन संस्कृति मुझे थोड़ा कम ही रास आती है," मैं अपने एसएसपी से थोड़ा अनौपचारिक होने का प्रयास किया।

"तो फिर, एडीजी ने सन्देश भेजकर तुम्हें नाम से कैसे बुलवाया है!" एसएसपी ने आश्चर्य व्यक्त करते हुए पूछा।

"मुझे कुछ पता नहीं, सर। मुझसे कहीं कोई बड़ी गलती तो नहीं हो गई?" मैंने अपनी आशंका एसएसपी के सामने व्यक्त किया।

"तुम्हारे लिए जो सन्देश है उससे तो यह नहीं लगता," एसएसपी ने मेरी आशंका निर्मूल करते हुए कहा, "सन्देश अनौपचारिक है और उसमें मिलने के लिए कोई निश्चित डेट या टाइम का उल्लेख नहीं है। बस आग्रह है कि जल्दी मिलो।"

मैं सोच में पड़ गया कि कहीं मेरा उपयोग किसी इंटेलिजेंस ऑपरेशन में करने की कोई योजना तो नहीं बनाई है एडीजी साहब ने। लेकिन, इंटेलिजेंस फंक्शनिंग में अभी तक तो मेरा कोई ओरिएंटेशन ही नहीं हुआ है।

मेरा ध्यान भंग हुआ जब शुक्ला सर ने पूछा, "अभी अनमैरिड हो न?"

"हाँ, सर," उनके प्रश्न की प्रासंगिकता न समझते हुए भी मैंने तुरन्त जवाब दिया।

"शुभकामनाएँ," कहते हुए शुक्ला सर मुस्कुराये और मुझे जाने का इशारा किया।

सलूट मारकर मैं वहाँ से चल पड़ा, लेकिन शुक्ला सर के रहस्यमय ढंग से मुस्कराने से मैं उलझन में पड़ गया। मुझे समझ न आ रहा था कि उनके इस व्यवहार का एडीजी से मेरे मुलाकात का क्या ताल्लुक है! काफी देर तक सोचने के बावजूद जब कोई क्लू मेरे हाथ न लगा तो मैंने विचार करना छोड़ दिया—जो होगा देखा जाएगा।

मेरे अफसरों की मुझसे अक्सर शिकायत रहती थी कि मैं अपने आउटफिट पर ठीक से ध्यान नहीं देता। इसलिए मैंने सबसे पहला काम किया कि अपनी वर्दी पर खूब प्रेस वगैरह कराया, कन्धे के सितारों की नोकों का डिरेक्शिन दुरुस्त किया, क्रेस्ट और बकल को चमकवाया और बूटों को अच्छी तरह पॉलिश करवाया। मैं नहीं चाहता था कि यूनिफॉर्म के प्रति मेरी लापरवाही से एडीजी मेरे प्रति कोई प्रतिकूल धारणा बना लें।

लखनऊ में मैं एडीजी साहब के ऑफिस पहुँचकर उनके स्टाफ अफसर सक्सेना को रिपोर्ट किया। लाल बहादुर सक्सेना प्रोमोटी डीएसपी थे। वे पुलिस अफ़सर कम, क्लर्क ज्यादा दिखते थे। जब मैंने उन्हें अपने आने का उद्देश्य बताया तो उन्हें बहुत आश्चर्य हुआ कि एडीजी के मुलाकातियों में मेरा कहीं नाम ही नहीं था, कोई अपॉइंटमेंट ही नहीं था। सक्सेना ने मुझसे थोड़ी पूछताछ की और आश्वस्त हो गए कि मुझे कोई खास डेट या टाइम नहीं बताया गया था। फिर भी, मुझे स्वयं एडीजी की ओर से मिलने का बुलावा मिले होने की बात पर गौर करके और यह जानकर कि मैं सिर्फ मुलाकात के लिए ही फैजाबाद से चलकर वहाँ पहुँचा हूँ, सक्सेना ने इंटरकाम पर एडीजी से सम्पर्क किया, "सर, फैजाबाद के सीओ ट्रैफिक मिस्टर त्रिभुवन नारायण मिश्रा, आईपीएस, आरआर 1988 बैच आपके समक्ष प्रस्तुत होने के लिए पधारे हैं। यदि अनुमति हो तो आपके पास भेजूँ।"

इंटरकॉम पर उधर से एक थकी हुई-सी भारी आवाज गूँजी—"उसे आज शाम सात बजे मेरे रेजिडेंस पर मिलने को बोलो।" सक्सेना और मैं आश्चर्य से एक-दूसरे का मुँह देखने लगे—रेजिडेंस पर मिलने का क्या मतलब!

शाम को ठीक सात बजे मैं दीक्षित सर के बँगले पर बावर्दी पहुँचा तो अर्दली मुझे तुरन्त उनके ड्रॉइंग रूम में ले गया। वहाँ वे मुस्तैद बैठे थे। लगा जैसे वे मेरा ही इन्तजार कर रहे थे। मैंने उन्हें बहुत जोशीला सलूट मारा तो जवाब में वे सोफे से खुद उठ गए और मुझसे हाथ मिलाए। इतने सीनियर अफसर का मेरे प्रति ऐसे अपनत्व का व्यवहार देखकर मैं हैरत में पड़ गया और समझ न पाया कि आखिर बात क्या है।

मौन दीक्षित सर ने ही तोड़ा, "यह तो घर है, मिश्रा। यहाँ वर्दी में आने की जरूरत नहीं थी। तुम प्लेनक्लोद्स में भी आ सकते थे। खैर, तुम कम्फर्टेबल फील करो और आराम से बैठो।"

इसी बीच, अर्दली एक खूबसूरत तश्तरी में बोरोसिल शीशे के दो गिलासों में पानी ले आकर रख दिया। दीक्षित सर ने उसको कहा, "अरे भाई, खाने के लिए कुछ मिठाई वगैरह भी ले आओ कि बस पानी ले आकर रख दिए।" "जी, सर" कहकर अर्दली चला गया और दीक्षित सर की विनम्रता और इस आवभगत के व्यवहार से हैरत में मैं फिर ऊभचूभ होने लगा। तब तक अर्दली एक प्लेट में चार

पीस काजू बर्फ़ी रखकर लाया और वहीं सेंट्रल टेबल पर रख दिया। "लो मिश्रा, मिठाई खाओ। मैं तो नहीं ले सकता क्योंकि मेरा शुगर लेवल बढ़ा रहता है। तुम संकोच मत करो। खाओ, अभी तुम नौजवान हो।"

मारे संकोच के मैंने एक पीस बर्फ़ी उठा ली। ज्यों ही मैंने मुँह में रखा, दीक्षित सर की आवाज गूँजी, "बधाई हो, मिश्रा। हिन्दी मीडियम में सिविल सर्विसेज की मेरिट लिस्ट में तीसरा स्थान पाने के लिए। यह तो सचमुच कमाल की उपलब्धि है।" "धन्यवाद,सर," का औपचारिक कथन मैं बमुश्किल पूरा ही किया था कि वे पूछ बैठे, "तुमने पुलिस सेवा ही क्यों चुनी? तुम तो आईएएस में भी जा सकते थे।"

"सर, यह मेरी माँ की इच्छा थी।"

"गुड, वेरी गुड।"

"तुम्हारे परिवार में कौन-कौन है?"

"कोई नहीं, सर।"

दीक्षित सर चौंक गए, "क्या मतलब?"

"सर, मेरे पिताजी मेरे जन्म से पाँच महीने पहले ही गुजर गए थे और माँ अभी हाल में ही गुजरी। पिताजी के बड़े भाई, जिन्हें मैं कक्का कहता था और जो अविवाहित थे, और मेरे संरक्षक थे, वे भी माँ के पहले ही गुजर गए।"

मैंने मन-ही-मन भगवान को धन्यवाद दिया कि दीक्षित सर ने मेरे पिता के बारे में जिज्ञासा न व्यक्त की, अन्यथा मुझे उनका डकैती का अप्रिय प्रसंग बताना पड़ता। बल्कि, उन्होंने आगे पूछ लिया, "घर में खेती-बारी कौन देखता है?"

"कोई खेती-बारी नहीं है, सर।"

"आँय, तो रोजी-रोटी कैसे चलती थी?"

"थोड़ी-सी जजमानी थी, सर," मैंने बताया, लेकिन मैंने यह न बताया कि हमारी जजमानी अन्त्येष्टि कर्म की थी। विशिष्टता को बताना मुझे व्यर्थ और अनावश्यक लगा।

इस बीच दीक्षित सर बोल पड़े, "अब तुम्हें क्या कमी है! तुम अब आईपीएस अफसर हो। शादी-ब्याह करके ठाठ की जिन्दगी जिओ।"

इस बीच, अर्दली चाय और स्नैक्स भी लेकर आ गया। उसे रख देने और किसी को भीतर न आने देने का अर्दली को आदेश देकर दीक्षित सर ने उसे दफा किया।

खुद एक कप हाथ में उठा लिया और मुझे दूसरा कप उठा लेने का संकेत किया। मैं दूसरा कप उठा लिया और चिमटी से दो शुगर क्यूब्स अपने कप में डालकर चम्मच से नि:शब्द घोलने लगा।

चाय पीते हुए लगा, दीक्षित सर कुछ सोच रहे थे। काफी देर की चुप्पी के बाद वे बोले, "मैं यहीं हरदोई जिले के एक गाँव का रहने वाला हूँ। माँ-बाप की अकेली सन्तान था मैं। फिर माँ-बाप भी गुजर गए और खेती-बारी बँटाई पर दे दिया। गाँव से नाता अब लगभग नहीं के बराबर है। बहुत पहले मेरी पत्नी भी गुजर गईं। कैंसर था उन्हें। फिर मैंने शादी न किया।" मैं इस बात पर अफसोस जताना चाहा, लेकिन दीक्षित सर अपनी रौ में बोलते ही जा रहे थे, "एक बेटी है, जिसे बचपन से मैंने ही पाला है—बहुत लाड़-प्यार से। लोरीटो कॉन्वेंट से पढ़ने के बाद लखनऊ यूनिवर्सिटी से बीए और अंग्रेजी लिटरेचर में एमए किया है उसने। अब उसका विवाह करना है।" कहते-कहते अविवाहित पुत्री के पिता की पीड़ा दीक्षित सर के चेहरे पर छलक उठी। मैं इस पीड़ा को भाँप तो गया, लेकिन इसका कारण समझ न पाया। इतने बड़े अफसर हैं ये और इनकी इकलौती बेटी इतनी पढ़ी-लिखी है, फिर उसके ब्याह की पीड़ा इनके चेहरे पर क्यों!

मेरा ध्यान भंग हुआ जब थोड़ी ही देर में दीक्षित सर ने पूछ लिया, "तुम तो अभी अविवाहित हो मिश्रा?"

"हाँ, सर," मैंने धीरे से जवाब दिया।

"मेरी बेटी से शादी करो न!" दीक्षित सर और अधिक भूमिका बाँधने के बजाय सीधे अपनी बात पर आ गए।

"लेकिन, सर..."

"हाँ, हाँ, अपनी बात कहो। अकेली बेटी है मेरी। जो कुछ मेरा है सब बेटी का ही है, और जो कुछ उसका है वह शादी के बाद तुम्हारा हो जाएगा। तुम लोग अगर मुझसे थोड़ा दूर रहना चाहो, तो एक बढ़िया-सा फ्लैट खरीद दूँगा।"

"यह बात नहीं है, सर," मैंने हिचकते हुए कहा।

"तो क्या बात है मिश्रा, जो तुम इतने परेशान-सा हो गए?" दीक्षित सर ने थोड़ा चिन्तित होते हुए पूछा।

"सर, सर...," बात कहते-कहते बात मेरी जबान पर अटक गई।

"हाँ, हाँ, बताओ, साफ-साफ बताओ बात क्या है?" दीक्षित सर ने व्यग्र होकर पूछा।

मुझे बनारस में प्रो. शुक्ला के घर पर हुई अपनी दुर्गति याद आ गई। मैं भीतर-ही-भीतर डर गया कि कहीं फिर न मैं किसी जाल में फँस जाऊँ। इसलिए, हिम्मत करके मैं एकबारगी ही बोल बैठा, "सर, मैं महाब्राह्मण हूँ।"

दीक्षित सर चौंक गए, "क्या?"

"हाँ, सर। मैंने पहले ही आपको बता देना उचित समझा।"

"सही किया, "कहकर दीक्षित सर थोड़ी देर चुप रहे।

उनकी चुप्पी से मेरे मन में क्षोभ उत्पन्न हुआ कि इनके सामने अनावश्यक यह जाति-अपमान का प्रकरण उभर गया।

"तुम्हारा गोत्र क्या है, मिश्रा?"

"भारद्वाज।"

"मेरा काश्यप गोत्र है।"

"मिश्रा, एक बात जानते हो? ब्राह्मणों की सैकड़ों उपजातियाँ हैं और ये एक-दूसरे से अपने को ज्यादा महान, विद्वान और पवित्र मानने में लगे रहते हैं। इससे क्या फर्क पड़ता है कि कौन किस उपजाति का है! आज के जमाने में इसका कोई महत्त्व है?" लगा दीक्षित सर यह प्रश्न पूछते हुए मुझसे नहीं, बल्कि खुद से सवाल कर रहे थे। आगे, उन्होंने कुछ गहरा सोचने की मुद्रा अख्तियार कर ली और फिर बोलने लगे, "व्यक्ति ब्राह्मण जन्म से नहीं कर्म से होता है। सैकड़ों साल के इतिहास में ब्राह्मण वर्ण कितनी उपजातियों में और किन-किन कारकों से विभाजित और विखंडित हुआ कौन जानता है! और, कौन दावा कर सकता है कि मैं फलाँ ऋषि के गोत्र का शुद्ध रक्त वाला ब्राह्मण हूँ। सामाजिक अन्तर्क्रियाओं के चलते विभिन्न जातियों-उपजातियों के कैसे-कैसे सम्मिलन और विखंडन हुए यह सही-सही कौन कह सकता है? मैं खुद नहीं जानता कि मुश्किल से पाँच पीढ़ी पहले मेरे पूर्वज कौन थे?"

दीक्षित सर की उदारता मुझे सुखद, किन्तु विचित्र लगी। मुझे अब तक कम ही लोग मिले जो उपजातियों के इस तरह के भेदभाव से ऊपर उठ सके हों।

"मैं तुमसे पूछता हूँ, " दीक्षित सर ने कहते हुए किंचित् विराम लिया। यह विराम

का क्षण मेरे लिए बहुत भारी लगने लगा कि दीक्षित सर अब क्या जानना चाहते हैं? जल्दी ही, दीक्षित सर अपने विराम से बाहर निकलकर फिर से बोलने लगे, "मैं पूछता हूँ मिश्रा कि तुम्हारी उपजाति जानते हुए भी यदि मैं अपनी बेटी तुमसे ब्याह देने को राजी होऊँ तो क्या फिर भी तुम शादी से इनकार करोगे?"

इस प्रश्न का तत्काल कोई उत्तर देते मुझसे न बना। मुँह से बोल नहीं फूटे। मन में एक अनजानी-सी खुशी महसूस हुई। इस बात से नहीं कि इतने बड़े अफ़सर की इकलौती बेटी से शादी का प्रस्ताव है, बल्कि इस बात से कि दीक्षित सर ने मेरी उपजाति जानकर भी मेरे प्रति कोई घृणा या अशौच का भाव न रखा। फिर भी, मैंने कहा, "लेकिन, सर..."

"अब क्या लेकिन?"

"सर, आपकी सुपुत्री को यह स्वीकार होगा तब न?"

"मेरी पुत्री को स्वीकार होगा—यह मेरा आश्वासन है। मेरे निर्णय को वह मानेगी," कहकर दीक्षित सर थोड़ी देर के लिए रुके, कुछ सोचते रहे। फिर बोले, "ऐसा करो कि कल तुम डिनर हमारे साथ करो यहीं मेरे रेजिडेंस पर। उसी समय तुम और मेरी बेटी आपस में मिल लेना और आपस में बातचीत कर लेना। वैसे तुम्हें बता देना था, अब तक, कि मेरी बेटी का नाम मृणालिनी है। घर में हम लोग उसे मिनी कहते हैं। आज वह कहीं बाजार गई है। इसलिए आज उससे तुम्हारी मुलाकात नहीं करा पाया। कल आठ बजे डिनर के लिए आ जाना मिनी से मुलाकात भी हो जाएगी।"

मैंने अब चलने की अनुमति माँगी, तो दीक्षित सर खड़े हो गए और मेरे कन्धे पर हाथ रखकर चलने लगे। मुझे लगा कि भावी ससुर का पूरा प्यार वह मेरे ऊपर उड़ेल देना चाहते हैं। मैं सोच रहा था कि कैसे ये मेरा कन्धा छोड़ें कि मैं इन्हें सलूट मारकर छुट्टी पाऊँ। लेकिन, सर तो मेरे कन्धे पर और झुकते हुए मेरे कान में फुसफुसाने लगे—"यह ब्राह्मण, वह ब्राह्मण की बात अब जबान पर मत लाना। यह फालतू और गैरजरूरी है। सुनकर बेकार में लोग बात का बतंगड़ बनाएँगे।" अपनी बात पूरी कर दीक्षित सर मेरा कन्धा छोड़कर सीधे खड़े हो गए। मैंने उन्हें जोरदार सलूट मारा और उनके गेट के सन्तरी के सलूट को नजरअन्दाज करते हुए बाहर निकल गया।

रास्ते में मैं सोचता जा रहा था कि जिस प्रकार दीक्षित सर ने ब्राह्मणों के बीच के भेदभाव को खारिज किया वह तो अद्भुत पहल है। लेकिन, मैं यह न समझ पा रहा था कि क्यों उन्होंने मुझे अपनी उपजाति का उल्लेख फिर कभी न करने को कहा!

अगले दिन सायं नियत समय अर्थात् आठ बजे मैं डिनर के लिए दीक्षित सर के बँगले पर पहुँच गया। आज मैंने वर्दी नहीं, बल्कि प्लेनक्लोद्स पहन रखे थे। दीक्षित सर ने गर्मजोशी से स्वागत किया। लगा ही नहीं कि एक युवा अफसर इतने वरिष्ठ अफसर से मिल रहा है।

हम दोनों ड्रॉइंग रूम में ही बैठे। उनकी बेटी मिनी का कहीं पता न था। थोड़ी देर बाद औपचारिकतावश मैंने ही पूछ लिया, "सर, मृणालिनी जी नहीं दिख रही हैं?"

"बाजार गई है। आती ही होगी थोड़ी देर में," कहते हुए वे कुछ चिन्तित दिखे।

थोड़ी देर बाद उन्होंने नौकर को आवाज देकर बुलाया और धीरे से इशारे में उससे कुछ कहा। कुछ देर बाद वह नौकर एक बड़ी तश्तरी में सूप के दो बाउल, क्रीम का पॉट और एक छोटा-सा साल्ट पॉट रखकर लाया और चुपचाप सेंट्रल टेबल पर रख दिया। धीरे से एक बाउल उठाते हुए सर ने इशारा किया मुझे दूसरा उठा लेने के लिए। फिर बोले, "क्रीम भी लो। मैं तो उम्र बढ़ने के कारण क्रीम, शुगर, ज्यादा साल्ट वगैरह से परहेज करता हूँ।"

हम लोग चुपचाप कुछ देर सूप पीते रहे। मैंने अनुमान लगाया कि सवा आठ बजे स्टार्ट-अप शुरू हो गया है तो नौ बजे तक डिनर पूरा हो जाना चाहिए। सूप पीने के बाद हम दोनों फिर बातें करने लगे। सम्भवतः दीक्षित सर को लगा कि मुझे भूख लगी होगी। उन्होंने नौकर को फिर आवाज दी कि कुछ स्नैक्स वगैरह लाओ।

स्नैक्स लाने में कुछ देर लगी। सम्भवतः पहले स्नैक्स का प्लान न रहा होगा, परन्तु मृणालिनी की प्रतीक्षा में स्नैक्स की जरूरत पड़ गई। इसलिए कुक ने जल्दी में तैयार किया होगा। जो भी बात रही हो। गरमा-गरम पनीर के पकौड़ों के दो प्लेट, सॉस और चटनी के दो-दो छोटे-छोटे बाउल्स और एक छोटे प्लेट में पिक-स्टिक्स एक बड़ी-सी लकड़ी की प्लेट, जिसके तल पर एक सुन्दर कलाकृतिपूर्ण छोटा-सा रग बिछा हुआ था, में रखकर लाया।

पकौड़े खाने का इशारा करते हुए दीक्षित सर ने किसी को फोन मिलाना शुरू किया। मैं स्टिक्स से पिक करके पकौड़े खाने के साथ-साथ अपना कान फोन पर

उनकी बातों पर लगाए हुए था। उनकी बातों से मुझे अन्दाज मिला कि वे गाड़ी का नम्बर बताकर ड्राइवर से बात करने को कह रहे थे। थोड़ी ही देर में सोफे के साइड-टेबल पर रखे फोन की घंटी बजी। सर ने फुर्ती से फोन उठाया। फोन करने वाले को देरी के लिए वे उसे डाँटने लगे। सम्भवत: फोन करने वाला उनका ड्राइवर था, और उधर से कुछ सफाई दे रहा था, जिसे वे चुपचाप सुनते रहे और अन्त में उसे जल्दी करने की हिदायत देकर फोन को साइड-टेबल पर रखे क्रैडल पर रख दिया।

दीक्षित सर ने पकौड़े न खाए। नौकर को वापस ले जाने को बोल दिया। नौ बज चुके थे। मृणालिनी का कहीं पता न था। दीक्षित सर कुछ चिन्तित लग रहे थे। शायद अपनी चिन्ता और चिड़चिड़ाहट को दबा लेने और समय काटने की गरज से उन्होंने प्रदेश की बिगड़ती कानून-व्यवस्था और पुलिस की शिथिलता की बात छेड़ दी। उनकी बातों में मैं भी हाँ, हूँ, कहकर अपनी सक्रिय सहभागिता दिखा रहा था, यद्यपि मैं मन-ही-मन हैरान था कि साढ़े नौ बजने वाले हैं और मृणालिनी का कहीं पता नहीं है। मुझे लगा शायद सर आज के डिनर के बारे में मृणालिनी को बताना भूल गए रहे होंगे।

तभी गेट के खुलने और एक कार के पोर्टिको में आकर रुकने की आवाज आई। दीक्षित सर झटके से ड्रॉइंग रूम से बाहर निकलकर पोर्टिको की ओर लपके।

थोड़ी ही देर बाद दीक्षित सर के कन्धे का सहारा लिये हुए एक लगभग पच्चीस-वर्षीया, गौरवर्णी, सुन्दर युवती लड़खड़ाते कदमों से भीतर आई। दीक्षित सर ने मेरी ओर इंगित करते हुए कहा, "मिनी डार्लिंग, ही इज मिस्टर टीएन मिश्रा, आई हैड टोल्ड यू अबाउट।" मैंने हाथ जोड़कर मृणालिनी को नमस्कार कहा, जिसका उसने अपनी विशिष्ट आभिजात्य शैली में जवाब दिया, "ओ, आई सी।"

उसे लेकर दीक्षित सर डाइनिंग हॉल में घुसे, कहते हुए "कम ऑन मिश्रा।" पीछे-पीछे मैं भी घुसा, लेकिन मृणालिनी की शारीरिक अवस्था और उसके बात करने के ढंग की वजह से मुझे बहुत हैरानी हुई। मुझे समझते देर न लगी कि वह गहरे नशे में थी। अपने को सामान्य दिखाने के प्रयास में वह मुझे सम्बोधित करते हुए बोली, "डैड हैज टोल्ड मी मच अबाउट यू। ही इज फुल ऑफ प्रेजेस फॉर यू।" "इट्स हिस काइंडनेस," मैंने बड़ी शालीनता और संक्षिप्तता से उत्तर दिया

ताकि आतिथेय को मेरी वजह से झेंपने का मौका न मिले।

डाइनिंग टेबल पर विविध प्रकार के शाकाहारी व्यंजन सजे हुए थे। दीक्षित सर टेबल के हेड पर बैठे। मृणालिनी और मैं पास-पास अगल-बगल बैठे। मृणालिनी ने अत्यन्त मादक सेंट का उदारतापूर्वक अपने ऊपर छिड़काव किया था, किन्तु जब कुछ बोलने के लिए मुँह खोलती तो उसके मुँह से मदिरा की गंध आती, यद्यपि मुझे अनुमान लगाने में देर न लगी कि उसने बड़ी महँगी किस्म की मदिरा पी रखी थी, जिसकी गंध ही कुछ दूसरी तरह की होती है। दूसरी बात जो मैंने गौर किया कि जब भी वह मुँह खोलती थी तो अंग्रेजी ही उसके मुँह से टपकता था और वह भी बहुत सहज भाव से, जैसे वह हिन्दी बोलना जानती ही न हो।

"इट्स ऑल ग्रास, फिट फॉर एनिमल्स ओनली," कहते हुए मृणालिनी ने अपनी प्लेट एक ओर खिसका दी। मैं समझ गया कि वह मांसाहार की शौकीन है। मेरी ओर झुककर वह धीरे से फुसफुसाई, "यू मे कंटिन्यू..." फिर कुछ कन्फ्यूज होते हुए उसने पूछा, "पार्डन मी, आई'म फॉर्गेटिंग, व्हाट'स योर नेम?" बिना झिझके या रोष के मैंने धीरे से कहा, "त्रिभुवन नारायण मिश्रा" "सच अ बिग नेम! टू टफ टू प्रनाउंस," कहते हुए उसने मेरी ओर मुस्कराकर देखा। इतनी शराब पिए हुए कि खुद से चलना मुश्किल हो रहा हो, इसके बावजूद वह जिस होश और शालीनता से बात कर रही थी उससे मुझे उसके पूरे पियक्कड़ होने और आभिजात्य परवरिश के बारे में कोई शक न रहा।

मैंने गौर किया कि दीक्षित सर कनखियों से मेरी और मृणालिनी की बातचीत पर लगातार नजर बनाए हुए थे। आखिर में डिजर्ट खाने की बारी आने के पहले ही मृणालिनी 'इक्सक्यूज मी' कहते हुए वहाँ से चल पड़ी। दीक्षित सर शुगर की समस्या के कारण मीठी चीजें खाने से परहेज करते हैं, तो अकेला मैं ही डिजर्ट क्या खाता! इसलिए मैंने भी अनिच्छा व्यक्त कर दी।

मृणालिनी को डाइनिंग टेबल से इस तरह उठकर चले जाना दीक्षित सर को बुरा लगा होगा, लेकिन बात को सँभालते हुए उन्होंने कहा, "बिन माँ के पली-बढ़ी है। इसलिए थोड़ी मनबढ़ हो गई है। एक बार शादी हो जाने पर जब जिम्मेदारियाँ सिर पर आएँगी तो अपने आप ठीक हो जाएगी।"

दीक्षित सर आतिथेय की विनम्रता से भरपूर थे। वे मृणालिनी के हिस्से की

विनम्रता भी खुद ही निभा रहे थे। मुझे लगा कि एक पिता को अपनी अविवाहित पुत्री के लिए बहुत कुछ सहना पड़ता है, बहुत-सी बातें बनानी और निभानी पड़ती हैं। मैं हैरत में था कि यदि शादी हुई तो आगे मुझे न जाने कितना झेलना पड़ेगा!

दीक्षित सर मुझे पोर्टिको तक छोड़ने आए, जहाँ से उनकी गाड़ी मुझे छोड़ने के लिए ले जाने वाली थी। वे बोले, "मीट मी, मिश्रा, इफ यू लाइक, एट माई ऑफिस टुमारो एट टेन ओ क्लाक शार्प।" मैंने चेस्ट-अप करके उन्हें गुड नाइट विश किया और गाड़ी में बैठ गया।

रात में देर तक मैं सोचता रहा कि मृणालिनी जैसी लड़की से शादी करके मैं निभा पाऊँगा? फिर मुझे दीक्षित सर की बात में दम लगा कि शादी होने के बाद जिम्मेदारियाँ सिर पर आएँगी तो अपने आप ठीक हो जाएगी। मुझे समझ न आ रहा था कि दीक्षित सर की विनम्रता उनकी सहज विनम्रता थी या बेटी के बाप की विवशता से उपजी हुई विनम्रता थी। फिर मुझे ध्यान आया कि मेरी उपजाति जानकर भी दीक्षित सर जरा भी विचलित न हुए। क्या उनकी यह सदाशयता अपनी पियक्कड़ बेटी के लिए आईपीएस वर खोजने की भावना से मात्र प्रेरित थी? मुझे अपने मित्र राकेश जी का ध्यान आया, जो बिना किसी स्वार्थ के और मेरी उपजाति जानकर भी, मित्रता का अनोखा उदाहरण पेश किए और मेरे जीवन में चमत्कारी परिवर्तन कर दिए। मुझे दीक्षित सर राकेश जी का ही वरिष्ठ संस्करण लगे। मैंने तुरन्त ही मृणालिनी से शादी करने का निश्चय कर लिया।

अगले दिन दस बजे दीक्षित सर के ऑफिस में पहुँचा तो उनका स्टाफ ऑफिसर सक्सेना मुझे देखते ही खड़ा हो गया और बोला, "आप सीधे साहब के पास चले जाइए। उनका निर्देश है कि आप आज जब भी आएँ सीधे उनके पास पहुँचने दिया जाए।" मैंने बिना विलम्ब किए सर के कमरे के दरवाजे पर खड़े होकर अन्दर आने की अनुमति माँगी।

भीतर पहुँचकर मैंने जोरदार सलूट मारा। दीक्षित सर ने बड़े स्नेह से मुझे बैठ जाने को कहा। उन्होंने अपनी टेबल में लगे एक बटन को दबाकर दरवाजे पर लगी लाल बत्ती जला दी ताकि कोई आगन्तुक भीतर न आने पाए। साथ ही स्टाफ ऑफिसर को इंटरकॉम पर निर्देश दिया कि किसी का भी फोन उनके पास फॉरवर्ड न किया जाए।

मैं दीक्षित सर का आभार प्रकट करते हुए बैठ गया और पिछली रात की खातिरदारी के लिए भी आभार प्रकट किया। मेरे बात करने के लहजे से वे प्रफुल्लित हो गए और व्यग्र होकर पूछ बैठे, "क्या निश्चय किया, मिश्रा?"

"मैं तो तैयार हूँ सर, लेकिन..."

"लेकिन क्या?" दीक्षित सर ने उतावलेपन से पूछा।

"लेकिन, सर, मृणालिनी जी की पसन्दगी की बात है। क्या वे हमारे जैसे ग्रामीण, गँवारू पृष्ठभूमि के हिन्दी बोलने वाले व्यक्ति के साथ एडजस्ट कर पाएँगी?" मैंने अपनी आशंका व्यक्त की।

"तुम्हारे लौट आने के बाद मैंने यह बात मिनी से पूछी थी। उसने तुम्हें पसन्द किया और शादी के लिए हामी भरी है।" दीक्षित सर ने मुझे आश्वस्त किया तो मुझे उनके ऊपर विश्वास करना पड़ा।

आगे, दीक्षित सर ने पूछा कि तुम्हारे पक्ष से किसी और से इस सम्बन्ध में बात करने की जरूरत हो तो बताओ। मैंने बताया कि अपने पक्ष से मैं बिलकुल अकेला हूँ। अपने गाँव से भी मेरा कोई सम्बन्ध नहीं है अब।

"इसका मतलब शादी का सारा प्रबन्ध एकतरफा होगा और वह सब भी मुझे ही करना होगा।"

"हाँ, सर, आप हमारे पिता तुल्य हैं। आप जो करेंगे मुझे स्वीकार है। मेरे लायक जो सेवा हो आदेश करिएगा।"

"ठीक है, मिश्रा। अब लौटो फैजाबाद। शादी जितनी जल्दी हो जाए ठीक है क्योंकि दो महीने बाद जून के आखिर में मैं रिटायर होने वाला हूँ। इसके पहले शादी हो जानी चाहिए। मैं सारा प्रबन्ध कर लूँगा। तुमसे बीच-बीच में फोन पर सम्पर्क करता रहूँगा। तुम्हारी इच्छा हो तो बीच में कभी तुम भी आ सकते हो। मृणालिनी से भी मिलना ताकि तुम दोनों के बीच अच्छी अंडरस्टैंडिंग विकसित हो जाए।

फैजाबाद में दीक्षित सर का कई बार फोन आया—कभी विवाह के कार्यक्रम-स्थल के बारे में, कभी रिसेप्शन पार्टी के मेन्यू के बारे में, कभी कपड़े-लत्ते और गहनों की खरीदारी के बारे में। जो भी कहा गया उसके जवाब में मैं हर बार बस हाँ

करता गया, सिवाय एक बार के जब निमंत्रण-पत्र पर छपने के लिए मेरे पिता और मेरे गाँव का नाम पूछा गया, जिसे मैंने तुरन्त पूरा पता सहित बता दिया। दीक्षित सर का इतनी बार फोन आया कि मैं झेंपने लगा एक पुत्री के पिता की चिन्ताओं के बारे में सोचकर। अलबत्ता, मृणालिनी का एक बार भी फोन न आया। मैंने भी अपनी ओर से उसे कभी फोन न किया, मिलने जाने का तो सवाल ही नहीं उठता।

8 जून, दिन रविवार को दीक्षित सर के बँगले पर ही वैवाहिक कार्यक्रम वैदिक विधि-विधान से सम्पन्न हुआ। यह एकदम पारिवारिक कार्यक्रम रहा, जिसमें बहुत थोड़े से लोगों ने भाग लिया। दीक्षित सर के गाँव से कुछ महिलाएँ आई थीं, कुछ थोड़े से रिश्तेदार थे और इक्के-दुक्के उच्च सरकारी अफसरों के परिवार थे, जिनसे दीक्षित परिवार की घनिष्ठता थी। मुझे दो दिन पहले ही बुलाकर एक सुसज्जित फ्लैट में ठहरा दिया गया था। यह थ्री-बीएचके फ्लैट राजधानी के महानगर क्षेत्र में था, जहाँ की बिल्डिंगों में कई आभिजात्य लोगों की रिहाइश थी।

यद्यपि मुझे हल्दी वगैरह लगाने का कार्यक्रम दीक्षित सर के आवास पर ही महिलाओं की देखरेख में उनके मंगलगान के बीच हुआ, किन्तु शादी वाले दिन दोपहर के कुछ देर बाद मुझे महानगर वाले फ्लैट में भेज दिया गया। दूल्हे को पहनने के लिए वस्त्राभूषण भी वहाँ पहुँच गए। लखनऊ में पोस्टेड अपने दो बैचमेट्स को भी साथ ले लिया था मैंने। दो अन्य आईएएस अधिकारियों को भी साथ ले लिया। इन दोनों की पोस्टिंग लखनऊ में ही थी और उन्होंने मसूरी में हमारे साथ ही फाउंडेशन कोर्स किया था। हम कुल मिलाकर पाँच हो गए। यही पाँच लोग बराती थे। इनके बारे में सूचना पहले ही दीक्षित सर को दी जा चुकी थी।

ठीक सात बजे दो गाड़ियाँ हमें लेने महानगर पहुँच गईं, जिनमें से एक विशेष रूप से फूल-मालाओं से सजाई गई थी। स्वाभाविक था कि यह गाड़ी दूल्हे के लिए थी, जिसमें मैं अपने एक बैचमेट के साथ बैठा और दूसरी गाड़ी में शेष तीन लोग बैठे। यह सारा प्रबन्ध दीक्षित सर की ओर से था।

हम लगभग आधे घंटे की ड्राइव के बाद दीक्षित सर के आवास पर पहुँचे जहाँ मंत्रोच्चार एवं अन्य कर्मकांडों के बीच द्वारपूजा हुआ और मुझ दूल्हे सहित

बरातियों का स्वागत हुआ। भोजनोपरान्त मेरे चारों साथी अपने घरों को लौट गए। वहाँ सिर्फ मैं रह गया। शादी के अति कलात्मक रूप से सजे विवाह-मंडप में पंडितों के मंत्रोच्चार और महिलाओं के मंगलगान के बीच दीक्षित सर ने कन्यादान किया और मैंने तथा मृणालिनी ने अग्नि के सात फेरे लेकर पति-पत्नी बनने की पारम्परिक रस्म पूरी की। सब कुछ सहज भाव से, शान्ति से निबट गया।

रात कोई दो बजे दुल्हन की विदाई हुई उसी गाड़ी में जिसमें मैं दूल्हा बनकर पहुँचा था। बाद में पता चला कि दीक्षित सर ने वह महँगी कार मेरे नाम से खरीदकर और फ्लैट को मृणालिनी के नाम खरीदकर गिफ्ट किया था।

मृणालिनी की विदाई के समय दीक्षित सर थोड़ा भावुक हो गए कि एक बेटी साथ थी, अब उसने भी साथ छोड़ दिया। उनके भावुकतापूर्ण वचन सुनकर मृणालिनी बोल पड़ी, "डोंट वरी, डैड। आई विल बी बैक हियर सून।" उसकी इस सपाटबयानी पर भावुक हो रहे लोग हँसने लगे। हमारी गाड़ी के साथ एस्कॉर्ट करने के लिए दो अन्य गाड़ियाँ भी हमें हमारे महानगर वाले फ्लैट में छोड़ने गईं।

तीसरे दिन यानी 10 जून को रिसेप्शन था शाम को पाँच-सितारा ताजमहल होटल में। निमंत्रण पत्र में मृणालिनी और मेरी शादी की सूचना के साथ हम दोनों के व्यक्तिगत परिचय का संक्षिप्त विवरण था। निमंत्रण दीक्षित सर की ओर से था और इस कार्यक्रम में कुल सौ लोग निमंत्रित थे। ये लोग लखनऊ के विभिन्न क्षेत्रों जैसे राजनीति, प्रशासन, पुलिस, पत्रकारिता, साहित्य-संगीत-कला, इत्यादि से जुड़े अति विशिष्ट जन थे।

समारोह-स्थल अत्यन्त सुरुचिपूर्ण और कलात्मक रूप से सजाया गया था। कृत्रिमता, दिखावेपन या भोंड़ेपन का कहीं लेशमात्र संकेत न था। माहौल में आभिजात्य संस्कृति की महीन आभा छाई हुई थी। एक तरफ बने छोटे-से चौकोर मंच पर सुप्रसिद्ध ऑर्केस्ट्रा ग्रुप 'एनसेम्बल' पाश्चात्य धुन बजाने के लिए तैनात था, तो दूसरी तरफ एक छोटे-से गोल मंच पर सुप्रसिद्ध शहनाई-वादक पंडित गिरिजाशंकर अपने दो तबलची शिष्यों के साथ बैठे थे। दोनों ग्रुप बारी-बारी से अपनी कला का प्रदर्शन कर रहे थे।

इस अवसर के लिए खास तौर से डिजाइन किए गए परम्परागत वस्त्रों में मैं और मृणालिनी सुसज्जित होकर एक आयताकार मंच पर रखे सिंहासननुमा सोफे

पर बैठे थे। इस अवसर के लिए मृणालिनी की विशेष रूप से मेक-अप और वस्त्र-सज्जा कराई गई होगी, तभी तो वह उस समय स्वप्न-सुन्दरी सी प्रतीत हो रही थी। मैंने अनुमान लगा लिया था कि उसने भरपूर मदिरापान किया हुआ था, किन्तु उसके व्यवहार में इसका रंचमात्र आभास न था। बल्कि, वह अत्यन्त शालीनता और गौरव से मुस्कराकर विशिष्ट अतिथियों की बधाइयाँ और बुके स्वीकार कर रही थी। मुझे भी उसने इसमें इस तरह सधे तालमेल से शामिल कर रखा था कि वहाँ इस आदर्श जोड़े पर लोग न्योछावर हुए जा रहे थे।

दीक्षित सर यह सब देखकर फूले न समा रहे थे। परम्परागत परिधान में सुसज्जित वह बहुत व्यस्त लग रहे थे। लपककर आगन्तुक अतिथियों का स्वागत करने, उन्हें हमारे पास लिवा लाने और मेरे परिचय में सिविल सर्विसेज की मेरिट लिस्ट में तीसरा स्थान पर आने का उल्लेख करना वह नहीं भूलते थे। इसके बाद वह उस अतिथि को खान-पान के क्षेत्र की ओर इशारा करते हुए थोड़ी दूर ले जाते थे और बुफे सिस्टम का स्वयमेव आनन्द लेने का आग्रह कर तेजी से फिर अन्य आने वाले अतिथि के पास स्वागत के लिए पहुँच जाते थे। अतिथि प्राय: पति-पत्नी के जोड़े में आ रहे थे।

राज्य के गृह सचिव और उनकी पत्नी को हम लोगों के पास लाकर परिचय कराने और आशीर्वाद दिलाने के बाद दीक्षित सर ज्यों ही उन्हें लेकर खान-पान के क्षेत्र की ओर जाने लगे, बिखरे बालों और अस्त-व्यस्त वस्त्रों में अभिजात-सा दिखने वाला एक युवक लम्बे-लम्बे डग भरते हुए हमारे सामने आ खड़ा हुआ और नशे में लड़खड़ाती आवाज में बोला, "हाइ, मिनी डार्लिंग। यू मस्ट बी वेरी हैप्पी टुडे बिकाज यू हैव मैरीड अ पर्सन आई ऑलरेडी नो। ही इज फ्रॉम माई विलिज। बट ही इज नॉट अ ब्राह्मन। ही हैज डूप्ड यू। ही इज अ महाब्राह्मन।"

"व्हाट नॉनसेंस यू आर टाकिंग, द्विज। आई एम अनेबुल टू अंडरस्टैंड व्हाट यू मीन।"

अब मैं द्विज को पहचान गया कि यह तो हमारे गाँव के पंडित मिसिर का लड़का है। वह क्या कहना चाह रहा था, मृणालिनी तो नहीं समझ पा रही थी, लेकिन मैं उसकी मंशा तुरन्त समझ गया कि भरे समाज में मुझे अपमानित करने की नीयत से वह यहाँ आया है। उसे जब लगा कि मृणालिनी उसकी बात समझ

न पा रही है तो वह उसकी बाँह पकड़कर खींचने और चिल्लाने लगा—अरे यह महाब्राह्मण है, इम्प्युर फ्यूनरल गाई। मृणालिनी को द्विज का व्यवहार अत्यन्त आपत्तिजनक लगा और उसने द्विज के हाथ को झटककर अपनी बाँह छुड़ा ली। इस पर द्विज जोर-जोर से चिल्लाने लगा—यह महाब्राह्मण है। दूल्हा महाब्राह्मण है। लोगों का ध्यान उसकी ओर जाता इसके पहले दीक्षित सर ने शीघ्रता से मंच पर पहुँचकर दो लोगों को इशारा किया, जो द्विज को पकड़कर बाहर ले जाने लगे। धकियाकर बाहर किए जाते समय भी द्विज का चिल्लाना न रुका—यह महाब्राह्मण है। दूल्हा महाब्राह्मण है।

लोगों का ध्यान उसकी ओर खिंचा देखकर दीक्षित सर ने दखल दिया—लेडीज एंड जेंटलमेन, डोंट माइंड हिम। ही इज अ ड्रिंकर्ड एंड अन ओल्ड अक्वेनटेंस।

तब तक द्विज को हॉल से बाहर कर दिया गया था। इसके साथ ही, लोगों का ध्यान उधर से हट गया। लोगों को उसकी बात का तात्पर्य ठीक से समझ में न आया। उन्हें लगा कि वह कोई पुराना डिसग्रंटल्ड रिश्तेदार है। परेशान हुए तो सिर्फ हम तीन ही—मैं, मृणालिनी और दीक्षित सर, यद्यपि हम तीनों सामान्य बने रहे और अपनी परेशानी की झलक अपने चेहरे पर न आने दिए। मृणालिनी मेरा भयभीत चेहरा देखकर थोड़ा परेशान हुई और मुझसे फुसफुसाते हुए पूछी, "व्हाट्स मैटर, हबी?"

"आई'ल टेल यू लेटर। नथिंग स्पेसिफिक।"

मृणालिनी का मुझे हबी (हसबैंड का शॉर्ट फॉर्म) कहना कुछ विचित्र, पर बहुत प्यारा, लगा। पहली बार उसने मुझे इस सम्बोधन से पुकारा था। मैं इसकी मधुरता से पुलकित हो गया। भय तिरोहित हो गया।

दो दिन बाद हमें कश्मीर में हफ्ते भर के हनीमून के लिए निकलना था, लेकिन अगले ही दिन मृणालिनी सात बजे शाम से ही गायब हो गई। आठ बजे मैंने दीक्षित सर के आवास पर फोन किया कि कहीं मृणालिनी उनके यहाँ तो नहीं पहुँची हुई है। दीक्षित सर ने मुझे आश्वस्त करते हुए कहा कि कहीं घूमने-फिरने गई होगी। इस बारे में ज्यादा चिन्तित होने की जरूरत नहीं है। वह बच्ची नहीं है। दीक्षित सर द्वारा मेरी चिन्ता को इतने हल्के में लिये जाने और शादी से पहले डिनर वाली रात

को देर रात नशे में उसके लौटने की बात याद कर मेरा माथा ठनका। बस गुंजाइश थी कि अपनी गाड़ी और ड्राइवर साथ था।

रात के एक बजे ड्राइवर मृणालिनी को सँभालता हुआ हमारे महानगर वाले फ्लैट तक लाकर छोड़ गया। मैं चिन्तित स्वर में उससे पूछा, "मुझे तुम्हारी बड़ी चिन्ता हो रही थी। कहाँ इतनी देर कर दी?" मृणालिनी ने मेरे सवाल का जवाब देना जरूरी नहीं समझा और बिना मेरी ओर देखे सीधे बेडरूम में चली गई और बिना कपड़े बदले बेड पर गिर गई। वह गहरे नशे में थी। मैंने उसके पैरों से सैंडल निकालकर अलग किया और उसे खींचकर बेड पर सीधा लिटा दिया।

अगले दिन मृणालिनी अपराह्न तक सोती रही। जब सोकर उठी तो मुझसे मुखातिब हुई। "डोंट बादर अबाउट माइ अबसेंसेज। आई'म नॉट अ लिटिल बेबी। माइंड योर ओन बिजनेस, हबी," कहते हुए उसने अपनी एक अँगुली से मेरी ठुड्डी छुआ। मुझे लगा जैसे वह मुझे आश्वस्त कर रही है। दूसरे ही क्षण मुझे महसूस हुआ जैसे वह चेतावनी दे रही हो कि मेरे मामलों में दखल न दो, दूर ही रहो।

शाम को फिर सज-सँवरकर वह निकल ली। अगले दिन सुबह ही हम लोगों की लखनऊ-दिल्ली, दिल्ली-श्रीनगर की फ्लाइट थी। हनीमून पर जाने की तैयारियाँ करनी थीं, लेकिन मृणालिनी को इसकी कोई चिन्ता ही न थी। उसने इस बारे में कोई चर्चा ही न की।

आठ बजे के लगभग मैं दीक्षित सर के आवास पर चला गया। यद्यपि दीक्षित सर ने दामाद के तौर पर मेरा स्वागत किया, लेकिन बातों-ही-बातों में यह स्पष्ट कर दिया यह मियाँ-बीवी के बीच का मामला है और वह अब इसमें दखल न देंगे। उन्होंने मुझे यह भी सूचित किया कि मृणालिनी ने हनीमून का प्रोग्राम कैंसिल करा दिया है।

मृणालिनी के एकतरफा निर्णय से मुझे परेशान होता हुआ देखकर दीक्षित सर ने बड़े रहस्यमय ढंग से सलाह दी कि उसे सँभालना अब तुम्हारा काम है। उस चोट्टे द्विज के जाल में वह फँसी हुई है। उसे वहाँ से उबारना तुम्हारी जिम्मेदारी है। तुम आईपीएस अफसर हो। तुममें यह काबिलियत है। यही सोचकर मैंने उसका तुमसे विवाह किया कि तुम उसे सँभाल लोगे।

मैं समझ गया कि मृणालिनी की स्थिति को एक वैवाहिक आवरण देने के लिए

दीक्षित सर ने उसे मेरे मत्थे मढ़ दिया। फिर भी, मैं ऊपर से शालीन बना रहा और दीक्षित सर ने भी अपनी सौम्यता में कहीं से कोई कमी न दिखाई। कुछ देर बाद मैं वहाँ से चला आया। उस रात भी मृणालिनी एक बजे रात आई। उस रात उसे ड्राइवर सहारा देकर न लाया, बल्कि द्विज लाया, जो स्वयं भी नशे में लड़खड़ाता हुआ चल रहा था। फ्लैट के दरवाजे से मृणालिनी को धकेलते हुए उसने तंज किया, "महापातर, तुम्हारे तो बड़े मजे हो रहे हैं। लो इसकी सेवा करो, लेकिन ध्यान रखना यह मेरी चीज है।" द्विज की बात पर मुझे बहुत गुस्सा आया और मन हुआ उसे जोरदार थप्पड़ मारूँ, लेकिन मैं दोनों बाँहें फैलाकर मृणालिनी को सँभालने में लगा रहा, नहीं तो द्विज के धकेलने से वह जमीन पर गिर गई होती। इस बीच, द्विज वहाँ से चला गया। मैं बाँहों में उठाकर ही मृणालिनी को बेड पर लाकर लिटा दिया और उसके पैरों से उसके सैंडल को अलग किया। मृणालिनी ने नशे में अपनी मिमियाती आवाज में मुश्किल से किसी तरह कहा, "थैंक्स, हबी।"

मैं उस रात सोया नहीं। मुझे बार-बार माई की याद आती रही। उसका यह कहना मुझे उस रात बड़े जोरों से याद आने लगा कि "औरत के साथ कभी ज्यादती न करना और औरतों की हर तरह से सुरक्षा करना।" दो-एक बार हल्की झपकी लगी तो लगा कि माई मेरे सामने खड़ी होकर यही बात दुहरा रही है।

सुबह होते-होते मैंने निश्चय किया कि मृणालिनी को द्विज के फंदे से उबार कर रहूँगा। यह मेरे लिए एक चुनौती है, जिसे मैं स्वीकार करता हूँ। मुझे याद आया कि पिछली शाम दीक्षित सर ने कुछ इसी प्रकार की जिम्मेदारी की बात कही थी।

सुबह सात बजे ही मैं निकल गया अपने फ्लैट से और जा पहुँचा अपने बैचमेट ब्रज बिहारी सिंह (जिन्हें हम सब बैचमेट्स बीबीएस कहा करते थे) के आवास पर। बीबीएस उन दिनों लखनऊ में सीओ अमीनाबाद हुआ करते थे और हमारे दो बैचमेट्स में एक वे भी थे जो मेरी शादी में बराती बनकर गए थे। यही नहीं, दूल्हे की गाड़ी में दूल्हे के साथ शहबाला के तौर पर भी बीबीएस ही बैठे थे।

बीबीएस को मैंने समस्या बताई। उससे कहा मुझे मृणालिनी और द्विज के बारे में पूरी जानकारी पता करनी है। उन दोनों के बारे में मेरे पास जितनी जानकारी थी उसे मैंने बीबीएस को बताया और कहा कि लखनऊ में बाहरी व्यक्ति होने की वजह से आगे की जानकारी जुटा पाना मेरे लिए थोड़ा मुश्किल है। साथ ही, मैं

अपनी इस गोपनीय पूछताछ की भनक दीक्षित सर या मृणालिनी को न होने देना चाहता हूँ। मेरी मदद के लिए बीबीएस ने एक तेज-तर्रार नौजवान सब-इंस्पेक्टर को मेरे साथ कर दिया।

हम दोनों लोरेटो स्कूल, कुछ होटलों, राजनीतिक हल्कों व अन्य सम्भावित स्थानों एवं समूहों में गुप्त रूप से लगातार चार दिनों तक पूछताछ करते रहे। मैं सुबह के सात बजे सब-इंस्पेक्टर की मोटरसाइकिल पर पीलियन-राइडर बन निकल पड़ता था और अपराह्न में दो बजे मृणालिनी के जगने से पहले अपने फ्लैट में लौट आता था। इस वजह से मृणालिनी को इस गुप्त पूछताछ के बारे में कुछ पता न लगा।

बाकी के समय मैं मृणालिनी पर अपने निःस्वार्थ और सच्चे प्रेम की वृष्टि कर उसे प्रेम-प्लावित कर देना चाहता था ताकि अपने प्रेम के बल पर मैं उसे द्विज के फंदे से निकाल लाऊँ। मृणालिनी के लिए मैं स्वयं को एक बहुत केयरिंग हसबैंड साबित करने की जी-तोड़ कोशिश कर रहा था। इसका असर भी होना शुरू हुआ। मेरे प्रति मृणालिनी के व्यवहार में परिवर्तन आने लगा; नरमी आने लगी।

चार दिनों में जो जानकारियाँ हमने हासिल कीं उसमें कुछ तो मुझे पहले से ही पता थीं। मुझे इतना तो पहले से ही पता था कि हमारे गाँव के पंडित मिसिर के साले सुभाषचन्द्र चौबे, जो उत्तर प्रदेश सरकार के सहकारिता मंत्री थे, सोमारी बलात्कार कांड में बुरी तरह बेइज्जत होकर पद से हटा दिए गए थे। मुख्यमंत्री के लाड़ले होने के कारण वह किसी तरह जेल जाने से बचा लिये गए थे और राज्य पर्यटन निगम के चेयरमैन के रूप में पुनर्स्थापित कर दिए गए थे। उसके ठीक बाद होने वाले विधान सभा चुनाव में न वे केवल हमारे क्षेत्र से हार गए, बल्कि उनकी पूरी पार्टी बुरी तरह हारकर सत्ता से बाहर हो गई। यही नहीं, सुभास चौबे फिर कभी विधायकी का चुनाव न जीत सके और उनकी पार्टी, जो देश की सबसे पुरानी और प्रतिष्ठित पार्टी थी, लगभग हमेशा के लिए प्रदेश में सत्ता से दूर चली गई।

आगे हमें जो जानकारी मिली उसके अनुसार, विरोधी पार्टी, जो कि पिछड़ों के कल्याण के नारे के साथ चुनाव जीतकर सत्ता में आई थी, ने सोमारी बलात्कार मामले को फिर से उभारा और सुभास चौबे को जेल जाना पड़ा। बाद में उनको दस साल की सजा हो गई और वह अभी भी अपनी सजा जेल में काट रहे थे।

सुभास चौबे को जेल की सजा होने का असर उनके बहनोई पंडित मिसिर

और उनके भांजे द्विज पर बुरी तरह पड़ा। हमारे गाँव बभनियाँव में पंडित मिसिर की हनक एकदम ढीली पड़ गई। उनका बेटा द्विज, जो लखनऊ में अपने मामा सुभास चौबे के यहाँ रहकर पढ़ाई करता था, बेसहारा हो गया। वह एकदम बेसहारा तो नहीं हो गया, क्योंकि सुभास चौबे ने अपनी काली कमाई से राजधानी में एक बड़ा भव्य मकान बनवा रखा था। द्विज उस मकान पर काबिज हो गया और गाँव के अपने खेत बेच-बेच कर अपने खर्चे का इन्तजाम करता रहा।

द्विज उसी लोरेटो स्कूल में पढ़ता था, जिसमें मृणालिनी पढ़ती थी। आवारागर्दी और नशेबाजी तो वह अपने मामा के रंगबाज माहौल और बिगड़ैल प्यार-दुलार के दौरान ही शुरू कर दिया था। जब मामा जेल चला गया तो भांजा द्विज खुलकर आवारागर्दी और नशेबाजी करने लगा।

इधर, अपनी माँ के मरने के बाद मृणालिनी गहरे अवसाद में चली गई थी। उसके संवेदनशील किशोरी मन को दीक्षित सर समझ न पाए। माँ की कमी और दुलार को खुद पूरा करने के चक्कर में वे उसके अवसाद और उच्छृंखलता को नहीं देख पाए। अवसादग्रस्त मृणालिनी को द्विज का संग-साथ और स्नेह मिला। द्विज लोरेटो स्कूल में उसका सहपाठी था। द्विज सुदर्शन था, लेकिन काफी हद तक काइयाँ था। द्विज की स्वतंत्र, स्वच्छन्द और दुनिया की परवाह न करने वाली प्रवृत्ति मृणालिनी के मन को भा गई। मृणालिनी ने द्विज में प्रेम खोजना शुरू किया और द्विज ने बड़े अफसर की इकलौती बेटी के संसाधनों का लाभ उठाने का अवसर तलाश लिया।

जब तक दीक्षित सर को भनक लगती मृणालिनी द्विज के प्रेम में पागल हो चुकी थी। उसकी संगत में उसे शराब और ड्रग्स की भी लत लग चुकी थी। जब दीक्षित सर ने मृणालिनी को डाँटा तो उसने खूब रोना-धोना मचाया। उसके रोने-धोने से दीक्षित सर सहम गए। इससे उसे और शह मिल गई। अब उसने उनको चेताना शुरू किया कि वह वयस्क है और अपने बारे में निर्णय लेने के लिए सक्षम और स्वतंत्र है। उसने उनको धमकाना भी शुरू किया कि अगर उसके साथ जोर-जबरदस्ती करेंगे तो वह या तो द्विज के संग कहीं भाग जाएगी या सुसाइड कर लेगी।

एक वरिष्ठ आईपीएस ऑफिसर, जिसके नाम तक से बड़े-बड़े खूँखार अपराधियों के छक्के छूट जाने चाहिए, वह अपनी बेटी से डर गया। उन्होंने बेटी के

सामने हथियार डाल दिए। बेटी के प्रति दायित्व निभाने और समाज में सम्मान बनाए रखने की भावना ने उनके हाथ बाँध दिए। द्विज की आवारागर्दी और आपराधिक प्रवृत्ति को जानते हुए भी वह उसके प्रति कोई कार्रवाई न कर पा रहे थे। इस पूरी समस्या का हल उन्हें यही सूझा कि मृणालिनी का किसी योग्य वर से विवाह कर जान छुड़ाया जाए। अपने पति और नई गृहस्थी में पड़कर शायद उसमें परिवर्तन आ जाए—इस विचार से उन्होंने धीरे-धीरे मृणालिनी को घेरे में लेना शुरू किया और अन्ततः उसे समझाने में सफल हो गए कि वैवाहिक व्यवस्था में उसे अवसाद और अस्थिरता से मुक्ति मिलेगी। इस पर मृणालिनी ने जिद्द की कि उसकी शादी द्विज से कर दी जाए तो दीक्षित सर ने असहमति जताई। उन्होंने उसके सामने द्विज की पारिवारिक पृष्ठभूमि की पूरी पोल खोल दी। अपने सूत्रों और स्रोतों से उन्होंने ये जानकारियाँ गोपनीय ढंग से जुटाई थीं। उन्होंने मृणालिनी को बताया कि द्विज का मामा, जो राजनीति की आड़ में ड्रग की तस्करी का नेटवर्क चलाता था, बलात्कार के अपराध में आजकल जेल में सड़ रहा है। द्विज के गाँव का भी पूरा हुलिया बाप ने बेटी के सामने बयान कर दिया। उन्होंने मृणालिनी को समझाया कि द्विज का बाप एक साधारण किसान है, जो अब द्विज के दबाव में खेत बेचकर खर्च के लिए पैसे देता है। द्विज के घर पर महिलाओं की अत्यन्त दयनीय स्थिति रहती रही। इसी सबसे ऊबकर उसकी बहन विद्या गाँव के ही एक लड़के संग भाग गई, जिसका आज तक पता न चला। यदि तुम्हें मुझ पर विश्वास न हो तो द्विज से बस पूछकर देखना कि विद्या उसकी कौन है।

सबसे सनसनीखेज बात जो बाप ने बेटी को बताई वह यह थी कि द्विज के मामा सुभास चौबे का ड्रग सिंडिकेट अब सत्ता दल के एक अत्यन्त प्रभावशाली नेता के हाथ में है और उस सिंडिकेट के संचालन में द्विज भी एक मुहरा है। उसने तुम्हारे अनजाने में तुम्हें भी उसमें शामिल कर रखा है। उसके नियंत्रक उस नेता के निर्देशानुसार इस प्रयास में है कि उसकी शादी तुमसे हो जाए ताकि उसे पुलिस की ओर से मिल रहे अवैध गुप्त संरक्षण के बदले चुकाई जा रही भारी धनराशि अदा करने से बचा जा सके।

मृणालिनी के लिए यह सब स्वीकार करना कठिन था। लेकिन वह समझ गई कि द्विज से शादी करना उसके लिए अच्छा नहीं होगा। और वह पिता की मर्जी से

शादी के लिए तैयार हो गई। उन्हीं दिनों दीक्षित सर ने मुझे टारगेट किया और विन ओवर कर लिया। मृणालिनी की अन्यत्र शादी की खबर से द्विज बौखला गया। इसी बीच, मृणालिनी ने अपनी शादी का एक इन्विटेशन कार्ड उसे भी दे दिया। कौन उसका दूल्हा बन रहा है यह जानने की उत्सुकता में जब उसने मेरा नाम देखा तो मेरी उपजाति को लेकर उसने हंगामा खड़ा करने और शादी को तोड़वा देने की योजना बनाई।

द्विज मृणालिनी की शादी भंग कर देने की योजना में सफल तो न हुआ, लेकिन वह उसे अपने फंदे में जकड़े रहने में कामयाब जरूर रहा। रोज शाम को ड्रग लेने के लत के जिस मकड़जाल में द्विज ने उसे फँसा रखा था उससे निकल पाना मृणालिनी के लिए मुश्किल था। शादी के दो-तीन दिनों के दौरान जब वह ड्रग से वंचित रही तो बहुत छटपटाई और शादी के बाद मौका मिलते ही फिर भागकर उसी जाल में जा पहुँची।

ये सब जानकारियाँ जुटाने के लिए हमने तरह-तरह के पापड़ बेले। सबसे पहले हम लोरेटो कॉन्वेंट स्कूल के एक चपरासी से मिले जिसे कुछ रुपयों का लालच देकर कॉलेज में शुरू हुए मृणालिनी और द्विज के प्रेम-सम्बन्धों के बारे में पता किया। मेरे बैचमेट बीबीएस के एक राजनीतिक रिश्तेदार से, जो सुभास चौबे की पार्टी के कट्टर विरोधी थे, उसके ड्रग सिंडिकेट के बारे में पता किया और यह भी मालूम किया कि किस प्रकार पुलिस के कुछ लोग उन्हें संरक्षण प्रदान कर रहे थे। इस बीच, दीक्षित सर की अनुपस्थिति में उनके आवास पर मैं किसी-न-किसी बहाने से तीन-चार बार गया और हर बार नौकर-नौकरानियों के लिए मिठाई और उपहार ले गया और घुमा-फिराकर पिता-पुत्री के सम्बन्धों, उनकी बातों और तकरारों के बारे में पता कर लिया।

जो कुछ पता चला वह मेरे लिए तकलीफदेह था। दरअसल दीक्षित सर ने अपनी समस्या दूर करने का जरिया मुझको बनाया था और अपनी नशेड़ी बेटी मेरे मत्थे मढ़ दी थी। मैं उन्हें दोष भी नहीं देना चाहता क्योंकि कोई भी बाप अपनी बेटी की भलाई के लिए यही करना चाहेगा। बल्कि, मैं उनके इस त्याग की प्रशंसा करता हूँ कि मेरी उपजाति जानकर भी उन्होंने अपनी बेटी का हाथ मेरे हाथों में दिया। मृणालिनी के प्रति भी मेरे मन में कोई विशेष आक्रोश न रहा। मैंने महसूस

किया कि वह अपनी पारिवारिक परिस्थितियों के कारण प्रेम खोजते-खोजते एक ऐसे चक्रव्यूह में चली गई जहाँ द्विज जैसा मक्कार उसका शोषण कर रहा है। जाने-अनजाने वह उसमें फँसी रहने को मजबूर है। उसके प्रति मेरे मन में भारी करुणा का भाव उमड़ आया। मैंने इसे अपने लिए एक चैलेंज के रूप में लिया कि अपने प्यार के बल पर मैं मृणालिनी का दिल जीत लूँगा और एक दिन द्विज को उसके अपराधों के लिए सीखचों के पीछे भिजवाने में सफल होऊँगा।

शादी के लिए ली गई पन्द्रह दिनों की छुट्टी बिताकर मैं फैजाबाद वापस आ गया। इन पन्द्रह दिनों का आधा समय तो शादी-पूर्व की तैयारियों में लग गया था। आधे समय अर्थात् बाद के सात दिनों के लिए कश्मीर में हनीमून पर जाने का कार्यक्रम कैंसिल हो जाने के कारण उस पूरे समय को मृणालिनी की समस्या का हल खोजने और उसका हृदय जीतने की कोशिश में लगा दिया। मैं अपनी कोशिश में कुछ हद तक सफल भी हुआ। मेरी निरन्तर सहनशीलता और केयरिंग ऐटिट्यूड ने उसके मन को थोड़ा पिघला दिया। वह रास्ते पर आने लगी थी। वह मुझे देखकर मुस्कराने भी लगी थी और प्यार से हबी पुकारना भी जारी रखे हुए थी, यद्यपि उसका द्विज के अड्डे पर जाना बन्द न हुआ था। शाम होते ही, न चाहते हुए भी वह, जैसे सम्मोहन की अवस्था में, खिंची वहाँ चली जाती थी।

द्विज से मृणालिनी को दूर ले जाने के उद्देश्य से एक दिन मैंने उससे कहा कि अब तो मेरी छुट्टियाँ खत्म हो रही हैं और अब मुझे फैजाबाद लौट जाना होगा। चलो तुम भी मेरे साथ फैजाबाद। थोड़ा घूम-फिर लेना। उसने साथ चलने में दिलचस्पी दिखाई भी, लेकिन कहा कि पहले वहाँ हम दोनों के रहने भर की गृहस्थी जुटा लो, फिर साथ चलेंगे।

इस बीच, अयोध्या में रामजन्म भूमि–बाबरी मस्जिद के विवाद को लेकर बड़ा बवाल मचा हुआ था। फैजाबाद के एसएसपी प्रवीण कुमार शुक्ल का तबादला कर दिया गया था और उनकी जगह शिवशंकर सारस्वत आ गए थे। मन्दिर के शिलान्यास और कारसेवकों के झुंड के झुंड वहाँ जुटने से अयोध्या ही नहीं, पूरे

देश का माहौल गरमाया हुआ था। स्थिति को सँभालने के लिए बड़ी तादाद में अर्ध-सैनिक बलों की तैनाती वहाँ की गई थी। विवादित ढाँचे की सुरक्षा भी अर्ध-सैनिक बलों के जिम्मे कर दी गई थी। शुक्ला सर ने उत्तर प्रदेश पुलिस की ओर से प्रविंशल पुलिस सर्विस का एक डीएसपी उस एरिया का प्रभारी नियुक्त कर रखा था। स्थिति को सँभालने और अर्ध-सैनिक बलों से तालमेल बनाए रखने में उसको सक्षम न मानकर सारस्वत सर ने मुझे वहाँ का प्रभारी बना दिया।

इस नई पोस्टिंग में रात-दिन की किचकिच और व्यस्तता थी। दूर-दूर से राजनेता गण, पत्रकार और अन्य विशिष्ट जन स्थिति का स्वयं आकलन करने के लिए अक्सर वहाँ आया करते थे। यही नहीं, प्रदेश के पुलिस महानिदेशक का भी दो बार जल्दी-जल्दी दौरा हुआ वहाँ का। इन सब वजहों से मैं बहुत व्यस्त रहने लगा। लखनऊ जाकर मृणालिनी के हालचाल लेने की अब मुझे फुरसत ही नहीं मिलती थी। मृणालिनी ने भी मुझे कभी याद न किया। व्यस्तता के चलते उसके लायक आवास का इन्तजाम भी मैं नहीं कर पा रहा था। वह भी आकर अब मेरे साथ रहने को अब उतनी इच्छुक नहीं लग रही थी।

इसी बीच, एक दिन बड़के चाचा रजई आ धमके। आते ही उन्होंने मेरे ऊपर अपना गुस्सा उतारना शुरू कर दिया, "तुम अकेले-अकेले शादी कर लिये और हम लोगों को पूछे तक नहीं। हम लोग क्या अब एकदम गैर हो गए हैं! हो तो तुम आखिर हमारे ही खून, तो फिर यह बेगानापन क्यों? तुम शादी भी किए तो जात बाहर शादी किए। इसका मतलब जानते हो? हम अब अपनी बिरादरी में कुजात हो गए हैं। कोई भी महाबाभन अब हमसे रोटी-बेटी का सम्बन्ध न रखेगा।"

मुझे चाचा की बात समझ में न आ रही थी। इतना तो मैं समझ रहा था कि शादी में उन लोगों को शामिल न करना हमारी गलती हो सकती है, लेकिन मेरी शादी से उनका जात से बाहर निकाला जाना कैसे हो सकता है! मैंने कहा, "शादी थोड़ी जल्दी में हुई। इसलिए आप लोगों को बुला न सका। लेकिन, इससे आप लोग कुजात कैसे हो गए?"

"तुम हमारे खून हो कि नहीं?" चाचा ने झल्लाकर पूछा।

"हाँ, हैं," मैंने शान्ति से उत्तर दिया।

"तुम्हें नहीं मालूम है कि हम अपने महाब्राह्मण समाज से बाहर शादी कभी

नहीं करते, चाहे कोई भी अन्य ब्राह्मण हो?" अगर कोई ऐसा करता है तो वह कुजात हो जाता है। फिर कोई भी महाब्राह्मण न उसके यहाँ अपनी बेटी ब्याहता है और न उसके यहाँ से बहू लाता है।"

मैं क्या जवाब देता! मैं चुप रहना ही उचित समझा। मुझे चुप देखकर चाचा और चिढ़ गए और वही बातें दुहराने लगे जो एक बार वह पहले ही कह चुके थे—"तुम तो अकेले ही अकेले उस समाज से निकल लिये और अब बड़के आदमी बन गए, लेकिन हमें तो उसी महाबाभन समाज में ही रहना है। हमारे बच्चों का अब क्या होगा? अब उनका शादी-ब्याह कहाँ होगा!"

मुझे चाचा की बात से अब चिढ़ होने लगी। उनका यह आरोप मुझे गलत लगा कि मेरी वजह से उनका समाज-बहिष्कार हुआ है, लेकिन उनके मुँह मैं लगना नहीं चाहता था। मुझे चुप देखकर वह भी कुछ देर चुप रहे। फिर बोले, "लाओ पाँच सौ रुपये दो रास्ते का खरचा-वरचा। और हाँ, जो किए सो किए तुम। अब हमारे बाल-बच्चों का भी कहीं नौकरी का इन्तजाम करना।"

मैंने चुपके से उन्हें पाँच सौ रुपये देकर जान छुड़ाना उचित समझा। मैं मन-ही-मन सोच रहा था कि अगर मैं उनसे पूछूँ कि हमारे हिस्से की जजमानी से जो आमदनी हो रही है उसका क्या ये हिसाब देंगे!

चाचा के जाने के दो दिनों बाद की बात है। विवादित ढाँचे के निकट एक रोचक घटना घट गई। एक महिला सांसद, जो बहुत फायरब्रैंड नेता मानी जाती थीं और राम जन्मभूमि मुक्ति आन्दोलन से जुड़ी थीं, रामलला के दर्शन को पधारीं। अर्ध-सैनिक सुरक्षा बल की एक महिला आरक्षी के साथ सुरक्षा जाँच के दौरान उनकी तू-तू मैं-मैं हो गई। सांसद महोदया ने झल्लाकर कहा कि थप्पड़ मारूँगी। महिला आरक्षी ने ललकारा कि मार के तो दिखा। इस पर उत्तेजित होकर साँसद महोदया ने उसे सचमुच थप्पड़ मार दिया—पर धीरे से। बदले में उस हट्टी-कट्टी महिला आरक्षी ने सांसद महोदया को एक झन्नाटेदार थप्पड़ मारा। थप्पड़ जोरदार तो था ही, जिससे सांसद महोदया घायल तो हुईं ही, लेकिन इतने लोगों के सामने उनकी भारी बेइज्जती हो गई। आक्रोश में भरकर सांसद ने रोना-धोना मचाया और माँग की कि प्रदेश के मुख्यमंत्री (जो उस समय उन्हीं की पार्टी के थे) स्वयं आकर मामले को देखें। आगे उन्होंने यह भी धमकाया कि अगर वे न

आए तो मैं यहीं राम जन्मभूमि में ही जान दे दूँगी।

सांसद महोदया की धमकी से राजनीतिक हलकों में भारी हड़कम्प मच गया। आनन-फानन में मजिस्ट्रेटी जाँच शुरू की गई। जाँच मेरे बैच के एक आईएएस अफसर, जो उन दिनों वहाँ एसडीएम था, के जिम्मे आई। उसके साथ मैं भी गया। पूछताछ के दौरान मैंने देखा कि उस सम्बन्धित बल के कमांडेंट, जो एक अधेड़ हरियाणवी सज्जन थे, मजिस्ट्रेट के बार-बार पूछे जाने पर कि घटना के समय आप कहाँ थे, बार-बार अपना एक्सप्लानेशन दे रहे थे। आखिर में, वह झल्लाकर बोले कि मैं लड्डू खाने गया था। यद्यपि उनके इस जवाब से मुझे मन-ही-मन बड़ी हँसी आई, लेकिन मैंने महसूस किया कि हम पुलिस वाले कितने भारी तनाव में काम करते रहते हैं।

इस बीच, मैं दो दिनों की छुट्टी लेकर लखनऊ गया मृणालिनी से मिलने। मृणालिनी से मिलकर मुझे घोर निराशा हुई। पिछली बार थोड़े ही दिनों में मैंने अपने प्रेम और अपनत्व के बल पर मृणालिनी में जिस सकारात्मक बदलाव की शुरुआत की थी वह मेरी अनुपस्थिति में मटियामेट हो चुकी थी। बल्कि, अब वह पहले से कहीं ज्यादा नशा करने लगी थी। वह द्विज के फंदे में अब और उलझ गई थी। मेरी अनुपस्थिति में द्विज उसे समझाने में कामयाब हो गया था कि उसका पति अर्थात् मैं उसी (द्विज) के ही गाँव का अधम महाब्राह्मण हूँ, जिसके हाथ का छुआ पानी कोई नहीं पीता। द्विज ने मृणालिनी को दीक्षित सर के खिलाफ भी खूब भड़काया कि उन्होंने तुम्हारी शादी में धोखा किया है। एक अधम महाब्राह्मण को तुम्हें सिर्फ इसलिए सौंप दिया है कि वह आईपीएस ऑफिसर है और मुझे (द्विज को) इस लिए दुत्कार दिया कि मैं बेरोजगार हूँ।

मृणालिनी द्विज की बातों में आ गई, यद्यपि उसे जाति-उपजाति की बातें समझ में न आती थीं और न ऐसी बातों में उसे विश्वास था। यही नहीं, वह इसे कुछ हद तक द्विज की गढ़ी हुई बातें भी समझती थी। लेकिन, उसका इतना तो मानना था कि मैं बिलकुल देहाती, गँवार और बोदा हूँ, और द्विज के आकर्षक पर्सनैलिटी के सामने कहीं नहीं ठहरता। द्विज उसका पहला क्रश है और वह अभी उस पर जान छिड़कती है। पापा ने उसके साथ सचमुच धोखा किया है जो सिर्फ आईपीएस अफसर देखकर उसकी शादी कर दी।

इस बार की मुलाकात में मैंने मृणालिनी को जब प्यार-दुलार और अपनत्व के साथ अपनी ओर मोड़ने का प्रयास किया तो वह भड़क गई और चिल्लाने लगी कि हसबैंड बनने और हसबैंड बनकर मेरे ऊपर हाबी होने की कोशिश मत करो। द्विज के प्रति अपने प्रेम को सही साबित करने के लिए वह मेरी उससे तुलना करने लगी। यही नहीं, वह मुझे अधम और घृणित जाति का कहकर अपमानित भी करने लगी। मैं यह सब सहन करके भी उसका प्यार पाना चाहता था और अपनी चुनौती में खरा उतरना चाहता था। लेकिन, मुश्किल मेरी यह थी कि मेरी दो ही दिन की मिली छुट्टी खत्म हो गई और मृणालिनी मेरे साथ फैजाबाद चलने के लिए बिलकुल राजी न हुई, यहाँ तक कि थोड़े दिनों की तफरीह के लिए भी नहीं।

मैं हताश होकर अकेले फैजाबाद लौट आया। मैंने खुद को अपने काम में पूरी तरह झोंक दिया ताकि पारिवारिक और जातीय प्रताड़ना को भूला रहूँ। इन दिनों मैं रोज ही राम जन्मभूमि-बाबरी मस्जिद के विवादित स्थल का एक बार चक्कर जरूर लगाता था। वहाँ आते-जाते मैं अक्सर देखता था कि उस क्षेत्र में बहुत भारी संख्या में तैनात अर्ध-सैनिक बलों के जवान सड़क के किनारे लगी दुकानों से तरह-तरह के लॉकेट और मालाएँ खरीदकर अपने गले में लटकाए रखते थे। लॉकेटों में राम जी, सीता-राम, हनुमान जी या जय श्रीराम के मढ़े हुए छोटे-छोटे चित्र होते थे। यही नहीं, कुछ जवानों को इन दुकानों से खरीदकर हनुमान चालीसा, सुन्दरकांड वगैरह का ड्यूटी के दौरान पाठ करते हुए भी देखा मैंने। इस तरह के रेडिकलाइजेशन को देखकर मैं बड़ा हैरत में पड़ गया।

इससे भी बड़ी हैरत की एक बात मेरी नजर में आई। फौज या अर्ध-सैनिक बलों के जवान अक्सर अपने परिवारों से दूर रहते हैं। ऐसे में इनमें से कई जवान अपनी काम-वासनाओं की पूर्ति का साधन अपनी नियुक्ति के क्षेत्र में ही ढूँढ़ते रहते हैं और कुछ स्त्रियाँ इन्हें उपलब्ध भी हो जाती हैं, जो चार पैसे के लालच में इन्हें थोड़ी देर के लिए अपना शरीर सौंप देती हैं।

एक दिन मैं अपनी जिप्सी से गुजर रहा था तो देखा कि सड़क के किनारे के एक मकान के दरवाजे पर तीन-चार औरतें खड़ी हैं और कुछ जवान उधर मँडरा रहे हैं। दूसरे दिन भी उधर से गुजरते हुए मैंने यह नजारा देखा। तीसरे दिन उधर से गुजरते हुए मैंने चलते-चलते एक नजर उन औरतों पर डाली। मुझे उनमें से एक

औरत कहीं देखी हुई लगी, लेकिन मैं याद नहीं कर पा रहा था कि वह कौन औरत है और उसे मैंने कहाँ देखा है! अगले दिन मैंने ड्राइवर को बोला कि उस जगह से गुजरते हुए थोड़ा धीमे चलो ताकि उन औरतों को मैं गौर से देख सकूँ।

पहचान लिया मैंने उसे। वह विद्या थी। हमारे गाँव की विद्या—पंडित मिसिर की बेटी विद्या, द्विज की बहन विद्या, सुभास चौबे की भांजी विद्या, वही विद्या जो गाँव के नचनिया राजू मिसिर के संग भाग गई थी। राजू मिसिर तो मारा गया था और उसकी कटी हुई लाश रेलवे लाइन पर पाई गई थी, लेकिन विद्या का पता न लगा कि वह कहाँ गुम हो गई। पंडित मिसिर और सुभास चौबे की लाख कोशिशों के बावजूद भी विद्या का कोई पता न लगा था। वह विद्या मुझे अयोध्या में इस हालत में दिख जाएगी—मैं सोच भी नहीं सकता था।

अगले दिन मैं सादे कपड़ों में अपने कुछ हमराहियों (साथी पुलिस वालों) के साथ उधर गया और उस मकान से कुछ दूर पहले ही अपनी गाड़ी रोककर चुपके से पैदल ही उस मकान के द्वार पर पहुँचा जहाँ कुछ औरतों के साथ विद्या भी खड़ी थी। हमारे वहाँ पहुँचते ही वे औरतें हमें सम्भावित ग्राहक जानकर उत्सुक हो हमारे नजदीक आ सटीं। उनको परे हटाते हुए मैं विद्या के सामने जा खड़ा हुआ और धीरे से पुकारा, "विद्या!"

इतना सुनते ही विद्या तुरन्त भीतर की ओर भागी। उसको भागते देखकर बाकी औरतें मेरे आगे दीवार बनकर खड़ी हो गईं। उनमें से एक मोटी-सी दबंग टाइप की औरत मुझे घुड़कते हुए बोली, "आप भीतर नहीं जा सकते।"

"विद्या मेरी परिचित है; मेरी बहन है," मैंने विनम्रता से उत्तर दिया।

"अगर वह तुम्हारी बहन होती तो तुमसे दूर क्यों भागती?" उस मोटी ने अकड़ते हुए मुझसे सवाल किया। इस पर रंज होकर मेरे साथ का सब-इंस्पेक्टर आगे बढ़ा और उसको घुड़कते हुए बोला, "दूर हट, मालूम है एएसपी साहब हैं?" इतना सुनते ही वे सारी औरतें पीछे खिसककर छितराने लगीं। सब-इंस्पेक्टर ने मोटी को रोक लिया और घुड़ककर हुक्म दिया, "साहब को उस औरत के पास ले चल।" मोटी चुपचाप आगे-आगे पुकारते हुए चली, "मालती, ओ मालती, इधर आ।"

मोटी के पुकारने के कुछ ही देर बाद विद्या एक कमरे से निकली और सीधे आकर मेरे पैर पकड़कर रोने लगी, "तिरभुअन भइया।"

मैंने उसे बाँह पकड़कर उठाते हुए कहा, "उठो, विद्या। तुम कहाँ गायब हो गई थी बहन?"

"मुझे छोड़ दो भइया, बाबू और मामा जान जाएँगे तो मुझे जान से मार डालेंगे।"

"तुम्हारे बाबू गुजर गए बहन, और तुम्हारे मामा अब जेल में हैं। हाँ, तुम्हारा भाई द्विज है, जिससे मेरी मुलाकात हुई थी।"

अपने बाबू और मामा के बारे में जानकर विद्या दुखी कम और सकते में ज्यादा आ गई। उसने धीरे से सिसकते हुए कहा, "मेरा भाई कसाई है, भइया। वह मुझे जिन्दा न छोड़ेगा।"

"मैं अब एक पुलिस अफसर हूँ। तुम मेरी भी बहन हो। अगर तुम इस नरक से निकलना चाहो, तो मेरी बहन की तरह मेरे बँगले पर रह सकती हो। तुम्हारा कोई कुछ न बिगाड़ सकेगा।"

"मेरी वजह से तुम्हारे ऊपर कुछ मुसीबत या कलंक न आ जाए, भइया," विद्या सशंकित होते हुए बोली।

मुझे लगा माई फिर सामने आ खड़ी हुई है और फिर मुझे चेता रही है, "औरत की इज्जत करना। औरत की इज्जत की रक्षा करना।"

"बहन, तुम्हारे लिए मैं कुछ भी करने को तैयार हूँ। अगर तुम यहाँ से निकलना चाहती हो तो अभी चलो यहाँ से," मैंने आग्रह किया।

बिना पीछे देखे विद्या ने तुरन्त आगे कदम बढ़ाया। मैंने सब-इंस्पेक्टर को इशारा किया दरवाजे के सामने गाड़ी लगवाने का।

विद्या का हाथ पकड़कर सहारा देते हुए मैंने उसे गाड़ी में बैठाया। उस मकान की बाकी औरतें दरवाजे और खिड़कियों की ओट से हैरत से देख रही थीं और फुसफुसा रही थीं। मैंने कल्पना किया कि वे आपस में हैरानी से पूछ रही होंगी कि यह मालती आखिर कौन थी, जिसे पुलिस का वह साहब अपनी बहन बताकर ले गया!

मैंने सब-इंस्पेक्टर को धीरे से निर्देश दिया कि सादी वर्दी में अपने दो आदमियों को इन औरतों पर चुपके से नजर रखने के लिए यहाँ से थोड़ी दूर तैनात रखो ताकि ये औरतें कहीं चुपके से खिसक न लें। इसी के साथ थोड़ी आड़ में जाकर मैंने

वहाँ के थानाध्यक्ष को वायरलेस पर निर्देश दिया कि इन औरतों पर देह-व्यापार में संलिप्त होने के अपराध में कानून-सम्मत कार्रवाई तुरन्त की जाए। हाँ, ध्यान इस बात का जरूर रखा जाए कि इन महिलाओं की मर्यादा के विरुद्ध कोई आचरण न हो।

यद्यपि मैं महसूस कर रहा था कि विद्या को बचाकर मैं इन महिलाओं के साथ भेदभाव कर रहा हूँ, लेकिन मेरी आत्मा गवाही दे रही थी कि विद्या अपनी नासमझी से पैदा की हुई परिस्थितियों का शिकार हुई होगी, और अब जब उसका नाम प्रकाश में आएगा तो उसके घर-परिवार वाले उसे कानूनी कार्रवाई से कहीं बहुत आगे जाकर उसे दंडित करने में पीछे न हटेंगे। बहुत सम्भव है वे लोग अपने खानदान की इज्जत के नाम पर इसकी हत्या कर-करा देंगे।

मैं विद्या को लेकर सीधा अपने आवास आया और नौकर-नौकरानी को आदेश देते हुए कहा, "यह हमारी बहन है। इसके लिए एक कमरा ठीक कर दो और ध्यान रखना बहन को कोई तकलीफ न होने पाए।"

शाम को विद्या का हालचाल पूछने के बाद मैंने उससे धीरे से पूछा, "तुम इतने दिनों कहाँ और कैसे रही, बहन, और फिर कैसे उस मकान में पहुँच गई?"

विद्या कुछ देर चुप रही। शायद वह अपना अतीत नहीं उधेड़ना चाहती थी। मुझे लगा कि मैं गलती कर रहा हूँ जो उसके दुख को कुरेद रहा हूँ, लेकिन तब तक वह खुद बोल पड़ी, "राजू के संग मैं रात में भागी थी। रात में ही पैदल चलकर हम जोन्हियाँ पहुँच गए। बाजार के बाहर से ही बस जाती थी बनारस के लिए। मुँह अँधेरे जो पहली बस जाती थी, उसी में हम दोनों बैठ गए। मैंने घूँघट काढ़ रखा था ताकि मैं कोई नई दुल्हन लगूँ। बनारस पहुँचकर राजू मुझे लेकर रेलवे स्टेशन गया, जहाँ प्लेटफॉर्म नम्बर 1 से बम्बई जाने वाली महानगरी एक्सप्रेस छूटने वाली थी। एक कुली की मदद से राजू मुझे लेकर एक जनरल डिब्बे में घुस गया।

बम्बई पहुँचकर ज्यों ही हम लोग ट्रेन से प्लेटफॉर्म पर उतरे, तीन आदमी, जिनमें एक अपने गाँव के झिनकू का लड़का रिंकू भी था, हम लोगों की तलाश में दिखे। राजू पहले बम्बई में रहता था। इसलिए इस बात का अनुमान लगाकर कि दोनों भागकर बम्बई जाएँगे शायद सुभास मामा ने रिंकू को फोन कराकर सजग कर दिया था।

रिंकू और उसके साथ दो और तगड़े साथियों को देखकर राजू मेरा हाथ घसीटते

हुए फुसफुसाया, "भागो विद्या, नहीं तो हम लोग पकड़े जाएँगे।" उस समय सामने वाले प्लेटफॉर्म से एक गाड़ी खुल रही थी। उधर भागते हुए हमें रिंकू ने देख लिया और तीनों हमारे पीछे दौड़ पड़े। छूट रही गाड़ी में पहले मुझे किसी तरह धकेलकर पीछे से राजू चढ़ने लगा तब तक वे लोग वहाँ पहुँच गए और रेंगती गाड़ी पर चढ़ रहे राजू को पकड़कर खींचने लगे। खींचा-खींची में दरवाजे का राड राजू के हाथ से छूट गया और वह नीचे गिर गया। प्लेटफॉर्म पर गिरने के बजाय वह प्लेटफॉर्म और गाड़ी के बीच की खाली जगह में गिर गया। लोग जुटते तब तक वे तीनों भाग निकले। जुटे हुए लोग राजू को न बचा पाए। वह रेल के पहिये के नीचे आकर कुचल गया। उसे छटपटाकर मरने की कल्पना से मैं सिसक-सिसक कर रोने लगी। गाड़ी ने पूरी रफ्तार पकड़ ली थी।

वहीं दरवाजे पर खड़ा एक आदमी भी यह दृश्य देख रहा था। उसने मुझसे पूछा कि वह तुम्हारा साथी था? मैंने रोते हुए उसे पूरी बात संक्षेप में बता दी। उसने तुरन्त कहा, "वे लोग तुम्हें भी खोजते आ सकते हैं अगले किसी स्टेशन पर। तुम अभी बाथरूम में घुस जाओ। मैं मुसलमान हूँ। मैं अपनी बीवी का एक एक्स्ट्रा सलवार-समीज और बुर्का लाता हूँ। तुम अपनी साड़ी उतारकर सलवार-समीज पहन लेना और ऊपर से बुर्का डाल लेना।

उस नौजवान का नाम करीम था। उसका कहना मानकर मैं तुरन्त बाथरूम में घुस गई। थोड़ी देर बाद किसी ने बाथरूम का दरवाजा धीरे से खटखटाया। मैंने खोलकर देखा तो वह करीम था। उसने मुझे एक झोला थमाया। मैंने अपनी साड़ी वगैरह उतारकर उसी झोले में भर दी और सलवार-समीज पहनकर ऊपर से बुर्का डाल लिया। झोला लिये हुए करीम आगे-आगे चला और मैं उसके पीछे। उसी डिब्बे में एक सीट के निकट पहुँचकर अपनी बीवी के बगल में जगह बनाते हुए उसने कहा, "बेगम, तुम्हारी बहन राबिया है। इसे ठीक से बैठा ले।"

अगले एक स्टेशन पर रिंकू सहित वे तीनों शख्स उस डिब्बे में घुसे और मेरी तलाश करने लगे, लेकिन पा न सके क्योंकि मैं विद्या से राबिया में तब्दील हो चुकी थी। कुछ स्टेशन आगे जाने पर करीम और उसकी बीवी मुझे उस गाड़ी से उतार लिये। करीम थोड़ी देर इधर-उधर पूछताछ करता रहा। फिर, मुझे और अपनी बीवी को लेकर एक गाड़ी में बैठ गया।

लगभग आठ घंटे के बाद जब हम उस गाड़ी से उतरे तो देखा कि स्टेशन का नाम मानिकपुर लिखा हुआ था। करीम ने कहा, "मैं यहीं का रहने वाला हूँ। चलो मेरे घर। कोई एतराज?" मैंने न में सिर हिलाया। इस तरह हम करीम के दड़बेनुमा घर में पहुँच गए। आगे मैं हमेशा के लिए राबिया बन गई, उसकी बीवी फातिमा की चचेरी बहन।

उस रात करीम ने मुझसे बलात्कार किया। मैं रोती-गिड़गिड़ाती रह गई। करीम अब रोज रात को मुझसे बलात्कार करता था। इस पर उसकी बीवी फातिमा ने एतराज जताया।

एक दिन करीम ने मुझसे कहा, "अब तुम्हारा यहाँ गुजारा नहीं है। फातिमा अब तुम्हें यहाँ रहने न देगी। चलो, मैं तुम्हें तुम्हारे घर छोड़ देता हूँ।" करीम की बात सुनकर मैं डर गई और घबड़ाकर उसका मुँह ताकने लगी। उसने मुस्कराते हुए कहा, "घबड़ाओ मत। मैं तुम्हारे असली घर नहीं ले जा रहा हूँ। असली घर वाले तुम्हें पाएँगे तो तुरन्त जान से मार देंगे। तुम्हें ऐसे घर ले जा रहा हूँ जहाँ तुम्हारा गुजारा हो सके।" मैंने चुप्पी साध लिया।

अगले दिन करीम मुझे सुबह ही बुर्का उढ़ाकर मानिकपुर रेलवे स्टेशन ले गया। वहाँ वह मेरे साथ एक ट्रेन में बैठा और लगभग शाम को हम लोग फैजाबाद स्टेशन पर उतरे। वहाँ से करीम मुझे बस से सोहावल कस्बे ले गया।

सोहावल की तंग गलियों वाली एक बस्ती में चलकर उसने मुझे मुश्तरी चाची के घर पहुँचाया। उसने मुझसे कहा, "अब यही तुम्हारा घर है। अच्छी तरह रहना।" मुश्तरी की ओर देखकर मुस्कराते हुए वह बोला, "चाची, यह खुली हुई माल है। कोई परेशानी खड़ी न करेगी।" चाची ने मुट्ठी में बन्द नोटों की एक गड्डी करीम को पकड़ाया और करीम उसे सलाम करके चलता बना।

उस रात काले भैंसे जैसे मोटे एक शख्स ने क्रूरतापूर्वक मेरे साथ बलात्कार किया। बाद में पता लगा कि मैं वेश्यालय में बेच दी गई हूँ और वह शख्स हुसैन था—वेश्यालय की संचालिका मुश्तरी का बेटा और उस कोठे का दलाल-टाइप गुंडा। उस कोठे की सारी रंडिया उसे पहलवान या पहलवान भइया नाम से पुकारती थीं। कोई उसका नाम नहीं लेता था।

बाद में जब अयोध्या में हलचल बढ़ी और फौजी लोग उधर बहुत आ गए

तो बिजनेस की अच्छी उम्मीद देखकर मुश्तरी वहाँ एक माकूल जगह पर किराये का मकान लेकर हममें से पाँच लोगों को लेकर वहाँ गई। मुश्तरी सहित हम सबके अब हिन्दू नाम थे। मैं मालती बना दी गई थी।

इतना कहकर विद्या अपना चेहरा अपनी हथेलियों में छुपाकर धीरे-धीरे सिसकने लगी। उसकी कहानी सुनकर मेरा दिमाग एकदम हिल गया। मुझे समझ में न आ रहा था कि किसको-किसको दंड दिलाने का काम करूँ! फौरी तौर पर उस वक्त मुझे यही सूझा कि विद्या की सुरक्षा और सम्मान सुनिश्चित करना मेरा पहला कर्तव्य है।

मैंने विद्या को समझाया कि इस घर में वह बहन के पूरे हक और हैसियत से रहे। नौकर-नौकरानी को अपनी कहानी न बताए और न उनको भनक लगने दे कि तुम मेरी सगी बहन नहीं हो। नौकर-नौकरानियाँ मूर्ख होते हैं। वे तरह-तरह की बात करेंगे; तरह-तरह की अफवाह उड़ाएँगे।

विद्या नौकर-नौकरानी से एक सम्मानजनक दूरी बरतने लगी थी। फिर भी, नौकरानी उससे बार-बार पूछती थी, "क्या आप साहब की सगी बहन हो; आपकी शादी हो गई है; शादी नहीं हुई तो अब तक क्यों नहीं हुई? सुना साहब की शादी हाल में ही हो गई, लेकिन मेम साहब कभी नहीं दिखीं, न कभी यहाँ आईं। पता नहीं क्यों? आप साहब की बड़ी बहन हैं या छोटी? साहब की शादी हो गई तो आपकी क्यों नहीं हुई?"

नौकरानी के बक-बक करने पर विद्या ने उसे डाँट दिया और बड़े गौरव और स्वाभिमान से उसे ताकीद किया कि वह नौकरानी है, नौकरानी की तरह रहे और अपने काम से काम रखे। इस पर वह नौकरानी भुनभुनाते हुए चली गई। शायद वह भुनभुना रही थी कि यह विद्या साहब की बहन नहीं हो सकती। इसका कुछ चक्कर है साहब से।

जो भी हो, विद्या ने घर अच्छी तरह सँभाल लिया। नौकर-नौकरानी से कसकर काम लेती थी और घर को बहुत स्वच्छ और सुव्यवस्थित कर दिया।

इसी दौरान, राम जन्मभूमि में एक घटना घट गई। कुछ मनबढ़ कारसेवक विवादित ढाँचे की गुम्बद पर चढ़ गए और उस पर केशरिया झंडा फहरा दिया। विवादित ढाँचे के गुम्बद पर केशरिया झंडा फहराने और उस पर चढ़े कारसेवकों के हर्षोन्माद और भोंड़े नृत्य-मुद्राओं के चित्र वहाँ उपस्थित पत्रकार-फोटोग्राफरों

ने खींच लिया और पूरी दुनिया के अखबारों और पत्रिकाओं में विवरण सहित ये चित्र छपे।

इस घटना को रोक सकने में असमर्थ होने का आरोप लगाकर वहाँ तैनात सुरक्षा बल की टुकड़ियों और सिविल पुलिस की बड़ी खिंचाई हुई। इसकी आंच मेरे ऊपर भी भरपूर आई। मुझे और ज्यादा सजग और सतर्क रहने के लिए निर्देश दिया गया। इस वजह से मैं बहुत व्यस्त रहने लगा। काफी दिन हो गए मैं लखनऊ जाकर मृणालिनी की खोज-खबर न ले सका। उसे फोन भी न कर सका। वह पहले भी मेरा फोन कभी नहीं उठाती थी। अपनी ओर से उसके फोन करने का तो सवाल ही नहीं उठता था।

कभी-कभी मुझे लगने लगता था कि मृणालिनी के मन को जीत लेने की चुनौती मैं हार रहा हूँ। मुझे द्विज ज्यादा तगड़ा प्रतिद्वंद्वी दिख रहा था, जो मृणालिनी को अपने आकर्षण में बाँधे हुए था। मृणालिनी खुद भी उसी पर फिदा रहती थी, मेरी ओर आकर्षित होने के अल्प अन्तराल के अलावा। मेरी ओर आकर्षण भी शादी के बाद मात्र औपचारिकता-वश या पति के रूप में मेरे दयनीय समर्पण से उपजी सहानुभूति के कारण थी। मुझे लगने लगा कि अब उस औपचारिकता की भी उसने बड़ी बेहयाई से अवहेलना करना शुरू कर दिया था। लगता था मेरे समर्पण से उसके मन में उपजी सहानुभूति की स्रोत भी अब सूख चुकी थी।

इन सब बातों को सोच-सोच कर मुझे गहरी निराशा होने लगी थी। मैं यह सहन नहीं कर पा रहा था कि मेरी परिणीता पत्नी को द्विज हथियाए हुए है और मैं असहाय मूक दर्शक की तरह बस देख रहा हूँ। कई बार मेरा मन होता था कि कभी मैं अपने हाथों द्विज की हत्या कर दूँ और सारा झंझट ही सामने से हटा दूँ। मुझे पक्का विश्वास हो चला था कि मेरी महाब्राह्मण जाति की अतिरंजनापूर्ण कुत्सित विवरणों से उसने मृणालिनी के मन में मेरे प्रति घृणा भरने की भरपूर कोशिश की थी और उसमें सफल भी हुआ था। कभी-कभी मुझे इसमें दोष मृणालिनी का ही लगता था। मैं उसे कोसता था कि वह अपनी सामाजिक मर्यादा या वैवाहिक गरिमा के प्रति जरा भी दायित्व नहीं महसूस करती। मुझे अफसोस होता था कि उसमें आत्मबल की इतनी कमी है कि न वह नशे से अपने को मुक्त कर पाती है और न द्विज के फंदे से निकल पाती है। शायद वह निकलना ही न चाहती हो।

कभी-कभी दीक्षित सर का बहुत बड़ा दोष इन मामलों में मुझे दिखता था। मुझे बार-बार लगता था वह जानबूझकर अपनी नशेड़ी बेटी को मेरे मत्थे मढ़ दिए थे—यह सोचकर कि एक आईपीएस अफसर समर्थ होगा उस बिगड़ैल बेटी को सही रास्ते पर लाने में। नहीं, तो कम-से-कम बेटी को वैवाहिक व्यवस्था की एक आड़ तो मिल जाएगी और वे स्वयं अपनी जिम्मेदारी और समाज के प्रति जवाबदेही से बच जाएँगे।

अक्सर मुझे खुद पर कोफ्त होती थी और लगता था कि सारा दोष मेरा ही है। मैंने जानबूझकर मुसीबत मोल ली है। मैंने जिन्दा मक्खी निगलने की कोशिश की। मैं बड़े बाप की बेटी को अपनी बीवी बनाने को उतावला था, बावजूद इसके कि मैं उसके दुर्गुणों को जानता था। शायद कहीं मेरे मन में यह भी भाव दबा रहा होगा कि इस तरह मैं सामाजिक रूप से तिरस्कृत अपनी उपजाति से ऊपर उठकर ब्राह्मणों की मुख्यधारा में सम्मिलित हो जाऊँगा। मैंने अपने आत्मविश्वास की ताकत को ज्यादा आँकने की भूल कर ली कि मैं अपने सच्चे प्रेम के बल पर मृणालिनी का दिल जरूर जीत लूँगा।

इस तरह की बहुत सारी बातें मेरे दिमाग में अक्सर घूमा करतीं। दिमाग में इन बातों की भिनभिनाहट से मैं तंग आ गया। जब काम-काज में व्यस्त रहता तो कुछ राहत रहती, लेकिन ज्यों ही थोड़ा फुरसत या आराम करने का समय मिलता तो ये तरह-तरह के तर्क-वितर्क दिमाग में बवंडर की तरह उठने लगते।

रातों में इन बातों के भँवरजाल में मेरा दिमाग ऐसा उलझ जाता कि मुझे नींद ही नहीं आती। नींद न आने की हालत में मैं बिस्तर पर करवटें बदलता; उठकर पानी पीने जाता, पेशाब करने जाता या फिर तंग होकर टहलने लगता। कभी-कभी किसी रात विद्या मेरी स्थिति देखकर भागी आती कि क्या बात है जो भइया इतना परेशान है कि उसे नीद नहीं आ रही है। वह मुझसे पूछ बैठती, मेरे जागने का कारण जानना चाहती, लेकिन मैं उसे टाल देता और उसे अपने कमरे में सोने जाने की नसीहत देता। विद्या को लगता था कि उसकी वजह से भइया को कोई परेशानी हुई है या बेइज्जती हुई है। मैं उसको आश्वस्त करता कि नहीं, उसकी वजह से ऐसा कुछ नहीं है।

रात में हम दोनों को इस तरह धीरे-धीरे बतियाते देखकर नौकर-नौकरानियों

में कानाफूसी होनी शुरू हो गई। वे सब हम दोनों के बीच अवैध सम्बन्ध का शक करने लगे। इससे विद्या बहुत परेशान रहने लगी। विद्या के परेशान रहने से मैं और ज्यादा परेशान हो गया।

मेरी स्थिति दिन-प्रतिदिन दयनीय होती जा रही थी। अवसाद के गुंजलक में मैं बुरी तरह फँसता जा रहा था। इन सबसे उबरने का मुझे कोई रास्ता न सूझता था। बातों का बवंडर मेरा पीछा ही न छोड़ता था। इन सबसे तंग होकर मैंने किसी मनोचिकित्सक की सलाह लेने की सोची।

फैजाबाद जैसी जगह में, जहाँ मूलभूत स्वास्थ्य सेवाओं की स्थिति भी बहुत अच्छी न थी, वहाँ किसी अच्छे मनोचिकित्सक के मिलने की सँभावना लगभग न के बराबर थी। लेकिन, पता किया तो मालूम हुआ कि डॉ. बीएन माथुर नाम का एक अच्छा मनोचिकित्सक फैजाबाद में अपनी क्लिनिक चलाता है। मैं एक दिन उसके पास पहुँच गया। अपने यहाँ मुझे पहुँचा पाकर वह डॉक्टर बहुत अभिभूत हो गया। उसे किंचित् आश्चर्य हुआ कि इंडियन पुलिस सर्विस जैसी नौकरी में रहकर भी मैं मनोविकारों का शिकार हो गया हूँ!

डॉ. माथुर ने थोड़ी देर मेरी बातें ध्यान से सुनी। उसने मुझे नींद लाने वाली एक दवा को रात में सोने से पहले लेने की सलाह दी। साथ में, उसने मुझे यह भी सलाह दी कि, "अपने उलझे विचारों को सुलझाने के लिए आप उन्हें लिपिबद्ध करना शुरू कीजिए। लिखने से विचारों के उत्पन्न होने की तीव्रता कम होगी। विचारों की लगातार उमड़-घुमड़ ठहर जाएगी। उनका अनवरत विवर्तन थोड़ा थम जाएगा। उसने यह भी सलाह दिया कि अगर सम्भव हो सके तो आप शुरू से ही सारी बात लिखना शुरू करें। छोटे-छोटे विवरणों को भी लिखें। जो भी मन में आए लिखें। जो भी याद पड़े लिखें। एक दिन आप पाएँगे कि विचारों का वेग कम होने लगा है। विचारों का वेग कम होते ही आप अपने मन-मस्तिष्क की स्वस्थता को पुनः प्राप्त कर लेंगे और, एक स्वस्थ मन को सही निर्णय लेने और उसका कार्यान्वयन करने में कोई दिक्कत न होगी।"

मैंने डॉक्टर की सलाह पर अमल करना शुरू किया। रोज रात को नींद की निर्धारित मात्रा वाली गोली लेता। मैंने एक मोटा-सा हैंडी नोटबुक खरीद लिया और उसे हमेशा अपने पास रखता। जब भी मुझे फुरसत मिलती उसमें अपनी बातें लिखने

लगता। जब भी रात में मेरी नींद टूट जाती मैं लिखना शुरू कर देता। लिखते-लिखते जब मैं थक जाता, जब मेरा दिमाग भी थक जाता, तो मुझे नींद आ जाती। कुछ ही दिनों बाद, लिखने में मुझे मजा आने लगा और मेरा दिमाग भी शान्त होने लगा। मैंने गौर किया लिखते-लिखते मैं अपनी कहानी ही लिखता जा रहा था—अपने जीवन की कहानी।

उन्हीं दिनों दीक्षित सर का फोन आया और उन्होंने कहा कि तुरन्त आकर मिलो। उन्होंने रिटायरमेंट के कुछ महीनों बाद अपना सरकारी आवास छोड़ दिया था और अपने बनवाए एक मकान में अब रहने लगे थे। मुझे वहाँ मिलने को उन्होंने बुलाया। मैं इस बुलावे की तात्कालिकता का तात्पर्य नहीं समझ पा रहा था। मुझे लगा मृणालिनी को कुछ परेशानी तो नहीं हो गई कि उसके पति के तौर पर मेरा वहाँ होना जरूरी हो गया हो।

जो भी हो, मैंने अपने एसएसपी सारस्वत सर से दो दिनों का आकस्मिक अवकाश लिया और तुरन्त लखनऊ भागा। दीक्षित सर के पास पहुँचा तो देखा उनका मूड बहुत बिगड़ा हुआ है। मुझे वे पहले वाले दीक्षित सर न लगे। वहाँ पहुँचते ही उन्होंने पूछा, "मिश्रा, मृणालिनी से शादी से पहले तुम शादीशुदा थे?"

"नहीं, सर।"

"तो फैजाबाद में तुम्हारे साथ तुम्हारे आवास में कौन औरत रहती है?"

"बहन है, सर।"

"तुम्हारी सगी बहन?"

"नहीं, सर, हमारे गाँव की है। बहन लगती है।"

"उसकी उम्र क्या है?"

"लगभग मेरी ही उम्र की है, सर।"

"उसको तुम अपने पास क्यों रखते हो?"

"अनाथ है, सर।"

"उसके तुम्हीं नाथ हो?"

मैं चुप। मुझसे कुछ जवाब नहीं देते बन रहा था।

"बोलो, जवाब क्यों नहीं देते हो? क्या वह शादीशुदा है?

"नहीं, सर, उसकी शादी नहीं हुई है।"

"तो क्या वह तुम्हारी रखैल है?"

"मैंने कहा न वह मेरी बहन है।" मारे क्रोध के मेरा चेहरा तमतमा गया।

"तैश में मत आओ, त्रिभुवन मिश्रा। तुम मेरी बेटी के पति हो और तुम्हारी जवाबदेही बनती है," दीक्षित सर ने धमकाते हुए कहा।

"मैं अपनी जवाबदेही से कभी पीछे न हटा, और न हटूँगा," कहते हुए मैं तुरन्त वहाँ से चल दिया।

मैं मृणालिनी से भी मिलने न गया। मेरा मन बहुत क्षुब्ध था। मैं फैजाबाद लौट पड़ा।

अगले दिन देर शाम को जब मैं ऑफिस से लौटकर अपने आवास पहुँचा तो देखा कि वहाँ मृणालिनी हंगामा मचाए हुए है। विद्या अपने कमरे में जार-बेजार रो रही है और द्विज ड्रॉइंग रूम में चुपचाप कुछ सोचता हुआ-सा बैठा है।

मुझे देखते ही मृणालिनी चिल्लाने लगी, "बड़े आइडियल हसबैंड बनने का नाटक करते फिरते थे और यहाँ रखैल रख रखा है। मैं तुम्हारा यह दोगलापन नहीं चलने दूँगी।"

"तुम्हें गलतफहमी हो रही है, मृणालिनी। यह बहन जैसी है, मुसीबत की मारी हुई। इसे मैंने शरण दे रखा है। यह द्विज की सगी बहन है। अगर तुम्हें विश्वास न हो रहा हो तो तुम द्विज से पूछ सकती हो।"

मेरे इतना कहते ही द्विज ड्रॉइंग रूम से तमतमाया हुआ दौड़ा आया और मुझ पर आरोप लगाते हुए बोला, "तुम्हीं मेरी बहन को भगाने में शामिल थे और मौका पाकर इसे अपनी वो बना लिये। तुम इसे इतने दिनों तक छुपाये हुए थे। अब तुम्हारा राज खुल चुका है। तुम्हें अपनी करनी अब भुगतनी होगी।"

द्विज का ऐसा धमकी-भरा आरोप सुनकर विद्या अपने कमरे से रोती हुई बाहर निकल आई और द्विज से बोली, "त्रिभुवन भइया देवता हैं, द्विज। तुम इन्हें गलत समझ रहे हो।"

"तुम, चुप रह, कुलकलंकिनी," द्विज गरजा।

विद्या को सामने देखकर मृणालिनी ने अपना आपा खो दिया और उसके बाल

पकड़कर खींचते हुए उसे गाली देने लगी, "रंडी कहीं की। तुम्हें कहीं और कोई आदमी न मिला अपनी वासना बुझाने के लिए। अपने गाँव के आदमी के संग गुलछर्रे उड़ाती हो।"

विद्या के बाल मृणालिनी इतने कसकर झिंझोड़ रही थी कि विद्या न अपने बाल छुड़ा पा रही थी और न अपनी सफाई में कुछ बोल पा रही थी। यह देखकर मुझे मृणालिनी के ऊपर बहुत गुस्सा आया और मैं दौड़कर उसका हाथ पकड़ लिया और चिल्लाने लगा, "छोड़ो, छोड़ो।"

विद्या के बाल छोड़कर मृणालिनी अब मेरी ओर मुड़ गई और क्रोध में उसने मेरे ऊपर एक जोरदार लात चलाया। उसके लात से मुझे कुछ खास आघात तो न लगा, लेकिन उसके प्रहार से मेरा सन्तुलन बिगड़ गया और मैं जमीन पर गिरते-गिरते बचा।

इसी बीच, द्विज दौड़कर आया और विद्या पर कसकर लात का प्रहार करते हुए चिल्लाया, "तुम्हारी जैसी रंडी मेरी बहन कभी नहीं हो सकती।"

मुझे द्विज पर भयंकर गुस्सा आया और मन हुआ कि कसकर उसे दो-चार हाथ लगाऊँ, लेकिन मैंने गौर किया कि घर के सारे नौकर-नौकरानियाँ यह तमाशा देख रहे हैं। इसलिए इस झगड़े को अपने आवास पर और बढ़ाने के बजाय मैंने विद्या को सँभालना ज्यादा उचित समझा।

मैं रोती हुई विद्या को चुपवाते हुए उसके कमरे तक ले गया। इधर, मृणालिनी और द्विज गालियाँ बकते हुए और देख लेने की धमकी देते हुए बाहर निकल गए।

उस रात मुझे नींद न आई ठीक से। मैं रात भर सोचता रहा कि किस्मत का यह कैसा खेल है कि पत्नी, जो स्वयं व्यभिचारिणी और स्वैरिणी है, अपने यार संग मिलकर पति पर झूठे आरोप लगा रही है और हिंसा पर उतारू हो रही है। इससे भी ज्यादा अफसोस मुझे इस बात पर आ रहा था कि एक भाई अपनी सगी बहन को रंडी कह रहा है और उसे लात मार रहा है।

सुबह मैं देर से उठा। मैंने देखा कि विद्या जो बहुत सबेरे उठ जाती थी उसका कहीं अता-पता नहीं है। मैंने नौकरों से पूछा, तो पता चला कि विद्या दीदी आज अभी तक अपने कमरे से बाहर ही नहीं आईं। मैं समझ रहा था कि कल के झगड़े से विद्या को अत्यधिक मानसिक क्लेश पहुँचा होगा। वह अपने को कोसती रही होगी कि इस सारे फसाद की जड़ वही है।

मैं विद्या के कमरे के द्वार पर जाकर मीठे और धीमे स्वर में बोला, "विद्या! विद्या बहन!!," लेकिन भीतर से कोई आवाज न आई। मैंने थोड़ी जोर से आवाज लगाई, लेकिन विद्या ने कुछ जवाब न दिया। मेरा माथा ठनका। मैं जोर से चिल्ला पड़ा, "विद्या...!" मुझे डर लग रहा था कि कल की घटना से दुखी होकर विद्या ने कोई ऐसा-वैसा कदम न उठा लिया हो।

मारे भय और उत्तेजना के मैं विद्या का द्वार खटखटाए जा रहा था और चिल्ला रहा था, "विद्या! विद्या!!..." द्वार भीतर से बन्द था। बन्द कमरे से कोई आवाज नहीं आ रही थी। मेरी आवाज सुनकर घर के नौकर-नौकरानियाँ वहाँ इकट्ठे हो गए। मैंने आदेश दिया कि तुरन्त दरवाजा तोड़ दो।

दरवाजा तोड़ते ही देखा विद्या अपनी साड़ी का फंदा बनाकर पंखे से लटक रही थी। मैं दौड़कर उस फंदे से उसे छुड़ाया और गोद में लिये हुए उसे जमीन पर बैठाने की कोशिश करने लगा। विद्या बैठने के बजाय जमीन पर लुढ़क गई। विद्या जा चुकी थी—इस संसार से बहुत दूर।

मैं सिसक-सिसक कर रोने लगा, "विद्या, तुमने यह क्या किया! मेरा हौसला पस्त कर दिया। मुझे बीच में ही हार जाने दिया। मैं तुम्हारे लिए दुनिया से लड़ जाना चाहता था, लेकिन तुम खुद ही भाग खड़ी हुई, बहन।"

मेरी स्थिति देखकर सारे नौकर-नौकरानियाँ सहम-से गए। वे पूरा मामला ठीक से समझ न पा रहे थे। मैंने एक नौकर को इशारा किया कि थाने जाकर थानेदार को सूचित करो।

थोड़ी देर में थानेदार भागा हुआ आया। उसे बताकर कि "मेरे गाँव की बहन ने आत्महत्या कर लिया है। तुम अपने ढंग से कार्रवाई करो।" मैं चुपचाप ड्राइंग रूम में बैठ गया, ताकि थानेदार बिना किसी हस्तक्षेप के स्वतंत्र रूप से तफतीश कर सके।

शाम को वही थानेदार मेरे आवास पर फिर आया और मुझे सूचित किया कि सर आपकी बहन के कमरे से कोई सुसाइड नोट नहीं मिला है। इसलिए सुसाइड के कारण का पता नहीं चल सका है। पोस्ट-मार्टम रिपोर्ट में भी सामान्य बातें हैं, सिवाय कमर के पास दाहिनी ओर किसी सॉफ्ट वस्तु से चोट पहुँचाने का नीला निशान है। मैं समझ गया कि वह चोट द्विज के लात मारने से लगी थी।

थानेदार थोड़ी देर चुप रहा। फिर कुछ सकुचाते हुए उसने कहा, "सर, लखनऊ से आया हुआ द्विजेन्द्र नाथ मिश्रा नाम के एक व्यक्ति ने थाने में यह तहरीर दी है।" थानेदार ने तहरीर मेरी ओर बढ़ा दी। मैंने पढ़ा, उसमें लिखा था, "मृतका उसकी बहन विद्या मिश्रा है, जिसे त्रिभुवन नारायण मिश्रा, आईपीएस ने पाँच वर्ष पूर्व हमारे गाँव बभनियाँव से अपहरण कर लिया था और इतने दिनों उसे छुपाकर अपने पास रखा था—अपनी रखैल बनाकर। उस समय हम लोगों ने चुपके-चुपके विद्या को बहुत खोजा, लेकिन त्रिभुवन मिश्रा की शातिराना चालों की वजह से उसका पता न लगा। गाँव में लोक-लाज के कारण उस समय हम लोगों ने पुलिस में रिपोर्ट नहीं लिखवाई। जब हम लोगों को पता लगा तो हम कल शाम त्रिभुवन मिश्रा के आवास पर पहुँचकर पूछताछ करना चाहे तो हमको पुलिसिया रोब दिखाया और गाली देकर भगा दिया। मेरी बहन मेरे साथ आना चाहती थी, लेकिन मेरे सामने ही उसने उसको गाली देते हुए उसकी कमर पर लात से मारा और घसीटकर एक कमरे में बन्द कर दिया। इस घटना की साक्षी स्वयं आरोपी की पत्नी, मृणालिनी दीक्षित मिश्रा, सुपुत्री श्री कृष्ण कुमार दीक्षित (सेवानिवृत्त आईपीएस), रहीं। उसी रात त्रिभुवन मिश्रा ने सारा मामला रफा-दफा करने के नीयत से मेरी बहन विद्या की गला दबाकर हत्या कर दी और उसे आत्महत्या का रूप देने के लिए पंखे से लटका दिया। विद्या के कमरे से किसी सुसाइड नोट का न मिलना मिश्रा के अपराध को खुद स्पष्ट करता है।"

"कानून के प्रावधानों के अन्तर्गत जो कार्रवाई तुम्हें उचित और आवश्यक लगती है उसे करो। इसमें मुझसे पूछने की जरूरत नहीं है, क्योंकि इसमें आरोपित मैं स्वयं हूँ। जाँच एवं अन्य कार्रवाई करने में आप स्वतंत्र हो।" मेरी बात सुनकर थानेदार हैरत में मेरा मुँह देखने लगा। उसे उम्मीद थी कि मैं चिन्तित और उद्विग्न हो जाऊँगा और जाँच में रियायत के लिए उससे आग्रह करूँगा। मैंने ऐसा कुछ न किया और उसको वहीं छोड़कर मैं एसएसपी सारस्वत सर से मिलने चल दिया।

शाम के करीब आठ बज रहे थे। सारस्वत सर अपने आवास पर थे। वहीं मिला मैं उनसे। मुझे देखते ही वह भड़क गए, "मैं यह सब क्या सुन रहा हूँ मिश्रा?"

"सर, मैं निर्दोष हूँ।"

"यह तय करना तो न्यायालय का कार्य है।"

"मेरी बात तो आप सुन सकते हैं।"

"मैं तुम्हारी बात क्या सुनूँ! मुझे सारी बात मालूम हो गई है। जवान लड़की की लाश तुम्हारे सरकारी आवास से बरामद हुई है। तहरीर देने वाला व्यक्ति एक बड़े राजनेता और भूतपूर्व मंत्री का भांजा है और मृतका उस नेता की भांजी है। खुद तुम्हारी वाइफ इस मामले में तुम्हारे खिलाफ गवाह है। तुम्हारे ससुर भूतपूर्व एडीजी कृष्ण कुमार दीक्षित सर ने अभी कुछ ही देर पहले फोन करके तुम्हारे खिलाफ कड़ी कार्रवाई की माँग की है। बात मुख्यमंत्री और डीजीपी तक भी पहुँच गई है। कल सारे मीडिया वाले पुलिस की बधिया उधेड़ देंगे कि पुलिस अधिकारी के सरकारी आवास से नवयुवती की लाश मिली।"

"लेकिन मैं निर्दोष हूँ, सर।"

"तफतीश होने दो। इसके पहले निलम्बन वगैरह के लिए तैयार रहो। ऊपर से निर्देश आता ही होगा।"

इसके आगे कुछ कहना मुझे अनावश्यक लगा। मैं चुपचाप लौट आया अपने आवास पर। विद्या की आत्महत्या और उसके बाद की घटनाओं ने मुझे बुरी तरह हिला दिया था। मुझे सबसे ज्यादा हैरानी दीक्षित सर पर हो रही थी। उनके व्यवहार में पहले की अपेक्षा कितना परिवर्तन आ गया था! मृणालिनी तो मुझसे पहले से ही छुटकारा चाहती थी। उसे विवाहित का तमगा चाहिए था, उसे वह मिल गया था। अब मेरी क्यों परवाह करती! द्विज खुश हो रहा होगा कि उसने मुझे अच्छी पटकनी दी—हर तरह से परास्त कर मेरे सारे रास्ते बन्द कर दिए।

मैं किसको अपनी सच्चाई सुनाऊँ! कोई सुनने को तैयार नहीं है। मुझे जोरों की रुलाई आने लगी। मुझे माई, मेरी स्वर्गीया माँ, की बहुत याद आने लगी। माई, मैं हार गया। मैं तुम्हारी सीख कि "औरत की इज्जत करना। औरत की इज्जत की रक्षा करना।" पर खरा न उतर सका। मैं तुम्हें कभी कष्टों से उबार न सका। मैं विद्या के सम्मान की रक्षा न कर सका। मैं मृणालिनी का विश्वास न जीत सका। माँ, मैं हार गया हर ओर से। माई, मैं तुम्हारे पास आना चाहता हूँ। तुम्हारी छाती से चिपककर सोने—वैसे ही जैसे बचपन में तुम मुझे अपनी छाती से चिपकाकर सुलाती थी। आ रहा हूँ, माई, तुम्हारे साथ चिरनिद्रा में सोने।

मारे भावोद्रेक के बिस्तर के सिरहाने रखी नींद की सारी गोलियाँ मैंने एक साथ गटक ली। 'नोटबुक' बन्द करने का वक्त आ गया था अब, लेकिन चिरनिद्रा में सोने से पहले मैं कुछ और लिखना चाहता था। जल्दी से मैंने एक सादा कागज उठाया और घसीटकर उस पर जल्दी-जल्दी अपनी 'अन्तिम बात' लिखने लगा।

लेखकीय

आईपीएस ऑफिसर त्रिभुवन नारायण मिश्रा का सुसाइड नोट उनके नोटबुक के पास पड़ा हुआ पाया गया। पाने वाले थे मृणालिनी और द्विजेन्द्र नाथ। इनका खबरी त्रिभुवन नारायण मिश्रा के घर में सेवक के रूप में तैनात था और सारी बातों की गुपचुप खबर दीक्षित सर और मृणालिनी को भेजता रहता था। उसकी खबर पर ही एकदम सबेरे-सबेरे मृणालिनी और द्विजेन्द्र त्रिभुवन नारायण मिश्रा के आवास पर पहुँच गए और सुसाइड नोट और नोटबुक लेकर वहाँ से चम्पत हो गए।

अगले कई दिनों तक स्थानीय और राष्ट्रीय अखबारों में इस सुसाइड के बारे में चटखारेदार खबरें छपती रहीं, जिनका सारांश कुछ यूँ है—

> आईपीएस ऑफिसर त्रिभुवन नारायण मिश्रा का प्रेम-प्रसंग अपने विद्यार्थी-काल से ही अपने गाँव की लड़की विद्या मिश्रा के साथ था। बाद में उन्होंने विद्या को गाँव से भगाकर एक अज्ञात स्थान में छुपाकर रखा था। विद्या उनसे विवाह के लिए लगातार जोर डालती रही थी लेकिन वे उसे किसी न किसी तरह बहका देते थे। इस बीच, अपनी उपजाति एवं विद्या के संग प्रेम-प्रसंग को छुपाकर त्रिभुवन नारायण मिश्रा तत्का-

लीन एडीजी कृष्ण कुमार दीक्षित की सुसंस्कृत एकलौती बेटी मृणालिनी के संग शादी करने में सफल रहे। यह बात विद्या को जब पता लगी तो वह बहुत नाराज हुई। वह खुलकर सामने आ गई और उनके फैजाबाद आवास में आकर रहने लगी। साथ ही, वह शादी करने का दबाव बनाने लगी। उधर, मृणालिनी के रहने लायक व्यवस्था बनाने का झाँसा देते हुए मिश्रा मृणालिनी को अपने फैजाबाद आवास पर आने से रोकते रहे। इधर, विद्या उनके ऊपर दबाव बनाती रही और दोनों के बीच अक्सर झगड़े होने लगे। इन झगड़ों से तंग आकर और अपने को बुरी तरह ठगा पाकर आखिर विद्या ने एक दिन आत्महत्या कर ली। इस मामले में स्थानीय थाने में दर्ज एक एफआईआर में मिश्र को आरोपी के तौर पर नामित भी किया गया है। पत्रकारों ने जब मिश्रा की विधवा मृणालिनी से बात करने की कोशिश की तो वह सिर्फ धारासार रोती रहीं और कुछ भी बोलने से मना कर दिया। स्पष्ट है उपजाति और दूसरी लड़की से रिश्ता रखने के मामले में अपने पति द्वारा अँधेरे में रखे जाने से वह बहुत आहत थी। सबसे अधिक आहत थीं वह अपने पति की मृत्यु से जो किसी भारतीय महिला के लिए अपूरणीय क्षति होती है।

आभार

अनेक महाब्राह्मण महानुभावों का जिन्होंने मुक्त मन से शोध में सहयोग देकर इस उपन्यास के लिए कच्चा माल प्रदान किया।

श्री प्रभाकर आलोक (सेवानिवृत्त आईपीएस अधिकारी), डॉ. कमलेश वर्मा (प्रोफेसर, हिन्दी) और श्रीमती गीता पाण्डेय (मेरी धर्मपत्नी) का जिन्होंने पांडुलिपि पढ़कर बहुमूल्य सुझाव दिए।

राजकमल प्रकाशन के प्रबन्ध निदेशक श्री अशोक महेश्वरी, सम्पादकीय निदेशक श्री सत्यानन्द निरुपम का, जिनकी बदौलत यह उपन्यास प्रकाशित हो सका।